T0246791

QUIZÁ SOÑÉ DEMASIADO

QUIZÁ SOÑÉ DEMASIADO

MICHEL BUSSI

Editado por HarperCollins Ibérica, S.A.
Núñez de Balboa, 56
28001 Madrid

Quizá soñé demasiado
Título original: J'ai Dû Rêver Trop Fort

Diseño de cubierta: Lookatcia
Imagen de cubierta: GettyImages

ISBN: 978-84-9139-752-6

He reventado la almohada
He debido de soñar demasiado

Alain Bashung

Muchas gracias a Boris Bergman
y Alain Bashung por su apoyo.

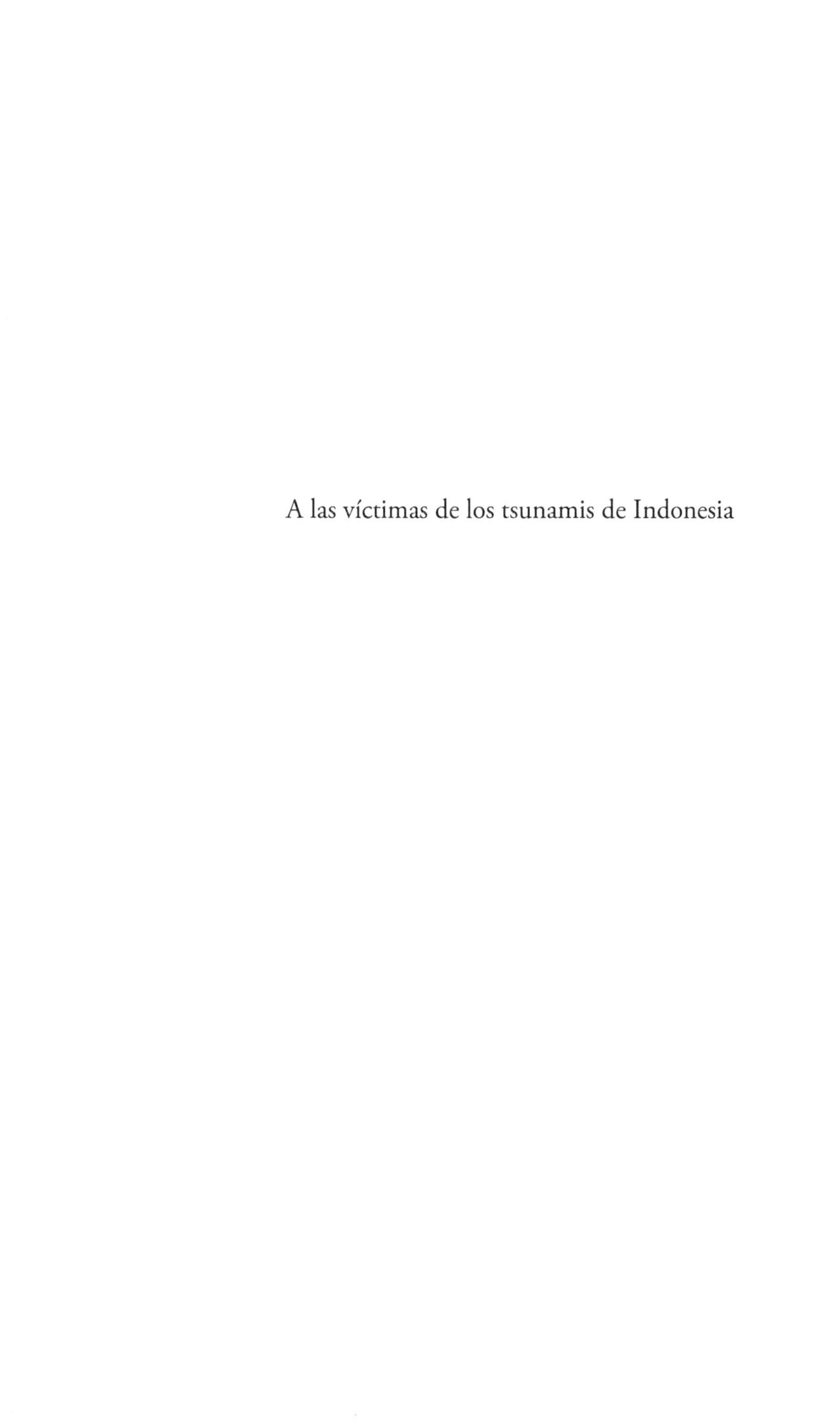

A las víctimas de los tsunamis de Indonesia

—«He ganado —dijo el zorro—, a causa del color del trigo».

—No entiendo, mamá.

Cierro el libro y me inclino un poco más sobre la cama de Laura.

—Bueno, verás, lo que quiere decir es que el zorro no volverá a ver nunca más al Principito. Pero como el Principito tiene el pelo rubio, que es el color de los trigales, cada vez que el zorro los vea, se acordará de su amigo. Como tu amiga Ofelia, que se mudó a Portugal este verano. Aunque nunca más vuelvas a verla, cada vez que oigas hablar de ese país, o ese nombre, o que veas una niña con el pelo negro y rizado, te acordarás de ella. ¿Entiendes?

—Sí.

Laura agarra su peluche Patito y sacude su bola de nieve de la Sagrada Familia antes de volver a dejarla en la mesilla. Se queda pensando y frunce ceño, asaltada por una duda.

—Pero, mamá, y si nunca más oigo hablar de Portugal, o de una niña que se llame como ella, o que tenga su mismo pelo rizado, ¿eso quiere decir que me voy a olvidar de Ofelia?

Abrazo a Laura y enjugo mis lágrimas en el plumaje amarillo del peluche.

—No si la quieres mucho mucho, cariño. Cuanto más la quieras, más veces te cruzarás en la vida con cosas que te recuerden a ella.

Olivier asoma la cabeza por la puerta de la habitación y sacude su reloj: es hora de dormir. Laura ha empezado primero de Primaria.

Es un año importante, el año más importante de todos. Más que los demás años más importantes de todos. No discuto, le subo la sábana a Laura.

Ella me agarra del cuello para un último mimito.

—¿Y tú, mamá? ¿Hay alguien a quien hayas querido tanto que no lo quieras olvidar? ¿Tanto tanto que durante toda la vida te cruzarás con cosas que te recordarán a él?

I

MONTREAL

1

12 de septiembre de 2019

—Me voy.

Olivier está sentado delante de la mesa de la cocina, sujetando su taza de café a modo de portavasos. Su mirada cruza la ventana y la puerta que hay al fondo, mucho más allá de los confines del jardín, mucho más allá del taller, hasta las brumas del Sena. Me responde sin tan siquiera volverse hacia mí.

—¿De verdad tienes que hacerlo?

Titubeo. Me levanto y me estiro la falda del uniforme. No me apetece comenzar una larga conversación. Ahora no. No tengo tiempo. Me conformo con sonreír. Él también, de hecho. Es su manera de abordar los asuntos serios.

—Me han llamado de Roissy, para estar en la terminal 2E, a las 9. Tengo que pasar por Cergy antes de que abran las oficinas.

Olivier no añade nada más, sus ojos siguen los meandros del río, los acaricia con la mirada como apreciando en ellos la perfección infinita; a cámara lenta, con la misma paciencia con la que valora la curvatura de un cabecero, la sinuosidad de una cómoda diseñada a medida, el ángulo de las vigas de una habitación abovedada. Esa intensidad con la que me mira siempre cuando salgo de la ducha y me meto en la cama. Esa intensidad que, con cincuenta y tres años, me sigue haciendo sentir hermosa, estremecerme. A sus ojos. ¿Solo a sus ojos?

«¿De verdad tienes que hacerlo?»

Olivier se levanta y abre la puerta de cristal. Sé que va a dar un paso y a lanzar las migas del pan de ayer a Gerónimo, el cisne que ha hecho su nido al fondo del camino de nuestro jardín, a orillas del Sena. Un cisne domesticado que defiende su territorio, y al mismo tiempo el nuestro, mejor que un *rottweiler*. Dar de comer a Gerónimo es el ritual de Olivier. A Olivier le gustan los rituales.

Supongo que está dudando si volver a hacer la pregunta, esa pregunta ritual que hace cada vez que me voy:

«¿De verdad tienes que hacerlo?»

Hace tiempo que he entendido que esa pregunta de Olivier no se trata simplemente ni de una ocurrencia un tanto repetitiva, ni de pedirme si tengo dos minutos para tomarme un café antes de salir pitando. Su *¿De verdad tienes que hacerlo?* va mucho más allá, significa: *¿De verdad tienes que seguir con esa mierda de trabajo de azafata?,* de abandonarnos durante quince días al mes, de seguir recorriendo el mundo, de vivir a deshoras, *¿De verdad tienes que hacerlo?*, ahora que la casa está pagada, ahora que nuestras hijas son mayores, ahora que ya no necesitamos nada. ¿De verdad tienes que seguir en ese trabajo? Olivier me ha hecho esta pregunta cien veces: ¿qué tienen las cabañas de los Andes, de Bali o de Canadá que no tenga nuestra casa de madera, que he construido para vosotras con mis propias manos? Olivier me ha propuesto cien veces que cambie de profesión: podrías trabajar conmigo en el taller, la mayoría de las mujeres de los artesanos se asocian con sus maridos. Podrías encargarte de la contabilidad o de la gestión de la carpintería. Mucho mejor que gastarnos la pasta subcontratando a incompetentes…

Vuelvo en mí y adopto mi jovial voz de *business class*.

—Venga, ¡no puedo perder el tiempo!

Mientras Gerónimo se atiborra de *baguette* tradicional con cereales, yo sigo con la mirada la carrera de una garza color ceniza que sale volando de los estanques del Sena. Olivier no responde.

Sé que no le gusta el ruido de las ruedas de mi maleta en su parqué de pícea. La rabieta de siempre resuena en mi cabeza. ¡Sí, Olivier, tengo que hacerlo! ¡Mi trabajo es mi libertad! Tú te quedas y yo me marcho. Tú te quedas y yo vuelvo. Tú eres el punto fijo y yo el movimiento. Funcionamos así desde hace treinta años. De los cuales, veintisiete con un anillo en el dedo. Y más o menos los mismos criando a dos hijas. Y nos ha ido bastante bien, ¿no te parece?

Subo la escalera para coger el equipaje de nuestra habitación. Suspiro por adelantado. Por mucho que Olivier me torturara con su cepillo de carpintero o con el taladro, jamás le reconocería lo harta que estoy de tener que arrastrar esta maldita maleta por todas las escaleras, escaleras mecánicas y ascensores del planeta. Empezando por los diez escalones de nuestro chalé. Mientras los subo, en mi cabeza visualizo el *planning* del mes: Montreal, Los Ángeles, Yakarta. Me esfuerzo en no pensar en esta increíble coincidencia, aunque a mi pesar el tiempo retroceda y me lleve veinte años atrás. Ya pensaré en ello más tarde, cuando esté sola, tranquila, cuando…

Tropiezo con la maleta y a punto estoy de caerme de bruces sobre el parqué de la habitación.

¡Mi armario está abierto!

Mi cajón está entreabierto.

No el de las joyas, ni el de las bufandas, ni el de los productos de belleza.

¡El de mis secretos!

Ese cajón que Olivier no abre. Ese cajón que me pertenece solo a mí.

Me acerco. Alguien ha estado hurgando en él, me doy cuenta enseguida. Mis adornitos, los mensajes de cuando Laura y Margot eran niñas no están en su sitio. El aciano y las espigas de trigo secos, recogidos en el campo de mi primer beso, están desmenuzados. Los Post-it rosas de Olivier, *Te echo de menos, feliz vuelo, mi ave de paso, vuelve pronto*, están desperdigados. Trato de pensar, quizá me esté haciendo una idea equivocada, confundida por esa extraña sucesión de destinos: Montreal, Los Ángeles, Yakarta. Quizá sea yo la que lo esté mezclando todo. Cómo podría acordarme si no he abierto ese cajón desde hace años. Estoy a punto de convencerme de ello, cuando un reflejo brillante debajo del cajón, en una lámina del parqué, llama mi atención. Me agacho, con los ojos desorbitados, sin dar crédito.

¡Mi guijarro!

Mi pequeño guijarro inuit. ¡En principio, no se ha movido de mi cajón desde hará cosa de veinte años! Y es poco probable que haya saltado él solito al suelo. Este guijarro, del tamaño de una canica grande, es la prueba de que alguien ha metido sus narices en mis asuntos... ¡recientemente!

Maldigo todo mientras guardo el guijarro en el bolsillo de mi uniforme. No tengo tiempo para discutir de esto con Olivier. Ni tampoco con Margot. Tendrá que esperar. A fin de cuentas, tampoco tengo nada que ocultar en ese cajón, solo recuerdos olvidados, abandonados, de los que nadie más que yo conoce la historia.

Al salir de la habitación, asomo la cabeza por la de Margot. Mi señorita adolescente está tumbada en la cama, con el móvil apoyado en la almohada.

—Me voy.

—¿Me traes Coco Pops? ¡He acabado el paquete esta mañana!

—No me voy de compras, Margot, ¡me voy a trabajar!

—Ah... ¿y cuándo vuelves?

—Mañana por la noche.

Margot no me pregunta adónde voy ni me desea buena suerte, y mucho menos buen viaje. Ya apenas nota cuando no estoy. Casi se le desorbitan los ojos de sorpresa cuando por la mañana me descubre al otro lado de la mesa en el desayuno, antes de salir pitando al instituto. Eso tampoco se lo voy a reconocer a Olivier, pero a cada nuevo viaje de trabajo aumenta la nostalgia de

aquellos años, no tan lejanos, cuando Margot y Laura lloraban como histéricas cada vez que me iba, cuando Olivier tenía que arrancarlas de mis brazos, cuando se pasaban el día mirando al cielo para ver a mamá a lo lejos, y aguardaban mi regreso frente a la ventana más alta, subidas en un escabel que su papá les había hecho para ello, cuando yo solo lograba calmar su pena a base de promesas: ¡Traerles un regalo del otro lado del mundo!

Mi pequeño Honda Jazz azul pasa volando en medio de los campos desnudos, tostados por un enorme sol naranja. Ciento veinte kilómetros de carretera nacional separan Roissy de nuestro chalé de Port-Joie. Una carretera de camiones, a los que hace tiempo que ya no me divierte adelantar. Olivier asegura que iría más rápido en una barcaza. ¡Y casi le doy la razón! Desde hace treinta años tomo la nacional 14 a cualquier hora del día y de la noche, con doce horas de vuelo en las piernas y con al menos otros tantos *jet lags* en la cabeza. Hay a quien le da miedo el avión, y sin embargo yo me he llevado muchos más sustos en esta alfombra gris desplegada a lo largo de Vexin que en cualquier pista del mundo donde haya despegado y aterrizado, durante treinta años, a razón de tres o cuatro vuelos por mes. Este mes, tres.

Montreal del 12 al 13 de septiembre de 2019
Los Ángeles del 14 al 16 de septiembre de 2019
Yakarta del 27 al 29 septiembre de 2019

Lo único que veo de la carretera nacional es el trozo de chapa gris del camión holandés que llevo delante y que respeta escrupulosamente los límites de velocidad. Para entretenerme, me entrego a un cálculo complicado. Un cálculo de probabilidades. Mis últimos recuerdos de probabilidad se remontan al instituto, es decir, a la edad de Margot, así que no está mal como desafío.

¿Cuántos destinos de larga distancia ofrece Air France desde Roissy? ¿Varios cientos al mes? Elijo el rango inferior y redondeo a doscientos. Por tanto, tengo una probabilidad entre doscientas de acabar de nuevo en Montreal... Hasta ahí, nada de lo que extrañarse, he debido de volver dos o tres veces desde 1999. Pero ¿qué probabilidad hay de encadenar Montreal y Los Ángeles? Aunque sea una zote en matemáticas, el resultado debe de ser algo así como 200 veces 200. Trato de visualizar estas cifras en el panel gris de la parte de atrás del camión que tengo justo delante. Debe de ascender a una serie de cuatro ceros, es decir, una posibilidad entre varias decenas de miles... Y si añadimos un tercer destino más, Yakarta, la probabilidad aumenta a 200 veces 200 veces 200. Una cifra de seis ceros. ¡Una posibilidad entre varios millones de encadenar los tres vuelos el mismo mes! Resulta totalmente increíble... y aun así está escrito bien clarito en la hoja que han enviado los chicos de *planning*... Montreal, Los Ángeles, Yakarta... ¡La tercera opción!

Justo antes del ascenso de Saint-Clair-sur-Epte, el holandés se desvía hacia un aparcamiento, seguramente para ir a desayunar a un restaurante de carretera. De repente, mi Jazz nota como si le salieran alas. Piso el acelerador mientras mi cabeza sigue sumando ceros.

«La tercera opción...» Al fin y al cabo, una posibilidad entre un millón no deja de ser una posibilidad... La misma a la que se aferran todos los jugadores cuando rellenan la Bonoloto. No hay nada imposible. Es simplemente improbable. Únicamente el azar. Un dios bromista ha debido de encontrar una película antigua de mi pasado y se está divirtiendo rebobinándola. Tres destinos idénticos. Hace veinte años.

Montreal, del 28 al 29 de septiembre de 1999
Los Ángeles, del 6 al 8 de octubre de 1999
Yakarta, del 18 al 20 de octubre de 1999

Para atenuar la fuerza de las imágenes que, muy a mi pesar, se proyectan en mi cerebro, subo el volumen de la radio. Un rapero me grita al oído algo en inglés, y yo me acuerdo de Margot, que una vez más me ha vuelto a coger mi Jazz para sus prácticas de conducción. Giro el botón hasta captar la primera emisora que emite música que se asemeja a una melodía.

Nostalgie.

Let it be.

A punto estoy de atragantarme.

Los ceros empiezan a dar vueltas en mi cabeza, se engarzan en un largo collar que estrangula mi mente.

¿Qué probabilidad hay, entre millones, de caer en esta canción?

¿A qué dios bromista he podido provocar?

When I find myself in times of trouble...

De golpe, mis ojos se inundan; dudo si parar en el arcén, con las luces intermitentes puestas, cuando mi móvil, enganchado al salpicadero, vibra.

Mother Nathy comes to me...

¡Laura!

—¿Mamá? ¿Vas ya de camino? ¿Puedo hablar contigo?

Laura, que de los dieciséis a los veinticinco años pasaba olímpicamente de mi *planning*... y que desde hace dieciocho meses es a la primera que tengo que avisar cuando lo recibo, sin que haya pasado ni una hora... ¡porque si no entra en pánico! Y que inmediatamente después de haberlo leído se precipita a subrayarlo... ¡y a llamarme!

—Mamá, he visto que vuelves de Montreal el viernes por la noche. ¿Puedo dejarte a Ethan y Noé el sábado por la mañana? Tengo que ir con Valentin a Ikea. Imposible llevarme allí a estos dos bichos. ¿Te los dejo a las 10 h, para que te dé tiempo a recuperarte del *jet lag*?

¿A las 10 h de la mañana? ¡Gracias, cariño! Con un *jet lag* de seis horas volviendo de Canadá, sabes lo poco probable que es que pegue ojo en toda la noche... En cuanto a lo de Ikea, querida Laura, ¡reza a Dios para que tu padre no se entere!

—Gracias, mamá —prosigue Laura sin darme opción—. Te dejo, tengo que repartir las pastillas a mis intermitentes.

Cuelga.

Laura... Mi hija mayor. Veintiséis años, enfermera en Bichat.

Laura la sensata, Laura la organizada, Laura tiene su vida planificada, casada con su gendarme, Valentin, asistente en la brigada de Cergy, que espera un traslado para pasar a ser teniente. Ella es el punto fijo y él el movimiento. Aunque igualmente se hayan hecho un chalé en Pontoise. Compréndelo, mamá, es una inversión...

Laura, desde hace dieciocho meses madre de dos adorables e inquietos gemelos, Ethan y Noé, a los que Olivier adorará cuando tengan edad para hacer bricolaje y de los que, mientras tanto, me ocupo yo en cuanto tengo el día libre. ¿Acaso no es lo ideal tener una abuela que desaparece quince días al mes, pero que el resto del tiempo está a total disposición de sus nietos?

Me quedo un instante mirando fijamente mi móvil apagado, su funda rosa chicle, la pequeña golondrina que tiene garabateada a boli, y luego vuelvo a subir el volumen.

Let it be.

En mi cabeza, el dios bromista sigue riéndose.

Montreal, Los Ángeles, Yakarta.

Proyecta los tres destinos más hermosos de mi vida, antes del agujero negro, del agujero blanco, de la nada.

El vértigo que no deja rastro, el desgarramiento, el abandono, la entrega, el vacío insondable, insoportable,

que aun así había aguantado,

todos estos años.

Que colmé,

con Laura, después con Margot, después con Ethan y Noé.

Que colmé...

Hay mujeres que colman y mujeres colmadas.

Let it be.

Roissy-Charles-de-Gaulle. Terminal 2E. Ceñida en mi uniforme azul, pañuelo rojo, camino a paso ligero por el largo pasillo que me conduce a la puerta M. Arrastro la maleta con una mano y con la otra abro la lista de la tripulación.

Me cruzo con algunos hombres que se dan la vuelta. La magia del uniforme y de unos andares seguros en medio de viajeros desorientados. Esa alianza entre energía y elegancia. ¿Ese matrimonio que, con un poco de maquillaje, resiste a la edad? Me cuelo, puerta J, puerta K, puerta L, con los ojos clavados en los apellidos del personal de vuelo que va a acompañarme hasta Montreal. Ahogo *in extremis* un grito de alegría cuando descubro uno de los primeros apellidos.

Florence Guillaud.

¡Flo!

¡Mi amiga! ¡Mi compañera preferida! En treinta años, el azar nos ha juntado en el mismo vuelo menos de una decena de veces. ¡La mayoría de los casos, si queremos viajar la una con la otra, tenemos que hacer una petición conjunta! Dos días en Montreal con Florence, ¡qué suerte! Florence es pura energía. Se tiró años haciendo arrullos por *business class* para dar con un chico guapo y encorbatado que estuviera dispuesto a casarse con ella. Y finalmente lo encontró, aunque yo nunca haya conocido a su hombre de negocios. Flo se ha convertido en una esposa prudente, lo cual no le impide seguir volando, irse de fiesta en cada escala, reír, beber… ¡pero ya sin hacer arrullos!

¡Lo que sé es que ama a su director general!

Flo, mi confidente. Flo, que ha debido de probar todos los alcoholes que se producen en este planeta, desde los vodkas tropicales a los *whiskies* asiáticos. Flo, que ya estaba ahí cuando… A punto estoy de que se me atasque la maleta en el pasillo móvil, y esquivo por los pelos a una familia de siete turistas con turbante. De nuevo, se vuelve a encender una alerta en mi cabeza.

¿Flo?

¿Justo en este vuelo París-Montreal?

¿Exactamente como hace veinte años?

La probabilidad de que esto ocurra debe parecerse a un interminable collar de ceros... Somos unos diez mil ayudantes de vuelo en Air France.

Zigzagueo entre los pasajeros en dirección a la puerta M, esforzándome en apartar de mi mente estos cálculos ridículos. ¿Habrá hecho Flo algún chanchullo para que vayamos juntas en el mismo vuelo? ¿Es posible que haya una explicación? O simplemente, quizá, se trate solo del azar.

Recorro con la vista el resto de apellidos de la tripulación, pero solo conozco algunos. Me quedo con el de Emmanuelle Rioux, más conocida entre la tripulación como sor Emmanuelle, la jefa de cabina más puntillosa, en lo que a seguridad se refiere, de toda la compañía. Hago una mueca y acto seguido recupero la sonrisa al descubrir otro nombre: Georges-Paul Marie, uno de mis auxiliares de vuelo favoritos. Alto, estiloso, amanerado. También él una leyenda.

Mis ojos bajan un poco más, hasta el nombre del comandante de a bordo.

¡Jean-Max Ballain!

Me tiembla todo el cuerpo.

Jean-Max...

Cómo no. Mi dios bromista no iba a quedarse ahí. Va a llevar las cosas al límite. El vuelo París-Montreal del 28 de septiembre 1999, el mismo en el que me acompañaba Flo, estaba pilotado por... ¡Jean-Max Ballain!

Ese vuelo en el que mi vida cambió.

Aquel en el que todo comenzó.

Puerta M.

Cuando se haga de día
Cuando se laven las sábanas
Cuando los pájaros levanten el vuelo
Del matorral en el que nos amamos
No quedará nada de nosotros

2

28 de septiembre de 1999

Puerta M.

Llegó con prisas y estresada a Roissy. Laura está incubando una otitis. Ya es la segunda desde que empezó Primaria. He dudado entre cogerme el día libre por hijo enfermo o dejarla con Olivier. Cuando llego a la puerta M, la tensión no ha disminuido. Han anunciado media hora de retraso para el despegue, a los miembros de cabina se les permite estirar las piernas durante la espera.

La sala de embarque para Montreal parece un barracón de refugiados después del éxodo. Demasiados pasajeros para muy pocos asientos. Algunos viajeros esperan sentados en el suelo, los niños corren, los bebés lloran. Salgo pitando a comprarme una revista, cuando un viajero se me planta delante, preocupado por su correspondencia para Chicoutimi, Canadá.

¿Chicoutimi? Ya solo el nombre me trae a la mente los grandes lagos y los bosques de abetos; salvo que el pasajero, más que aspecto de leñador, tiene el típico del que acaba devorado por un grizzli. Mi Chicoutimi se contonea delante de mí, con la nariz a la altura de mi pecho y con evidentes ganas de plantarme las manos encima. Quizá simplemente me haya abordado para eso, para acercarse a mi escote y olisquear mi perfume. Con treinta y tres años, estoy acostumbrada a cumplidos, tácticas y tocones; he aprendido a gestionarlos y a no dejar que cualquiera capte la atención de mis ojos grises, con reflejos verdes cuando están enfadados y azules cuando están enamorados. La mayoría de las veces los escondo bajo un mechón moreno, lo suficientemente largo para sujetarlo con una pinza cuando estoy en el avión, y para mordisquearlo o enrollármelo en la nariz una vez que hemos aterrizado. Mi tic, mi TOC, que al parecer compenso cuando una sonrisa transforma mi carita un poco demasiado ovalada en una gran pelota de tenis partida en dos, y mis ojos como canicas en rayos láser.

Respondo manteniendo una distancia de seguridad, con el mechón otra vez suelto.

—No se preocupe, el comandante podrá recuperar el retraso durante el vuelo.

Bebé leñador no parece muy convencido. Pero no estoy mintiendo, el comandante Ballain tiene por costumbre no respetar demasiado los límites de velocidad aéreos. ¡Demasiada prisa por llegar a destino! Demasiada prisa por llegar al hotel. El guapo piloto cuarentón, con su sonrisa a lo Tom Cruise y la gorra bien encasquetada, coqueteó conmigo hace unos años, mientras compartíamos un mojito en el vestíbulo del Confort Hotel de Tokio. Yo le había respondido que estaba casada, y bien casada, que incluso era madre de mi adorable Laurita. Él había mirado la foto de mi bebé con la misma ternura que Dussollier en *Tres solteros y un biberón*, para después añadir que tenía suerte, y mi marido todavía más; que él no tenía ni mujer ni hijos, y que nunca los tendría. «Es el precio de la libertad», había concluido levantándose para dirigirse a una japonesita con calcetines azules y un lazo del mismo color en el pelo.

Bebé leñador ha terminado por alejarse y unirse a la multitud de refugiados. La azafata encargada del embarque, una chica estoica a la que no conozco, espera pacientemente, con el *walkie-talkie* pegado a la oreja. Le dirijo un gesto amistoso, lanzo una mirada furtiva a los pasajeros... y entonces lo veo.

Para ser exactos, primero lo oigo. Una extraña música que desentona con el griterío de los niños, los apellidos de los tardones martilleados por los altavoces, «última llamada para Río, para Bangkok, para Tokio», y el ruido de los reactores vibrando al otro lado de los ventanales.

Una música suave y embriagadora.

Al principio la oigo, después la escucho. Luego busco de dónde viene. Solo entonces lo distingo.

Está sentado un poco al margen del resto de los pasajeros, casi al borde con la puerta N, atrapado detrás de una pila de maletas que parecen abandonadas, bajo el inmenso cartel de un A320 que vuela por un cielo estrellado.

Solo en el mundo.

Está tocando.

Nadie, aparte de mí, parece escucharlo.

Me paro. Él no me ve, no ve a nadie, creo. Está sentado en su asiento, con las piernas dobladas, las rodillas casi a la altura del pecho, y, suavemente, desliza los dedos por las cuerdas de su guitarra.

En sordina, como para no molestar a sus vecinos. Toca para él. Solo en su galaxia.

Me quedo mirándolo.

Me parece irresistible, con esa gorra roja escocesa sobre su pelo largo y rizado; con ese rostro fino, casi afilado, morro y pico más que nariz y labios; con ese cuerpo de pájaro frágil. En la sala de embarque unos leen *Le Monde*, *L'Equipe*, otros leen un libro, otros duermen, otros hablan; y él, con los ojos entornados, la boca entreabierta, deja que sus manos jueguen solas, como unos niños a los que nadie vigila.

¿Cuánto tiempo me quedo así, mirándolo? ¿Diez segundos? ¿Diez minutos? Qué extraño, el primer pensamiento que me viene a la cabeza es que se parece a Olivier. Que tiene su misma mirada clara, una mirada de luna llena, un tragaluz iluminado en la noche, reconfortante e inaccesible. Este guitarrista es tan flaco como Olivier rollizo, tan rama como Olivier tronco; pero los dos irradian el mismo encanto. El mismo que me sedujo en mi futuro marido desde el primer instante, aquella tarde en la que me quedé observándolo en su taller, observándolo en comunión con un velador que estaba serrando, aplanando, cepillando, puliendo, enclavijando, barnizando, *lasurando*... Ese halo solar de los seres solitarios. Olivier es artesano, este guitarrista artista, pero en este momento me resultan idénticos, entregados por completo a su arte.

¡Cómo admiro a esos hombres! Yo, la parlanchina, la fiestera a la que le encanta salir, ver gente y compartir. Lo que en el fondo creo, yo, que solo sueño con nuevos horizontes, que a cada nuevo destino pincho una chincheta de colores en el planisferio de mi habitación y que no me voy a quedar tranquila hasta que cada centímetro del póster esté agujereado, es que el jardín secreto de los hombres representa la última tierra por explorar. Creo que si sigo amando a Olivier, al tiempo que maldigo sus silencios, sus ausencias incluso cuando estamos sentados en la misma mesa o tumbados en la misma cama, es porque me sigo sintiendo orgullosa de ser aquella a la que mira cuando vuelve de su largo viaje interior. De ser aquella a la que reserva sus pocas palabras. De ser la única a la que, a veces, coge de la mano para abrirle la verja de su jardín. Estoy enamorada de la manera en que Olivier es libre sin abandonar su taller. Yo que, sin embargo, odio los muebles, las tablas, las virutas y el serrín, el ruido de los taladros, el vaivén de los serruchos. Yo, a la que solo le gustan la luz, las risas y la música.

—¿Nathy?

La voz me hace salir de mi ensoñación. Florence está detrás de mí. Mi rubita parece entusiasmada. Ha gritado. Probablemente, he debido de llegar muy lejos con el pensamiento.

—Nathy —insiste Flo—. Nathy, ¡no te lo vas a poder creer!

Pega saltitos, nerviosa como una niña que por primera vez va a subir en un tiovivo. El pañuelo ha quedado reducido entre sus dedos a una bola de seda.

—¿Qué?

—¡Robert va en el avión!

—¿Robert?

Tras un momento de vacilación, repito.

—¿Robert? No… Y no me digas que están también Raymond, Gaston y Léon.

Flo se echa a reír.

—¡Smith, cacho boba!

¿Smith? Debe de haber como diez Smiths por avión rumbo América del norte.

—Guau, ¿*mister* Smith? ¿*Really*? ¿*Mister* Bobby Smith?

No tengo ni idea de quién pueda tratarse. Flo se me queda mirando como si fuera un chimpancé que acabara de bajar de un banano.

—¡Te estoy hablando de Robert Smith! Joder, Nathalie, el cantante de los Cure, el zombi despeinado, el doble de Eduardo Manostijeras. Toca en Montreal mañana por la noche. Está ahí, en *business*, con todo su grupo y su equipo.

3

2019

Llego a la puerta M.

Trato de apartar los recuerdos que repican en mi cabeza, uno tras otro, como si quisieran volver a aparecer, existir, revivir de verdad.

Mal que bien, consigo disipar las imágenes de antes del despegue de 1999, el pasajero de Chicoutimi, Flo sobreexcitada, pero no lo consigo del todo con los acordes de guitarra. La parte más razonable de mi cerebro trata de demostrar quién manda: querida, ¡deja de delirar!

Me guardo en el bolsillo del uniforme la lista de los miembros de la tripulación y serpenteo entre los viajeros que están esperando. Tranquilamente, en su mayoría. Solo algunos, con más prisa, o aquellos que han llegado demasiado tarde para encontrar un asiento libre, empiezan a formar una fila delante de la puerta de embarque. Los pasajeros no subirán al avión hasta dentro de diez minutos, pero aun así sé por experiencia que, poco a poco, la gente se irá levantando para alargar la fila de espera improvisada, en lugar de esperar pacientemente sentados.

Yo lo habría preferido.

Habría sido más sencillo para observarlos a todos.

Me siento estúpida por haber venido hasta la sala de embarque, mientras todos mis compañeros me esperan ya en cabina. Para escrutar a cada pasajero. Por cierto, ninguno se me acerca para pedir información, ni para Chicoutimi ni para ningún otro sitio. Mi mente sigue jugando al pimpón entre el pasado y el presente, obsesionada con las coincidencias entre hoy y hace veinte años: un vuelo París-Montreal, con Flo, que despega de la puerta M, pilotado por el comandante Ballain, antes de encadenar hacia Los Ángeles. Intento de nuevo entrar en razón. Por lo general, ser azafata no me impide tener los pies en el suelo.

No es la primera vez que tengo esta sensación de haber vivido ya la misma escena, en el mismo pasillo, en la misma puerta de embarque, en el mismo avión, con la misma tripulación; y de ya no saber qué hora es, quién soy, adónde voy, Pekín, Pointe-Noire o Toronto, sobre todo cuando los vuelos se suceden demasiado rápido y se van acumulando los *jet lags*. Sí, es frecuente esa sensación de desconexión, de estar fuera del tiempo y del espacio, después de encadenar noches de vuelo, al volver a casa.

¡Pero nunca al partir!

Nunca al volver de Porte-Joie después de cinco días libres.

A mi pesar, a pesar de lo que me queda de sentido de la realidad, escruto cada cara de la sala de embarque; es más, me concentro en escuchar cada sonido.

Aunque en verdad no me atreva a reconocerlo, sé lo que estoy buscando en esta sala de espera superpoblada.

¡Una gorra escocesa!

Pelo rizado, hoy probablemente plateado.

Y a falta de encontrarlos, escuchar una discreta melodía de guitarra acústica tocada en algún rincón del aeropuerto.

¡Qué boba!

Mientras dejo que mi mirada inspeccione el vestíbulo, intento calmar mi confusión. ¿Es que no ha entendido nada la Nathy de hoy día? ¿No ha sufrido ya lo suficiente? La Nathy de hace veinte años no sabía lo que la esperaba… ¡pero la Nathy de hoy sí! No me voy a dejar amedrentar por los fantasmas del pasado por tres ridículas coincidencias. La puerta M de la terminal 2E en 2019 no tiene nada que ver con la de 1999. Han surgido pantallas por todas partes, gigantes en las paredes o en miniatura en las manos de los pasajeros. ¡Algunos, para cargarlas, pedalean o las dejan en consignas cerradas con llave! Las salas de embarque se han convertido en estaciones de servicio donde uno carga la batería antes de marcharse.

Pero no puedo evitarlo, mis ojos continúan con su búsqueda, y ya se han posado al menos tres veces en cada viajero... En los jóvenes, estúpidamente, y en los de cincuenta años, por supuesto... Ninguno se le parece, ni de cerca ni de lejos. Ninguno lleva una guitarra ni ningún otro instrumento. Ninguno toca nada para los demás. Cada cual tiene su propia música y la escucha en silencio, conectado a sus propios auriculares.

Al dios bromista se le debe de haber acabado su reserva de bromas. El pasado nunca vuelve, aunque la vida esté plagada de recuerdos que vengan para hacerte cosquillas. Uno nunca se baña dos veces en el mismo río, como dicen los griegos, los japoneses o a saber qué pueblo supuestamente impregnado de sabiduría. Uno nunca se baña dos veces en el mismo río, ni siquiera si fluye tan despacio como lo hace el Sena al fondo de mi jardín. La vida es un largo y tranquilo río, con alguna cascada de vez en cuando que provoca un pequeño chapoteo; pero, sobre todo, que no se puede remontar a contracorriente...

So long, Yl...

—¿Nathy?

La voz me saca de mi ensoñación. Me doy la vuelta. Flo está detrás de mí. Uniforme impecable y moño rubio perlado de gris, alguna arruga más desde nuestro último vuelo a Kuala el pasado invierno, pero emocionada como una adolescente que va a dar su primera vuelta en moto.

—Nathy —repite Flo—, ¿qué haces? Ven, rápido. ¡No te lo vas a poder creer!

—¿Qué?

—Robert va en el avión.

¿Robert?

Quiero responder, pero el nombre se me atraganta en la garganta.

¿Robert?

Se me descompone el rostro. Me agarro como buenamente puedo a la maleta. Flo se fija en que me balanceo, se echa a reír y me sujeta poniéndome las manos en los hombros.

—¡Sí, tía, Robert Smith! El cantante de los Cure. ¡Te lo juro, sigue vivo! Siguen haciendo giras, ¡van en el avión! Joder, Nathy, ¡tengo la impresión de tener veinte años menos!

He encajado el golpe. Al menos, aparentemente. Los millones de kilómetros que he pasado dormitando en cabina me ayudan a funcionar en modo sonrisa automática. He seguido a Flo hasta el Airbus, con las piernas temblorosas, y me he apoyado en la carlinga para recibir a todos los pasajeros de clase turista, dejando que Flo se ocupe de la *business* y de sus exestrellas del pop inglés que tocan dentro de tres días en Métropolis, la histórica sala de conciertos de Montreal. Al día siguiente de nuestro regreso.

Mi corazón sigue latiendo a velocidad supersónica, cuando escucho a Jean-Max soltar su cháchara poniendo acento quebequés: «El comandante Ballain al habla. Abróchense los cinturones, amigos. El depósito está a tope. Vamos que nos vamos».

Al parecer, una buena broma del piloto hace más por la reputación de la compañía que una buena bandeja de comida. Los pasajeros ríen con ganas. También las azafatas que vuelan por primera vez con Jean-Max, subyugadas por el humor del comandante entrecano. Solo Georges-Paul, Flo y sor Emmanuelle, los más veteranos de la tripulación, se hacen los indiferentes. Georges-Paul envía un último mensaje desde su móvil, Flo se arregla de nuevo el moño antes de volver a servir champán a sus estrellas del *rock* olvidadas, mientras que sor Emmanuelle da una palmada.

¡A trabajar!

Interpreto la pantomima de las normas de seguridad, ataviada con mi máscara de Dark Vader, perfectamente coordinada con Georges-Paul y Charlotte, mi becaria predilecta. No nos interesa meter la pata con la coreografía, sor Emmanuelle nos vigila con la misma rigidez que una profesora de *ballet*. Es la única de los jefes de cabina que sigue considerando que el recordatorio de las normas de seguridad es de interés. Estoy segura de que, si pudiera, prohibiría los móviles, la lectura de revistas, incluso las conversaciones privadas mientras las azafatas hacen el mimo. O si no prevendría a los pasajeros de que, después de la presentación, habría un examen para comprobar si todo el mundo había estado atento.

El recordatorio de las normas de seguridad, bajo la supervisión de sor Emmanuelle, dura dos veces más de lo que dura normalmente; pero permite que, poco a poco, los latidos de mi corazón se vayan calmando.

Me pongo manos a la obra por los pasillos del avión y así mantengo ocupada la mente: tranquilizo a un niño que está llorando, cambio de sitio a un pasajero comprensivo para que dos enamorados que estaban separados puedan viajar juntos, y finalmente me siento antes de que el Airbus despegue y de que Jean-Max anuncie «Permanezcan en sus asientos, hostias, ¡este buga va a despegar!».

Mi respiración recupera un ritmo normal mientras el avión se aleja de París. Georges-Paul informa de que ya estamos por encima de Versalles. Aquellos que lo oyen se asoman por la ventanilla del avión para comprobarlo, y lo corroboran, impresionados.

Creo que ya estoy algo más tranquila, pero la voz de Flo sigue resonando como un eco en mi cabeza: «¡Robert va en el avión! ¡Robert Smith, querida! ¡El cantante de los Cure! Te lo juro». No logro distinguir si son frases de hace veinte minutos o de hace veinte años. Ya no me apetece seguir jugando a las probabilidades, me conformo con añadir esta nueva coincidencia a la lista de las anteriores: un vuelo París-Montreal, pilotado por Jean-Max

Ballain, acompañada por Flo… ¡y el grupo The Cure al completo en *business class*! Una sola de estas coincidencias habría bastado para volverme loca. En el fondo, quizá sea su acumulación la que me ayuda a seguir buscando una explicación, a decirme que soy víctima de una cámara oculta, o de una broma pesada, o de una alucinación. Que todo esto no es más que un cúmulo de circunstancias, una de esas anécdotas increíbles que no ocurren más que una o dos veces en la vida y que, luego, cuando ya todo se ha calmado, nos gusta convertir en una buena historia que contar.

¿A quién? ¿A quién podría yo contársela?

Contarla sería reconocerla. Reconocer lo terrible. Reconocer mi maldición. La que he emparedado durante todos estos años.

Ahora el avión ruge, flotando sobre un mar de nubes. Me levanto, sirvo las bandejas de comida, entrego algunas mantas supletorias, explico cómo bajar los asientos, cómo apagar las luces; y después dejo que el avión se calle. Que se sumerja en la oscuridad y en el silencio.

Sentada sola en la parte de atrás del aparato, con la cabeza apoyada contra la persiana de la ventanilla, me pierdo en mis pensamientos. Me convenzo de que sigue habiendo una diferencia entre el vuelo de 1999 y el vuelo de hoy, una diferencia fundamental respecto a todos esos parecidos.

En el vuelo de hoy, he comprobado cien veces cada apellido de la lista y cada cara de cada fila.

Ylian no está.

Cierro los ojos. Vuelvo atrás en el tiempo.

El tiempo de un vuelo, hace veinte años.

Un vuelo en el que estaba Ylian.

4

1999

El avión sobrevuela un mar más vacío que el desierto. El Atlántico. Ni una sola isla, en más de tres mil kilómetros, antes de Terranova. Ni un solo barco en las aguas, por la ventanilla.

Estoy sentada en la parte de atrás de la carlinga. Flo se inclina hacia mí, encajonada entre los carritos de las bandejas de la comida y los baños. Susurra para que los viajeros que esperan bamboleándose, por efecto de una necesidad acuciante o de las turbulencias, no la oigan.

—¿A que no adivinas lo que me ha pedido el capitán Ballain?

—No...

—Me ha enseñado una copia de la lista de pasajeros. Había una crucecita delante de una decena de apellidos, y me ha explicado muy serio que había marcado todas las mujeres que viajaban solas, sin marido y sin hijos.

El ceño fruncido de Flo me hace sonreír. Unos mechones rebeldes se escapan de su moño, como uniéndose a su indignación.

—Si así se divierte —le suelto—. Se tarda mucho en cruzar el Atlántico. Sé de comandantes que hacen crucigramas mientras pilotan, otros que...

—¡Pero espera, Nathy, que eso no es todo! De las diez mujeres restantes, también ha tachado a todas las que tienen menos de veinte años y más de cuarenta...

—Se tarda mucho en cruzar el Atlántico.

—Me ha pedido que fuera a mirar qué tal eran las siete chicas seleccionadas... ¡y que invitara a las más mona a visitar la cabina de piloto!

Los ojos de Flo echan chispas. Yo me controlo para no echarme a reír. La técnica para ligar del comandante me parece bastante eficaz.

—Y...¿tú qué has hecho?

—Le he mandado a la mierda, ¿qué te piensas? Entonces ha puesto acento quebequés y me ha soltado: «Si no me quieres contentar, tampoco la voy a montar». Y le ha tendido su mierda de lista a Camille ¡y no te creas que esa mosquita se ha hecho de rogar para hacer de gancho!

Abro los ojos como platos y trato de localizar a Camille, embutida en su uniforme, pasando por las filas con su linterna para dar con las elegidas del *casting*. A la espera de que alguna sea del agrado del sultán y de que pueda ocupar el puesto de favorita por una noche.

—En el fondo, no es ninguna gilipollez —le admito al oído a Flo—. ¡Solo tienes que hacer tú lo mismo!

—¿Acostarme con el comandante? ¿En serio me crees tan lela?

Me pellizca la parte superior del brazo. ¡Ay!

—¡Que no, idiota! ¿No estabas buscando un tío soltero? Pues haz como él, localiza a los tipos que viajen sin críos y sin mujer.

Flo intenta hacer de nuevo el cangrejo con los dedos, pero esta vez me adelanto. Flo es una rubita adorable, toda curvas, para comérsela de la cabeza a los pies, desde sus pómulos redondeados salpicados de pequitas a sus piernas torneadas; como si la falda del uniforme de Air France hubiera sido cortada para realzar sus nalgas, y la chaqueta confeccionada para ceñir su pecho.

—¿Qué te piensas? A mí ya se me había ocurrido antes que a ese cretino de Ballain. ¡Lo que pasa es que no porque un tío viaje solo significa que esté libre! A Jean-Max se la trae al fresco, él

simplemente quiere acostarse con chicas que no se pillen... ¡Yo es al revés! A ver, que tampoco le hago feos a lo de acostarme con alguien, pero a ser posible con un chico que sí que se pille...

Le doy un beso en el brazo. Ella me abraza entre sus pinzas en un largo abrazo.

—Me quedan seis años —me susurra Flo al cuello—. Pasados los cuarenta, se acabó.

—¿Por qué? Pensaba que tenías una teoría, esa de que una azafata no debía tener niños.

—¡Y lo confirmo, mala madre! Pero tengo otra teoría que algún día podría servirte. Piensa, querida. ¿Qué sucede en una pareja que no pega? Ya sabes, una pareja en la que es evidente que el tío vale más que la tía, o que la tía vale más que el tío. Una pareja en la que uno de los dos es una auténtica cruz, y empieza a notarse. ¿Eh, dime tú qué pasa, sabiendo que en el noventa por ciento de los casos son las tías las que se largan?

Sacudo la cabeza sin entender muy bien adónde quiere ir a parar.

—Pues bien —concluye Flo—, es muy sencillo: con cuarenta años todos los tíos que merecen la pena siguen cargando con sus cruces porque no se atreven a dejarlas, mientras que las tías ya las han dejado. *Quod erat demonstrandum*, querida mía, que pasados los cuarenta todos los tíos que están bien están casados, ¡y que los que quedan o vuelven al mercado son manzanas podridas!

Y suelta un sobreactuado e irresistible suspiro.

—¿Has localizado a algún tío bueno en la carlinga?

—¿Y tu Robert? ¿Y tus *rockeros*?

—Qué dices, pero si son adictos al Lipton y a la Perrier. Han colgado sus camisas blancas en una percha y se han quedado dormidos como bebés. Solo les ha faltado ponerse un gorro de dormir para que no se les chafara la cresta.

Charlotte Sometimes... Sonrío sin responder. Dudo. Dudo durante un buen rato. Después me lanzo.

—¡Está él!

—¿Él?

Apunto con precaución mi linterna hacia la fila 18, asiento D. Una de las pocas que todavía sigue iluminada por una luz de lectura.

—Él, el chico de los rizos y de la gorra.

Me arrepiento inmediatamente. Pienso que Flo se va a reír de mí. Flo está buscando a un hombre de buena posición social, capaz de ofrecerle un apartamento, una cocina grande, un balcón orientado al sur, para tener que trabajar de azafata solo media jornada en Air France, por diversión. Mitad ave de paso, mitad ama de casa. ¡Su estupidez de sueño!

—Cuidadín —se limita a responderme.

Me vuelvo hacia ella, sorprendida.

—¿Y eso?

—Como te puedes imaginar, tu Ricitos de Oro no es mi tipo. Yo soy más de bombín que de gorra escocesa. Aunque entiendo que te ponga. Pero, haz caso a la experiencia de tu vieja amiga: no te fíes. No sé si es la clase de chico que se cuelga después de acostarte con él, pero de lo que estoy segura es de que es el típico chico del que te cuelgas, te hayas o no acostado con él...

—Tú estás tonta. ¡Pero si estoy casada!

—Lo sé, querida, con tu carpintero, como la virgen María.

Fila 18. Asiento D. Gradualmente, las luces se van encendiendo de nuevo. Vuelve a comenzar el suplicio, repartir unos doscientos cincuenta desayunos.

—¿Té o café?

Sacude sus rizos dorados, con la gorra agarrada entre las rodillas, como un niño tímido que protege un preciado tesoro. Apoya su libro en la mesita. Solo me da tiempo a leer el nombre de la autora: Penelope Farmer (¡mi cultura personal se limita a Mylène!).

—¿Champán? —se atreve a decir, no tan tímido.

Sonrío. Me fijo en la camiseta *The Cure-Galore Tour* que lleva debajo de la camisa.

—¡Para eso hay que estar en *business*! Están ahí todos sus compañeros, ¿no?

—¿Mis compañeros?

Habla francés. Es francés. Quizá con una pizca de acento español.

—Bueno, el resto de la banda... Robert Smith... No conozco a los otros... hum... ¿Bobby Brown? ¿Teddy Taylor? ¿Paul Young?

Retuercc la gorra. Debe de gastar una por semana.

—Qué va... No se crea. Ni siquiera formo parte de la gira. Simplemente me han fichado tres días para el concierto de Quebec, porque hablo francés. ¿Sabe el chiste de ese que pregunta quién sabe tocar la guitarra y van y contratan al que ha levantado la mano para llevar las cajas de los instrumentos? Robert y los demás no saben siquiera que existo.

—Qué pena... ¡Toca bien!

Se me ha escapado, una palabra de cortesía como las que dirijo a todos los pasajeros. Al menos es a lo que me agarro, aunque en realidad ya no me agarro a nada; una vocecita en mi interior me susurra «Estás metiendo la pata, Nathy, estás metiendo la pata, estás metiendo la pata» y, a forma de eco, la voz de Flo añade «No te fíes, no te fíes».

Él continúa retorciendo su gorra como si fuera una vulgar toalla.

—¿Ah, sí? ¿Cómo lo sabe?

—Le he escuchado hace un rato, en la sala de embarque.

Parece sorprendido, incómodo, como un niño al que han pillado in fraganti. Irresistiblemente modesto. Noto cómo meto la pata un poco. Se recompone y esboza una media sonrisa.

—También me pagan para comprobar los instrumentos. De hecho, no estaba tocando nada, afinaba la guitarra.

—¿En... en serio?

Finalmente deja la gorra, y yo lamento no poder juguetear con mi mechón, prisionero en mi pelo recogido.

—No, estoy de broma. Sí que estaba tocando. Bueno, improvisando.

¡Es un tímido con humor, además! Me tiende una trampa y yo caigo de cabeza.

—Era bonito.

—Gracias.

Un silencio.

Y yo sigo cayendo, convirtiéndose en una caída interminable, tipo *Alicia en el país de las maravillas*. Coge de nuevo su pobre gorra. Me fijo en que también se muerde las uñas.

—Tampoco es que fuera *Boys Don't Cry* o *Close To Me*... Pero si le gusta la guitarra, ¿no estaría mejor sirviendo a los músicos de verdad, en *business*?

—Se lo dejo a mi amiga. ¡A ella le encantan los famosos!

—Lo siento por usted...

Sus ojos claros, más azules, más sinceros que los míos, parecen sentirlo realmente, como si no se mereciera todo el tiempo que ya he gastado en él. Lo primero que se nos enseña en nuestras prácticas de formación es a hablar a cada pasajero con tal complicidad personalizada que el cliente tenga la impresión de que viaja en un *jet* privado. Me escudo detrás de esta excusa profesional para mirarle fijamente a los ojos y echarle morro.

—Yo creo que no he salido perdiendo con el cambio. Lo siento sobre todo por usted.

Él mantiene la mirada fija en mí.

—No creo.

No acierto a saber qué están haciendo mis manos. Busco desesperadamente una vía de escape.

—Oh, sí...Mi amiga es muy guapa... Y hay champán en *business*... ¿Quiere? Puedo ir a buscarlo.

—Déjelo. Era broma. No me lo puedo permitir.

—Invita la casa, no es ningún problema.

—Sí que lo es. Cuando no tienes un duro, ¡te gusta pagar las cosas!

Alzo falsamente el tono de voz, frunciendo el ceño, ojos como láser sin tirar demasiado al verde. Me he entrenado mucho con Laura estos últimos seis años.

—¡Que le digo que se lo regalo! ¡Piense que estoy pagando la entrada por su pequeño concierto improvisado!

—¿Nunca se rinde? Hay doscientos pasajeros esperando a que les pregunte si quieren té o café.

—¿Moët o Veuve Cliquot?

Suelta un fuerte suspiro de resignación. Apoya las manos en las rodillas, como si una vigilara la otra.

—Vale. Moët. Pero, en ese caso, ¡la invito a un concierto de verdad!

Antes de que me dé tiempo a reaccionar, prosigue:

—Esta noche, a las siete, en el Fouf, el bar que hay al lado del Métropolis. Si llega pronto, debería poder dejarla pasar al *backstage*. Se pasará el concierto con el culo en una caja, pero al menos estará a veinte metros de Robert, Teddy, Paul y Gilbert.

Me quedo muda. Agita muy rápido las manos, un boli, una servilleta que me tiende. En ella está escrita la hora, la dirección del bar, 87 *rue* Sainte-Catherine. Nada más, ni siquiera un nombre, ni siquiera un número de teléfono. Solo un garabato en lo alto de la servilleta AF, una especie de pájaro con la cola ahorquillada.

—¿Hasta mañana, Miss Swallow?

—¿Perdón?

—*Swallow*... Golondrina... Usted parece una, señorita, una golondrina libre como el viento que da la vuelta al mundo, con su traje azul y rojo.

Libre como el viento...

Estoy a punto de responder no sé muy bien qué, nunca he sabido qué, cuando suena un timbre y la voz de Jean-Max Ballain cubre el resto de las conversaciones del avión. «*Hi*, amigos. Espero que hayan tenido un viaje guay. Iniciamos ya mismo, despacito, nuestro descenso a Montreal. Hace un frío que pela ahí abajo, menos treinta grados, está nevando y no han pasado los sopladores de nieve. Les proporcionaremos unos patines para llegar a la terminal, porque la pista es un auténtico hielo. Les pediría que permanezcan en grupos al bajar del avión, ya que nos informan de que hay bandas de grizzlis en la pista de aterrizaje».

5

2019

¿Cuánto tiempo he dormido? ¿Cuánto tiempo me he tirado absorta en mis pensamientos, con la cabeza apoyada en la ventanilla, como si me hubiera fugado veinte años atrás?

Charlotte me da unos golpecitos en el hombro. *Nathy, Nathy. Desayuno*… Por un segundo, pienso que me lo vienen a servir a la cama. Antes de dirigir la mirada a las decenas de bandejas apiladas en los carritos. ¡A currar!

Fila 18. Asiento D.

Un chico de unos treinta años duerme acurrucado con la cabeza apoyada en las rodillas de la chica del asiento de al lado. Sin gorra ni ricitos, solo la cabeza rapada, cuya pelusilla acaricia su amada. Nadie lleva gorra en el Airbus. Nadie se parece a Ylian. Nadie porta su nombre.

Ylian no está en el avión.

Mientras reparto las bandejas, maldigo en mi mente a ese dios tramposo que se divierte sembrando todas estas coincidencias, pero que no me ha concedido la única que realmente habría soñado.

Ya casi he repartido a la mitad de las filas, de la 1 a la 29, cuando Georges-Paul se me acerca para tomar el relevo.

—Ya termino yo. Vete a descansar, Nathy.

¿Tan pachucha se me ve?

Me alejo y observo al alto azafato de gestos elegantes. Un niño de unos diez años le tira de la manga mientras este sirve café. Está claro que ha entendido el juego.

—¿Dónde estamos, señor?

—Frente a las islitas de la Magdalena, amigo —responde Georges-Paul sin dejar de llenar los vasos—, a cien kilómetros al norte de la isla del Príncipe Eduardo.

El niño se ha quedado pasmado. Volverá a preguntarle lo mismo a Georges-Paul dentro de un cuarto de hora. Él u otro niño. Es el juego preferido del azafato, un don que ha ido cultivando vuelo tras vuelo. Georges-Paul se ha entrenado para mejorar su sentido de la orientación, construyéndose una especie de reloj mental que, asociado al itinerario y a la duración del recorrido, le permite saber casi en tiempo real dónde se encuentra el avión. Por supuesto, de vez en cuando Georges-Paul vuelve a actualizar sus datos en función del viento y de las turbulencias, pero generalmente le basta con consultar la velocidad del avión para saber dónde se encuentra. El pequeño truco de magia de Georges-Paul Marie…

Georges-Paul Senior, como algunos listillos le han rebautizado, y al que todo el personal de cabina, incluso los que no han volado nunca con él, conocen bajo el apodo de GPS.

Sentada en la parte de atrás del avión, cierro los ojos. Flo está atrapada en la parte de delante con sus estrellas del *rock* de la Old Wave. He pasado a verla un par veces. Y ya de paso, Jean-Max Ballain ha aprovechado para plantarme un beso. *Tú siempre tan guapa, Nathy. Qué bien te queda ese mechón gris. ¿Nunca envejeces?*

¡Anda ya, charlatán! Con cincuenta y tres años, aunque siga siendo ligera como una pluma, soy consciente de los cráteres que se han abierto alrededor de mis ojos de luna, de las arrugas que pronuncia mi sonrisa. Una manzana todavía no demasiado arrugada. Pero no la primera a la que le hincaríamos el diente.

De pronto, el cansancio me vence, la cabeza me pesa una tonelada. Me gustaría coserme los ojos para no volver a abrirlos

nunca. Me gustaría clavar mis pensamientos para que no sigan dándole vueltas a esas extrañas coincidencias, sin encontrarles ninguna explicación. Me gustaría hacer como de costumbre, sentarme al lado de una compañera, una vez terminado mi servicio, y hablar de todo y de nada.

Como si hubiera leído mi mente, Charlotte se me acerca. Se asegura de que estamos solas y se agacha hacia mí.

—Tengo que hablar contigo, Nathalie.

¡Charlotte es mi protegida! Es la primera vez que volamos en el mismo avión, pero en dos ocasiones pasamos tres días de formación juntas en Roissy, el año pasado. Durante esos interminables días soportando las nuevas normas de seguridad inventadas por un tipo que nunca ha volado, respondiendo a cuestionarios surrealistas de salud mental (¿Cree usted llevar una vida familiar normal? Durante las escalas, ¿prefiere dormir, visitar la ciudad o beber?), jugando a toda clase de juegos de rol estúpidos que van desde la crisis de histeria a la simulación de un secuestro aéreo, ¡Charlotte escuchó más mis consejos que los de los formadores! Charlotte tiene tan solo veintitrés años, es más bonita que un sol y todavía no ha perdido esa capacidad de maravillarse ante el nombre exótico de algunos destinos: Tegucigalpa, Valparaíso, Samarcanda... ¡Charlotte es como yo hace treinta años! Es mi manzana preferida de la cesta. Adoro a Charlotte. ¡Como la toques te muerdo!

—Tengo que confesarte algo, Nathalie. Pero sobre todo, sobre todo, no lo repitas, ¿vale?

Parece serio. Asiento. Puede confiar en mí.

—Estoy enamorada, Nathalie...

Ah... ¡No es tan grave!

—Y él, ¿está enamorado de ti?

—Eso espero... —Titubea—. Sí, creo que sí.

No me gusta que dude.

—Él... ¿está casado?

—No... no.

Ha respondido demasiado rápido. Hay algo que no cuadra.

—Él… ¿es más mayor que tú?

—Un… un poco.

Mi pobre Charlotte parece tan avergonzada. Tengo la impresión de que le gustaría acurrucarse entre mis brazos, exactamente como me gustaría que hiciera Margot cuando sufre de mal de amores. Como Laura, que tampoco lo ha hecho nunca. Hablando de eso, ¿sabrá lo que es el mal de amores, mi Laura? Ella, que conoció a su futuro policía incluso antes de acabar la secundaria. Me conformo con coger las manos a Charlotte y apretárselas.

—Entonces, ¿qué es lo que no va, cariño?

—Tú… Tú lo conoces.

¡Ah!

Inmediatamente, pienso en Georges-Paul. Es alto, elegante, inteligente y guapo, siempre y cuando te gusten esos que se pasan el día mirándose en los retrovisores. Y, sin duda, es soltero, porque no se me ocurre ninguna chica que pueda vivir día y noche con un GPS al que nunca puedes desenchufar. Sigo pasando lista mentalmente a los demás azafatos, a los mejores partidos, cuando Charlotte confiesa con voz de ratoncita.

—Es… es Jean-Max… Bueno, quiero decir, el comandante Ballain.

Han llamado a Charlotte a la parte delantera del avión. Unos niños que se encuentran mal y a los que hay que tranquilizar. Solo me ha dado tiempo a preguntarle cómo ha ocurrido. «Así —me ha respondido—, será el azar». Luego ha precisado que no, que el azar no ha sido, que el azar no existe, solo los encuentros, que era Paul Eluard quien lo decía.

¡Toma ya, Paul Eluard! No he añadido más. He dudado, pero no me he atrevido a hacer ningún comentario. Mi pobre Charlotte… ¡Lo primero que habría que enseñarles a las jóvenes gacelas es la reputación de estos garañones con galones! Durante la formación, deberían proyectar diapositivas con cuadros de caza con los comandantes, para prevenir a las nuevas. ¿Y qué le digo yo a Charlotte? ¿Que Jean-Max es el más grande follador de toda la flota? ¿Que ostenta esa reputación desde hace treinta años? ¿Que yo creía que se había calmado un poco, pero que se ve que no? Simplemente, es más discreto.

Me quedo pensando. No me apetece dejar a mi Charlotte hecha polvo.

Hago mis cálculos. Definitivamente, es el día. ¡No hacía tantas mates desde bachillerato! Ballain es más viejo que Charlotte… treinta y seis años… ¡Treinta y seis años, ni más ni menos, nena!

Me anticipo. Flo, Georges-Paul, Emmanuelle, Jean-Max, Charlotte y yo vamos a pasar veinticuatro horas juntos en Montreal. Tengo que encontrar la manera de abrir los ojos a mi tontita. Sin recurrir a los demás. Y ni hablar de revelar el secreto que me ha contado mi protegida, ¡y mucho menos a Florence, que siempre ha odiado al comandante Ballain!

Relativizo. Al menos esta confidencia ha sacado de mi cabeza, por unos segundos, a los fantasmas que la atormentan. De repente me doy cuenta de que les tengo un poco menos de miedo. Pensándolo bien, tampoco es que este cúmulo de coincidencias no tengan por qué darse. ¡La prueba está en que se dan! Lo que es imposible es que las una algo que no sea el azar… ¡Diga lo que diga Paul Eluard!

Ya más tranquila en lo que respecta a mi suerte, pero preocupada por la de Charlotte, entre las garras de su lobo del aire, noto con alivio las ligeras turbulencias que sacuden el avión. ¡La ocasión para estirar las piernas! Voy pasando por las filas de asientos para tranquilizar a los pasajeros. Sé por experiencia que unas minúsculas sacudidas pueden convertirse en el mayor de los horrores para los viajeros más miedosos. Calmo a los padres con una sonrisa, invito a los niños a que se tranquilicen, compruebo los cinturones, pido que vuelvan a subir las mesas. Unas cuantas sacudidas suplementarias provocan algún grito más, pero también alguna risa. Nada demasiado grave.

Delante de mí, un pasajero, paralizado, se agarra con la mano derecha al reposabrazos y con la izquierda a su mujer. Unos cuarenta años, piel mostaza, pelo negro despeinado y bigotillo cual hilo de regaliz. Extranjero. Yo diría que malasio. Se comunica en inglés. Farfulla unas palabras, una especie de oración, al tiempo que parece dudar entre arrancar el reposabrazos o el brazo de su mujer. Me acerco. Ni siquiera se da cuenta de que estoy ahí, tiene los ojos cerrados, la boca abierta, y sigue rezando ese rosario que supuestamente debería salvarle. Su mujer lo acaricia mientras lo escucha, y comprendo que la oración de su marido se dirige a ella. Me acerco para ofrecer agua, un caramelo, un calmante.

Y justo en ese momento, lo oigo.

When our islands are drowned, when our wings are down.

Un sobresalto del Airbus que nadie aparte de mí percibe, me lanza volando dos filas más allá. Titubeo. Algunos pasajeros se preocupan. *¿Se encuentra bien, señora?* No respondo, no tengo fuerza para ello, solo para darle vueltas a las palabras que acabo de escuchar en boca de ese pasajero malasio; palabras que forzosamente he debido de oír mal. *When our islands are drowned*, me ha parecido entender, he traducido mal, *when our wings are down,* transformadas, deformadas…

Cuando nuestras islas queden sumergidas
Cuando nuestras alas estén destruidas

¿Me estoy volviendo loca?

—¿Estás bien, Nathy? —se preocupa esta vez Georges-Paul, que llega hasta mí en un par de zancadas.

—Sí, sí, GePe…

Pero qué va. No lo estoy. ¡Estoy loca! Esas palabras, esas palabras pronunciadas en inglés por ese pasajero malasio, son las últimas que Ylian pronunció hace veinte años.

Las últimas que me ofreció.
Son mis palabras, nuestras palabras.
Nadie aparte de nosotros puede conocerlas.
¿Cómo es posible que esa pareja de malasios nos las haya robado?

Georges-Paul me ayuda a levantarme, las piernas apenas me sostienen. Un timbre golpetea en mi cabeza, unas luces se encienden, una voz se eleva, como venida del cielo. ¿La de un ángel?

Un ángel que imita el acento quebequés.

«*Hello*, amigos. Al habla vuestro comandante. Espero que se lo hayan pasado guay durante el vuelo. Iniciamos despacito el descenso a Montreal. No hace falta que se abriguen para salir. Los treinta centímetros de nieve de ayer de repente se han derretido. Pueden bajar del avión en camiseta, se les entregarán aletas y tubos de snorkel para llegar a la terminal. Simplemente permanezcan en grupo, nos informan de bandas de rorcuales en la pista de aterrizaje».

6

2019

Olivier no ha temblado nunca ante un mueble. Con el tiempo, sus manos han aprendido a reconocer las distintas variedades de la madera, la rugosidad del pino, los anillos color crema del sauce, las sinuosas contravetas del carpe, las venas oscuras del olivo; ha aprendido a domar los nudos, las microscópicas astillas; ha aprendido a distinguir cada detalle, como si se tratara de la textura de la piel de mujeres completamente diferentes. Él, que no ha tocado más que a una.

Sin embargo, sus manos tiemblan ante este cajón anodino.

Sus dedos aferran el pomo redondo, una bola de roble que él mismo lijó, pulió, barnizó. El cajón se desliza por los listones lisos. Una perfecta obra de ebanistería. Habría preferido que estuviera claveteado, pegado o simplemente cerrado con llave.

Pero Nathalie lo ha dejado así, al alcance de la mano, todos estos años.

¿Un gesto de confianza?

¿O una sutil tortura?

Olivier desliza la mano por el cajón. La última vez no se atrevió, volvió a cerrarlo tan pronto como sus dedos apresaron los objetos, sin tan siquiera tomarse el tiempo para mirarlos. Volvió a dejarlo todo en su sitio, volvió a cerrar el cajón como si de él pudiera escapar un gas químico, un gas incoloro capaz de envenenar su casa, su familia, su vida, todo lo que han construido.

Espera que Nathalie no se haya dado cuenta.

Hoy no ha vuelto a cerrar el cajón.

Lo registra. Rebusca al azar.

Trata de convencerse de que no está haciendo nada malo, de que si Nathalie tuviera algo que esconderle no habría dejado todos aquellos objetos al alcance de la mano; que ha pasado tiempo, que lo confesó todo, que ellos valen más que un viejo tesoro de recuerdos desvaídos.

Coge a ciegas un puñado de objetos, y da unos pasos antes de sentarse y de apoyarlos en la cama. Observa los pliegues que hay en ella, para memorizarlos, como si ya simplemente arrugar la colcha fuera engañar a su mujer.

Extiende con cuidado su botín. Con el oído atento. Margot está en el instituto, podría volver. ¿Y entonces? Se lo encontraría en la habitación, sentado en la cama. ¿Podría sospechar que los objetos expuestos sobre el edredón son los documentos probatorios de una traición? ¿Pueden imaginarse los hijos los deslices de sus padres? Y si llegaran a imaginárselos, a adivinarlos, ¿les afectarían? Aun así, Olivier entorna la puerta de la habitación con la punta del pie. Finalmente, fija la mirada en los objetos.

Una servilleta de papel, con las siglas AF, que sirvió de Post-it. Ni nombre ni fecha, solo una dirección, *87 rue* Sainte-Catherine, ilustrada con el dibujo de un pájaro: plumas oscuras, alas garabateadas, cola en V.

¡Una golondrina!

Olivier la reconoce. Esa silueta es gemela a la que Nathalie tiene dibujada en el hombro, al tatuaje que tantas veces sus labios han evitado cuando le besa el cuello mientras le abre el escote de la blusa; que tantas veces ha tenido ganas de borrar, hasta el punto de morder el cuerpo de su mujer, hasta hacerla sangrar.

Olivier intenta no dejarse dominar por sus pensamientos y continúa con la inspección. Ignora el resto de los objetos del cajón, que Nathalie ha conservado como preciados tesoros.

Un viejo programa de cine, del 1 de agosto al 30 de septiembre de 1999, *Cine bajo las estrellas-Montreal.* Una servilleta decorada con letras doradas y con la efigie del hotel Great Garuda de Yakarta, reconocible por una aterradora cabeza de águila. La fotografía de una pintura muy colorida, un poco naif, de una mujer soldado armada hasta los dientes, fusil en mano. Un sobre que Nathalie tuvo que rasgar a toda prisa, y después volver a pegar con cuidado para que pudieran leerse estas pocas palabras: *Es todo lo que he podido salvar. Laura es muy guapa. Usted también.*

Tantas esferas de la vida de Nathy que él desconoce. Esa vida vivida en otros continentes. Esa vida en un lugar lejano. Esa vida… ¿anterior?

Cuando nuestras islas queden sumergidas
Cuando nuestras alas estén destruidas
Cuando la llave del tesoro tan buscada
esté oxidada
No quedará nada de nosotros.

7

1999

—¡Algo tan bueno tiene que ser pecado!

Flo se come tres patatas fritas más y tira el resto de su *poutine* a la basura más cercana. Levanta orgullosa el puño, como si acabara de meter una canasta de tres puntos.

—¡*Yes*! Diez patatas por *poutine*, ni una más. Y hasta que volvamos a despegar, no más de cinco vodkas por noche.

Se echa a reír y se va para pegar la cara en el *fast-food* de enfrente. Aplasta la nariz, atrapada detrás del cristal.

—¡Ay! Tentación, tentación... —Hace una cruz con los dedos—. ¡Apártate, Satanás! Al menos podrías animarme, mala mujer.

No respondo. Observo embelesada el Viejo Montreal. Es la primera vez que pongo los pies en Quebec y todo me encanta. El acento de los comerciantes; las tronchantes canciones que ponen en la radio; la impresión de estar caminando por un inmenso campus en el que todos sus habitantes tienen menos de treinta años; la amabilidad de los transeúntes; ese decorado de lejano oeste de opereta, justo al contrario de un *spaghetti western*, más bien una *tartiflette western*; esa sensación, en cada conversación, de que has llegado a casa de un primo al que no has visto nunca, pero que te recibe como si te conociera de toda la vida.

Flo sigue con la mirada a tres jóvenes canadienses que pasan, vestidos con una gruesa camisa abierta encima de una camiseta de los Toronto Raptors.

—No me queda otra —suspira—. Si quiero encontrar un tío, ¡dieta! A ti eso te trae al fresco, como ya tienes dos... Venga, cuenta, ¿qué hay de tu guitarrista con gorra?

Miro alrededor, como si alguien pudiera escucharnos, como si simplemente con hablar me corroyera la culpa. Flo nota mi confusión y me empuja dentro de la primera tienda que encontramos, una especie de supermercado de artesanía norcanadiense. Me mendiga confesiones con la mirada. Me fijo en que hay una sección, cerca de las joyas, no lejos de las cajas, despejada de turistas.

—Hemos intercambiado un par de frases en el avión. Es simpático, divertido, guay. Pero, querida, estoy casada... ¡Señorona casada y joven mamá!

—Lo sé, ¡con José! Pero eso no impidió que María le engañara con un ángel caído del cielo. Así que, venga, suelta, ¿ahora qué?

—¿Ahora qué de qué?

—¿Vas a volver a verlo?

—No... Por supuesto que no.

Flo se pone el pulgar, el índice y el corazón en la nariz, y tira de ella para agrandarla.

—¡A mí no, cariño! No sabes mentir. Va a haber que entrenarte antes de que vuelvas a besar a Gepetto en la carpintería.

Me revuelvo, apurada. No tanto por Flo, como por la mirada penetrante de la vendedora que hay en la caja. Una mujer muy morena, con la cara tirando al rojo, disfrazada de esquimal. De hecho, quizá no esté disfrazada, ¡parece real! Inmóvil como una estatua de hielo en la banquisa, esperando a que pase el trineo.

—Por si te interesa saberlo, ¡me ha invitado a escuchar a los Cure! En el *backstage*... Puedo quedar con él en un bar al lado del Métropolis, una hora antes del concierto.

Flo se queda sin palabras. Por un segundo.

—¡Serás putón! ¡Vas a ser la única que pueda echarle el ojo al culo de Robert! ¿Y te gusta, el Eric Clapton escocés?

—Es más bien un utilero, ya sabes…

—No me has respondido… ¿Te gusta?

—No… no me disgusta… Se… se parece mucho a Olivier.

—¿A Gepetto?

—¡Sí, jopé, a Olivier, mi marido!

—¿Pero en más guapo?

—No, ni siquiera.

—¿En más nuevo?

—No me parece a mí que Olivier esté gastado.

—¿Entonces en más qué?

Habría podido responder «En más nada», este chico no tiene nada que Olivier no tenga, es un perfecto desconocido, una sonrisa, un par de palabras intercambiadas, y ya; no es más que un pasajero simpático. Habría tenido que responder eso. Pero la mirada de la inuit a mi espalda me lo impide. Su sola presencia parece obligarme a decir la verdad.

—En más… En más loco.

Flo se me queda mirando, casi con la misma intensidad que la esquimal congelada. De un capirotazo manda a paseo los atrapasueños que cuelgan sobre nuestras cabezas, y frunce el ceño.

—¿Quieres a tu marido? —termina por preguntarme.

—¡Sí!

He respondido sin pensármelo, pero su respuesta restalla aún más rápido.

—Entonces arreando.

—¿Arreando dónde?

—¡Arreando a esa cita! Arreando a ese bar. Arreando a ese concierto.

—¿Estás de coña?

Una pareja de turistas franceses circula por la sección que

tenemos detrás; los reconozco, iban en el avión. Flo me arrastra un poco más cerca de la caja.

—Arreando, te digo. ¿Se parece a tu Olivier, pero en mejor? ¡Entonces estúdialo! Piensa que es una forma de mejorar a tu marido. De descubrir lo que todavía le falta a tu pareja. De aspirar a la perfección. Y sobre todo, piensa que no tienes nada que temer yendo a esa cita, que no eres tú la que corre peligro.

—¿Por qué?

Florence levanta la vista al techo, cubierto de pieles de bisonte.

—Mírate, Nathalie. Eres guapa. Toda sonrisas. Eres romántica. Estás más buena que una patata con salsa marrón de una *poutine*. No temas, lo tienes todo bajo control. ¡Eres tú la que vas a hacer que tu Jimi Hendrix con gorra pierda la cabeza!

Noto la mirada de la cajera inuit clavada en mi espalda, fría como una estalactita. Un puñal helado que apaga mi corazón ardiente. En el fondo, quizá sea eso lo que espero. Que se congele, que deje de latir, o al menos que se ralentice, que mi cerebro pueda recuperar el control. Lejos de haber ganado, Flo insiste.

—¡Y no me vengas con el rollo de la víctima del destino! Tienes un marido que se ocupa de tu niña mientras tú te vas de fiesta por el mundo. Tienes como mejor amiga a la más guay de todas las solteras. Casi tienes un amante… Y, la guinda del pastel, ¡vas a ver el concierto con el que sueñan todas las chicas que hace diez años tenían veinte!

Intento una última escapatoria.

—¡Ve a verlo tú en mi lugar, si tanto te apetece!

—De eso nada, tontita. Es tu destino, no el mío.

Le cojo la mano. Intento convencerme de que una simple cita en un bar no me compromete a nada.

—Tengo un poco de miedo…

—Entonces ven.

* * *

Estamos a punto de salir, cuando una voz nos llama. Justo detrás de nosotras.

—Señorita.

Instintivamente, sé que la mujer de detrás de la caja se está dirigiendo a mí. Me giro. La inuit sostiene en sus manos un guijarro gris, del tamaño de un huevo de codorniz.

—Para usted, señorita. Es una piedra del tiempo.

Florence se queda atrás, en silencio. Como imaginaba, la dependienta se dirige solo a mí.

—No tema, tenga.

Deja caer la piedra en la palma de mi mano. Es una piedra normal, bonita, pulida. Sin nada en particular. Amago el movimiento de devolvérselo a la inuit. Ella detiene mi gesto.

—¿Sabe lo que es una piedra del tiempo, señorita? —Me deja que lo piense unos segundos, antes de explicar—: El tiempo, señorita, es un largo río. Nunca se detiene. Siempre fluye en el mismo sentido. Y, sin embargo, es imposible ver a qué velocidad se mueve cada una de sus gotas. Se parecen todas, ¿no es así? ¿Cómo saber si una tiene más prisa que otra o si una va con retraso? ¿O si una de ellas se detiene para dejar que el resto del río continúe?

La escucho, interesada. Me parece que se ha aprendido muy bien su rollo, aunque yo no tenga la más mínima intención de comprar la piedra mágica que me va a intentar colar a continuación.

—No obstante, existe un modo de descubrir esas gotas que se detienen. Algunos esquimales saben reconocer esas burbujas de eternidad que dejan que el río fluya. Dejan rastro sobre las piedras, en el fondo del lecho de los ríos. Rastros invisibles para quien no sabe mirar, pero los hechiceros inuit pueden pasarse días enteros mirando el agua viva, antes de descubrir una.

Me obliga a apretar el puño sobre la piedra.

—Esta es para usted.

Oigo la risa discreta y burlona de Florence, detrás de nosotras.

—¿Y para qué sirven estas piedras mágicas?

—Para volver atrás en el tiempo —responde seria la vendedora inuit—. El día que lo necesite. El día que realmente lo desee.

Florence se echa a reír, esta vez sin contenerse.

—¿Cómo en *Regreso al futuro*?

En ese momento, me enfado con Flo por haber roto el encanto. Me gusta la poesía de esta mujer, aunque simplemente esté dirigida a sacarle unos dólares canadienses a los turistas.

—No —sonríe la vendedora—. Estas piedras no permiten volver al pasado, y menos aún cambiarlo. Solamente permiten revivir fragmentos, destellos de tiempo, confetis. Ya se lo he dicho, el tiempo, como el río, no se detiene nunca, fluye siempre en la misma dirección. Pero unas gotas, unas simples gotas que surjan del pasado, pueden ser suficientes para cambiar el rumbo de una vida.

Abro el puño.

—Gracias, es una historia muy bonita. Le voy a devolver esta piedra. Es demasiado valiosa para mí.

La inuit me mira intensamente.

—Es para usted, señorita.

Me va a costar librarme de ella sin sacar unos billetes. Nos obstante, sigo sonriendo.

—No me interesa. En serio. Soy demasiado joven para pensar en el pasado.

—Tenga, por favor, cójala.

Vuelve a cerrarme la mano alrededor de la piedra del tiempo. Alzo el tono. Noto que Florence se impacienta.

—Lo siento. Sea cual sea el precio, no se la voy a comprar.

—Se la regalo —dice suavemente la vendedora.

Sigo con el puño cerrado. Estupefacta.

—Acaba de asegurarme que estas piedras son poco comunes. Únicas. Valiosas y codiciadas. ¿Por qué regalársela a una extranjera?

La mujer me mira fijamente a los ojos. Sé perfectamente que es un truco comercial, regalarle una piedrecita a una turista inocente, para ganarse su confianza y que vuelva a comprar otra baratija.

—Porque usted está enamorada —responde la inuit—. El amor no dura, el amor es tan frágil como un collar. Pero la piedra del tiempo permite conservar las cuentas más hermosas. Para siempre.

8

2019

—¡Que pruebes!

Flo se está zampando su *poutine* a dos carrillos. ¡Ya me había olvidado de esa bazofia quebequesa de la que todo el mundo se alimenta aquí! Una mezcla pringosa de patatas fritas, cheddar frío y salsa marrón. Caminamos juntas por la *rue Saint-Paul*, por el Viejo Montreal. La alegre presencia de Florence distrae un poco mi mente obsesionada con esa incomprensible sarta de coincidencias. Me obligo a no seguir con el juego de los parecidos, con Flo, en esta misma calle, hace veinte años.

Pillo una patata chorreante con la punta de los dedos. Flo ríe y coge un puñado entero. Flo ha engordado un poco en estos veinte años, pero le sienta muy bien: las caderas más anchas, las nalgas más llenas, el pecho más redondo… Mi amiguita rubia se ha vuelto tan apetitosa como un pastel un poco sobrado de nata. Y tengo la impresión de que la mayoría de los hombres golosos lo aprecian. ¡Cuando veo lo que Flo come y bebe en cada escala, me parece increíble que no se haya vuelto obesa! Flo tiene una explicación para ello: asegura que entre vuelo y vuelo no vive más que de ensaladas y de agua fresca. Incluso le ha puesto nombre: ¡bipolar alimentaria! Y bipolar también para el resto. Flo se ha convertido en una esposa prudente y aburguesada, que cuida con esmero de su apartamento de la *avenue* Iéna…, pero que sigue siendo incontrolable después de cada despegue. Aparentemente, ha dado con el hombre ideal para ello: forrado de pasta, enrollado y embelesado por la doble personalidad de su Wonder Woman, discreta en la vida real pero capaz de desplegar sus poderes mágicos en cuanto se da la vuelta. ¿Así que de verdad existe un marido que ame a su mujer sin tenerla atada con una cadena? ¡Flo lo ha encontrado! ¡Toma ejemplo, querido Olivier!

—¡Guaau! ¡Quiero! —vuelve a gritar Flo.

Acaba de pararse delante de Foiegwa, un restaurante que vende hamburguesas del tamaño de rascacielos; para caminar otros diez metros y quedarse pegada a los pasteles de Les Moulins Lafayette. Me encanta pasear por el Viejo Montreal. Siempre me ha parecido increíble este pequeño barrio construido al lado del río, sus calles adoquinadas, sus tiendecitas de ladrillo y piedra, sus miradores, sus contraventanas rojas, sus banderas azul real, sus flores de lis; como si los tramperos siguieran descendiendo en piragua por el Saint-Laurent y se acercaran para abastecerse o para vender sus pieles. El resto de la ciudad está construida en altura, o bajo tierra, convertida a la modernidad, al hierro, al cemento y al vidrio. Pero en el Viejo Montreal, el nuevo mundo no ha conseguido completamente despachurrar al anterior. Sobre todo cuando el verano se prolonga hasta septiembre y los turistas afluyen desde toda América del Norte para regalarse un viaje por la historia sin necesidad de cruzar el Atlántico.

Flo observa su reflejo en el escaparate de una inmensa tienda de artesanía tradicional inuit.

—No ha cambiado nada desde el 99 —dice—. ¡Ni siquiera nosotras!

Me obliga a acercarme para que nuestros reflejos se solapen.

—Bueno, ¡tú sí, querida! Pero no en veinte años… ¡En tan solo tres horas!

Ante mi falta de reacción, me coge de la mano y me arrastra al interior de la tienda.

—Ahora que he tenido tiempo de digerir tu historia de chalada, ¡empecemos el interrogatorio!

Hace tres horas, al bajar del avión, durante una espera interminable para pasar la aduana, no he podido resistir más y le he enumerado a Flo la surrealista lista de coincidencias con las que me he topado desde mi llegada a Roissy. Ella me ha escuchado, concentrada. Luego ha ido callada de camino al hotel, mientras Jean-Max, Charlotte, Georges-Paul, Emmanuelle, Flo y yo quedábamos para tomar algo por la noche. Pero antes, ¡tiempo libre! Yo tenía el firme propósito de enclaustrarme en mi habitación, pero Flo me ha llevado, casi a la fuerza, al Viejo Montreal, para *comprear*, como dicen por aquí. Solo el tiempo de darnos una ducha y dejar nuestros uniformes en el ropero.

Flo está a mi lado, enfrente de un muestrario de animales de madera esculpida. Bisontes, linces, caribús, castores. Me mira a los ojos antes de empezar a hablar.

—He estado pensando en esa historia tuya de los fantasmas del pasado que vuelven para tocarte las narices... Y, tía, no le veo más que cuatro explicaciones.

¿Cuatro explicaciones? ¡Bravo, Flo! Yo no le encuentro ni una...

—La primera, sé que no te va a sorprender, es que todo lo que te está pasando es fruto del azar.

Agarro una pequeña ardilla roja en mis manos. Sin ocultar mi decepción.

—Si tú a eso le llamas una explicación...

—Espera... Un segundito, que te explico. ¿Conoces esa teoría que dice que las coincidencias no existen, que son solo una invención de nuestra mente? En un día vemos, oímos, captamos millones de informaciones. Nuestro cerebro selecciona unas cuantas, y él mismo hace sus conexiones. ¡Si las buscamos, encontramos coincidencias en todas partes! Mira, te voy a poner un ejemplo: acabas de romper con tu novio que es, yo qué sé, brasileño. Pues bien, vas a ver cómo se tiran todo el día hablándote de Brasil. Y lo que pasa, simplemente, es que antes de conocer a ese chico ni te dabas cuenta de ello. Vemos las señales que queremos ver, incluso inconscientemente. ¡Sobre todo tú!

—¿Sobre todo yo?

Flo sonríe.

—Ya sabes lo que dicen, ¡las Nathalies tienen una clara tendencia a la nostalgia! ¿No ha ocurrido nada recientemente en tu vida que te haya hecho pensar en tu guitarrista?

Vuelvo a ver el cajón entreabierto de mi habitación, el guijarro por el suelo. Luego el *planning* recibido una semana antes, los tres destinos. Montreal-Los Ángeles-Yakarta. Vuelvo a dejar la ardilla de madera. Segura de mí misma. Su explicación no se sostiene.

—Siento decepcionarte, Docteur Psy[1], pero no por haber estado pensando de nuevo en mi guitarrista voy a tener que ver recuerdos de nuestra historia por todas partes. Es más bien al revés, querida. ¡Son estas coincidencias las que me han hecho volver a pensar en él! Yo no he elegido estas señales, ¡se me han impuesto! ¡Empezando por el *planning*!

Nos movemos un poco por la tienda, para acabar delante de alimentación y de un pasillo lleno de siropes de arce y de *whiskies* canadienses envasados en todo tipo de botellas.

—Está bien, cabezota mía —admite Flo—, ¡si tú lo dices! Entonces pasemos a la segunda explicación. Estás siendo víctima de una maquinación.

Pone ojos de conspiradora. Flo afirma que cuando está descansando en su apartamento parisino del distrito dieciséis, se pasa el día en el balcón, devorando novelas policiacas. Durante las escalas, o durante un vuelo, ¡nunca la he visto abrir un libro! Da igual, esa hipótesis me llama la atención.

---

[1] Cómic francés protagonizado por un psicoanalista con el mismo nombre (N. de la T.).

—¡Explícate!

—Bueno, verás, he leído un montón de historias donde la protagonista se vuelve paranoica porque un tipo la manipula sin que ella se dé cuenta. A hurtadillas, le manga las llaves, el número de su tarjeta de crédito, queda con sus amigos usando una identidad falsa. En resumen, él la vuelve tarumba, ella piensa que se está volviendo loca, y al final se vuelve loca de verdad…

—¡Qué bonito!

Flo parece embelesada con una hilera de botellas Maple Joe en todas las tonalidades cobrizas de las hojas de otoño. Me quedo pensando un momento, antes de contraatacar.

—Pero si te estoy entendiendo bien, Miss Marple, eso quiere decir que el malvado que quiere volverme loca a golpe de coincidencias manipuladas es capaz de modificar mi *planning*, de decidir qué miembros de la tripulación me acompañarán en el vuelo, al menos tú y Jean-Max, y, más fuerte aún, ¡de hacer que Robert Smith y toda su *troupe* se monten en el Airbus, programándoles un concierto en el Métropolis de Montreal! Sin olvidarse de sobornar a un pasajero malasio para que le susurre a su mujer, justo en el momento en el que yo paso, las palabras de despedida de mi guitarrista, que solamente él y yo conocemos. —Hago una breve pausa—. Y la guinda del pastel, ¡este genio es incluso capaz de programar *Let It Be* en directo en Nostalgie, adivinando que yo voy a escucharla por la radio!

Flo frunce el ceño.

—No me habías contado esa historia de la canción.

—Era… Un guiño entre mi guitarrista y yo… Un guiño… doloroso.

Flo me empuja un poco más allá. Acabamos en medio de los atrapasueños, que cuelgan por todas partes sobre nuestras cabezas. Plumas y cuentas de todos los tamaños y colores. Un aroma a incienso hace que me dé vueltas la cabeza.

—Vale, bonita —continúa Flo—, tú lo has querido. Tercera explicación. Y esta te va a gustar todavía menos. ¿Estás lista?

—Venga.

—¡Te lo has inventado todo!

—¿Qué?

¿Es el incienso, las plumas de los atrapasueños que tengo sobre la nariz o la explicación de Flo lo que me hace estornudar?

—¡Que deliras, tía! —precisa Flo—. Que sueñas, que crees que has escuchado esa canción en la radio… Susurrar a ese malasio…

—¿Y el *planning*? ¿Tú, yo y Jean-Max en la misma carlinga? ¿Y los Cure?

—¿Y eso qué demuestra? Hemos viajado juntos varias veces a lo largo de estos veinte años, ¿no? Es tu historia de amor lo que te has inventado… O soñado… Y todo lo que tiene que ver con ella. Nunca ocurrió nada entre vosotros. Te lo has inventado todo. Quizá, incluso, nunca haya existido tu guitarrista.

—Joder, Flo, si te lo enseñé en 1999, en el París-Montreal, el chico con la gorra escocesa, fila 18, asiento D. Estuvimos hablando de él durante horas, aquí, en la *rue* Saint-Paul, en esta misma tienda, además. Tú también has vivido esta escena, acuérdate, me dijiste que…

Vuelvo a estornudar. Flo me mira fijamente a los ojos, repentinamente seria.

—Vale, Nathy, hace veinte años me enseñaste a un tipo en un avión. Después me estuviste hablando de él durante toda la escala de Montreal. ¡Pero nunca os vi juntos!

—Bueno, pues si nos ponemos así, yo tampoco he visto nunca a tu marido.

—Y yo hace la tira de tiempo que no veo a tu ebanista… Pero no te mosquees, tía, ¡simplemente estoy buscando una explicación!

¡Pues claro que me mosqueo! Me adelanto y me doy un golpe en la cabeza con un atrapasueños, que a su vez golpea a otro y a otro. Todos se agitan sobre mi cabeza, en un viento de plumas.

—¡Entonces olvídate de esa! ¿La cuarta solución?

—¿Estás dispuesta a oírla?

—¿Puedes empeorarlo?

—¡Ven!

Flo me arrastra hacia la sección de joyas. Observo los collares de plata, los dientes de oso, los cuernos de caribú.

—¡La cuarta explicación sería la magia!

Esta vez no reacciono. Flo insiste.

—¿Cómo explicar lo irracional si no es a través de lo irracional? El mundo está lleno de superstición y magia.

Flo pasa la mano por una cesta de mimbre llena de cuentas grises.

—Acuérdate. El poder de la piedra del tiempo.

—¿No lo has olvidado?

—Yo nunca olvido nada, Nathy.

Instintivamente, levanto la vista hacia la caja de la tienda. Unos turistas asiáticos se están probando gorros de tramperos y abrigos de piel. Una pareja mayor conversa en inglés con una joven vendedora. La anciana que hay en la caja observa el conjunto de la tienda, sin moverse. Con los brazos cruzados. La cara inexpresiva. Tiene la piel roja y surcada de arrugas de los autóctonos del norte de Canadá. Lleva puesta una parka tradicional decorada con cuentas de cristal y dos largas trenzas grises atadas a unos huesitos blancos. Podría parecer un disfraz, folclore para turistas en busca de lo auténtico.

Pero sé que no.

La he reconocido.

Y por increíble que pueda parecer, tengo la impresión de que ella a mí también.

Me flojean las piernas y supongo que se me sonrojan las mejillas. Para evitar un nuevo mareo, me agarro, con una mano, en el guijarro que llevo en el bolsillo de los vaqueros. El que cayó del cajón de mis secretos al parqué de mi habitación.

De repente, a mi lado, Flo ha dejado de hablar. Ha notado una presencia detrás de nosotras, una presencia que nos espía.

Una presencia amenazadora, que yo también noto.

El guijarro me quema el muslo a través de la tela. Es como si su poder se hubiera reactivado bruscamente.

Todo está en su lugar. Mismo decorado, mismos actores, mismo guion de hace veinte años. Todo se repite.

Como si todo este asombroso cúmulo de coincidencias no fuera más que el comienzo, las señales que anuncian una increíble verdad: que se ha abierto una puerta al pasado.

9

1999

He salido casi corriendo de la tienda de recuerdos inuit, me he guardado el guijarro en el bolsillo de los vaqueros ante la mirada divertida de Florence, y después me he metido en la tienda de enfrente, una tienda de recuerdos más clásicos con su montón de banderas con la hoja de arce, sudaderas de jugadores de *hockey* y caribús de peluche. Unos minutos más tarde, salgo de nuevo con una bola que hace caer nieve estrellada sobre el castillo Frontenac. Al menos es más realista, desde el punto de vista meteorológico, que esas tormentas de nieve en las pirámides de Egipto o en Pan de Azúcar. La bola quebequesa se unirá a mi colección planetaria en la librería del salón de Porte-Joie, convertida ahora en la de Laura. En cuanto su padre da media vuelta, mi diablilla, que no levanta tres palmos del suelo, se pasa el día subiendo por las baldas para hacer que lluevan estrellas sobre cada monumento traído por su mamá desde la otra punta del mundo.

Estoy a punto de enseñarle mi tesoro a Florence, cuando de pronto me quedo helada, a punto de resbalarme en los adoquines de la *rue* Saint-Paul. El comandante Jean-Max Ballain está enfrente, con la sonrisa en los labios, saliendo de la tienda inuit de la mano de una joven muy guapa, con corbata de colegiala, camisa desabrochada, falda corta escocesa y leotardos de colores, seguido de un tipo mucho menos sexi, un tipo gigante barrigudo, que podría ser el padre de la niña. Imposible decir si nos han visto, los tres tuercen hacia la *rue* Bonsecours.

—¿Crees que nos habrán oído? —me pregunta Flo.

Yo voy más allá.

—¿Crees que nos estaban espiando?

Reflexiono. ¿Me he cruzado con este hombre y esta chica en el avión? No, estoy segura de que no. La chica de la falda escocesa es, claramente, una nueva conquista del comandante… pero ¿quién es el tipo que los acompaña, con esa pinta de guardaespaldas de padrino de la mafia?

—O quizá simplemente haya tenido miedo de que le vieran con la pequeña —propone Flo.

—¿Por qué? ¡Si se la trae al fresco! Tiene cuarenta años, está soltero, la chavala debe de ser mayor de edad. Mantiene viva la tradición de los marineros, en versión séptimo cielo. Una mujer en cada aeropuerto. Que aproveche, no siempre será tan buen mozo.

Siempre he sentido debilidad por el comandante Ballain. No es que me atraiga, y desde el episodio de Tokio, por precaución, mantengo las distancias; pero admiro su manera de asumir su libertad.

—¡Pero no le excuses! —replica Flo—. ¡No te fíes, siempre me ha dado mala espina ese Romeo! Como el resto de los hombres, por otro lado. Incluido tu siempre perfecto carpintero. ¡Huye, mi golondrina, corre a buscar a tu banjista!

Llego sofocada a la *rue* de Bleury. Subo casi corriendo la *rue* Sainte-Catherine, buscando con la mirada el Fouf. Lo primero que veo es el gran rótulo del Métropolis, unos metros delante de mí. Pensaba que llegaba tarde, y llego unos minutos antes. Mientras espero a la entrada del bar, me quedo muda ante el increíble decorado. No es un café, ¡es un castillo encantado!

El Fouf es el diminutivo de Foufounes Electriques. Una

araña gigante controla la verja de entrada, al igual que dos gigantescas calaveras de marfil. La decoración interior es por el estilo: paredes de ladrillo; grafitis blanquinegros; cabezas decapitadas; ambiente a veces rojo sangre, a veces verde cadáver, que debe de transformarse en *disco fluor* y *flashy zombi* cuando cae la noche. Entiendo que se trate de toda una institución para los noctámbulos quebequeses.

Por cierto, el bar sigue prácticamente vacío, sin rastro de mi guitarrista. Un camarero, cuya sencillez contrasta con la sórdida decoración, me honra con una amplia sonrisa y me da a entender que puedo sentarme en la mesa que quiera, también ellas normales y corrientes: sillas de plástico variadas, dispuestas alrededor de mesas de acero inoxidable. Me siento cerca de la puerta, para que mi guitarrista no pueda no verme. Y casi inmediatamente, sonrío.

La mesa está coja.

Una chorrada que odio. Y sin embargo, cada vez que planto el culo en un restaurante o en un bar, me toca una mesa inestable. ¡Mi pequeña maldición personal!

Dudo si cambiarme de sitio. Digo yo que, en esa treintena de mesas, alguna habrá que se mantenga sobre sus cuatro patas. Eso me tendrá ocupada, evitará que piense. En lo que hago. En Olivier. En Laura. Y si no encuentro ninguna, huiré. De hecho, ¿por qué no comenzar por ahí, por huir? ¿Qué pinto yo aquí, esperando a un desconocido, bajo estas máscaras gigantes de monstruos haciendo muecas colgadas de las paredes, en este decorado de terror para punks adolescentes? Es evidente: ¡estoy cometiendo la mayor gilipollez de mi vida! De repente, la huida parece de extrema urgencia. Me levanto.

—¿Ya ha llegado?

Mi guitarrista está delante de mí, también él sofocado, con la gorra torcida, la bufanda al viento, con aspecto de pobrecito y una sonrisa más amplia que las muecas de las cabezas de los zombis que, sin embargo, son diez veces más grandes que él.

10

2019

Un dolor punzante en la parte alta del brazo derecho me devuelve a la realidad. ¡Flo acaba de pellizcarme! ¡Qué fastidio! Con lo a gusto que estaba yo recordando la cita más inesperada de mi vida. El primer acto de una larga función que…

—¡No te des la vuelta! —dice Flo con voz ahogada.

No entiendo qué quiere, desconectada como estoy, atrapada entre presente y pasado. Instintivamente, toco el guijarro que tengo en el bolsillo de los vaqueros. ¡Mi piedra del tiempo! Como si su poder mágico se hubiera activado y yo hubiera sido transportada a esta misma tienda veinte años atrás. Me obligo a volver en mí.

¡Estoy en el 2019!

Esta tienda de artesanía es ahora un supermercado de recuerdos plagado de cámaras de seguridad, la misteriosa inuit de la caja se ha convertido en una vieja enclenque de cabello cano, mi querida compañera rubia en una cincuentona regordeta y bulímica… y yo no tengo ninguna cita que haga que mi corazón lata a mil por hora, sino una copa con mis compañeros dentro de unos minutos.

—Muévete y procura que no nos vea—continúa Flo, susurrando.

Me empuja para que me aleje hacia la salida.

—¿Quién?

¡Por fin lo veo! A punto estoy de tirar un muestrario de cestas trenzadas. No puedo evitarlo, mi mano vuelve a tocar el bulto del bolsillo. ¡El comandante Jean-Max Ballain está en la tienda, tres secciones más allá! ¿Siguiéndonos? ¿Espiándonos? El caso es que no parece habernos visto. Deambula por la sección de bebidas alcohólicas y discute con dos hombres visiblemente enfadados. Cazadoras de cuero, vaqueros desgastados, barbas pobladas. Una pinta de camellos recién salidos del barrio de Hochelaga-Maisonneuve, que choca con el aspecto cuidado, pantalón y polo Ralph Lauren del comandante. Para darle más emoción a la escena, observo que uno de los tipos rechaza el fajo de billetes de dólar canadienses que Ballain le tiende.

—Larguémonos —dice Flo.

Nos paramos en la *rue* Saint-Paul, en medio de la gente. Me vuelvo hacia mi compañera.

—¿Crees que nos seguía?

Flo no logra calmarse. Intenta sonreírme, pero noto que está alterada. Tengo la extraña sensación de que me está ocultando algo. Que hay algo que no cuadra en un plan bien calculado y que se ve obligada a improvisar.

—¿Qué raro, no? —digo para dejar a un lado mis estúpidos pensamientos—. Ballain con nosotras, en la misma tienda, ¡exactamente como hace veinte años!

Flo se aferra a la mano que le estoy echando. Torpemente. Me sigue pareciendo que a su respuesta le falta espontaneidad.

—Ya ves, querida, es justo lo que trataba de explicarte. Nos encontramos con él en la misma tienda, lógicamente por pura casualidad, veinte años después, ¡y tú te empeñas en ver una extraña coincidencia! —Se queda pensando, parece volver en sí—. ¡A lo mejor el comandante se nos ha pegado porque le parece que estamos muy buenas!

Me quedo mirando a Flo.

—Si fuera hace un siglo, te lo compro. Pero hoy en día, siento desilusionarte, querida, creo que no hay nada que temer. Jean-Max busca carne más fresca.

No puedo evitar pensar en mi pequeña Charlotte. Tiene la misma edad que la chica de la falda escocesa y los leotardos con la que salía Ballain en 1999. Salvo que ahora, el comandante está más cerca de los sesenta que de los cuarenta. Sus conquistas ya no tienen edad de ser sus hijas... sino sus nietas. Flo vuelve a echar un vistazo a la tienda y de pronto parece tener más prisa por abandonar la zona.

—Venga, vamos. Vamos a ahogar nuestra decadencia con Georges-Paul, Emmanuelle y los demás.

—¿Dónde hemos quedado?

Antes de que me responda, adivino nuestro destino.

¡En el Fouf!

¡Cómo no!

¡Y, Flo, no se te ocurra tratar de convencerme de que es otra coincidencia más!

El Fouf no ha cambiado. Reconozco a mi amiga la araña, las calaveras gigantes que siguen igual de blancas y las máscaras de zombis con las mismas muecas. El equipo nos espera alrededor de una de las mesas del Foufounes Electriques. Sor Emmanuelle con un té, Georges-Paul con una cerveza y Charlotte sorbiendo con una pajita un zumo de pomelo. A su lado, una silla vacía.

Flo y yo cogemos una de la mesa de al lado para acoplarnos. Mi chica en prácticas protege el asiento libre que tiene a su derecha, en el que ha apoyado su bolsito de Desigual, al tiempo que nos lanza una sonrisa encantadora.

—Jean-Max se ha quedado echándose la siesta en el hotel. Ahora viene.

Pobrecita, ¡enamorada del hombre invisible!

Flo y yo nos pedimos una Boréale rubia para acompañar a Georges-Paul. Por lo que se ve, llevamos dos cervezas de retraso. Georges-Paul tiene fama de ser tan serio durante el vuelo como

imposible en las escalas. Creo que en estos momentos el legendario GPS sería incapaz de indicar cómo llegar a los baños (especialmente típicos) del Foufounes Electriques.

—¿Una siesta en el hotel? —se sorprende falsamente Georges-Paul—. El comandante no pierde el tiempo.

Me doy cuenta de que soy la única de la mesa que conoce el secreto de Charlotte, y de que no cabe duda de que mi protegida ignora la reputación de su amado. Cruzo los dedos para que nuestros compañeros sean discretos. Apoyo los codos en la mesa. Me da un vuelco el corazón, y también los brazos.

¡Está coja!

—¿Y eso, GePe? —pregunta Charlotte sorbiendo inocentemente con su pajita—. ¿Por qué no pierde el tiempo el comandante?

Sor Emmanuelle baja los ojos mientras Flo alza la vista al cielo. Georges-Paul lame con glotonería la espuma de la Boréale que tiene pegada a la barba.

—Bueno, pues porque el comandante es tan riguroso que hay veces en las que ni siquiera abandona la cama del hotel durante toda una escala. Qué gran, grandísimo profesional, el comandante Chingain.

Ay...

¡La broma preferida de toda la tripulación! Georges-Paul no se va a privar de gastarla con la nueva... Esta frunce su adorable ceño, mordisquea la pajita de su zumo de pomelo y entra al trapo.

—¿Por qué lo llamas Chingain? ¡Se apellida Ballain!

¡GPS se entusiasma! Sor Emmanuelle suspira, ya sabe lo que viene después. Flo parece incluso más irritada.

—Oh, Ballain, Chingain, como quieras... Puedes llamarlo también Follain, si prefieres...

Los hermosos ojos de Charlotte se nublan, sigue sin entender nada. La mesa está a punto de volcar bajo mis codos. Mi Boréale se tambalea. Georges-Paul vacía la suya de un trago, antes de rematar triunfante.

—¡Jean-Ligón-Max!

Suelta una carcajada antes de continuar.

—El azafato que se inventó en su día esta broma era un genio. ¿Acaso papá y mamá Ballain sabían que su hijo sería el follador más grande del universo cuando le pusieron el nombre de Jean-Max?

Se ríe aún más fuerte. Sor Emmanuelle, a su pesar, esboza una sonrisa. A Flo, a la que otras veces he visto más receptiva a los chistes de bar, no parece hacerle especialmente gracia. Es verdad que, al igual que yo, lo ha escuchado mil veces. Seguido de un interminable concurso de apellidos, a cada cual más evocador, que podrían irle bien a Jean-Max: Trincain, Jodain, Culain... Para Charlotte, es la primera vez. Pasa la mano por la silla que tiene a su derecha, acariciando el vacío, la ausencia, la indecencia. Su rodilla choca con la mesa coja, y mi cerveza rubia, apenas empezada, se vuelca sobre el acero inoxidable, goteando al suelo.

—Lo siento —se disculpa la pobre.

Sor Emmanuelle corre a secarlo con unas servilletas de papel. ¡Siempre tan dispuesta, nuestra jefa de cabina! Sopla su té, y luego se aclara la garganta para reclamar atención. Y eso que no tiene por costumbre participar en las conversaciones.

—Ballain, Trincain o Jodain, el caso es que ya poco le queda para seguir volando, y no solo porque esté a las puertas de la jubilación.

En la mesa del bar ha caído una bomba. ¡Tan plomiza como el ambiente! Tengo la impresión de que los zombis de las paredes hacen menos muecas que la tripulación aquí sentada. Todo el mundo calla, a la espera de una continuación que no llega.

—¡Venga, adelante —se impacienta Flo—, suelta ya tu exclusiva!

Emmanuelle da un sorbo a su té.

—Está a punto de recibir una sanción. Un par de vuelos más, ¡y se acabó lo que se daba!

Me quedo boquiabierta, lo mismo que Flo y Georges-Paul. De toda la tripulación, sor Emmanuelle sería la última en hablar mal a espaldas de sus compañeros. Es un coñazo de tía, lenta, horripilante, pero leal como ella sola.

—¿Qué ha hecho? —se preocupa Georges-Paul.

Sor Emmanuelle adopta un aspecto conspirador. Los dedos de Charlotte se crispan en la silla, hasta dejar la marca de las uñas en el plástico. Yo me quedo pensando. Jean-Max Ballain es un piloto intachable, con treinta y cinco años de experiencia, prácticamente intocable; ha debido de hacer una gilipollez muy gorda para que le suspendan.

—¿Ha estado pasando costo? —propone Georges-Paul—. ¿Crack? *¿Maroilles fermiers*[2] para cada una de sus novias?

Nadie se ríe.

—¿Ha malversado pasta? —prueba de nuevo Georges-Paul.

Sor Emmanuelle sigue muda. Flo se ha apoyado en el borde de la mesa, provocando nuevas olas de cerveza espumosa que las murallas de servilletas empapadas no consiguen contener.

—Si nadie está al corriente —se sorprende esta, irritada—, ¿cómo sabes tú que está a punto de recibir una sanción?

Emmanuelle le sostiene la mirada a Florence, y responde con su voz de jefa de cabina que exige un servicio impecable a su tripulación.

—¡Porque soy yo quien lo ha denunciado!

Nos quedamos todos helados. Solo la mesa sigue temblando. Pura coincidencia, Florence, ya lo sé, pura coincidencia. Dejo que sea el resto de la tripulación la que haga las preguntas que enfaden a sor Emmanuelle *—¿qué has visto? ¿en qué chanchullos anda metido Ballain?* —, para no centrarme en mi obsesión: la mesa que se tambalea y la cerveza derramada que cae goteando en mis pies. De

[2] Queso de leche cruda francés conocido por su fuerte olor (N. de la T.).

las treinta mesas que debe haber en el adoquinado del Foufounes Electriques, ¿cuántas están cojas? ¿Todas? ¿Solo una? Invierten un dineral en su decoración punk *rock*, ¿y no les ha dado tiempo a arreglarlas, desde 1999?

Me cuesta no apretar aún más la piedra del tiempo que tengo en el bolsillo. Sorprendentemente, nadie ha abierto la boca para preguntar a Emmanuelle. De pronto, el ambiente se ha vuelto cargado. Como si los zombis, hombres-lobo y demás reptiles mutantes hubieran acabado por ganar la partida. Alzo la vista hacia ellos. ¡Y pensar que estos monstruos fueron testigos del encuentro más hermoso de mi vida! ¡Aquí! Hace casi veinte años.

Una vez más, perdida en mis recuerdos, me doy cuenta, en una semirrealidad, de que todos mis compañeros tienen la mirada puesta en la puerta de entrada. Incómodos. Solo Charlotte esboza, por fin, una gran sonrisa.

Jean-Max Ballain acaba de llegar.

11

1999

Mi guitarrista mira fijamente las máscaras de muertos vivientes que hay en las paredes, las cabezas decapitadas, las telarañas que cuelgan sobre nuestras cabezas. Con cara de apuro.

—Es… es el bar que más cerca pilla del Métropolis —dice para disculparse—. Es la primera vez que lo piso.

Me encanta su mímica de chavalillo decepcionado que ha reservado para su prometida una habitación de hotel en un hotel encantado.

—Es… es original.

Acabo de responder y ya me estoy reprochando no haber encontrado una respuesta más original.

Él sí que la ha encontrado.

—En realidad —susurra—, siempre quedo con chicas en los lugares más horribles.

Asiento con la mirada, sin entender adónde quiere ir a parar.

—Y me las apaño para llegar un poco tarde… Si aun así me están esperando, ¡es que realmente les apetece!

Se incorpora, hombro y barbilla, esperando mi reacción. No me creo ni por asomo su juego de gallito. Tengo la impresión de que anda tan perdido como yo.

Me inclino y susurro por mi parte.

—¿Y quién es más peligroso? ¿Usted o esa araña gigante?

No responde, pero el desconcierto en sus ojos claros me confirma que el lugar y la situación le incomodan tanto como a mí. Sacude su gorra, el camarero acude, yo pido una cerveza Boréale rubia y él una tostada. Solo entonces se fija en que la mesa cojea. Sus manos empiezan a temblar, demasiado para que su pantomima parezca natural. Acerca su cara a la mía y murmura.

—Tenga cuidado, ¡este lugar está maldito! Puedo protegerla si esas serpientes venenosas del techo reptan hasta nosotros, si esos zombis que hay colgados se despiertan, si de repente aparecen unos tipos con unas sierras eléctricas... pero frente a una mesa coja, lo siento, ¡me quedo petrificado!

¿Me está tomando el pelo o de verdad compartimos la misma fobia?

—¡Tampoco es que yo sea más valiente! —digo, levantándome.

Cambiamos de mesa, riéndonos. La de al lado no cojea. El camarero acaba de apoyar en ella nuestras cervezas.

—¡Salvados! —susurra mi caballero con gorra—. Supongo que es en este momento de nuestra breve relación cuando le pregunto su nombre. No voy a llamarla eternamente Miss Swallow. Sobre todo sin su plumaje azul y rojo.

Llevo unos vaqueros de cintura baja y una camisa informal malva.

—He venido de incógnito. Ya sabe, las golondrinas recorren cientos de kilómetros al día, y no porque les guste... ¡sino para alimentar a su familia!

—No siempre... También migran. Lejos de su nido. ¡Pueden tirarse volando más de diez mil kilómetros cuando eligen la libertad!

Muy a mi pesar, me subo el mechón que me cae por los ojos. El gesto más sexi del mundo, según Flo. Para contrarrestar el efecto, le tiendo la mano con determinación.

—Nathalie. Pero prefiero Nathy. ¿Y usted?

Me da la mano.

—Ylian. Pero puede probar con Yl… Sería la primera.

Ylian.

Y- li-an

Nos quedamos un rato en silencio, bebiendo demasiado rápido nuestras cervezas. Sé que debería vaciar mi vaso, darle las gracias y marcharme. Como en el póquer, perder la apuesta, dejar mis cartas y abandonar la mesa. Ylian consulta su reloj y después me pregunta con la mirada.

—¿Vamos? Robert Smith nos espera… ¡si queremos los mejores asientos!

Me oigo aceptar el envite.

—¿Está seguro de que me van a dejar pasar?

—¡Pues claro! Si alguno de los miembros de los Cure se hace daño, yo soy el primer suplente… ¡así que no me lo pueden negar!

—Pensaba que solo les llevaba las guitarras.

—Bueeeno… era para no impresionarla… Nadie lo diría, pero ¡soy un músico prodigio!

Mi músico me parece irresistible cuando se pone a fardar demasiado como para tomarlo en serio. Decido seguirle el juego.

—Sí, eso parece…

—¿Parece qué?

—Parece que es usted un buen guitarrista. Prodigio no lo sé, porque no entiendo nada de música; pero me parece que lo hace bastante bien.

Parpadeo a lo *groupie*, y él sonríe conteniendo un falso suspiro.

—No está bien burlarse.

—No me burlo. Me encantó escucharle, en la puerta M, en Roissy.

Ylian se ajusta la gorra, empuja su silla y se levanta. Demasiado rápido.

—Bueno, hay que irse…

Lo sigo. Pasamos por debajo de la araña. Echa un último vistazo a los carteles que hay colgados de los artistas que han pasado por el Foufounes Electriques —Sudden Impact, Skate Jam, Crew Battle, Smif-n-Wessun—, y después al mural blanquinegro que hay detrás de la escalera, con decenas de caras con los ojos desorbitados, mitad humanos, mitad monstruos.

—En serio —reconoce Ylian—, siento haberla invitado aquí. No soy ni punk ni metal ni electro ni tecno… Solo compongo viejas baladas pasadas de moda…

Lo miro. Me parece tan mona su manera de no saber expresarse si no es bromeando o disculpándose... Cruzamos la *rue* Sainte-Catherine. El Métropolis se encuentra a pocos metros. Me detengo en medio de la calle desierta, frente a la hilera de tiendas y de restaurantes con decoración alternativa, cumbre del Montreal moderno y molón. Cada vez me apetece menos controlar los arrebatos de euforia que me embriagan. Me acerco a mi guitarrista tímido y le murmuro.

—Me gustan mucho las viejas baladas pasadas de moda.

—¿Tu identificación?

El vigilante se expresa con un fuerte acento quebequés.

—Sí, sí.

Ylian hurga unos largos segundos en sus bolsillos antes de mostrar una tarjeta plastificada arrugada. El hombre que tenemos delante la mira con desconfianza. Unos cuarenta años, barba poblada, frente despejada, su tamaño parece proporcionado para no dejar pasar a nadie, aunque las dos puertas batientes de los bastidores estén abiertas. Se toma su tiempo para secarse la frente con uno de los extremos que le sobresalen de la camisa, como para que podamos admirar las imponentes curvas de su barriga. Solo le falta que nos pida que le toquemos los michelines, «Compruébalo tú mismo, amigo, ¡son auténticos!».

—Ok, puedes pasar. Y ella, ¿quién es?

—Una amiga —afirma Ylian con confianza—. Es fan de los Cure. Se quedará entre bastidores. ¡No hará ruido!

—Pero cuando termine el concierto tu chica se larga —replica el portero—. Si empezamos a dejar pasar a todas las titis...

Levanto la vista al cielo, y luego miro a Ylian. Con ese aspecto avergonzado, me entran ganas de abrazarlo. Doy un paso, con el mechón a modo de parabrisas sobre mis ojos con las luces altas.

—Señor, no es lo que usted piensa. Yo me conformo con acompañarlo. Los Cure me la traen un poco al fresco, la verdad, me da igual si no puedo pasar. Pero antes de largarme, me gustaría decirle algo importante: este guitarrista que tengo a mi lado es un genio. No puedo entender que sea suplente... ¡Si usted pudiera interceder por él con Robert para que le encontrara un puesto de titular!

Ylian, rojo de vergüenza, observa las cajas que hay detrás del vigilante para ver en cuál podría esconderse.

—Lo que yo creo es que tu colega te la ha colado pero bien —suelta el vigilante—. Si no es más que un portador de guitarras. Como mucho, si se porta bien, a lo mejor le dejan afinarlas...

Le suplico con la mirada al portero hasta arrancarle una sonrisa. Al final termina cediendo.

—¡Joder! ¡Me ponéis de los nervios los dos! Soy demasiado sentimental, no soporto ver a dos enamorados tristes.

Tiende una mano húmeda.

—Lavallée. Ulysse Lavallée. Organizador de este concierto. Y menos cachondeo con mi patronímico. No es mi nombre de pila, pero con el de verdad te descojonas todavía más. Entonces qué, ¿quieres pasar?

Mi mirada se cruza con la de Ylian, mientras Ulysse suspira como si se estuviera desinflando... aunque su barriga no pierda ni una arruga. Le coloca la gorra a Ylian.

—Ven aquí, Rubettes[3]. Coge de la mano a tu chica y largaos por ahí a una esquina. Y que conste que si hago la vista gorda con vosotros es porque hace años que no veo a dos tortolitos tan volcados el uno en el otro. Así que no me decepcionéis, follad todo lo que podáis, casaos y tened mogollón de hijos.

Me pongo a dar brincos, le doy un beso en la mejilla a Ulysse y se lo prometo.

—Será el padrino del primero.

Pasamos.

El concierto no empieza hasta dentro de una hora. Otros técnicos andan atareados. Finalmente, Ulysse se nos acerca para compartir una cerveza con nosotros. Es representante artístico y está empezando a granjearse cierta fama. Ha abierto una agencia en Los Ángeles, y quizá pronto abra otra en Bruselas. Ylian le echa valor y le confiesa que busca curro en el mundo de la música, que toca un poco, pero que acepta cualquier trabajo en cualquier rincón del planeta siempre y cuando le permita tener un instrumento en sus manos.

Y entonces las luces se apagan. Luego, sobre el escenario, a pocos metros de donde me encuentro, una sombra blanca se acerca, una silueta de fantasma parecida a la de Eduardo Manostijeras. Después se le unen otras tres sombras más, en fila, dos guitarristas y un teclado.

De golpe, todas pierden la calma.

La sala, como un solo cuerpo multiplicado hasta el infinito, se pone en pie.

In Between Days

---

[3] Grupo musical inglés de los años 70, cuyos miembros solían llevar puesta una característica gorra (N. de la T.).

Los títulos se suceden. El cantante, el bajista, el batería, el pianista y el otro guitarrista casi no se mueven, es una danza inmóvil; y, sin embargo, la sala da vueltas.

Nunca he vivido tan intensamente.

¿Es por el concierto?

¿Es por vivir al revés, como si toda la lógica hubiera dado un vuelco?

¿Es por estar tan cerca de los músicos, hasta casi poder tocar sus camisas blancas empapadas en sudor?

¿Es por los ojos de Ylian que siguen, subyugados, el baile de los dedos en ese extraño bajo de seis cuerdas?

¿Es por estar tan cerca de él?

Close to Me

¿Cómo luchar contra la magia? ¿Cómo vencer este deseo de dejarme llevar, de bailar, de cantar entre las cajas en medio de unos tramoyistas impasibles?

A veces voy de concierto con Olivier, y también canto, y bailo.

Pero nunca con tanta intensidad.

Nunca con tantas ganas de que se me mire, de que se me comprenda, de que se me conquiste.

De que se me sorprenda. De que se me tome.

Just Like Heaven

Ylian vive cada nota, cada acorde, cada palabra, cada sonido, los recita entre dientes, los acompaña a regañadientes. Ylian está lejos, en un lugar lejano, perdido en los senderos de su jardín secreto.

Sus rejas se han abierto, me ofrece sus flores…

Sé que es una trampa, una emoción que se evaporará en cuanto se enciendan las luces de la sala; pero no consigo apartar de mi mente esta ilusión estúpida. Estúpida y, sin embargo, sublime.

Yl me dejaría entrar.

Para escucharlo, para animarlo, para ponerlo patas arriba, para tranquilizarlo. Si yo se lo pidiera, Yl me concedería ese privilegio que Olivier jamás me ha concedido. Olivier solo necesita que lo aprecien, y quizá un poco de admiración. Para valorar su trabajo, en su taller, una vez acabado. Para organizarlo. Una secretaria, una contable, una esposa. No una musa.

The Hanging Garden

La sala se derrite de calor. Las paredes están cubiertas de sudor. Los focos queman, consumiendo a los cantantes, dejando únicamente sombras de cenizas, que, sin embargo, cobran vida como seres de humo. Ylian canta hasta desgañitarse, y yo canto con él.

Lo repito: nunca he vivido tan intensamente.

Y me siento culpable por ello. En este preciso instante, comprendo que lo que más me habría gustado en el mundo sería vivir tan intensamente con Olivier. Y me doy cuenta de que es imposible. Que ya nunca más será posible. Y entonces sé que, sin necesidad de que Yl me haya tocado, compartir con él tal complicidad ya es engañar a Olivier.

Después han rodado algunas lágrimas por las mejillas de Ylian.

Boys Don't Cry

Los chicos no lloran.

A excepción de aquellos que merecen ser amados.

Luego se han apagado las luces.

Los cantantes se han sentado. Se han encendido los mecheros.

Robert ha dejado su guitarra a un lado y ha cantado.

Sometimes I'm dreaming
Where all the other people dance

Come to me
Scared princess

¿Estoy soñando?

El resto de la gente, al contrario que nosotros, desde la primera a la última fila, baila.

Por primera vez, le cojo la mano.

Princesita asustada.

¡Tampoco es que mi caballero parezca tenerlas todas consigo!

Ha parado la música. Las luces se han vuelto blancas y cegadoras, el público entiende que toca volver a la realidad. La sala se vacía como un reloj de arena agujereado. Ylian no espera a que se hayan marchado los últimos para empezar a enrollar los cables de los amplificadores y para guardar las guitarras en sus estuches. Le ayudo. Esto nos lleva unos minutos. Yl se encarga solo de los instrumentos de cuerda, ¡un chollo para un utilero! Es lo que le digo, imagínate el que se encarga de las baterías.

Yl ríe.

Ulysse se acerca a saludarnos y le recomienda a Ylian que no se acueste muy tarde porque la verdadera mudanza comienza mañana: los Cure y su equipo se marchan a Vancouver. Aunque Ylian no los siga, su contrato estipula que tiene que ayudar a cargar.

—Procure no devolvérmelo muy zombi mañana por la mañana, señorita. ¡Empezamos a primera hora!

Sonrío. ¡Mi avión para París despega a las seis!

Ylian silba con los otros utileros.

Let's Go to Bed?

¡No es ni medianoche! De repente, cojo de la mano a mi portador de guitarras y lo arrastro hacia la salida. Me siento increíblemente segura de mí misma. No me reconozco.

—¡No me apetece dormir!

Yl se quita la gorra de su pelo rizado para rascarse la cabeza. Me encanta su aspecto de golfillo seductor.

—No es usted nada sensata, señorita Golondrina.

—Pues fíjese, normalmente sí que lo soy...

Me protejo de una sonrisa cautivadora con mi mechón columpiándose delante de mis ojos de arena gris. Se hace el duro.

—Porque ahora me dirá que, encima, es culpa mía.

Miro a nuestro alrededor.

—Aparte de usted, no veo... ¿Qué hacemos?

—¡Nada! —Yl se cala la gorra hasta los ojos. Me gusta menos su aspecto de profesor censor—. Le recuerdo que su vuelo parte por la mañana muy temprano.

Hago como si batiera las alas.

—No puedo evitarlo, soy una golondrina... O un hada, ¡usted elige!

Sigo agitando los brazos, ligera como una pluma. Por cómo me mira Ylian, casi tengo la impresión de que mis pies van a despegar. Yl me coje delicadamente de la muñeca para que no salga revoloteando hasta el techo del Métropolis.

—¡Es usted incorregible! Está bien, venga, ¡vamos al cine!

¿Al cine?

Cómo me fastidia que Yl recupere la ventaja con una sola frase.

—¿Ha visto la hora que es?

—Sí, ¿y? Usted es un hada y yo un mago... Pero solo con una condición, señorita: ¡portémonos bien! Nada de besos en la última fila, ¿me lo promete?

Su mirada revolotea. Ahora es mi turno de intentar atraparla.

—¿Es un hombre escrupuloso?

—¡No, más bien cagueta! Apuesto a que tiene un marido muy celoso y unos niños muy majos que no me perdonarían nunca haber llevado por el mal camino a su mamá.

—Solo una niña y un marido muy dulce. —Finalmente atrapo sus ojos azules y, con un movimiento de índice, los ato con mi tirabuzón) —. ¿Se queda así más tranquilo? Pero estoy de acuerdo con usted, solo un cine, nada más, ¡se lo prometo!

Sé que mis ojos hablan otro idioma. Un idioma que no he aprendido, improvisan. Yl balbucea, sin llegar a diferenciar en mí qué hay de juego y qué de serio.

Trato de convencerme de que no es más que un juego, antes de soltar las últimas amarras de culpabilidad.

No es más que un juego. Yo controlo, no pasará nada. Entonces, ¿qué vamos a ver?

No me puedo creer que haya un cine abierto a estas horas. ¿Cuál será su próximo truco? Yl saca de su bolsillo un programa y lo despliega ante mí.

Cine bajo las estrellas.

—Durante todo el verano —explica Ylian apartando los ojos hacia el desplegable—, por toda la ciudad, Montreal organiza sesiones de cine al aire libre. ¿Le leo? *Promenade* Bellerive, 22 h, *American Beauty*; barrio del canal, a las 22 h y también a medianoche, *Todo sobre mi madre*; en el Marché des Possibles, 23 h- 01 h, *Matrix*; *place* de la Paix, a menos de doscientos metros de aquí, medianoche- 02 h, *La vida es bella*, de Benigni. ¿Ha visto *La vida es bella*?

—Es triste, ¿no?

Me coge de la mano y echa a correr. Es casi medianoche.

—Entonces veremos solo los primeros cuarenta y cinco minutos, ¡los más hermosos de toda la historia del cine!

12

2019

—Hola.

El saludo alegre del comandante Ballain al entrar en el Foufounes Electriques me trae de vuelta a la realidad y hace que mis recuerdos se desvanezcan como un sueño que se evapora.

Charlotte ha apartado el bolso de la silla vacía que tiene al lado, y la empuja para invitar a Jean-Max a que se siente. El piloto apoya sus posaderas y apenas le dirige una mirada. Una mirada de soslayo que es lo que más me duele. ¿Cómo interpretarlo? ¿Simple discreción para que nadie sospeche de su relación? ¿Indiferencia para que la cría se cuelgue aún más? ¿O es que el comandante Jean-Max Ballain tiene otras cosas en mente? Eso espero… ¡Que no le haga daño! Una rabia animal me empuja a defender a mi pequeña protegida.

El comandante Ballain levanta la mano para pedir un Canadian Club Single Malt, y después observa sin comprender a qué se debe el incómodo silencio de la mesa.

—¿Ha muerto Céline Dion o qué?

Solamente Georges-Paul se esfuerza en reír. Ballain apoya los codos en la mesa y echa un vistazo a la decoración punk, a los monstruos de papel maché colgados de las paredes rojo hemoglobina.

—Hay que decir que ni siquiera en Brasov, en lo más profundo de Transilvania, te encuentras un bar tan sórdido como este.

¿De quién ha sido la idea de venir a tomar una copa aquí? ¿Y de elegir la única mesa coja?

Nadie responde. La cálida sonrisa de Charlotte se transforma en una máscara de cera. Nerviosa, se pasa la mano por el pelo. ¿Se atreverá a hablar esta noche con su amante? ¿A preguntarle si realmente la quiere? ¿Si es otro ligue más de su colección o si para él significa algo?

Flo mira su móvil. Georges-Paul prueba a gastar una broma y asegura que prefiere el Sexo a Pilas que el Foufounes Electriques[4]. Ballain responde sin gran convicción «El que no se consuela es porque no quiere», y yo les concedo media carcajada para agradecerles sus esfuerzos. Qué largas son las escalas. Los chicos hacen lo que pueden para distraer a la tripulación. Sor Emmanuelle no tiene, o ya no tiene, este detalle. La jefa de cabina aparta su taza de té y se levanta.

—Me voy de tiendas a la ciudad. ¿Quién se viene?

Charlotte observa de reojo a su amante secreto, sus sienes entrecanas, sus rizos plateados, el perfil de sus labios, su cara morena y perfectamente afeitada. Se levanta, se alisa con naturalidad las arrugas de la falda, se estira su camiseta rosa ceñida, tanto para taparse el ombligo como para marcar pecho, le da la espalda al comandante (o mejor dicho, visto la altura, el culo), y le pregunta a Emmanuelle:

—¿Conoces un buen peluquero?

—Ya sabes que en Quebec están los mejores barberos del mundo —suelta Georges-Paul con un acento canadiense mucho menos logrado que el de Jean-Max, que se ha quedado mudo.

---

[4] En francés de Quebec, *foufounes* significa *culete*. El nombre del local significaría, literalmente, Culetes Eléctricos (N. de la T.).

—Tengo lo que necesitas —responde sor Emmanuelle, sin seguirle la corriente a GPS—. Un sitio de moda, lo llevan unos gais. *Rue* Bonsecours. Seguro que ves el cartel.

Me sorprende que Emmanuelle, con su armario de Punto Roma, su té con una gotita de leche y sus precisas 22:15 h para irse a la cama después de haber llamado por teléfono a su familia independientemente de la diferencia horaria, pueda conocer los lugares más modernos de Montreal.

—No hace falta reservar —precisa Emmanuelle—, debe de haber como veinte empleados… Se llama *La pequeña golondrina.*

Me da un vuelco el corazón, para después salirse del pecho y sufrir una hemorragia cerebral.

La pequeña golondrina.

Echo un vistazo a Flo, que sigue ocupada con su teléfono. Ni se ha inmutado.

¿Una coincidencia? ¿Es eso lo que me vas a decir, Flo? ¡Una simple coincidencia! Hay golondrinas por todas partes: en el cielo, en el menú, en los carteles, en las calles… como cualquier otro animal. Simplemente con girar la cabeza, veo a nuestro alrededor arañas, murciélagos, serpientes, dragones, lobos, ratas. Pero no me fijo en ellos, simplemente porque Ylian tuvo el buen gusto de no apodarme así.

Mientras Emmanuelle y Charlotte cogen sus bolsos, Georges-Paul intenta de nuevo distender el ambiente.

—¿Sabéis que unos científicos han descubierto en mi ADN que tengo un 99% de genes en común con las golondrinas? También con las cigüeñas. Y con las palomas mensajeras… Los médicos lo llaman gen migratorio. Lo tiene el 31% de los marineros, el 23% de los taxistas londinenses… ¡Y solo el 0,3% de las tías!

Se echa a reír él solo. Sor Emmanuelle se encoge de hombros y hace una seña a Charlotte para que la siga. Jean-Max ve cómo las chicas se marchan sin tratar de detenerlas, Flo está concentrada con su móvil y yo absorta en mis pensamientos. Por un

momento, permanecemos en silencio los cuatro; Georges-Paul parece dudar si intentarlo de nuevo con otra broma, pero Jean-Max desenfunda primero.

—¿Le apetece a alguien ir al cine? Por una vez que hacemos escala en un país donde ponen películas en francés.

Cierro los ojos. Me agarro a la silla.

Tengo el recuerdo tan fresco.

Place de la Paix.

La película de Benigni.

La carrera con Ylian, cogidos de la mano, a medianoche.

Como Jean-Max Ballain me venga con la más mínima alusión a esa película, tiro las mesas, las sillas, arranco la motosierra al carnicero tuerto que hay delante de los baños y reduzco a cerillas el Foufounes Electriques, sus monstruos de cartón, sus clientes, sus encantadores camareros... Antes de lanzarme a por el resto de la ciudad.

—En el Beaubien están poniendo un clásico de Capra, en blanco y negro.

Respiro. Por un breve instante.

—*Qué bello es vivir* —suelta el comandante.

Me levanto de golpe. Le arranco el móvil a Flo, le tuerzo casi la muñeca, la silla cae al suelo detrás de mí, y grito fuerte, muy fuerte, para cubrir las voces de los fantasmas que gritan aún más fuerte en mi cabeza. Veo pasar ante mí las calles de Montreal, la *place* de la Paix, el parque del Mont-Royal, el mirador Kondiaronk.

—¡Vamos, Flo! ¡Ven conmigo!

Cuando tires a la basura del día a día
Nuestros festines
Cuando barras mi destino
Con el polvo de tus mañanas
¿Qué quedará de nosotros?

13

1999

La *place* de la Paix se encuentra a cien metros del Métropolis, en pleno corazón del barrio de los espectáculos. Es como si Ylian lo tuviera todo programado. La película acaba de empezar cuando llegamos, medio ahogados, justo en el momento en el que Dora cae desde lo alto del granero sobre el colchón de heno, en brazos de Guido.

«¡Buenos días, princesa!»

Inmediatamente, la sonrisa de Guido Benigni me deslumbra. Se parece a la de un *clown* maravillado que me tiende la mano. Nos hemos sentado en la última fila, con el culo en el cemento frío, detrás de unos cincuenta espectadores plantados delante de la pantalla gigante, atada a dos grandes bloques de cemento al otro extremo de la gran plaza rectangular. Algunos espectadores están sentados en el suelo, sobre un adoquinado rodeado de hierbajos; otros en sillas plegables.

Yl no me suelta la mano. Había oído hablar de la película, una fábula sobre los campos de concentración. Me daba miedo verla, demasiado terrible, demasiado sensible. Desde luego no una película para vivir un momento de complicidad compartida. ¿Por qué Ylian me ha traído a ver esto?

En la pantalla, Guido hace un despliegue de imaginación para seducir a su princesa. Treinta minutos de película y sigue sin aparecer un nazi. Solo una sublime historia de amor, con un gran tímido que se vale de las más disparatadas estratagemas para conquistar a su amada. Sonrío. Se aprovecha de las coincidencias. Una llave que cae del cielo, un helado de chocolate que llega en siete segundos, un sombrero empapado que, milagrosamente, se seca.

«Increíble», exclama su amada.

No veía nada tan poético ni romántico desde las películas de Chaplin. Guido besa a su princesa bajo la mesa de un banquete. «Por favor —le suplica ella—, llévame contigo». Susurro al oído de Ylian.

—¿Cree usted que todavía hay hombres capaces de eso?

Mi guitarrista se pone todo tieso.

—¡Yo! ¡Y de mucho más que ese italiano fardón!

Hace como que se concentra de nuevo en la película. Me le acerco un poco más para murmurarle:

—¡Fantasma!

Adoro su sonrisa irónica. Yl no aparta la mirada de la pantalla.

—Puede que sí. Puede que no. Para que un hombre se atreva a hacer semejantes locuras, su princesa no debe de tener el corazón cosido.

Cosido o no, mi corazón se acelera, de sorpresa y de rabia, hasta reventar sus supuestas costuras.

—¿Quién? ¿Yo? ¿Yo tengo el corazón cosido?

—Sí. Cosido a otro. Tiene marido...

—¡También Dora!

—Está prometida con un malvado fascista, y espera que Guido la rapte. Dígame que su marido es un horrible fascista y correré a liberarla. O mejor, no me hable de él, dígame simplemente que no es feliz junto a él, y le prometo que me inventaré para usted la más bella evasión amorosa que jamás se haya visto sobre la faz de la tierra.

Yl ha soltado aquello sin apartar los ojos de la pantalla.

—Las cosas no funcionan así, Ylian.

—Lo sé.

Trato de concentrarme de nuevo en la película. Cuarenta y cinco minutos de proyección, y sigue sin haber rastro de los campos. Guido triunfa, se lleva a su princesa a lomos de un caballo verde en pleno banquete. Su prometido fascista, con los ojos escandalizados, recibe un huevo de avestruz en la cabeza. ¡Bien hecho! Es bonito, es cine del grande, en el cine es tan fácil que te secuestre un caballero; no porque los buenos sean realmente buenos, no es eso lo que diferencia el cine de la vida real, sino porque los malos son realmente malos. Se les puede hacer sufrir sin odio, se les puede dejar sin problemas.

Ylian me tira de la mano.

—Tenemos que irnos. Rápido.

—¿No vemos el final?

Por el rabillo del ojo, sigo viendo la película. El decorado ha cambiado. Han pasado cinco años. Un niño adorable sale de un armario y saluda a su mamá: «¡Buenos días, princesa!».

—Necesitamos poesía, no es noche para la barbarie.

Hace bueno. Es de noche.

—¡Venga! —me dice Yl.

—¿Adónde?

—A ver la ciudad desde lo alto. Desde lo más alto.

—¡Mire, señorita golondrina, el lago de los castores!

Cruzamos el parque del Mont-Royal. Ylian me indica con el dedo los reflejos negros de un gran estanque rodeado de pinos y de arces, como teletransportado desde el norte de Canadá para hacer que la ciudad respire los aromas de los espacios abiertos. El estanque parece una inmensa piscina, balizado con decenas de farolas con forma de cerillas gigantes.

El lago de los castores, señorita Golondrina.

La asociación me perturba.

Castorcito, así es como me llama Olivier.

Las sombras de los árboles del monte Royal se alzan frente a nosotros, un cerro oscuro, una montaña de doscientos metros de altura, coronada por una cruz de hierro iluminada, un bosque en el corazón de la ciudad, refugio para corredores, patinadores, conductores de trineo durante los largos inviernos y para los enamorados durante los breves veranos.

Subimos. Poco a poco, la ciudad se va encogiendo. Los rascacielos, cuya mole nos aplastaba, ahora no son más que cubos apilados sin ningún orden, entre la montaña y el Saint-Laurent. He aprendido que ningún edificio tiene derecho a superar en altura la cima del monte Royal. Llegamos al primer mirador, dominado por la silueta de una gran cabaña con aspecto de pabellón chino, frente a la cual se abre una gran explanada con un nombre extraño: Kondiaronk.

Apoyo el bolso, cojo de la mano a Ylian, sin prestar demasiada atención a su explicación sobre el legendario jefe hurón, prefiriendo concentrarme en la impresionante panorámica. La ciudad, erizada de su treintena de torres iluminadas, con formas y luces de lo más sorprendentes, parece un ejército de gigantes con armaduras relucientes, reunidos cerca del río, pero incapaces de cruzarlo: desde el mirador, el Saint-Laurent parece tan ancho como el mar.

Deben de ser las dos de la mañana, pero aun así no estamos solos. Algunos enamorados se besan y hacen fotos. Un grupo de jóvenes bebe, sentados en las barandillas de la explanada. Los montrealeses saborean hasta la última gota las noches agradables, como se saborean los últimos frutos del verano. A lo lejos, hacia Mirabel, aterriza un avión. Aprieto aún más la mano de Ylian.

—Mi avión despega por la mañana. Tengo que estar en el aeropuerto en tres horas.

Una sombra nubla nuestras caras. No hablamos alto, pero nuestras voces parecen transportadas por el viento hasta Saint-Laurent.

—Yo me quedo a este lado del Atlántico —responde Ylian—. Para probar suerte. Ulysse me ha pasado un par de direcciones. También tengo unos amigos en el sur de Estados Unidos.

Está todo dicho.

Ylian observa a los jóvenes alcoholizados que hay a unos cuarenta metros, alza la mirada hacia la cruz iluminada que domina la cima más alta del bosque, y después murmura:

—¿Vamos?

Sin decir nada, nos adentramos en el sendero del bosque. *Camino Olmsted*, leo en los carteles, cada vez menos iluminados a medida que vamos subiendo. La panorámica desaparece detrás de los árboles. De noche, nadie sube hasta aquí.

Por fin solos.

El ascenso nos lleva apenas diez minutos. La cruz monumental, visible desde todo Montreal, parece casi ridícula cuando te encuentras a sus pies: una torre Eiffel en miniatura, de unos escasos treinta metros de altura, erigida en medio de un claro, y rodeada de árboles que parecen querer reconquistar su territorio. Un paso bajo las ramas y ya te encuentras en las tinieblas.

Ylian da ese paso. Conmigo.

—¿Puedo pedirle un favor, Nathy?

Su cara se encuentra a pocos centímetros de la mía. Me imagino a qué favor se refiere. Quiero que Yl me lo arranque, que Yl lo arranque como se arrancan las flores, sin pedirles permiso.

—Voy a ser un fracasado, Nathy. Al menos, a mis treinta y pico años, eso sí que lo he entendido.

—¿Qué me está contando?

Me cae el mechón por los ojos, pero tengo demasiado cerca la cara de Ylian como para apartármelo.

—Oh, no se preocupe por mí, Nathy. Tampoco tiene demasiada importancia. Al contrario, es algo de lo más normal. Simplemente es que nací con ganas… pero no con genio. Nunca seré más que un músico que sabe tocar bien, al que le gusta mucho tocar, como a millones de músicos en el mundo. Como mucho, si me empeño, me ganaré la vida con la música. —Se me acerca aún más, mi mechón flota al soplo de su boca—. Venimos al mundo con tantas esperanzas, Nathy. Convertirse en Hemingway, McCartney, Pelé, incluso Bill Clinton, Michael Jackson. Hay tantos soñadores naciendo en cada rincón del planeta, millones de soñadores, y tan pocos elegidos…

El color de la cruz cambia por encima de nosotros. ¿Otro truco de magia? Pasa del blanco al púrpura. No sé qué responder. ¿Que tampoco tengo grandes sueños?

—Nathy, por una vez, aunque solo fuera por una vez, me gustaría sentir lo que siente un ser excepcional.

Yl tiembla.

—¿Cómo?

—Besándola.

Yo tiemblo. ¿De verdad piensa lo que dice? Solo me quedan fuerzas para bromear.

—¡Creía que nunca me lo pediría!

A Ylian ni siquiera le quedan fuerzas para eso.

—Después, nunca más nos volveremos a ver. ¡Prometemos olvidarnos! Nos perdemos en algún rincón del planeta, cada uno por su lado. El mundo es lo suficientemente grande como para perder a aquellos que se aman.

Le poso un dedo en los labios.

—Cállese, Ylian. Sabe muy bien que no es culpa de la distancia. Béseme. Béseme y, después, ¡olvídeme!

Yl me besa. Yo lo beso. Aquello dura toda la noche. Al menos, es lo que nos queda. Incluso es posible que el sol haya dudado si salir por el Atlántico, si inundar de oro la copa de los sicomoros, si hacer brillar con diamantes los cristales de los rascacielos hasta llegar a los primeros reflejos plateados de las orillas del Saint-Laurent. Pero no, ¡no se ha privado de ello!

—Tengo que irme.

Volvemos a bajar cogidos de la mano, a toda prisa, por el camino Olmsted, iluminado por el amanecer. Con mi mano libre, acaricio la piedra del tiempo que llevo en el bolsillo de mis vaqueros. Quiero creer en lo que me ha contado la vendedora inuit hace unas horas, en la *rue* Saint-Paul. No se puede detener un río, pero sí algunas de sus gotas. Quiero creer que este momento, esta velada, esta noche, permanecerán para siempre como un recuerdo intacto. Enmarcado, barnizado y colgado encima de la cama de la habitación de mis secretos. Aunque la cruz que hay por encima de mí se haya convertido en vulgar chatarra, aunque el mirador Kondiaronk del que venimos esté cubierto de basura. Sueño con una despedida romántica. Un último beso antes de subirme a un taxi. Para cerrar este paréntesis mágico. Lo único que hemos hecho ha sido besarnos. También acariciarnos un poco. Me estremezco mientras me vuelvo a abrochar.

No hemos ido más lejos. Olivier nunca sabrá nada.

Le querré mejor a mi regreso. Seré capaz de quererle mejor. Le ayudaré a que me quiera mejor, ahora que he probado esta intensidad. Quiero convencerme de ello. Llegamos al parque del monte Royal, pasamos el lago de los castores, ya divisamos el tráfico en *Hill Park Circle* y el camino de la Côte-des-Neiges. Nos cruzamos con algunos corredores que huyen de los autobuses, coches, taxis. Uno de los que voy parar en unos minutos. Instintivamente, mi mano recorre mi chaqueta. De golpe, mi mente se bloquea.

—¡Mi bolso! ¡Me lo he olvidado!

Ylian se vuelve hacia mí.

—¿Está segura? ¿Dónde?

—¡En el monte Royal! En… en el mirador Kondiaronk, creo. O… o entre la cabaña y la cruz. En algún lugar del bosque.

Sin pensárnoslo dos veces, volvemos a subir, intercambiando palabras nerviosas. ¿Cuándo sale su avión? Dentro de dos horas, pero tengo que estar allí una hora antes. Y tengo que pasar de nuevo por el hotel. ¿Qué había dentro? Mi documentación, pasta, ¡todo todo todo, por Dios, todo! No se preocupe, vamos a encontrarlo.

No lo encontramos. Buscamos, nos ponemos nerviosos, bueno, yo me pongo nerviosa, casi histérica, Ylian trata de tranquilizarme, como si todo fuera culpa suya; su presencia bondadosa me calma un poco, pero los minutos pasan, miro mi reloj, imposible esperar más tiempo. Vuelvo a pensar en los jóvenes que había en la explanada ayer por la noche, que han desaparecido por la mañana dejando cadáveres de *whisky* canadiense. ¿Y si lo hubieran encontrado? Cuanto más pienso en ello, más convencida estoy de habérmelo dejado en el mirador Kondiaronk. ¿Y si me lo hubieran robado? A lo mejor solo el dinero, no la documentación; podrían haber lanzado el bolso, un bolsito de cuero violeta, a un rincón en cualquier lugar del bosque.

Ylian y yo nos hemos separado, a unos metros el uno del otro, con la vista clavada en el suelo, el asfalto, las raíces, la tierra. Mejor, así Yl no puede ver que los reflejos azules de mis ojos se han vuelto verdes de ira. Yl termina por decir:

—Vete. —Levanto la vista hacia él—. Vete. Ya sigo buscando yo. Lo haré durante el resto de mi vida. Si lo encuentro, te lo envío; te lo prometo.

Ya llego tarde. Estoy muy asustada. Simplemente digo, antes de salir corriendo:

—Lo siento.

Llego al aeropuerto de Montreal-Mirabel cuarenta y cinco minutos antes de que parta el Airbus. He conseguido llamar por teléfono a Flo para informarla de mi retraso y prevenirla de que iba sin documentos de identidad. Ella lo ha arreglado todo. Paso los controles de seguridad con prioridad. Nada más encontrarme con ella en la pista, justo delante del Airbus A340, rompo a llorar en sus brazos.

—Ya está, cariño —me tranquiliza, dándome unos golpecitos en la espalda—. Ya está. No es más que documentación. Querían retenerte en Canadá, pero después de que yo testificara acerca de tu moralidad, prefieren extraditarte.

Sonrío, murmuro un «Gracias», y me echo otra vez a llorar.

—¿Qué pasa, cariño, qué pasa?

—¡Me he enamorado! Me he enamorado de un chico al que nunca más volveré a ver.

14

2019

—¡Me tienes hasta el moño, Nathy! Ya podías haber avisado de que lo que querías era hacer *footing* por el monte Royal. No habría venido en manoletinas.

No respondo. ¡Trepo! En silencio, con ella, hasta el mirador Kondiaronk. Flo se va calmando a medida que se despliega la panorámica de los rascacielos de la ciudad, hasta orillas del Saint-Laurent.

—Vale, tía, vale. Es precioso. ¡Vamos a hacernos un selfi!

Yo no. Espero a llegar delante de la cabaña antes de explotar, de soltar todo lo que llevo rumiando durante la subida.

—¿No te parece ya demasiado, eh, Flo? Emmanuelle hablando de golondrinas, Jean-Max de *Qué bello es vivir*, nos juntamos todos en el Foufounes Electriques, la mesa coja, por no hablar del resto...

—Despacito, Nathy, despacito. No entiendo ni la mitad de lo que dices.

Tiene razón. Me doy cuenta de que soy la única que puede establecer esas conexiones. Florence está solo al tanto de algunos detalles de mi historia con Ylian, detalles que se remontan a hace veinte años. Me veo de nuevo echándome a llorar en sus brazos en la pista del aeropuerto Mirabel. Me tomo mi tiempo para explicarle todo. Escucha pacientemente cómo le enumero las

coincidencias, con la mirada vuelta hacia el Saint-Laurent y la interminable vista del puente Champlain.

Estamos rodeadas de un centenar de turistas de todas las nacionalidades, pero no es difícil encontrar un poco de intimidad en la inmensa explanada

Concluyo. Flo me mira con aire grave.

—Está bien, Nathy, ¿has terminado ya?

—Sí.

—¿Te das cuenta de lo que eso significa?

No, la verdad es que no. Estoy muy perdida, Flo, cuento contigo.

Flo se toma su tiempo para admirar el paisaje. La postal es perfecta. El bosque del monte Royal, bajo los últimos rayos de sol del verano indio, y una explosión de miles de nubes, del verde óxido al rojo vivo. Una selva de fuego, un volcán en erupción del cual surgen columnas de basalto de doscientos metros de altura: las torres de la Gauchetière, de la Bolsa, René-Lévesque, CIBC... Flo inspira profundamente y después comienza.

—Jean-Max menciona una película, *Qué bello es vivir*; Emmanuelle una tienda, La pequeña golondrina; uno de nosotros elige un bar, el Fouf; otro una mesa cualquiera en ese bar; nos encontramos todos de nuevo en el mismo vuelo, París-Montreal... Eso puede significar solo dos cosas, Nathy: o que estás como una cabra, o que nos hemos conchabado todos para volverte como una cabra.

Intento torpemente dar marcha atrás.

—No es eso, Flo, pero...

—¡Sí es eso, querida! Si te niegas a creer en las casualidades, y sigues pensando que estás en tus cabales, entonces es que todos nosotros somos unos malos bichos que estamos a ver si te sacamos de quicio. Sinceramente, Nathy, ¿por qué querríamos nosotros manipularte?

No respondo, aunque sé que tiene razón. Sigo subiendo por

el camino Olmsted, en dirección a la cruz de hierro. Flo lanza una mirada de horror a la cima.

—¿Estás segura de que no quieres terminar tú sola tu peregrinación?

—¡Aquí era! Nos separamos en la parte baja del camino. Yo había perdido mi bolso. Lo estuvimos buscando en el bosque. Un bolso violeta, con toda mi documentación. ¿Te acuerdas de eso?

—Sí, me acuerdo —admite Flo.

Solo ahora me fijo en que Flo está empapada de sudor. Que debe de hacer años que no hace tanto deporte. Que, aparte de la piscina del hotel cuando hacemos escala en los trópicos, no está para nada acostumbrada al esfuerzo físico. Observo cómo se agacha a los pies de un árbol, unos metros más arriba del mirador.

—¿Un bolso violeta como este?

Lo coje con la punta de los dedos. De repente, mi corazón empieza a latir más rápido que cuando estábamos subiendo, como si lo hubiera hecho corriendo. Me acerco temblando. Flo se deshace del trozo de cuero violeta y me lo endosa.

Lo reconozco.

El bolso está manchado, el cuero está desteñido, el violeta se ha transformado en malva pálido y hasta la marca se ha vuelto ilegible. Pero reconozco su forma casi redonda, el cordón que lo cierra, la bandolera con flecos. Lo abro nerviosa. Está vacío.

Flo me mira, preocupada.

—¡Como me digas que ese chisme asqueroso es el bolso que perdiste aquí hace veinte años, te interno!

—Se... se parece.

—Joder, Nathy, ¿cómo puedes acordarte de un bolso que perdiste hace veinte años?

—No digo que sea aquel —digo alzando el tono—, digo que se le parece.

En realidad, más que eso, pero no me atrevo a reconocerlo.

—Si me apuras —admite Flo—, si hubiéramos encontrado tu documentación…

«Precisamente —pienso para mis adentros—. Precisamente…».

—Tía, ¿te das cuenta de que estamos en 2019, que perdiste el bolso en 1999, que desde entonces habrá caído como un metro de nieve cada año en el monte Royal, trombas de agua en otoño, que cada día los equipos forestales recogen la basura, que no hay nadie más ecologista que los quebequeses, y que el monte Royal es su santuario? Así que te puedo decir que tu puto bolso, si se hubiera quedado a los pies de este árbol en 1999, hace tiempo que habría desaparecido. ¡No es aquel, Nathy, no es aquel!

Lo sé, Flo, sé que es imposible.

Y sin embargo, cada detalle me recuerda a ese bolso perdido. Tenía un bolsillo interior donde guardaba el monedero, idéntico al del bolso que tengo en la mano.

Flo capta mi mirada. Sacude una mano delante de mis ojos, como para despertarme.

—Escúchame, cariño. Escúchame bien antes de volverte completamente majara. Detrás de ti hay una papelera, y en la papelera, ¿ves?, hay una caja de *pizza* que sobresale. Vale, si tú y tu amorcito hubierais comprado una para saborearla frente al mirador, te habría parecido muy raro volver a encontrar la caja en esta papelera veinte años después. ¿Y este paquete de Marlboro tirado en el suelo? Si os hubierais fumado un piti, ahora me estarías diciendo que es el de tu Romeo. ¿Y ese vendedor de globos de ahí abajo? ¿Tu guitarrista y tú no os comprasteis un globo y lo soltasteis al cielo? ¡Qué pena, habría sido otra coincidencia más para tu colección!

El bolso apesta a orina. Mis manos huelen a pis. Me siento ridícula, lo suelto y cae al barro. Miro a mi alrededor, una mirada panorámica que intenta captar los miles de detalles que se ofrecen a mi vista: los vendedores ambulantes, los turistas con sus hijos, el cielo, el río, el puerto, la ciudad infinita, los colores, los olores, los ruidos. Mis recuerdos se convierten en obsesión.

—Volvamos al hotel, Nathy. Vamos a darnos una ducha. Vamos a pasar buena noche. Mañana por la mañana nos subimos a un taxi y nos olvidamos de todo esto.

Voy en el taxi. No he pasado buena noche. No he olvidado nada. He ido repasando mentalmente, una y otra vez, cada palabra pronunciada por Jean-Max, por Flo, por Charlotte, por Emmanuelle, por Georges-Paul, por el pasajero malasio del avión. He vuelto a pensar en ese bolso violeta y me he arrepentido de haberlo dejado tirado en el mirador Kondiaronk. He dudado si levantarme en medio de la noche y subir a buscarlo. Cuanto más lo visualizo, más me convenzo de que era el que perdí. He vuelto a calcular la probabilidad que hay de que tres miembros de una misma tripulación vayan juntos en el mismo vuelo, sin incluir la presencia de The Cure, y he sopesado una y otra vez las cuatro explicaciones de Flo, mientras jugueteaba con la piedra del tiempo en la cama.

Definitivamente, he descartado la hipótesis del azar.

Quedan las otras tres.

Estoy loca.

Me han hechizado.

Me están manipulando.

El taxi pasa volando por el *boulevard* La Fayette en dirección Trudeau, el aeropuerto que ha sustituido al Mirabel desde hará quince años. El tráfico es fluido. Estamos a punto de cruzar el Saint-Laurent por el puente Jacques-Cartier, y mi mirada se pierde en la isla Sainte-Hélène, en dirección a los superocho, los toboganes y demás atracciones gigantes del parque de la Ronde. Flo cabecea a mi lado, también ella en uniforme, con los auriculares puestos.

Estoy loca.

Me han hechizado.

Me están manipulando.

¿Quién? ¿Todos? ¿Toda la tripulación cómplice? ¿Jean-Max, Emmanuelle, Charlotte, Georges-Paul, Flo? Y aunque lo fueran, eso tampoco explicaría nada. ¿Cómo podrían estar al tanto de cada detalle de aquella noche con Ylian? De cada secreto de una noche clandestina. Solo dos personas pueden conocerlos.

Ylian y yo.

Si alguien estuviera tratando de manipularme, ¡solo podría ser él!

Puente Jacques-Cartier, el tráfico se intensifica. El taxi reduce la velocidad. De repente, me inclino hacia adelante, mi mano se crispa sobre el hombro del conductor y grito:

—¡Pare!

El conductor pisa el freno. Flo se endereza, sorprendida. Me mira sin entender. Estoy loca, lo leo en sus ojos; la primera hipótesis es de lejos la más lógica. Entonces, ¿por qué no descartar de una vez por todas la segunda? ¿Hechizada?

El taxi aparca corriendo en el carril de emergencias. Abro la puerta, el viento arremete contra mí, se me cuela por la falda del uniforme, hace revolotear mi chaqueta, y yo lo desafío como si nadara contracorriente, acercándome a la balaustrada. El Saint-Laurent corre perezosamente, cincuenta metros más abajo.

A Flo no le da tiempo a reaccionar, cree que voy a saltar, oigo su grito: «¡Nooo!». En el puente, los coches aminoran la velocidad, tocan el claxon, se sorprenden al ver a esa mujer en uniforme, en equilibrio ante al vacío. No escucho a nadie. Abro el bolso y busco a ciegas. Mi mano se cierra sobre la piedra del tiempo. La aprieto en el puño, un segundo, luego inspiro profundamente y la lanzo al agua, lo más lejos posible. Una barcaza cargada de contenedores pasa despacio, indiferente. Los barcos para turistas duermen a los pies de la torre blanca del muelle del Horloge. Observo un instante cómo se alejan los círculos del pozo efímero donde ha caído el guijarro; luego me subo de nuevo al taxi, calmada.

Flo me sonríe. Lo ha entendido.

Ya solo quedan dos explicaciones.

Es la historia de dos enamorados.

Uno de ellos está loco.

Ylian… O yo.

Espero. El trabajo de azafata consiste en esperar, las tres cuartas partes del tiempo. Sonriendo.

La sesión informativa del vuelo comienzan en veinte minutos. El vuelo sale en una hora. Aprovecho el wifi para mirar Internet en la sala de embarque de personal. En tres clics, encuentro lo que busco. Flo está de cháchara en la otra punta de la sala con dos azafatos sexis de American Airlines.

—Voy a llamar a casa —le digo a Emmanuelle.

La jefa de cabina está concentrada en la lista de pasajeros, cualquiera diría que se la quiere aprender de memoria. Me alejo, intentando ocultar mi turbación a los compañeros con los que me cruzo en el pasillo de personal, hasta llegar a un lugar apartado. Me paro delante de una puerta cerrada donde se almacenan las máquinas de mantenimiento. Me apoyo con la espalda en la pared. Aun así, tengo la sensación de estar resbalándome. Obligo a mis piernas a que no se flexionen. A mi mano a que no tiemble. Una simple presión del índice bastaría para marcar el número de teléfono que acaba de aparecer en la pantalla, y para regresar a ese pasado que debería borrar de mi vida para siempre.

@-TAC Prod
Los Ángeles

Una secretaria me responde en inglés. Tengo prisa, no le doy tiempo para respirar.

—Querría hablar con Ulysse Lavallée. De parte de Nathalie. Una vieja amiga. Simplemente dígale mi nombre, estoy segura de que aceptará escucharme.

La chica no discute. Casi lo hubiera preferido, para dar tiempo a que mi corazón se calmara. Inspiro profundamente. La voz de Ulysse me atrapa antes de que me dé tiempo a expirar.

—¿Nathalie? Nathalie, ¿qué pasa?

—Estoy en Montreal. A punto de salir para París. Voy a tener que ser rápida, Ulysse.

La voz divertida del productor resuena en el teléfono.

—¿Estás en Montreal y te acuerdas de mí? ¡Qué amable, cariño! ¿Sabes que no he vuelto a pisar esa santa ciudad desde hará unos tres años? Cuando uno prueba el sol de California…

Me fijo en que Ulysse ha perdido su acento quebequés. Le queda solo un poquito, apenas distinguible entre un amplio abanico de otras entonaciones: belga, parisina, americana, afrancesada.

—Tengo poco tiempo, Ulysse. Tengo… tengo que hablar con Ylian.

Mi espalda resbala diez centímetros por la pared. Esta vez, se concede un largo silencio. Joder, que responda ya, que responda. Mis piernas no lo van a soportar.

—No creo que sea una buena idea.

No importa. Me dejo caer al suelo. Mi cuerpo se hace un ovillo, como una araña aplastada. Me acurruco como un gato, con las rodillas contra el pecho y el teléfono a modo de muñeco.

—Dame su número, Ulysse. Es lo único que te pido.

El productor responde lentamente, articulando bien cada palabra, como lo haría un notario al leer una escritura de compraventa.

—Ya conoces vuestro acuerdo, Nathalie. Lo firmaste, lo firmaste con él. Nada de contactos. Nada de noticias. Nunca.

—De eso hace veinte años, Ulysse.

—Era un acuerdo para toda la vida. A Ylian le costó mucho rehacerse. Le hiciste sufrir mucho.

—Tampoco es que yo lo pasara muy bien…

—Nada en comparación con él, créeme.

Unos empleados de mantenimiento pasan por el pasillo. Dos chicos llevando bolsas de basura y una chica empujando el carrito de las escobas. Me observan como si fuera una pequeña cosa abandonada. Oigo que se marchan. Tengo una pregunta que me quema la garganta.

—¿Has vuelto a ver a Ylian? ¿Qué es de él? ¡Dime al menos qué es de él!

—Le va bien. Tranquila, ahora le va bien. Vive su vida. Es vendedor, por si te interesa saberlo. El mejor trabajo que ha podido encontrar. En la sección de discos. En la Fnac.

—¿Qué Fnac?

El productor se permite una risita.

—Que no, Nathalie, que no. Ya te he contado demasiado.

—¿Lo ves alguna vez?

—Nos llamamos por teléfono. Nos escribimos. Nos vemos cuando voy a París.

—¿A París dónde?

Ulysse recupera brevemente la entonación quebequesa.

—¡Coño, Nathalie! Deja en paz a Ylian. Olvídate de él como él se ha olvidado de ti. ¡No vuelvas a joderlo!

—Necesito hablar con él. Es importante. Simplemente dame su número de teléfono. Que decida él si habla conmigo o no.

—¿Por qué, Nathalie? ¿Por qué haces esto?

—Es complicado. Ni siquiera yo entiendo ya nada.

Oigo cómo Ulysse suspira.

—¡Nunca debería haberte dejado pasar al Métropolis! Regla número 1: ¡nada de mujeres entre bastidores!

Se está ablandando. No he olvidado cómo funciona Ulysse: si gruñe, es que está a punto de ceder.

—Ya hablaremos más tarde de tus arrepentimientos, te lo prometo. Tú mismo lo has dicho, Ylian está mejor. ¿Sabes? Ya somos mayorcitos... Dame su número, solo su número, no su dirección. Ylian tiene derecho a decidir si quiere responder o no.

Al instante, sé que he dado con el argumento adecuado. Una vía de escape. Ulysse se libra de mí al tiempo que mantiene la conciencia tranquila. Será Ylian el que decida...

—¡Joder! ¿Tienes para apuntar? 0.6.1.6.8.9.2.5.1.4.

—Gracias.

—No le hagas daño, Nathalie, no le hagas daño, te lo suplico.

—¿Y él? ¿Nunca te has preguntado el daño que él me hizo?

Ulysse cuelga.

Se arrepiente de inmediato. Tiene la sensación de haberse dejado mangonear como un niño.

«Dame su número, solo su número, no su dirección. Ylian tiene derecho a decidir si quiere responder o no».

Pero, se da cuenta ahora, ¡Ylian no conoce el número de Nathalie! Cuando ella lo llame, forzosamente cogerá el teléfono. No le quedará otra opción, salvo la de colgarle en las narices... Ulysse observa su móvil, duda si volver a llamar a Nathalie. Le ha tomado el pelo como si fuera nuevo. ¡Pero Ylian se lo había hecho prometer! No ceder nunca, aunque Nathalie le suplicara. Nada de noticias suyas. Reflexiona un momento, y luego se lo replantea.

«Ylian tiene derecho a decidir si quiere responder o no».

Se le ocurre una idea, muy sencilla.

Vale, Nathy, si quieres jugar... Tienes razón, será Ylian quien elija.

Memoriza el número de teléfono de Nathalie, recorre su lista de contactos, se detiene en Ylian, y luego empieza a teclear muy rápido en el móvil.

Me acaba de llamar Nathalie. Sí, tu hermosa golondrina, después de todos estos años.

Me ha suplicado que le dé tu teléfono. Lo siento, pero no he podido negarme. Ya me conoces, nunca me he podido resistir a ella.

Quiere hablar contigo. Me ha dicho que eras tú el que tenía que decidir si querías o no romper vuestro acuerdo. En el fondo, es verdad...

Aquí tienes el suyo: 06.25.96.65.40. He restablecido el equilibrio, ahora estáis en igualdad de condiciones.

Si te llama, sabrás que es ella.

Cuelgo. Me levanto. Tengo las piernas entumecidas. Las estiro, porque van a tener que aguantar: en cinco minutos tengo la sesión informativa y sor Emmanuelle odia los retrasos. Después ya dispondré de mi media horita de libertad.

Suficiente para romper nuestro trato.

Suficiente para marcar un número de diez cifras.

Suficiente para sorprender a Ylian al otro lado del Atlántico, en algún lugar de París.

La idea de hablar con Ylian en unos minutos, después de todos estos años de silencio, me parece totalmente irreal. Y, sin embargo, no me queda otra. Necesito comprender. Solo él puede ayudarme. Mientras me dirijo hacia la sala de reuniones, abro el bolso. Pongo el móvil en modo silencio, antes de guardarlo.

Un golpe.

Al principio, un minúsculo golpe, ¡mi móvil acaba de chocar con un objeto y se niega a meterse en el bolsillo interior! Ansiosa, enfadada, meto a ciegas la mano, echando pestes contra mi maldito bolso. ¿Qué puede estar impidiéndolo? ¿Un viejo boli? ¿Un tubo de aspirinas? ¿Un pastillero? (¡La cantidad de cosas inútiles de las que debería haberme deshecho desde hace años!).

Un golpe.

Esta vez un golpe intenso, como si hubiera caído un rayo en el aeropuerto Trudeau, terminal A, zona 3, nivel 2, escalera mecánica de la derecha. La misma que me lleva petrificada, abatida por una increíble descarga eléctrica.

Fulminada.

En mi bolso, mi mano acaba de volver a cerrarse sobre una piedrecita. Gris y lisa.

Un guijarro.

Una piedra del tiempo.

Mi piedra del tiempo.

La que acabo de lanzar al Saint-Laurent.

15

2019

Olivier observa los objetos que hay esparcidos por el asiento del copiloto. Se arrepiente de haberlos traído. Se había prometido a sí mismo que no los sacaría de la habitación, que los extendería sobre la cama y después los volvería a meter en el cajón, exactamente como los había encontrado. No se ha podido resistir a quedárselos, a volver a observarlos, para comprender. No hay prisa, tiene tiempo, dos horas. Nathalie está en Canadá y todavía no ha despegado.

Echa un vistazo a la calle donde se encuentra, y después vuelve a examinar su tesoro de colegial. Cada vez le cuesta más resistirse a una tentación muy sencilla: recogerlo todo, dar un par de pasos y tirarlo a la basura. Hay una en la acera de enfrente. Sin necesidad de reciclar. Todo en el mismo contenedor. Plástico, cartón, papel.

Cuando Nathalie vuelva de Quebec, abra el cajón y encuentre solo el hueco, lo entenderá. ¿Y qué dirá? Nada... ¡Nada, porque esos objetos no existen! Nada, salvo aceptar que se terminó, que definitivamente terminó, que el pasado no va a volver.

Sí, es la mejor solución.

Poner fin a su obsesión.

Barrer con todo.

En el fondo, es muy sencillo.

Olivier vuelve a echar un vistazo furtivo a cada retrovisor, como si se sintiera culpable. ¿De qué? ¿De qué, por Dios, de qué? ¡Si ni siquiera se atreve a deshacerse de toda esa mierda que hay en el asiento! Aprieta el puño, golpea el salpicadero del Kangoo. Pero tiene que hacerlo. Tiene que tirarlo todo. Tratar de comprender qué valor tiene cada uno de aquellos objetos es volverse loco seguro.

Loco de dolor.

¿Por qué unos recuerdos tan banales, un programa de cine, una servilleta de papel, un sobre roto, se han convertido en semejantes tesoros para su mujer? ¿Qué secreto se esconde detrás de cada objeto? ¿Qué carcajada? ¿Qué caricia? ¿Qué promesa?

Sí, lo más sencillo sería quemarlo todo.

A lo mejor Nathalie no se daría ni cuenta. A lo mejor no ha abierto ese cajón en años. A lo mejor ni siquiera se acuerda de todos aquellos objetos. Y ya no tienen ninguna importancia para ella, solo los conserva por dejadez, como la ropa usada, los platos desconchados, las bombillas quemadas, las pilas usadas. Deshacerse de esos chismes es, simplemente, como hacer limpia.

¿Para salvar su matrimonio? No, ni siquiera eso. Su matrimonio ya no está en peligro, ya no. Quiere convencerse de ello. Sin embargo, la mente de Olivier sigue en marcha, como su coche aparcado, al que no ha apagado el motor. Piensa brevemente en ese folleto de cine, *Cine bajo las estrellas septiembre 1999*, cuya programación se ha aprendido de memoria; en el dibujo de la golondrina en la servilleta de Air France. Luego se detiene de nuevo en la primera línea de la nota que hay escrita en un sobre blanco, combado, roto y vuelto a pegar con celo. No es la misma caligrafía que hay garabateada en la servilleta de papel.

Es todo lo que he podido salvar.
Laura es muy guapa.
Usted también.

Olivier ha vaciado el contenido del sobre en el asiento del copiloto, junto al resto. Fotos, documentación, tarjetas magnéticas.

Los ojos de Olivier se detienen sobre todo en las fotos. Primero en la de Laura. Tiene solo seis años, una fotografía de colegio tomada al entrar en Primaria. Ya se la ve seria y aplicada. La sola idea de pensar que otro haya podido posar su mirada en la foto de su hija, escribir su nombre en ese papel, hablar de ella con su mujer, hace que le entren ganas de asesinarlo.

Se calma y se vuelve hacia la otra foto. La de Nathalie, cuatro fotos hechas en un fotomatón: la primera haciendo muecas, la segunda sacando la lengua, la tercera bizca y, por último, seria en la cuarta. ¡Nathalie en todo su esplendor! En la foto tiene poco más de treinta años. Bella, casi tanto como ahora. Olivier deja brotar sus lágrimas. Lágrimas que nunca brotan delante de su mujer.

Hace una lista rápida del resto del contenido del sobre, de las diferentes tarjetas, la del comité de empresa de Air France, la de fidelidad del Intermarché, la del *parking* de Roissy, la de la Seguridad Social, la electoral, el DNI. Un carnet de conducir, un pasaporte. Todo pertenece a Nathalie.

Obviamente, Olivier lo ha entendido. Se acuerda de que Nathalie perdió su bolso al volver de un vuelo de Montreal, hará unos veinte años. Madre mía, Montreal... No lo había encontrado, había tenido que volver a hacer todo el papeleo. Un tostón... Nathalie había vuelto muy tocada de aquel vuelo. Se acuerda de que, en aquel momento, le había sorprendido, no parecía algo propio de su mujer ser tan materialista. En el fondo, había pensado que estaba bien, que no hay mal que por bien no venga, que no estaba mal que entrara algo de madurez en su cabeza, que estaba claro que aquello le tenía que pasar algún día, por distraída. Le había soltado un pequeño sermón, le había recomendado ser menos cabra loca...

Qué tonto había sido.

Nathalie había encontrado aquellos documentos.

Los había escondido.

Y nunca le había hablado de ellos.

Olivier duda si hacer una bola con el sobre blanco. Pero no, descubre que le gusta sufrir. Dejarse hipnotizar por esa caligrafía desconocida, leyendo y releyendo sus cinco líneas.

Es todo lo que he podido salvar.
Laura es muy guapa.
Usted también.
No intente buscarme, por favor.
Su guitarrista fracasado, que prosigue su odisea

Sorprendentemente, leer una y otra vez esas cinco frases le ha terminado por calmar. La rabia ha pasado. Pero no su fría determinación. Tiene que llegar hasta el final de su misión.

Olivier consulta el reloj del salpicadero. 12:30 h.

Echa cuentas en su cabeza, se ha vuelto experto en diferencias horarias. Si en Quebec es de día y el Airbus de Nathalie despega en media hora, faltan seis horas para que aterrice.

Echa un último vistazo a los objetos que hay esparcidos por el asiento del copiloto, ese tesoro prohibido, maldito, que ha saqueado; luego quita el freno de mano y gira el volante.

No hay prisa.

Simplemente, tiene que volver a Porte-Joie antes de que Nathalie regrese.

16

2019

La sesión informativa de sor Emmanuelle parece más interminable que de costumbre. Las bromas de Jean-Max más siniestras. Escucho las consignas como una máquina, las registro sin pensar, por reflejo profesional. El número de pasajeros, la duración del vuelo, las recomendaciones particulares, una pareja de personas con discapacidad, un niño con riesgo de ataques de epilepsia. Algunas azafatas charlan al fondo de la sala. Yo no. Yo me he apartado de Charlotte, de Georges-Paul… también de Florence.

No le he comentado nada de la piedra del tiempo que ha aparecido en mi bolso, de ese guijarro que ella me vio lanzar al Saint-Laurent, desde lo alto del puente Jacques-Cartier. Flo ya piensa que estoy bastante zumbada, así que puedo imaginarme con antelación sus explicaciones más condescendientes que tranquilizadoras.

Vale, Nathy, vale, esta piedra se parece a la que lanzaste. Es más, si me fuerzas, es exactamente igual, ¡casi estaría por decir que es la misma! Pero piedras del tiempo igualitas a esa hay un montón en una cesta de mimbre en aquella tienda de productos canadienses auténticos. Cari, no las recoge por las mañanas un hechicero inuit, las producen en serie en una fábrica de Winnipeg o de Edmonton.

Vale, Flo, vale, no soy tan ingenua. Pero, ¿quién ha metido en mi bolso esa segunda piedra? ¿Desde cuándo lleva ahí? ¿Cómo puedo acordarme, con todo este jaleo? ¿Desde hace minutos? ¿O unas semanas?

Sor Emmanuelle nos desea por fin feliz vuelo y deja que nos marchemos. La mayoría de la tripulación se larga a fumar un cigarro o a estirar las piernas antes de las seis horas de vuelo. Jean-Max se aleja con Charlotte hacia las tiendas del *duty free*. Nadie ha vuelto a sacar el tema de la sanción del comandante, al menos no delante de mí, pero el rumor no tardará en circular.

Por mi parte, yo también me alejo lo máximo posible. Estar sola, dejar de temblar, llamar a Ylian, dejar de darle vueltas, simplemente marcar su número.

Me detengo delante de la puerta de embarque desierta, y me quedo de pie delante de la mampara, mirando los aviones inmóviles. Despacio, saco mi móvil, observo su carcasa rosa, la golondrina negra, sin conseguir ignorar el peso del guijarro que vuelve a estar en mi bolso. Al lanzar la piedra del tiempo al Saint-Laurent, quería protegerme de la brujería. Al menos quitarme aquella locura de la cabeza, y sobre todo no creer en esa estúpida leyenda inuit, el tiempo que dejaría de transcurrir en el sentido de la corriente, que formaría un bucle entre el presente fragmentado y el pasado que logra colarse, gota a gota, en mi cabeza.

¡Joder! La piedra sigue ahí. Y con ella, esa explicación tan sencilla y radical a toda esta asombrosa concatenación de acontecimientos. ¡Basta con creer en su magia!

Pego la frente al cristal para apartar mis pensamientos o, al menos, para enfriarlos. No despega ningún avión, ni siquiera se mueven. Todo parece detenido para la eternidad. Un aeropuerto, al igual que una estación o un puerto, no es un punto de salidas y llegadas. Es solo una sala de espera.

Sin apartarme, sin despegar la frente de la mampara, me acerco el teléfono a la oreja.

Marco el número de Ylian.

Mi corazón late con fuerza, cada vez más fuerte. La sangre fluye por mis venas, una crecida que mi cuerpo no logra contener. El cristal me aplasta la cabeza. Tengo la impresión de que me van a explotar las sienes, de que mi cerebro va a duplicar su volumen.

Llamar.

¿Cuánto tiempo se necesita para cruzar el Atlántico?

¿Cuánto tiempo para romper todos estos años de silencio?

¿Responderá Ylian?

¿Colgará cuando oiga mi voz?

¿Dirá algo?

¿Escucharé, al menos, su voz?

¿Me atreveré a pedirle que me perdone? Que perdone ese crimen, el mayor crimen que jamás haya cometido una mujer. Ese crimen que me suplicó que cometiera.

Ylian sale de la Fnac de Ternes y deja un poco de ventaja a los clientes que abandonan la tienda. Luego se aparta para dejar pasar a los que entran. Los parisinos corren agobiados de tienda en tienda en la pausa de la comida. Él aprovecha ese tiempo para respirar. El pisoteo de la gente que pasa por la acera de la *avenue* des Ternes es casi tan frenético como en las cuatro plantas de la enorme Fnac, aunque la sección de discos la asalten menos que la de móviles o la de videojuegos.

El tráfico, en el cruce con la *avenue* Niel, es igualmente denso. Ylian observa con asombro cómo los peatones hacen de toreros en los pasos de peatones, entre las bicicletas, los coches y las motos que aceleran en cuanto el semáforo está en verde. Decide cruzar un poco más allá, a la altura del Secret Square. Ahí el tráfico es menos intenso, aunque los coches se salten el semáforo en rojo del cruce con la *rue* Poncelet.

Mientras espera en una marquesina y un banco ocupado por una persona sin hogar, resuena una música, como para acompañar su espera.

Unos acordes de piano salen de su bolsillo.

Let It Be.

¡¡¡Nathalie!!!

Ylian le da las gracias mentalmente a Ulysse. En cuanto recibió el mensaje del productor, Ylian guardó el número y lo asoció a una melodía.

Let It Be.

¿Qué otra melodía, si no, para anunciar la llamada de Nathalie? Después volvió a leer el mensaje. *Me acaba de llamar Nathalie. Sí, tu hermosa golondrina.* No quería creérselo, no podía creerlo. *Nathalie…* Sonríe, piensa de nuevo en lo que le dijo Ulysse. *Si te llama, sabrás que es ella. Te toca a ti decidir.* ¿Decidir qué? ¿Cómo podría negarse a hablar con ella? Lo lleva esperando veinte años.

Que Nathalie rompa su promesa…

Que Nathalie rompa el acuerdo…

Ylian mira alternativamente el cielo, el semáforo en rojo y el peatón luminoso que se pone en verde, mientras su mano coge el teléfono de su bolsillo. Cruza la calle saboreando ese último instante antes de descolgar. ¿Por qué, después de todos estos años, no ha sido él quien diera el primer paso?

Escuchar, escuchar, escuchar su voz.

Bastará con un simple «hola», un simple «hola» y todo volverá a empezar.

Responder.

Su índice corta la melodía. Después de la introducción de piano, le toca cantar a Nathalie.

Un chirrido de neumáticos molesta a Ylian, pero no por ello levanta la vista. Se pega aún más el teléfono a la oreja. No quiere perderse la primera palabra de la única mujer a la que ha amado en su vida.

Ylian no ve cómo el coche blanco acelera.

Ylian no reacciona cuando el parachoques le arrolla las dos piernas.

Ylian no dice ni mu cuando el capó lo alza por los aires, cuando el impacto hace que su cuerpo dé una pirueta, cuando sus brazos baten el cielo antes de volver a caer desarticulados, cuando sus dedos sueltan el teléfono que, a su vez, sale volando y cae de nuevo como una piedra.

Cuando su cabeza golpea contra el cemento; cuando su boca le muerde; cuando su saliva se derrama sucia de sangre, de baba, de lágrimas, del último soplo de vida que escapa de su pecho, de su nariz aplastada, de su oreja arrancada y de su cráneo abierto.

—¿Ylian? ¿Ylian?

La gente se arremolina alrededor.

—¿Ylian? ¿Ylian? ¿Estás ahí? ¿Me oyes?

Al teléfono, la voz de Nathalie no es más que un murmullo a ras de cemento.

Un murmullo que, en medio del pánico, nadie oye.

Un murmuro que Ylian nunca oirá.

Cuando hayas ordenado todos mis strip-tease
Bajo la pila de sus camisas
Cuando hayas abandonado la guerra prometida,
Por la paz de las chicas sumisas
¿Qué quedará de nosotros?

II

LOS ÁNGELES

17

2019

Ylian no ha respondido.

Yl ha descolgado cuando le he llamado. Yl ha oído mi voz. Yl me ha oído llamarle.

Pero Yl no ha respondido.

Había ruido, como si Yl estuviera en la calle, como si hubiera apoyado el teléfono en alguna parte, alejado de él.

He esperado. Un buen rato. Luego he colgado.

Le he estado dando vueltas y más vueltas a aquellas palabras sin sentido, a aquellas rimas estúpidas hechas con tu nombre y cualquier cosa que no me han conducido a nada durante todos estos años.

Yl-li-an

Yl-li-an

Yl-li-an

Me he pasado el día volando. He llegado a Roissy un poco pasadas las 19. Nada más recoger el equipaje, he vuelto a llamar, luego otra vez en el ascensor bajando al aparcamiento.

Esta vez, Ylian no ha descolgado.

Estaba tan cansada.

Arranco el coche. Quito el sonido de la radio, no me apetecería nada encontrarme con *Let It Be*, *Boys Don't Cry* o *La Bamba*, aunque durante el vuelo Montreal-París ninguna otra coincidencia haya venido a tocarme las narices. Ningún pasajero ha pronunciado la nota que Ylian me dejó, ninguna alusión en las intervenciones de Jean-Max al micrófono del Airbus, de sor Emmanuelle, de Georges-Paul, de Flo (bastante callada desde que hice de lanzadora de piedra desde el puente Jacques-Cartier) o de Charlotte (bastante irresistible con su nuevo flequillo cortado en la peluquería quebequesa más a la moda). ¿La nueva piedra del tiempo ha perdido su poder? O, si es la que hundí en el Saint-Laurent, y que volvió a aparecer milagrosamente en mi bolso, ¿es que no aguanta los chapuzones, como un vulgar teléfono móvil o una cámara de fotos? ¡Un cachivache jodido en el momento en que cae al agua! Un poco raro para una piedra que se supone que ha sido recogida por un hechicero en el lecho de un río.

Salgo del aparcamiento.

Ya casi hasta me hace gracia esta sucesión de acontecimientos extraños. ¿Será la tensión acumulada? ¿El *jet lag*? ¿La distensión después de seis horas de vuelo? ¿O simplemente la alegría de volver a casa? Una hora larga de carretera y estaré en Porte-Joie. Una muy larga ducha en mi baño. Aunque Margot apenas me salude: «Anda, ya has vuelvo, mami. ¿Has traído pan de camino?», aunque a Laura no se le olvide llamarme por teléfono: «¿Te sigue yendo bien lo de quedarte con los gemelos mañana por la mañana?», Olivier sí que estará.

Habrá preparado la comida, un plato ligero muy bien presentado, una ensalada, sushi, salmón *gravlax*; habrá descorchado una botella de vino blanco, un *gewurztraminer*, mi preferido; no me hará preguntas, me dejará aterrizar, dejará que me acueste pronto, se tumbará a mi lado para leer, haremos el amor si no tengo sueño y esperará a que me despierte si caigo como un tronco. Olivier conoce, acepta y anticipa todas mis imprevisibilidades.

Cruzo Authevernes. Estoy agotada. Como pocas veces lo he estado al volver de un vuelo. Casi sin pensarlo, paro en el

aparcamiento de una estación de servicio y, por última vez, trato de llamar a Ylian.

0.6.1.6.8.9.2.5.1.4.

Es el número correcto. La primera vez ha descolgado, sin pronunciar la más mínima palabra.

Ya no da línea. Como si el teléfono estuviera desconectado.

Sin duda, es mejor así. Al menos, es lo que me esfuerzo en pensar.

Dejo que pase un camión y vuelvo a arrancar.

Sí, sin duda es mejor así. Se acabó. ¡Ya no tengo edad para complicarme la vida! Me ha costado tantos años encontrar este equilibrio, hacer limpia entre a lo que estoy dispuesta a renunciar y lo que es vital para mí, elegir a mis amigos, amar a mi marido. Sí, amar a Olivier. Sentirme bien a su lado, porque su hogar es también mi hogar, odiarle a veces, pero siempre tener ganas de volver, de volver a verlo. La pasión es tener ganas de huir con alguien, pero el amor ¿no es acaso terminar apreciando su prisión? Olivier ha engordado, Olivier se está quedando calvo. Y a pesar de ello, Olivier está más guapo que antes, más atento, más elegante.

Cambio de carril para adelantar al camión. Un coche aparece por detrás de la colina, justo cien metros por delante de mí, la adrenalina me saca de manera fulminante de mi letargo. Aprieto el acelerador, me reincorporo *in extremis* al carril delante del vehículo pesado, respondiendo con un gesto de la mano a las luces del vehículo que frena enfrente.

Volver. Lavarme. Derrumbarme.

Salgo de la nacional 14 en dirección Mouflaines. Un largo descenso por los cerros del Sena y estaré en casa. Diviso los meandros del río a cada curva. Me gusta tanto este paisaje. Estos meandros que se van abriendo tan lentamente que ningún ser humano sería capaz de percibirlo en lo que dura su vida, este césped en pendiente cortado a cepillo por ovejas equilibristas, estos acantilados blancos erizados de castillos y de capillas.

La costa Deux-Amants.

Así es como llaman aquí a los acantilados del Sena.

Los dos amantes…

De repente me detengo, y delante de la iglesia de Muids cojo mi teléfono y borro el número de Ylian. Borro también el historial de mis últimas llamadas.

Los dos amantes.

No me arrepiento de nada. Es más, desearía que todas las mujeres pudieran vivir algún día semejante pasión. ¿Cómo estaría yo hoy si no lo hubiera conocido? ¿Frustrada? ¿Amargada? ¿Decepcionada? ¿Qué sería de mí si no hubiera tenido la certeza de que un día la viví? Si no hubiera sentido, después de dejar a Ylian, esa carencia absoluta. La rabia de la privación. Hoy día no echo de menos a Ylian. He guardado mis recuerdos en un cajón que ya no abro. Pero sé que será en él en quien piense el día que mis ojos se cierren. Olivier, Laura y Margot serán los que estén a mi lado, pero será a él a quien dedique mi vida. En el fondo, nuestro paso por la Tierra lo merecen solo unos instantes de euforia.

Vuelvo a sentir un inmenso vacío. Porte-Joie. Tres kilómetros. Esta tarde, la carretera me parece interminable. Salgo del pueblo mientras una señal luminosa indica mi velocidad.

92 Km/h. ¡Mi récord!

Quiero volver. Quiero olvidarme de todo. Quiero dormir.

Lo sé, por supuesto que sé por qué Ylian no me ha respondido.

Porque debería haberlo llamado antes.

Porque debería haber roto nuestra promesa.

Porque debería haber roto nuestro acuerdo. Ese acuerdo que ninguna otra mujer habría aceptado firmar.

* * *

Vigilo a los gemelos. Ethan y Noé se divierten con el trenecito de madera que el abuelo Oli les ha hecho, sentados en una gran manta tendida sobre el césped, a unos metros del Sena.

«Si juegan fuera, ¡no les quites los ojos de encima, mamá!», ha tenido la desfachatez de recomendarme Laura antes de salir pitando al trabajo.

¡Pues claro, cariño! ¿Sabes?, antes de tus dos Pulgarcitos, yo os crie aquí, a tu hermana y a ti, al borde de este río con patos, garzas, cisnes que muerden y el chapoteo de las barcazas. ¡Y nunca os pasó nada! Ay, esa revancha de las hijas con las madres en cuanto tienen hijos, ¡como si quisieran hacer pagar a sus mamás por todo lo que están convencidas de haberse perdido!

Enderezo un poco la tumbona en la que estoy instalada. Ayer por la noche me quedé dormida nada más tumbarme. Ya me estaba quedando dormida en el baño. Apenas toqué los sashimis de Olivier. Pero lo he compensado con los cruasanes que me ha traído por la mañana. A la cama. Apenas he tocado a Olivier. Él no se ha privado. Antes de que el Polo de Laura chirriara en la grava y me endilgara a los gemelos, los pañales, los juguetes, las dos camas plegables, sin tan siquiera apagar el motor.

Son las 11:30 h. El sol otoñal ha salido triunfante sobre la bruma matinal del Sena y sobre las nubes aferradas a la cima de los acantilados. Me he puesto una falda y una blusa escotada. Olivier trabaja en su taller. Está terminando un gran encargo para un restaurador parisino, un mostrador retro y unas estanterías art decó. Sentados en las mantas, los gemelos se comunican entre ellos en una lengua desconocida. Y yo me aburro un poco.

Tamborileo en mi móvil mientras les echo un ojo a Ethan y Noe (¡tranquila, Laura!). Me dejo vencer por el arrepentimiento de haber borrado el número de Ylian. Luego suspiro, ya no soy una adolescente que fantasea con mensajes de texto, ¡que tengo cincuenta y tres años, mi niña! Sigo con la mirada la zambullida de un martín pescador, en medio del Sena. Gerónimo, nuestro cisne, agita las alas, tan agresivo como un gato que descubre al del vecino comiendo en su plato. Fue Margot la que le puso el nombre, Gerónimo, por el juego de palabras. ¡Un cisne indio! Al igual que el de sus tres crías: Saturnin, Oscar y Speedy. ¡S.O.S, tres cisnes en peligro! A Margot se le dan bastante bien los juegos de palabras. A Margot, en general, se le dan bien bastantes cosas; eso cuando se digna a conectar con el mundo.

Me obligo a guardar el móvil en el bolso. Se me ocurre una idea. Compruebo de un vistazo que Olivier no puede verme, que está encerrado en su taller, y saco del bolso la piedra del tiempo, ese guijarro que sorprendentemente ha pasado del fondo del Saint-Laurent al fondo de mi bolso. Lo sopeso en la palma de mi mano derecha; luego, acercándome a orillas del río, cojo una piedra con la mano izquierda. Más grande, más blanca, menos redonda que la piedra del tiempo.

Me ha parecido tan obvio. ¡Cambiar los dos guijarros! La piedra del tiempo gris se quedará aquí, en mi casa, al fondo del jardín, puesta entre las piedras blancas que hay a los pies del murete de ladrillo que bordea el río. Y esta piedra inmaculada de mi jardín me acompañará. A todas partes, en mi bolso. Como si fuera una bola de prisionero en miniatura, fácil de transportar.

—¿Qué tal, mi castorcito?

Una hora más tarde, Olivier sale por fin de su taller.

—¿Te apetece un aperitivo? —añade.

Unos minutos de preparación improvisada y compartimos en la terraza una copa de *pommeau* bien frío, mientras Ethan y Noé mendigan galletas a su abuelita y a su abuelito. ¡Todas las que

queráis, cariños! ¡Pero que no se entere mamá! Me encanta que se inventen su propio lenguaje para compartir sus secretos.

Olivier me bombardea a preguntas. Más que de costumbre. Y bien, ¿Montreal? Hacía mucho que no ibas… ¿Siguen hablando francés? ¿Has visto ardillas? ¿Leñadores? ¿Al bello Trudeau?

Apenas me da tiempo a sonreír, y ya me está haciendo otra pregunta.

—¿Esta vez no has perdido tu documentación?

No añade nada más. Me sorprende que se acuerde con tanta precisión de aquel bolso olvidado hace veinte años.

—No…

No añado nada más. Por favor, no insistas, Oli. Es por ti, solamente por ti, por lo que trato de borrarlo todo. Olivier aleja a Ethan y Noé del paquete de galletas.

—¿Viajabas con algún miembro de la tripulación que yo conozca?

Me agarro a esa boya.

—Jean-Max Ballain, ya sabes, el piloto ligón. Parece ser que está metido en un lío. También estaba Florence.

Olivier asiente. Sabe quién es Flo. La ha visto cuatro o cinco veces. A veces se quedaba a dormir en casa, antes de casarse.

—Qué raro, ¿no? Viajar con dos personas que conoces.

—A veces pasa…

Ethan y Noé me observan con su mirada de cachorritos bien alimentados, pero que mendigan al más amable por puro instinto. Les concedo a cada uno tres galletas Curly.

—Y tú, Olivier, ¿qué has hecho mientras yo no estaba?

Parece sorprendido, como si le hubiera devuelto la pelota demasiado rápido.

—Nada… Nada en particular. He currado. Bueno… Ayer estuve en París… *Avenue* de Wagran. Por lo del restaurante…

—Tú, que odias las grandes ciudades.

No responde. Nos quedamos un buen rato en silencio, mirando

cómo fluye el Sena. Observando los pájaros que sobrevuelan la reserva de la Grande Noé. Cormoranes, gaviotas, avocetas, charranes. Ethan y Noé se han marchado a jugar, y se pierden la grulla. Olivier la observa mientras desaparece al fondo del meandro, y luego termina levantándose.

—Vuelvo. ¿Me llamas para la comida?

Sigo su mirada, y veo cómo se desliza por mi piel desnuda, cómo se detiene un instante en mi hombro tatuado y observa mi golondrina como si pudiera echarse a volar.

¿Y yo quedarme?

Como avergonzada, su mirada se pierde hacia nuestra casa de madera, el vergel, los setos recortados, las orillas del río desherbadas, el taller.

Antes de volver a encerrarse, se agacha y me da un beso.

—Te he echado de menos, castorcito.

Los gemelos se han marchado. Laura ha pasado a buscarlos en un visto y no visto. Le toca guardia toda la noche, en Bichat. Ella también tiene horarios de mierda, casi tanto como los de su madre, con la diferencia de que su universo se limita a los pasillos blancos de un hormiguero.

—He visto en tu *planning* que libras unos días entre Los Ángeles y Yakarta —le ha dado tiempo a Laura a soltarme antes de marcharse.

He pensado que quería encasquetarme a Ethan y a Noé en pensión completa.

—¡Pues no hagas ningún plan para esos días! ¿Prometido? —No he prometido nada—. Sobre todo porque después de lo de Yakarta, no sé yo qué decirte.

Me la he quedado mirando, sorprendida.

—¿No escuchas las noticias, mamá? ¿El tsunami? El volcán submarino que ha entrado en erupción en el océano Índico. Olas

de cinco metros de altura, casas arrasadas en Sumatra, en Java… Miles de personas sin hogar… Y se esperan nuevas réplicas en los próximos días.

No lo sabía. He debido de parecer estúpida. Instintivamente, busco con la mirada mi bolso. ¿El vuelo París-Yakarta, anulado? Como si un bucle temporal se hubiera vuelto a cerrar. ¿El efecto inmediato de haber sustituido la piedra del tiempo por una piedra de mi jardín?

—¡Hasta el domingo, mamá!

—¿El domingo?

—Pues claro, el próximo domingo, ¡tu cumpleaños!

El resto del día pasa tan despacio como fluye el Sena. Mi avión despega a las 20 h. Hacemos sobremesa en la terraza hasta media tarde. Las horas antes de un vuelo siempre son duras, cada silencio parece disimular un nuevo reproche. Aunque esta vez Olivier no haga ningún comentario para retenerme. Margot se levanta cuando suenan las doce, se une a nosotros en el postre, apenas vestida, para devorar un yogur y cereales, y luego sale pitando a la ducha.

Como siempre en el último momento, subo a por mi maleta; odio tenerla expuesta en el pasillo de la entrada. Olivier me ayuda a meterla en el maletero del Honda Jazz. Voy con tiempo, prefiero no fiarme de los regresos del fin de semana. Ya estoy maniobrando con el coche en el patio, cuando aparece Margot, con el pelo mojado, descalza por la grava y únicamente con el albornoz puesto. Gesticula exageradamente para que pare. Me sorprende, aunque dudo que sea porque se ha olvidado de darme un beso.

Bajo mi ventanilla.

—Mamá… ¿vas al aeropuerto? ¿No podrías coger mejor el Kangoo de papá y dejarnos el Honda?

—¿Qué?

—¡Mamá! —Margot alza la vista al cielo, como si yo fuera una extraterrestre a la que hay que explicarle todo—. Mamá, ya sabes que empiezo las prácticas de conducir… ¡Y no quiero hacerlas con la furgoneta de papá!

—Vuelvo el martes. Puede esperar dos días, ¿no?

—¡Mamá! —Margot agacha la mirada, como si acabara de caérsele el cielo sobre su cabeza—. Mamá, tengo que haber hecho mil kilómetros antes de que me den el carnet de conducir, y desde la vuelta al instituto, no he hecho ni cien… Porque tú, mamá, te has ido siempre con el coche, que de nada sirve muerto de risa en el aparcamiento de Roissy. A este ritmo, ¡tendré mi coche con veinte años!

¿Veinte años? ¿Solo?

¡Margot es tan diferente a Laura!

Y también tan diferente a su padre. Tan lunar como su padre terrestre, tan caprichosa como él silencioso, tan cabezota como él conciliador. Y aun así, se han convertido en terriblemente cómplices. Cuando están solos, me los imagino confabulando a mis espaldas. Olivier le perdona todo. Sin duda porque sabe que, al contrario que Laura, Margot solo tiene en mente una cosa: ¡esfumarse!

Miro a mi hija fijamente a los ojos.

—¿Veinte años? ¿Sabes a qué edad me saqué yo el carnet? ¿Y mi primer coche? ¡La libertad tiene un precio, querida! Y para eso hay que currárselo un poco más en el instituto… Y en verano…

Lo siento, cariño, ¡no he podido evitarlo!

Margot se ha tirado julio y agosto vagueando con su grupito de amigas, tan ociosas como ella. Sé que tengo que marcharme, pero da igual, no voy a ceder y Margot tampoco.

La discusión se estanca, odio las palabras que me obliga a emplear: trabajo, obediencia, paciencia, razón, frustración. Odio sentirme tan vieja. ¡Y Olivier, el muy huevazos, al lado sin decir nada! Margot deja que pase la tormenta, un viaje gratis bajo la lluvia, para volver a la casilla de salida.

—Vale, mamá, vale. Entonces, ¿nos dejas el Jazz?

Me entran ganas de ponerme grosera. ¡Me desespera! ¡Tengo que irme! Pruebo con un último argumento.

—¡No! Y, además, papá necesita la furgoneta para su trabajo.

¡Mal hecho! Margot me toma la palabra y se vuelve hacia su padre. Estoy segura de que este va a aceptar, de que va a decir que no necesita la furgoneta durante los próximos días, que puede trabajar por la noche en su taller y hacer las entregas durante el día, con Margot, haciendo las prácticas con él, copilotarla hasta el instituto, al cine…

—Mamá tiene razón —responde con calma Olivier, para mi gran sorpresa—. Necesito la furgoneta para los repartos. Esperarás a que mamá vuelva para conducir.

Margot se queda helada, traicionada. Luego esconde la cara detrás de su pelo mojado para llorar. Olivier me besa mientras que yo sigo de piedra, sorprendida de que haya podido plantar cara a su querida adolescente. Finalmente reacciono y salgo pitando. He perdido más de media hora de cháchara.

Me dirijo hacia Roissy, refunfuñando sobre los límites de velocidad de la nacional, que me impiden recuperar el retraso, aunque el tráfico sea más fluido de lo que me esperaba. ¡Dirección Los Ángeles! No puedo apartar de mi mente esos días, hace veinte años, entre mi regreso de Montreal y mi partida hacia Los Ángeles, de esta misma carretera, de esas lágrimas que rodaban, inagotables.

París-Porte-Joie – Porte-Joie-París.

Veinte años…

¡Todo un símbolo! El tiempo que esperó Penelope antes de volver a ver a su amor desaparecido. Me esfuerzo en sonreír.

Veinte años para aficionarse a tejer tapices… o a la carpintería…

Mi teléfono, colgado del salpicadero, se pone a sonar cuando estoy llegando a la salida de Gonesse, a menos de tres kilómetros de Roissy, tan cerca que los aviones parecen cruzar el campo. Compruebo en el reloj que no llego tarde, que no es Air France quien se está preocupando.

Número desconocido.

Mientras descuelgo, intento viajar en el tiempo a toda velocidad, dejar en un rincón de mi mente a la Nathalie desesperada de 1999, en esta carretera, en este mismo vuelo, y volver a este teléfono que se impacienta, hoy.

—¿Nathalie?

—¿Sí?

—Nathalie, soy Ulysse. Tengo una mala, una malísima noticia que darte.

18

1999

Durante el trayecto, no paro de llorar.

Montreal-París.

Litros de lágrimas.

Metros cuadrados de pañuelos de papel.

También litros de champán, que Flo me trae de la clase *business.*

—Llora, cariño, llora.

Nunca más volveré a verlo...

—Solo has estado con él unas horas, simplemente os habéis besado.

Nunca más volveré a ver a Ylian.

—Has escapado de lo peor, cariño, del terremoto. Créeme, te has librado a tiempo. Será duro unos días, pero después no será más que un bonito recuerdo, para siempre.

¿Cómo puedo imaginarme no volver a revivir esos instantes que tanto me han conmocionado?

—¡Y para ya de hacer la Bridget! ¡Hay gente peor que tú en lo que a desiertos afectivos se refiere! Gepetto y tu princesita te esperan en casa.

Flo tiene razón. He vuelto a Porte-Joie con una única obsesión. *Ylian...* Entonces Laura, a la que se le ha curado milagrosamente la otitis, ha saltado en mis rodillas, ha agitado la bola de nieve del Chateau Frontenac con unos ojos donde seguían cayendo estrellas, me ha preguntado si había visto osos y pingüinos, si había viajado en un trineo tirado por perros; y luego me ha suplicado que la lleve conmigo. Papá le había explicado que iba a ir a la ciudad del cine, donde viven Minnie, Anastasia, Mulan y Pocahontas.

Después Olivier me ha abrazado porque se ha dado cuenta de que algo no iba bien.

—He perdido mi documentación, Olivier, toda mi documentación.

—No pasa nada. No pasa nada, mi castorcito. No son más que papeles.

Olivier es el más fuerte. Olivier es de madera.

Me quedo descansando seis días en Porte-Joie antes de volver a marcharme para mi próximo vuelo, a Los Ángeles. Olivier me ha hablado mucho. Olivier me ha encontrado cansada, Olivier me ha sugerido que pidiera media jornada, Olivier me ha propuesto tener un segundo hijo. Olivier me ha confesado que le preocupaba que me volviera a marchar; y yo lo he tranquilizado, «Estoy bien, Oli, estoy mejor, gracias a ti, se me pasará».

No miento.

Se me pasará, incluso si cuando hablo con Olivier, cuando me entrego a Olivier, pienso en otro. Otro hombre desaparecido en algún lugar del planeta.

Sin dejar ningún rastro, ninguna dirección.

Nada que me permita correr hacia él.

Mientras una idea loca se me mete en la cabeza. Me hice azafata solo con este objetivo: encontrarlo, allá donde esté.

—¿Nathalie?

He llorado durante todo el trayecto de Porte-Joie a Roissy. He estado conteniendo las lágrimas durante seis días. Una presa, apresada, que finalmente se abre para dejarlas correr. Cualquier amiga vería claro que estoy incubando una depresión de caballo. Afortunadamente, no conozco a ninguno de los miembros de la tripulación con los que vuelo a Los Ángeles. Florence parte hacia Shanghái, Jean-Max hacia Río.

—¿Nathalie? —insiste Gladys, la jefa de cabina, una chica bastante distinguida, de las que incluso aceptaría volar gratis para ver un país, porque se aburre y su marido es cirujano, arquitecto o abogado—. Nathalie, hay un sobre para ti, en la ventanilla de Air France.

¿Un sobre?

Voy para allá corriendo. ¿Una carta? ¡La tripulación nunca recibe correo! Me piden que me identifique y me entregan un sobre blanco. De lo nerviosa que estoy, lo rompo sin usar el abrefácil. ¡Ya sé lo que es!

El sobre contiene toda mi documentación. La que perdí con mi bolso: mi carnet de identidad, la tarjeta electoral, mi carnet de conducir, las tarjetas del médico; y también fotos, de cuando Laura empezó Primaria y yo haciendo el tonto en un fotomatón. Falta solo el bolso, el dinero, la chequera y las tarjetas de crédito que ya cancelé. Ya sé. Alguien encontró mi bolso, quizá los jóvenes que estaban bebiendo en el mirador Kondiaronk. Tiraron todo lo que no tenía ningún valor y se quedaron con el resto.

¡Un clásico!

Luego vuelvo a pensar en lo último que me dijo Ylian, bajo los árboles del monte Royal.

«Vete, ya sigo buscando yo».

Febrilmente, estiro el sobre con el que había hecho una bola, y reconstruyo el puzle con los trozos de papel para poder leer lo que hay escrito en el reverso, que con las prisas no me había fijado en ello.

Es todo lo que he podido salvar. Laura es muy guapa. Usted también. No intente buscarme, por favor.

Su guitarrista fracasado, que prosigue su odisea.

Me echo a llorar de nuevo a moco tendido y empapo el sobre después de haberlo hecho trizas. ¡Ylian siguió buscando! Yl encontró mi documentación, que sin duda acabó desperdigada por algún lugar del bosque. Yl la juntó y después, conociendo mi nombre, mi profesión, la compañía y el número de vuelo donde Yl me había conocido, lo envió todo a Air France. Con discreción, como un donante generoso que desea permanecer en el anonimato y se retira de puntillas.

No intente buscarme, por favor.

Su guitarrista fracasado, que prosigue su odisea.

Aunque no sea más que por esa elegancia, me entran todavía más ganas de ir tras él. Yo, que solo conozco su nombre, una pasión que ni siquiera es su profesión, y una dirección... el sur de Estados Unidos. Soy consciente de que, incluso si el azar me condujera hacia él, no tendría ninguna posibilidad de cruzármelo en California, un estado tan grande como Inglaterra, donde viven casi cuarenta millones de personas.

El avión vuela sobre el Atlántico. Me sumo en mis pensamientos. Repaso una y otra vez el único mensaje que Ylian me ha dejado.

No intente buscarme, por favor.

Su guitarrista fracasado, que prosigue su odisea.

¡Ninguna pista, ninguna indicación! Ylian lo había dejado claro: nada más que un beso, nada más que un recuerdo. Está casada, es madre, no quiero pasarlo mal, no quiero que usted lo pase mal.

Prefiere huir.
Solo deseo una cosa.
Volver a encontrarlo.

Las doce horas de vuelo no ayudan mucho. Ningún Jean-Max al mando para imitar el acento quebequés y hacer reír a los pasajeros, ninguna Flo para emborracharme. Solo Gladys, la jefa de cabina, que se acerca para darme conversación y enumerarme todo lo que le va a «encantaaar» de L.A. Subir al observatorio, ¿o sea, sabes? ¡*Rebelde sin causa*, la película de James Dean y Nathalie Wood! Jesús, me encantaría visitar Santa Catalina, la isla donde ella se ahogó, frente a la bahía de Avalon, una maravilla, ¿o sea, sabes? Allí rodaron *Rebelión a bordo*, todavía se pueden ver bisontes salvajes, ¿te das cuenta? ¡Bisontes salvajes! Un pasajero que juega al golf allí, me ha explicado que también protegen a los últimos *tongva*, ¿o sea, sabes? Los primeros indios de California.

La escucho... sin escucharla.

Simplemente miro cómo se mueve su boca. Gladys me hace pensar en esas chicas que quieren gustar, pero no son lo suficientemente guapas. Entonces se ponen un montón, pero que un montón de joyas brillantes, un montón de ropa ceñida, pensando que así son más seductoras, cuando lo que son es más vulgares. Gladys es así. Quiere parecer interesante sin ser lo suficientemente inteligente. Así que habla de un montón de películas que ha visto, de un montón de exposiciones que ha visitado, de un montón de causas que ha abrazado. Cree que así resulta apasionante, cuando lo único que resulta es extraordinariamente coñazo.

Ese tipo de chicas busca, instintivamente, compañeros educados que no las contradigan. Yo soy la presa perfecta. En el fondo, me viene bien que hable solo ella, pidiéndome solo de vez en cuando un envite. Dejándome libre el resto del tiempo para seguir dándole vueltas y más vueltas a esas dos frases.

No intente buscarme, por favor.
Su guitarrista fracasado, que prosigue su odisea.

Gladys aborda el capítulo «Música californiana», y me cuenta que está hasta el moño de los cantantes oxigenados que gimotean en sus Mustang a lo largo del Pacífico, ¿o sea, sabes? Tipo los Beach Boys hace treinta años. Pero que venera a los grupos locales de los cuales yo nunca he oído hablar, Faith No More, Deftones, Rage Against the Machine, Queens of the Stone Age.

Su guitarrista fracasado, que prosigue su odisea.

Los nombres de los grupos que Gladys me enumera explotan de pronto en mi cabeza, como globos que se van pinchando uno a uno en una feria.

Estamos sobrevolando el Gran Cañón, aterrizamos en menos de una hora y, por fin, acabo de entenderlo.

¡Pues claro!

Ylian me ha dejado una pista, una pista minúscula, pero igualmente una pista. Me viene a la mente lo que dijo bajo la cruz de hierro del monte Royal.

Yo me quedo a este lado del Atlántico. Para probar suerte. Ulysse me ha pasado un par de direcciones.

La *Odisea*, ¡esa es la pista!

¡Para asociarla con *Ulises*!

Ulysse Lavallée, el productor que tiene una oficina en Los Ángeles. Seguramente, Ulysse lo haya contratado para un par de cosillas. Ulysse Lavallé no debe de ser difícil de encontrar… ¡y sabe dónde trabaja Ylian!

19

2019

Aparco corriendo.

—Espera, Ulysse. ¡Espera!

Mi Honda Jazz se sube unos metros por el arcén, delante de una alambrada que debe de pertenecer al aeropuerto de Roissy, antes de detenerse.

—Es Ylian —explica Ulysse concentrándose en cada palabra—. Me ha llamado… Bueno, me han llamado, hace unas horas…Y…

No puede terminar. Maldigo el teléfono, maldigo no tenerlo delante, maldigo no poder mirarlo fijamente a los ojos, no poder ver cómo su boca suelta esas palabras que intuyo que me abatirán como si fueran balas.

—Ylian —logra por fin articular Ulysse—. Ylian ha sufrido un accidente.

Mi nuca cae sobre el reposacabezas. De repente, mis brazos pesan una tonelada. Un camión me adelanta por la nacional, a toda pastilla, sacudiendo el Jazz. Grito.

—¿Dónde? ¿Cuándo?

—Ayer. A primera hora de la tarde. *Avenue* des Ternes. Cerca de la Fnac donde trabajaba… Lo atropelló un coche.

—¿Y… cómo… está?

—…

—No me digas que...

Me viene a la mente mi mayor temor durante todos estos años de silencio: si le sucediera algo a Ylian, si Yl muriera, nadie me avisaría. Yl desaparecería sin tan siquiera yo enterarme, sin poder llorarlo. Cuando se entierra a alguien, ¿cuántos amores secretos se entierran con él? ¿Cuántas pasiones jamás confesadas, tragadas por la nada, desaparecen como si nunca hubieran existido? Ulysse sigue hablando igual de despacio. El simple hecho de hablar parece dejarlo sin aliento.

—Él... sigue vivo, Nathalie. Respira. Está consciente. Pero... tiene un pulmón perforado. La caja torácica... aplastada. Tiene las pleuras tocadas. Los lóbulos medios e inferiores también. Temen una hemorragia. He hablado con los médicos del hospital Bichat. Son... son pesimistas... Dudan si operarlo. Esperan... Ellos... —A Ulysse le cuesta terminar la frase, no está seguro, después vacía de golpe las balas de su cargador—. Nathalie, creo que estaría bien que fueras.

Me pasa rozando otro camión, tengo la impresión de que el Jazz va a salir volando.

Bichat.

Miro el reloj del salpicadero. El hospital no está muy lejos de Roissy, a una media hora en coche, pero imposible ir y volver sin perder el avión. Si lo hubiera sabido antes, si Margot no me hubiera entretenido antes de salir, si, si...

—No... no puedo, Ulysse... mi avión despega en una hora. Iré... iré a la vuelta... Dentro de tres días.

No puedo creerme que esté diciendo esto.

—Si sigue vivo, Nathalie.

Busco en mi cabeza una solución. Una excusa cualquiera para no subirme al avión. Una forma de tener noticias de Ylian, y de hacerle llegar noticias mías. Contemplo una posibilidad, una sola, arriesgada, complicada...

—Hay algo más, Nathalie... Pero... pero es complicado contártelo por teléfono.

—¡Venga!

—No tienes tiempo, tienes prisa.

—¡Te estoy diciendo que venga!

—He estado al teléfono con Ylian. Esta mañana. Ha podido pronunciar unas palabras. Me ha dicho algo de lo que tengo que hablarte… Necesitamos tiempo para hablarlo, Nathalie. Coge tu avión. Una vez que llegues, ve a tu hotel y me llamas.

—¿Estás en Los Ángeles?

—Sí.

—Entonces no hace falta que te llame. Voy a verte. ¡Salgo ahora para a L.A.!

—¿Me estás vacilando?

—No, Ulysse. No.

De repente, Ulysse parece desconfiar. Hay algo que no le cuadra en cómo se van encadenando los acontecimientos.

—Un poco exagerado, ¿no te parece, Nathalie? No hablamos desde 1999 y anteayer me llamas desde Montreal. Te paso el número de teléfono de Ylian y lo atropellan. Te llamo por teléfono y justo vas de camino a L.A..

—Ya, es difícil de creer, lo sé…

Pero empiezo a acostumbrarme. Como si todo lo que me estuviera pasando siguiera una implacable lógica. Como si todo estuviera escrito.

—Ulysse, ¿por qué quieres verme?

—Ya sabes mi dirección, Nathalie. No ha cambiado.

—Dime al menos de qué me quieres hablar. ¿Qué te ha dicho Ylian?

—El tipo que lo atropelló. En *avenue* des Ternes. No se detuvo.

—¿Laura?

Me pego el teléfono a la oreja mientras maniobro en el aparcamiento de Roissy, mientras aparco, mientras saco la maleta del maletero.

¡Responde, Laura! ¡Responde!

Doy un portazo en el maletero. Echo la llave al Jazz.

—¿Mamá?

Oigo la respiración de Laura. Me responde un poco asustada. Sospecha que debe de tratarse de algo importante para que la llame al móvil mientras está de guardia.

—Necesito que me hagas un favor, Laura. Tengo… Tengo un amigo que acaba de ser hospitalizado en Bichat. En urgencias. Un accidente en la calle. Ayer. ¿Puedes… puedes preguntar por ahí?

—Pues claro. ¿Lo conozco?

Freno en seco con la maleta en medio del aparcamiento. Imposible hacer dos cosas a la vez. Tiemblo. Nunca me hubiera imaginado que involucraría a mi hija en todo esto.

—No… No… Es un viejo amigo… —¿Podría descubrirlo todo Laura, simplemente por el tono de mi voz?—. Un amigo… que significó mucho para mí —¿Podría descubrirlo todo por una palabra de más?—. Dile… Dile que pienso mucho en él.

—No te preocupes, mamá. Vamos a mimarlo. Me he tirado dos años en urgencias, conozco a todos los de la unidad, vamos a tratarlo como a un VIP. ¿Cómo se llama?

—Yo… conozco solo su nombre.

Nada más colgar con Laura, he salido corriendo, arrastrando la maleta. Se ha tomado su tiempo, se ha hecho un largo silencio después de que yo pronunciara el nombre de Ylian, como si… como si ya supiera quién era.

¡Me estoy volviendo majara!

Primero interpreto los acontecimientos, después las palabras… Y ahora incluso interpreto los silencios. ¡Los silencios de mi propia hija! A quien le pido que cuide de mi amante.

* * *

Vuelo AF208 destino L.A.

Desde detrás del cristal de la puerta de embarque, sigo con la mirada a las azafatas de Emiratos que salen de un autobús, embutidas en sus uniformes casi tan blancos como la bata de una enfermera. Tengo ganas de huir, de volver a coger mi Jazz, de conducir hasta Bichat. Me da tanto asco tener que volar cuando Ylian está en la cama de un hospital…

—¡Nathy!

Me doy la vuelta.

¡Es Flo!

Se me acerca, toda sonriente. Ya ni siquiera me sorprende su presencia. Toda lógica, toda probabilidad ha saltado por los aires hace tiempo. Casi lo que más me habría sorprendido es tener que volar sin conocer a ningún miembro de la tripulación.

Me esfuerzo en devolverle la sonrisa a Florence. Me esfuerzo en pensar que no he vuelto a ver a Ylian desde hace veinte años, que Yl se ha convertido en un extraño, que Yl significó mucho para mí, muchísimo, pero que ya no tanto; y que volver a pensar en él estos últimos días sería una especie de premonición que, a lo largo de estos años, yo me habría esforzado en olvidar. Y que casi lo había conseguido. Si no fuera por…

—Nathy, ¿estás bien?

Flo me aparta a un lado. Nos abrimos paso entre la fila de pasajeros que empieza a formarse. Ya no puedo más con este vorágine.

—Volamos con Charlotte —me anuncia—. ¿Y adivinas con qué piloto?

Respondo automáticamente.

—¿Jean-Max?

Flo parece decepcionada.

—Exacto. ¿No te sorprende?

Sí, no, ya no lo sé, Florence…

Me hace la lista de los nombres de los demás miembros de la tripulación, Georges-Paul y sor Emmanuelle no estarán en esta ocasión; luego me arrastra un poco más lejos, hacia la tienda casi desierta de la perfumería *duty free*, y me rodea la espalda con tono confidencial.

—¡He estado investigando!

¡¿Es que esto no va a parar nunca?!

—¿Investigar qué, Flo?

—Todos tus interrogantes, tus coincidencias. Ya sabes, tus cálculos de probabilidades sobre tu *planning*, la posibilidad de encadenar por orden Montreal-L.A.-Yakarta, y de encontrarte conmigo y con Jean-Max a cada vez, exactamente como hace veinte años…

—Jean-Max y tú no estabais en el vuelo a Los Ángeles hace veinte años.

—Exacto, pero eso no cambia nada en mis conclusiones.

—¿Que son?

—¡Ha sido Jean-Max quien lo ha organizado todo!

Estoy a punto de derrumbarme sobre el anuncio de cartón que hace publicidad del nuevo perfume de Lancôme. Presento mis excusas a Julia Roberts.

—¿Estás segura?

—Segura. Los chicos del *planning* me han reconocido que les metió presión para que viajáramos juntos los cuatro: Charlotte, tú, él y yo.

—¿Por qué?

—Eso los chicos del *planning* no lo saben… Pero parece ser que Jean-Max acostumbra a hacerles estas jugadas. Elegir su tripulación. Y como es alguien influyente…

—*Era* alguien influyente… ¿Te acuerdas de lo que nos contó sor Emmanuelle? ¡Está pendiente de una sanción! A unos meses de la jubilación… Quizá seamos sus azafatas preferidas y quiere tener un final feliz con nosotras.

Flo pone un mueca.

Yo no. Por primera vez desde que salí de Montreal, acabo de ver un rayo de luz. Acaba de aclararse una de las coincidencias más extrañas, aunque todavía no sepa el porqué. Anuncian nuestro vuelo, me giro demasiado bruscamente y vuelvo a caerme sobre Julia. Ella no se enfada conmigo, con su sonrisa de papel satinado. Solo entonces me fijo en el nombre de la fragancia a la cual su encanto intemporal viene asociado.

La vie est belle (La vida es bella).

El vuelo es sorprendentemente tranquilo. Actuar mecánicamente, como lo llevo haciendo desde hace años, me ayuda a no pensar. Ninguna nueva coincidencia me ha venido a fulminar. A menudo, ya casi se ha convertido en TOC, abro mi bolso y saco el guijarro blanco recogido al borde del Sena. Lo sopeso un segundo antes de guardarlo, ¡imaginándome que esta piedra de mi jardín me protege! La piedra del tiempo se ha quedado en Porte-Joie, como durante todos estos años en un cajón, pero ahora depositada al borde del Sena, a los pies de una pared de ladrillo delante de la orilla. Cuanto más lo pienso, más me planteo una explicación racional: la que me ha empujado a llamar a Ulysse, y después a Ylian, antes de despegar de Montreal, en el momento en el que un conductor imprudente le atropellaba. ¡Solo Ylian ha podido organizar todas estas coincidencias! Al menos, todas aquellas no relacionadas directamente con Air France.

Desde ayer, Ylian está hospitalizado.

Y las coincidencias han cesado.

El Airbus sobrevuela el Atlántico, silencioso y oscuro, a excepción de unas pocas pantallas iluminadas. El personal de cabina se ha juntado en la parte de atrás del avión. Un enjambre de avispas nerviosas en torno a las bandejas vacías de comida. Me acerco y comprendo el tema de la discusión. ¡El legendario comandante Ballain! Todo el mundo en Air France habla de los rumores de sanción.

Hábilmente, consigo convencer a mis compañeros, entre ellos Flo, para que no hablen del tema delante de Charlotte. En cuanto la joven se marcha para ocuparse de un asiento de bebé que no parece lo suficientemente sujeto, las lenguas se desatan. Patricia, una vieja amiga de sor Emmanuelle, desembucha. Patricia es tan pájara como Emmanuelle íntegra, pero en el fondo me pregunto cuál de las dos es más peligrosa.

—¡Emmanuelle ha pillado a Jean-Max follando!

Las avispas se ponen inmediatamente a zumbar.

¿Dónde?

¿Con quién?

¿Cuándo?

¡Con una chica!

¡Me lo temía!

¿Dónde?

¡En la cabina!

¿Una chica en la cabina? ¡¡¡No!!!

¿Una pasajera o alguien de la tripulación?

¿Cuándo?

En el París-Montreal, ¡la semana pasada!

¡Una de la tripulación con uniforme!

¿Todavía llevaba puesto el uniforme? ¿Jean-Ligón-Max no se lo había arrancado por completo?

¿Quién?

¿Quién?

¿Emmanuelle la ha reconocido?

¡Sí!

¿Quién?

Ya conocéis a sor Emmanuelle. ¡Nunca dirá quién es!

Observo la fina silueta de Charlotte, un poco más adelante en el avión, ocupada, toda sonriente, hablando con la pareja joven mientras arropa a su bebé. Flo ha dirigido la vista en la misma dirección. ¿Se habrá confesado Charlotte también con Flo? ¿Florence lo habrá adivinado? Parece tan incómoda como yo... Su preocupación choca con los comentarios picantes de la tripulación, y sus fantasmas ruidosos sobre el famoso Mile High Club[5].

Durante los siguientes minutos, mientras me uno a Charlotte, una nueva duda ocupa mi mente. Conozco a sor Emmanuelle, ella protegerá a su equipo, sobre todo a una chica en prácticas que se ha dejado camelar. Pero el comandante Ballain, ¿habrá tenido la suficiente decencia de no delatarla?

Poco a poco, todo el mundo se va quedando dormido. Después, como si apenas hubieran pasado unos minutos, se encienden de nuevo las luces y todo vuelve a comenzar. Despertador, bandejas; ¿magdalena o muffin? ¿té o café? Aceleramos para recoger el desayuno cuando los micrófonos de la cabina del piloto vuelven a crepitar.

Jean-Max se expresa con un irresistible acento americano. Si es su último vuelo, no lo parece. O bien, como le he sugerido a Flo, es que quiere terminar a lo grande.

«Hemos cruzado las Rocosas y vamos a iniciar el descenso hacia Los Ángeles. Espero que hayan pasado buena noche, porque quizá sea la última. Tengo una mala noticia que darles: acaban de romperse los dos reactores. Me voy a ver en la obligación de intentar un amerizaje en el Pacífico, frente al puerto de Santa Mónica. La buena noticia es que, salgamos o no de esta, Clint Eastwood dirigirá una película sobre nosotros. Mi última voluntad, la caja negra me hará de testigo, es que Tom Hanks interprete mi papel.

---

[5] Club formado por gente que asegura haber hecho el amor en un avión (N. de la T.).

Les deseo buen viaje a todos. No duden en enunciar claramente los nombres de sus actores preferidos para la posteridad. Todo quedará grabado para la eternidad».

Prácticamente todos los pasajeros ríen a carcajadas. Empiezan a surgir nombres. Tom Cruise, Meryl Streep, DiCaprio, Marion Cotillard, Jim Carrey… Los viajeros que están sentados cerca de las alas comprueban que los reactores giran bien, y constatan que el Airbus sobrevuela las letras blancas gigantes HOLLYWOOD de la colina al norte de la Ciudad de Los Ángeles.

Unos segundos más de descanso. Tan pronto como guardo la última bandeja, me meto de lleno con los documentos descargados en mi móvil antes de despegar.

El taxi, reservado a mi llegada.

La dirección, @-TAC Prod, 9100 Sunset Boulevard. El recorrido desde el aeropuerto, estrictamente idéntico al que seguí hace veinte años, hasta la oficina de Ulysse.

Para encontrarme de nuevo con Ylian.

Ylian, que lucha contra la muerte; Ylian, al que abandoné; Ylian, del que huyo a cada segundo, en este avión que me aleja un poco más de él.

Sin embargo…

Hace veinte años, había ido donde Ulysse con el corazón acelerado, persiguiendo a un Ylian tan vivo como escurridizo, y cada segundo de avión por encima de L.A. me acercaba a él.

Cuando estemos privados de nuestros sentidos
Deshonrados, desterrados de nuestras mediasnoches,
Cuando nuestras contraventanas estén malditas
Cuando nos hayan robado las palabras dichas
¿Qué quedará de nosotros?

20

1999

Fácil. Quizá demasiado. Simplemente con buscar en Internet «Productor Lavallée Los Ángeles», aparece la dirección de Ulysse.

@-TAC Prod

9100 Sunset Boulevard

Amplío el mapa y localizo su oficina en una avenida de treinta y nueve kilómetros de largo, en el West Hollywood, en el cruce con Cynthia Street. El taxi tarda casi dos horas en llevarme hasta ahí. «Los Ángeles no es una ciudad —me explica el conductor, un latino dotado de una flema casi británica—, son simplemente edificios construidos lo más pegados posible, entre el mar, el desierto y las colinas, en los cien kilómetros que quedaban disponibles. No nos hemos molestado en construir *rings*, ni tampoco un centro histórico, visto que el centro del mundo se encuentra aquí». Luego sube el volumen de la radio y canturrea un viejo éxito de los Eagles, *Wasted Time*, que hace años que yo no oía. Ya simplemente subir cinco kilómetros Sunsent Boulevar nos supone tres cuartos de hora. El tiempo suficiente para disfrutar de sus inmensos carteles publicitarios. ¡Lógico! Los atascos son los únicos momentos del día en los que los americanos pueden desconectar.

Los locales de @-TAC Prod se encuentran en un pequeño inmueble en la ladera de una colina, desde donde la vista sobre el Pacífico y sus famosas puestas de sol podrían ser sublimes si no estuviera oculta detrás de un enorme cartel de *Toy Story 2*. «Hasta el infinito y más allá», promete Buzz… En el 9100, en lo primero que me fijo es en un *food truck* aparcado en Sunset Boulevard, que vende hamburguesas a los pocos clientes que hay sentados en unas sillas y mesas de plástico blanco, protegidos del sol por unas sombrillas de Pepsi. Concentrándome, descubro un camino de tierra polvoriento, que continúa pasada la terraza improvisada, cerrado una veintena de metros más allá por un ruinoso edificio de tres plantas, que seguramente será el primero en caer cuando la falla de San Andrés se abra.

Avanzo. Por el montón de buzones con nombres evocadores —Shrimp Music, New Vinyl Legend, Alligator Records, Deep South Sound—, supongo que deben de compartir espacio varias decenas de microproductoras. La oficina de Ulysse se encuentra en un pequeño cuarto en la planta baja del inmueble. También planta de basura y planta de coches. Y planta de cláxones en cuanto hay que abrir la ventana.

Ulysse está detrás. Me dice que pase y, antes incluso de hablar, para el ventilador de pie que, además de un escándalo infernal, provoca un minitornado con los papeles que hay apilados por toda la oficina.

—¿Usted? —me pregunta finalmente Ulysse, sorprendido.

—¿Me reconoce?

—El Métropolis, la semana pasada. ¡La madre de mi futuro ahijado! Me lo prometió, ¿se acuerda? En cuanto se case con el pequeño guitarrista —Se seca la frente, como si de golpe la temperatura hubiera aumentado—. ¡Anda, que vaya trola que me contó, guapa! Pero si ya estaba casada y era mamá… Y no con su Clapton con gorra.

Se levanta sin esperar a que responda, coge una cerveza del frigorífico que hay al lado de la ventana y me ofrece otra que yo rechazo. Mejor agua. Me tiende una botella de Aquamantra y me invita a sentarme delante de su escritorio mientras él se sienta detrás.

—¡Me encontré a su guitarrista con cara de funeral! Más triste que en un entierro. Pero hay que decir que una chica tan guapa como usted... ¿Cuántos años tiene, Nathalie, treinta? ¿Treinta y cinco? La edad en la que una mujer es lo suficientemente mayor para saber lo que realmente quiere, y todavía lo suficientemente joven para no resistirse a ello... Y va usted y mira a sus *rascacuerdas* con ojitos de gata meando en su arenero, y le coge de la mano cuando parece que el suelo se va a venir abajo, *close, so close to him*. Francamente, Nathalie. ¿Cómo se iba alguien a imaginar que ya le tenían echado el guante y que, por si fuera poco, tenía un hijo?

Respondo sin darle tiempo a respirar.

—Yo no le oculté nada.

Ulysse vacía la mitad de su cerveza, la apoya y continúa como si no hubiera oído nada.

—Y cuando llega el momento de largarse, no se le ocurre nada mejor que hacer la Cenicienta. Suelta su bolso con su estado civil, su número de teléfono y su dirección. Mucho más claro que un zapatito de cristal, ¿verdad? ¿No le entran remordimientos por lo fácil que le resultó echarle el guante?

Esta vez no respondo. Si le juro que no lo hice aposta, no me creerá. De hecho, acaba de despertar en mí una duda. ¿Y si ese olvido fuera un lapsus freudiano? Y si...

Ulysse apoya ruidosamente su cerveza en la mesa, ¡clac!, para sacarme de mis pensamientos. Me clava la mirada, tratando de evaluar mi sinceridad.

—¿De verdad te enamoraste de ese guitarrista?

El tuteo me sorprende tanto como la pregunta. Se echa a reír al ver mi cara de estupefacción. Soltando perdigones en la carpeta que tiene más cerca. Cuanto más observo su oficina, más me cuesta creer que haya podido organizar el concierto de los Cure en Montreal. Debe de ocuparse solamente de una pequeña parte de la gira, un intermediario entre una decena de otras microempresas que gestionan la administración y la logística. Recupera el aliento, me mira fijamente y comprendo que realmente le gusta dejarme pasmada con sus preguntas relámpago. ¡Preguntar y responder! ¡Adelante, Ulysse, tú no te prives, diviértete!

No me pierde de vista. Sus ojos son dulces y risueños, como los de un Buda gordo y bonachón que hace lo que está en su mano para arreglar la vida de aquellos que creen en él. Sigue tuteándome.

—¡Oh, sí! ¡Salta a la vista! ¡Estás coladita por él! Pero, querida, ¿a santo de qué viene lo de salir corriendo tras él, hasta la otra punta del mundo, mientras tu marido y tu pequeño te esperan en París?

Espero que, una vez más, sea él mismo el que se responda. Al parecer, ya no le apetece.

—...

Al final se sacrifica. Pone en pie su corpachón, abre la ventana, saca un cigarro, cuyo humo se mezcla con el polvo y el humo de los tubos de escape de los coches que hay atascados en Sunset Boulevard.

—Ylian tenía tu dirección... y no te ha escrito. Ylian te quería... y tampoco se te quiso tirar. Y eso tiene muchísimo mérito, porque mira que estás buena, con esos ojos de luna ocultos tras ese mechón suelto y esas curvitas moldeadas por tu disfraz de *majorette*. Ylian se apartó. Te respetó más de lo que ningún otro tío lo habría hecho. Así que, ¿por qué vuelves para hacerle sufrir?

Ulysse se gira hacia el bulevar, evaluando con aire indulgente el caos de la ciudad.

Dándome tiempo para analizar la situación.

Ylian no te ha escrito...

¡Sí, Ulysse, sí!

Su guitarrista fracasado que persigue su odisea

Yl no ha escrito semejante palabra, *odisea*, al tuntún.

Yl deja la puerta abierta... Yl espera que...

Me aclaro la voz para que Ulysse se gire hacia mí.

—Yo pienso al contrario, que Ylian tenía muchas ganas de que yo tratara de buscarlo. ¡Y estoy convencida de que usted lo sabe!

Ulysse dibuja una sonrisita.

—Chica lista. Puede que sí. Admitámoslo. A los dos os apetecía jugar al gato y al ratón. Pero ¿por qué Ulysse Lavallée tendría que hacer de apuntador en vuestra tragedia? No me apetece nada hacer de Fray Lorenzo, guapita.

—¿Fray Lorenzo?

—El monje que intentó ayudar a Romeo y Julieta… ¡Y ya ves cómo terminó!

Ulysse escupe su cigarro, cierra la ventana, se enjuga la frente y luego se sienta. Yo, al contrario, me levanto. Examino el despacho cochambroso de @-TAC Prod, las estanterías abarrotadas, el suelo gastado, la pintura desconchada.

—Si me ayuda, le traerá suerte, se lo prometo.

—Toma ya… Da un poco de miedo eso de la suerte, ¿no?

—¡Se convertirá en un gran productor!

Ulysse se termina su cerveza de un trago.

—¡No me tomes el pelo! Apenas logro pagar el alquiler de esta oficina. Ya solo en los tres pisos de esta ruina somos veinte productores. Debemos de ser varios miles en L.A., todos soñando con montar un nuevo Woodstock o firmar con un nuevo Kurt Kobain. Tiburones todos, cagados de miedo de acabar devorados por un pez más gordo. El concierto de los Cure fue pura chiripa, yo no era más que una sub-sub-subcontrata en este asunto. ¿Cuál es tu plan?

Improviso. Lentamente. Saco de mi bolsillo el guijarro inuit que me regaló la vendedora en Montreal. Ulysse lo mira fijamente, no demasiado convencido.

—¡Es una piedra mágica! Permite leer el futuro y modificar el pasado. O al contrario, como prefieras. Un gran jefe esquimal que viajaba, esto…, en *business*, me la entregó.

—¿Viajaba en el Boeing con los perros de su trineo?

—Sí, había reservado la mitad de los asientos en clase turista.

—¿Y la otra mitad estaba reservada para Papá Noel y sus renos?

Ulysse levanta la vista al techo desconchado, luego mueve los brazos como un títere que acepta su destino.

—¡Ay, Señor, lo que te gusta darme por saco! Te voy a dar la dirección de tu amiguito. Pero te advierto, escríbeme una bonita historia de amor. Una auténtica *love story*, no un drama que termine en lágrimas —Agarra un trozo de papel y garabatea—. Ylian está en San Diego. En la Old Town. Le encontré un contrato con un grupo de músicos que buscaban un guitarrista. Amateurs, no te vayas a pensar que es la Santana Blues Band.

—¡Gracias!

Me acerco y le beso en las dos mejillas. Me guardo la piedra del tiempo en el bolsillo. Con mucho cuidado.

Me contengo para no saltar de alegría. ¡Tengo la información que buscaba! Ahora tengo prisa por salir pitando, pero Ulysse insiste en invitarme a comer. Asegura que el *food truck* que hay a la entrada del 9100 Sunset Boulevard cocina las mejores hamburguesas de toda la costa oeste de Estados Unidos. Me retiene una hora más, los dos solos bajo una sombrilla Pepsi, el tiempo suficiente para que él se ventile tres California Burgers y para que yo picotee un poco la lechuga que hay en remojo dentro del guacamole. Mientras Ulysse me habla de desconocidos grupos de *rock* canadienses de Vancouver, mi mente vuela en dirección sur.

San Diego.
17, Presidio Park, Old Town.

¡Apenas a doscientos kilómetros al sur de Los Ángeles! ¡Menos de dos horas en coche! En cuanto pueda escapar de los perdigonazos de Ulysse, salgo corriendo para alquilar un coche. Me da tiempo a un ida y vuelta, mi avión sale de Los Ángeles mañana a primera hora de la tarde.

Mientras sorbo con la pajita mi Sprite, observo, cinco metros más allá de nosotros, la fila de vehículos que se dirigen lentamente hacia el Pacífico. ¡Soy un solecito radiante, que se despierta en Sunrise Boulevard!

21

2019

El taxi me ha dejado en el cruce de Sunset Boulevard con Cynthia Street. He quedado más tarde con Flo, Charlotte y Jean-Max, mucho más tarde, por la noche. Ellos se van a quedar chapoteando en la piscina del Ocean Lodge Motel sin mí. Tenemos tiempo, dos días enteros, para acosar, tipo safari, a las estrellas de Venice, Malibú, Beverly Hills o Rodeo Drive.

Doy un paso.

9100 Sunset Boulevard.

He venido directamente desde el aeropuerto. He dispuesto de casi dos horas para poner en orden mis recuerdos. ¡Desde 1999, no se han descongestionado nada las calles de Los Ángeles!

Aunque prácticamente todo lo demás ha cambiado.

Ya no hay ningún cartel que obstruya la vista al Pacífico. El inmueble de tres plantas, al fondo de un callejón ahora asfaltado, resplandece con su fachada recién pintada de rojo ladrillo.

Solo el *food truck* de delante de la entrada del camino no se ha movido. Las mesas y las sillas de plástico blanco, que parece que pueden salir volando al menor soplo de viento, siguen puestas en el mismo sitio. Ulysse me espera bajo la sombrilla de Pepsi. Tengo la impresión de haberlo dejado ayer, aquí, de lo precisos que son mis recuerdos. Avanzo.

En el juego de las siete diferencias, las tres primeras saltan a la vista.

Ulysse ha envejecido. Ulysse ha engordado. Y Ulysse no se ha enriquecido.

Lleva puesta una camisa hawaiana toda arrugada, verde y rosa, con palmeras lánguidas e hibiscos marchitos.

Me señala un asiento a su lado.

—Siéntate.

Ninguna dulzura en su mirada, ninguna dulzura en su voz.

Me siento, intentando no arañarme los brazos con las astillas de plástico de la silla, me estiro la falda del uniforme y me desanudo el pañuelo rojo, antes de forzar una sonrisa mientras miro el litro de Stone IPA que hay plantado delante de Ulysse.

Se bebe la mitad de la cerveza antes de empezar a hablar.

—¿Te acuerdas? Mientras te ibas, hace veinte años, le prometiste a Fray Lorenzo que se haría rico. Cardenal. Incluso papa. Papa del pop. Te columpiaste pero bien, como puedes ver…

Miro la hilera de buzones que hay a la entrada del edificio, detrás de Ulysse. Ahora, un solo nombre, Molly Music, sustituye al de la veintena de pequeños productores independientes.

—Como los demás, me he dejado comer —precisa Ulysse—. @-TAC Prod ya no es más que una microfilial de una gran sello, una *major*, como lo llaman ahora. Me dejan ir tirando, no les cuesto prácticamente nada y tampoco les devuelvo mucho. Somos veinte creativos hacinados en su puto *open space*, que todavía lo quieren reducir más para agrandar la sala de fitness… ¡Y la mayoría de esos jóvenes agilipollados que no escuchan más que rap han votado a favor! Ya ves, ¡ni siquiera una oficina tranquila donde poder recibirte! Pero no me quejo. Se está mejor aquí, como hace veinte años. Tenemos aire acondicionado y sus California Burgers siguen siendo para caerse de culo. ¿Tú qué tomas?

No respondo.

Me acuerdo que en 1999, Ulysse me había tuteado por primera vez. A mí me llevó un poco más de tiempo.

Ulysse continúa con su soliloquio.

—No, Nathalie, aunque te hayas columpiado con tus profecías, no me quejo. Vivo de mi pasión, tengo mis pequeños éxitos, mis pequeños descubrimientos, también mis viejos músicos, tan carrozas como yo, por los cuales lucho. Al menos, no he vendido mi alma. Lo cual no me ha impedido hacerme viejo... ¡Hacerme viejo mucho más rápido que tú, Nathalie! ¿Cómo haces para, aún hoy en día, seguir siendo tan guapa?

Su pregunta me incomoda. Sin querer, me enrollo el mechón de pelo en los dedos, la única pluma gris en mi pelo negro cuervo. Ulysse se termina de un trago el resto de su cerveza.

—¿Es el efecto de tu piedra mágica? ¿Te acuerdas de eso también? ¿La conservas? ¿La sigues teniendo?

La pregunta me sorprende. Me veo intercambiándola con el guijarro de mi jardín, dejándola a los pies de la pared de ladrillo, al borde del Sena.

—Sí... Bueno, no... La... la he dejado en casa.

—¿Para proteger tu hogar? Tienes razón. No se puede proteger todo a la vez. A ti. A tu familia. A tu amante... Bueno, a tu examante. Ya ves, mis predicciones sí que se cumplieron. Fray Lorenzo ya te había prevenido. Solo existe un final para los amores imposibles... la tragedia.

No me gusta lo que da a entender la insinuación de Ulysse. ¡El drama que ha sufrido Ylian no tiene nada que ver con nuestra historia de amor! Yl ha sido atropellado en la calle. Un accidente...

Pregunto un poco bruscamente:

—Ulysse, ¿qué me quieres decir con eso?

No responde. Una costumbre suya que no ha cambiado. Su mirada, en cambio, se ha vuelto más dura, sus palabras más cortantes, como si Ulysse hubiera perdido su humor y expresiones quebequesas al tiempo que sus ilusiones.

Hace un gesto con la mano a un tipo que hay en el *truck*, detrás de la parrilla que echa tanto humo como todos los tubos de escape de los coches que forman atasco en Sunset Boulevard. No sé lo que pide: unos litros más de Stone IPA o su peso en California Burgers.

Dos tipos encorbatados pasan entre las sillas de plástico para llegar a la entrada del edificio de Molly Music. Saludan educadamente a Ulysse, que apenas les responde. El contraste entre esos dos niños bonitos de la industria musical y la pinta de Ulysse es sorprendente. El cocinero de detrás de la parrilla nos trae dos vasos de litro de cerveza rubia y tres hamburguesas.

Ulysse empuja un vaso y una servilleta hacia mí. Sus ojos han vuelto a perder su brillo. Ya no tienen nada de los del Buda bonachón. ¿Quizá más bien de los de un cardenal? ¿O de un ayatolá?

Se ventila la mitad de su cerveza antes de clavar su mirada en la mía y de preguntarme:

—¿Te pasaste a ver a Ylian al hospital?

Mis ojos rehúyen su mirada, y siguen a otros dos nuevos empleados encorbatados que entran en las oficinas.

—No... No he tenido tiempo. Pero... pero alguien de confianza lo va a hacer... Va a... cuidar de él.

Ulysse no insiste, parece despreciar lo que a todas luces toma por una negligencia o, peor aún, indiferencia. Se calla y es su turno de sumirse en sus pensamientos. ¿Navega él también entre dos decenios? Aparto la cerveza y el plato, y me inclino hacia él.

—Cuéntame, Ulysse. Tú has seguido en contacto con Ylian todos estos años. Cuéntame su vida.

Ulysse engulle las tres cuartas partes de su California Burger, se toma su tiempo para regarla vaciando su vaso, se limpia la mezcla de salsa guacamole y grasa de beicon de la comisura de sus labios, y luego se queda mirando su plato casi vacío como si se tratara de un espejo.

—Se resume en una frase, Nathalie. O incluso en una palabra: desilusión. Ylian se aferró a su sueño tanto como pudo, aquí en América, luego en España, después en Francia. ¡Vivir de su música! Después lo dejó todo para vender los discos de otros.

Ylian... Vendedor en la sección de un centro comercial, 10-19h, con su chalequito negro y amarillo.

No... Él no...

Ulysse ya me lo había contado, pero aun así me cuesta contener las lágrimas. Ulysse me mira fríamente, sin compasión alguna, como si no se creyera ni por asomo mi dolor. Ulysse ha ensanchado tanto como su corazón ha encogido. Me sorbo los mocos y hago una nueva pregunta.

—Era bueno, ¿no? Aunque no tenga ni idea... Él... ¡tocaba bien!

El productor sonríe. Por primera vez, observo indulgencia en su mirada, la que un padre dirige a su hijo inconsciente del daño que ha ocasionado.

—Sí, tocaba bien, Nathalie. Ese soñador con gorra era bueno. ¡Jodidamente bueno, incluso! Joder, pero si hay algo que he aprendido en todos estos años relacionándome con artistas, es que el talento no basta. A casi todo el mundo se le da bien algo, querida. Te encontrarás con virtuosos del acordeón, del banjo o de las maracas en cualquier ciudad del mundo.

—Entonces, ¿qué más hace falta? ¿Trabajo? Sé que Ylian se lo curraba, más que cualquier otro, que habría aceptado cualquier trabajo para conseguirlo.

—No, Nathalie —Ulysse suelta una risita cruel antes de continuar—. Trabajo y talento, creemos que esa es la fórmula mágica. Pero no, eso no basta. Mírame a mí, soy un visionario, tengo olfato, estaba dispuesto a currar noches enteras, y ya ves el resultado... —Cruza las manos, casi púdicamente, sobre su enorme vientre—. ¡Si supieras la cantidad de chicos que tocan como los ángeles y que están dispuestos a darlo todo, y que no llegan a despegar! Para tener éxito en esta profesión solo hace falta una cualidad: ¡creer en uno mismo! ¡Ser un megalomaníaco, si lo prefieres! Todos los artistas que triunfan están convencidos de ser superdotados. ¡Sin excepción! Los auténticos genios nunca lo reconocerán, hablarán de suerte, se harán los falsos modestos. Saben que han heredado un don, así que no tienen ninguna necesidad de chulearse delante de esos mediocres que van tirando. Pero, créeme, son perfectamente conscientes de la excepcionalidad de sus cualidades. Ylian no. Ylian era modesto de verdad. Ylian casi se disculpaba... Querer vivir de su talento, ¡qué pretensión! Ylian era un soñador, no un matador. Y tú deberías saberlo...

—¿Por qué? ¿Por qué lo dices?

Ulysse no responde. Mueve su silla debajo de la sombrilla de Pepsi para huir del calor. Otros empleados vuelven de la pausa para la comida, sortean las mesas con un vaso gigante de café en mano, y saludan a Ulysse, que pasa de ellos olímpicamente. Ulysse parece un dinosaurio perdido en el mundo musical de hoy en día, posiblemente cínico pero, en el fondo, tan inocente e idealista como Ylian. Ulysse ataca su segunda hamburguesa y me pregunta, entre bocado y bocado.

—Hay una pregunta que no me has hecho, Nathalie. Un tema que has preferido evitar, ¿no?

De repente, mi corazón se acelera.

Ulysse, no te voy a hacer esa pregunta. Hoy no. No quiero que me sueltes el sermón. No quiero que un productor obeso y fracasado me suelte el sermón. Intento distraer su atención. Respondo demasiado rápido. Grito demasiado.

—¡No me gusta la forma en que hablas de él! Hablas como si ya todo hubiera terminado.

Ulysse se vacía la boca, sondea un segundo mi mirada, y explota.

—No me jodas, Nathalie, no le des la vuelta a la tortilla. ¡Sal un poco de tu puto pasado! ¿Eres consciente de lo que está ocurriendo? Hace dos día que no duermo. El estado de Ylian es grave. A cada minuto espero que suene el teléfono para anunciarme que todo ha terminado.

De repente, me siento estúpida. Tiene razón. Me muerdo los labios hasta hacerlos sangrar. ¿Qué hago aquí? Debería estar a su

lado. No hay excusa en el mundo que pueda convencer a Ulysse. Y tampoco a mí. Después de todos estos años, ¿de qué me preocupo? ¿Una sanción por parte de Air France? ¿La reacción de Olivier?

Trato de ignorar la grasa inmunda en la que moja su hamburguesa delante de mí, el olor a gasolina del bulevar que se mezcla con el de la carne a la parrilla, los cláxones, el sol que rebota en el alquitrán. Me concentro en una última pregunta, para evitar enfrentarme a mi cobardía.

—¿Qué es eso tan importante que tenías que decirme, Ulysse? El conductor no se detuvo, ¿es eso?

—No fue un conductor imprudente…

No entiendo. Ylian fue arrollado. En París, en plena calle. ¿Qué está tratando de decirme Ulysse?

El productor echa para atrás su silla, deja que el sol le fulmine por un instante y se pasa las manos por las sienes empapadas en sudor, antes de continuar.

—He podido hablar con Ylian esta mañana. Ylian también ha podido hablar con la policía. Una decena de testigos en la *avenue* des Ternes han testificado. Hará una hora he estado al teléfono con un teniente de policía que me lo ha confirmado. El coche blanco que chocó contra Ylian aceleró aposta, se lo llevó por delante, y después escapó. No era un conductor imprudente, Nathalie. ¡Era un asesino!

Ulysse me ha dejado sola en la mesa, me ha plantado. Se ha ido a currar llevándose en una bolsa la California Burger que yo no he tocado. Me ha abandonado en la acera, debajo de la sombrilla, en medio de los coches.

Trastocada.

Ylian no fue atropellado por un conductor imprudente. Lo intentaron asesinar.

Me levanto. Camino sin rumbo por Sunset Boulevard, en medio de los coches que no circulan. Me lleva un poco de tiempo interpretar la mirada sorprendida de los conductores, antes de acordarme de que sigo vestida de azafata. Me pican los ojos por el polvo.

¿Ylian, asesinado?

Me parece tan surrealista. ¿Y si Ulysse se lo hubiera inventado todo? Agarro mi móvil. Lo he notado vibrar mientras hablaba con él.

Un mensaje. Laura. Por fin.

Lo leo. Entorno los ojos y maldigo el reflejo del sol que me obliga a inclinar la pantalla.

Me he acercado a ver a tu amigo, mamá. Ylian. Tienes razón, solo hay un paciente en Bichat con ese nombre. Habitación 117. He charlado un poco con él. Está consciente. Te manda un beso. Está grave, mamá. Muy grave. Los médicos se niegan a pronunciarse. No está claro que puedan operarlo. Por no hablar del jaleo que hay aquí. Policías por todos lados. Hablan de intento de asesinato. Martine y Caro se están ocupando de él. Amigas. Te mantengo al tanto, no te preocupes.

Cierro los ojos. Tengo la impresión de estar navegando en una vida paralela que no es la mía.

¿Laura con Ylian? ¿Qué se habrán contado? En ningún momento mi hija me ha preguntado quién era este amigo. ¿Qué se habrá podido inventar Ylian? Ylian, grave, muy gravemente herido. Los médicos se niegan a pronunciarse. Ylian, al que alguien ha querido asesinar.

Ylian me manda un beso. Después de todos estos años.

Tengo la sensación de estar perdiendo el norte.

Todo se mezcla, el dolor, el miedo, incluso los escalofríos de alegría.

Me guardo el teléfono. Tengo que encontrar un taxi. Un tipo al volante de un *pick-up* decelera hasta casi pararse, me suena el claxon mientras su amigo extiende los brazos para imitar un avión planeando. ¡Qué gilipollas! Me quedo mirando, con el bolso abierto, el *pick-up* que gira un poco más lejos entre el polvo.

El comentario de Ulysse me atormenta. «Has dejado la piedra del tiempo en tu hogar, para protegerlo». Me arrepiento de haberla dejado en Porte-Joie, tengo la sensación de tenerla únicamente a ella para mantenerme en equilibrio, entre un pasado que se me escapa y un presente que derrapa. ¿De qué me sirve ir cargando en el bolso con este guijarro de mi jardín? Dudo si dejarla ahí, en el Sunset Boulevard, o si ir a lanzarla al Pacífico, al final del muelle de Santa Mónica.

Agarro el guijarro del fondo de mi bolso. ¡Mi mano se queda congelada! No es el guijarro blanco de mi jardín lo que tengo en la mano.

Sino una piedra gris.

¡La piedra del tiempo!

Mi primera reacción no es buscar una explicación racional, he creído intercambiar las piedras, lo he mezclado todo en el caos de mi bolso; o bien se me está yendo la pinza, ¿o soy víctima de un carterista que me sigue desde Montreal, Flo, Jean-Max, Charlotte? Mi primera reacción no es tratar de explicar esta nueva ronda de brujería. Es para creer, para creer en su poder.

Si aprieto muy fuerte la piedra del tiempo, entonces podrá revivir el pasado.

Entonces, ¡Ylian podrá salvarse!

22

1999

Conducir de Los Ángeles a San Diego me parece increíblemente fácil: un Dodge Challenger para mí solita, un automático, carreteras rectas, americanos que conducen como si solo les quedara un punto en su carnet. Pasados Los Ángeles, es decir, la mitad de los doscientos kilómetros de trayecto, la autopista Interstate no es más que una larga cinta. Debo de ser la más imprudente de las conductoras de todo el sur de Estados Unidos, cuando giro el cuello para tratar de ver el Queen Mary que hay amarrado en los muelles de Long Beach, las torres de plástico del Legoland California o las focas tomando el sol en la playa de La Jolla.

Es la primera vez que alquilo un coche durante una escala. Es la primera vez que me marcho sola, abandonando a mis compañeros. Es la primera vez que no doy noticias, Olivier debe de pensar, evidentemente, que estoy en el motel. Casi me arrepiento de no haber elegido un descapotable para dejar mi pelo al viento. He abierto las ventanas. Me imagino que el paisaje que pasa por delante de mis ojos es un decorado de cine, que todo un equipo armado con micrófonos y cámaras me sigue. Esa no puede ser la realidad. ¡No la mía! No la de la pequeña y sensata Nathy que llama por teléfono a su marido y a su bebé en cuanto el avión aterriza en un país extranjero, que se tira con su vaso de vodka toda la noche, que se acuesta a medianoche cuando el resto de la tripulación se queda despierta hasta la mañana.

Por fin libre. Completamente Loca. Totalmente Viva. He pegado la dirección, garabateada en un Post-it rosa, en la guantera.

17, Presidio Park, Old Town.

Me la he aprendido de memoria. Afortunadamente.

Entre San Elijo y Del Mar, se me vuela y la veo revolotear unos segundos por encima de la interminable playa de Solana Beach.

Al salir de Los Ángeles, me tomé mi tiempo para aprender, por la guía turística que regala el comité de empresa a la tripulación, que la Old Town de San Diego es la cuna de California, es decir, el lugar que eligieron los primeros misioneros españoles para venir a educar a los indios que vivían aquí desde hacía nueve mil años. En cambio, estaba lejos de imaginarme que desembarcaría en semejante decorado Far West. La Historic Old Town es una ciudad enteramente reconstruida, a la antigua, como solo los americanos saben hacerlo: auténtico que parece falso, iglesitas blancas que te imaginas vacías, *saloons* con grandes balcones de madera que jurarías que son de cartón, palmeras y cactus de plástico, toneles y fuentes rococó en cada esquina de la calle, todo tan bien conservado, pintado y barnizado que a su lado Frontierland, de Disney Resort, parece una aldea medieval. Solo faltan los patíbulos… y el Zorro. La actividad del Old Town parece resumirse a dos misiones: atraer a las familias a las tiendas de recuerdos, y a los jóvenes a los *saloons* donde les sirven hectolitros de margarita.

17, Presidio Park, Old Town.

Aparco delante del parque, en lo alto de una pequeña colina con el césped más verde y mejor cortado que el de un campo de golf. Un enorme edificio colonial blanco rodeado de banderas americanas, carteles históricos, mesas de pícnic... pero ni rastro de música, de guitarras o de Ylian.

—¿Qué busca?

El tipo que se dirige a mí está tumbado en una hamaca colgada entre dos palmeras. Me fijo que detrás tiene una tienda de campaña, un hornillo, una nevera, sillas plegables y una furgoneta. Una Chevrolet Chevy Van de segunda generación, un contenedor con ruedas, rectangular y prácticamente sin ventanas, totalmente tuneado. Un artista bastante bueno ha pintado en toda la carrocería a unos mariachis con exagerados sombreros, con un desierto de fondo, cactus y agaves, rematado todo con las letras gigantes de un nombre que, me imagino, será el de un grupo de músicos: Los Páramos.

—Ylian.

El hombre, de unos treinta años, moreno y bronceado, descalzo y con el torso desnudo, con un *saruel* con estampado precolombino y un lagarto gigante tatuado en el omóplato, se incorpora para poder observarme mejor. Llevo un pantalón corto vaquero Blueberry y una camiseta verde Granny Smith. Es evidente que el chico aprecia las frutas.

—¡Qué puta suerte tiene el cabrón! Sería adolecer de galantería el ayudarla a encontrarlo.

Luego hace como que se vuelve a dormir. Mirando más detenidamente, me fijo en una guitarra que hay apoyada cerca de la hamaca, contra una palmera. Unas maracas y un bongo guardados en una caja. Sin duda, es el grupo de músicos latinos de los que me ha hablado Ulysse.

Insisto.

—En serio, es importante.

El hombre-lagarto hace el movimiento de echarse a un lado en la hamaca, apoyándose en el tronco de una de las palmeras.

—En serio, puede esperarlo aquí... Está currando. Tengo que

ir a buscarlo con la furgoneta al final de la tarde… Hasta entonces, puede acomodarse. Hay hueco para los dos en mi red. Me sé algunas nanas. Tengo margarita en el frigo.

—Es importante… Y es urgente.

Se encoge de hombros, saca un paquete de tabaco de liar del bolsillo, hace ademán de ofrecerme y, ante mi negativa, asiente con la cabeza, me da a entender que soy dura de pelar, y saca una barra de costo.

—Lo siento… Conmigo o con otro más suertudo, le tocará esperar.

¡Mensaje recibido!

Incluso aunque tenga que esperar a Ylian, mejor visitar la parte histórica que echarme la siesta con un guitarrista colgado. Ya estoy dando media vuelta, cuando oigo la voz del lagarto.

—Ok, Miss Swallow, ¡usted gana!

Me detengo en seco, sorprendida.

¿Miss Swallow?

—¿Cómo me ha llamado?

—¡Miss Swallow! Señorita Golondrina —precisa, imitando mal el acento francés—, señorita Golondrina[6] —con un mejor acento español—. Ese cabrón de Ylie no para de hablar de usted desde que llegó. Morenita. Pechos pequeños. Culito. Una sonrisita que lo dice todo y unos grandes ojos claros que te demuestran que existe el paraíso en la tierra. ¡Puedo confirmar que es usted! Aunque la ha subestimado un poco con lo del pecho.

Cruzo los brazos sobre el pecho, como una tonta, y le lanzo mi mirada verde. ¿De verdad Ylian va contando todo eso sobre mí? En cualquier caso, no tengo ningunas ganas de quedarme toda la tarde con el amigo que fantasea a través de terceros sobre la novia de su mejor amigo. Vuelvo a dar media vuelta.

---

[6] En español en el original (N. de la T.).

—No se asuste, Miss Swallow... Ya se lo he dicho, usted gana. No es usted afgana, ¿verdad? Ni iraní, norcoreana, venezolana, checa o palestina.

Se ha encendido el peta y suelta el humo.

—No...

—Entonces puede ir. Su amorcito está en Tijuana, en el lado mexicano de la frontera. Treinta kilómetros al sur de San Diego. No tiene pérdida.

—¿Y dónde lo encuentro? Tijuana es grande.

—Siéntese en cualquier terraza. Él dará con usted.

El hombre-lagarto no ha mentido, llegar a la frontera mexicana me lleva menos de media hora. ¡Pero México comienza mucho antes! A medida que voy cruzando los barrios del sur de Chula Vista, el barrio más al sur de San Diego, la publicidad, los carteles, los grafitis en las fachadas pasan del inglés al español.

Aparco en San Ysidro, mirando con preocupación la alta valla que se erige, hasta donde alcanza la vista, en la colina del río Tijuana, separando México de Estados Unidos, el norte del sur, el hemisferio rico del hemisferio pobre. ¡La frontera más concurrida del mundo, como señala la guía Air France del personal de cabina! Los Border Patrol circulan en helicóptero por encima de mi cabeza. Por primera vez, tengo miedo. Tijuana tiene fama de ser la segunda ciudad más violenta del mundo, siempre según mi guía. Pululan drogadictos, violadores y, como mínimo, ladrones. Voy sola, sin tener ni idea del barrio hacia el que me tengo que dirigir. Tomo la precaución de llevar conmigo solo el dinero indispensable, y de ocultar todo lo de valor en el maletero y bajo los asientos de la Dodge. Un bolsito de tela a la espalda y me marcho.

Ylian, allá donde estés, ¡allá voy!

Sé que me va a tocar esperar horas antes de poder entrar en México, acostumbrada como estoy a las interminables colas de espera en los aeropuertos. Me encuentro, al contrario, en un largo pasillo en embudo, bordeado de unos muros altos y grises, coronados por alambradas, que termina en una sencilla inscripción en el cemento. *MÉXICO.*

Otros americanos, o turistas, con pantalones cortos y gorra, caminan a mi lado. El pasillo termina en un torno. Una simple barrera giratoria de metal, similar a las que se pasan cuando se coge el metro. ¡Y ya está! Se empuja y se entra en México.

Nada de aduanas, ventanillas, detectores de metales o cacheos. Unos policías nos miran desde lejos, nada más. Cruzamos la frontera más segura del mundo como se entra en un supermercado. ¡Al menos en sentido Estados Unidos-México!

Pasada la frontera, después de un puente sobre el río Tijuana, perdido y desecado en un lecho de cemento demasiado amplio para él, esperan decenas de taxis. ¡No merece la pena! No tengo ninguna dirección para indicarle, y la ciudad empieza una vez cruzas la frontera. Me lo imagino por las tiendas que venden hamacas, sombreros y ponchos tan abigarrados como las sillas de plástico de las cantinas improvisadas. Me adentro en las calles estrechas y animadas, bordeadas de grandes bulevares atascados donde los coches parecen estar echándose la siesta bajo las palmeras. Por todas partes, hay carteles que muestran imágenes de jóvenes parejas con dientes nacarados, de americanos entrecanos con cuerpos perfectos. Fuera de las cantinas y de las tiendas de recuerdos, el comercio local se divide entre dentistas, clínicas de cirugía estética y farmacias. Los adolescentes americanos cruzan a México para darlo todo y fundirse su juventud emborrachándose. Los adultos y los viejos vuelven para tratar de frenar lo inevitable a golpe de bisturí.

Después de media hora dando vueltas, sin el más mínimo atisbo de esa supuesta inseguridad (¿será que el amor me ciega hasta tal punto?), acabo en una minúscula calle peatonal con las fachadas de colores y el cielo comido por las banderas verde-blanco-rojo colgadas por encima de la calle, el suelo salpicado de chucherías, especias y frutas esparcidas por los vendedores ambulantes entre las terrazas de los restaurantes.

Vuelvo a pensar en lo que me dijo el lagarto desde su hamaca.

Siéntese en cualquier terraza. Él la encontrará.

Cuento decenas de restaurantes, centenas de sillas. ¿Cómo saber si voy a elegir la buena?

Me detengo en una cantina cualquiera. Una de las pocas en las no hay una chica en micro-falda y tacones de aguja esperando a la entrada.

Me siento.

Sonrío. Lo sé.

La mesa en la que me apoyo está coja.

23

2019

Al parecer, el *saloon* Coyote y Cantina sirve los mejores margaritas de todo el sur de California, acompañados de los mejores totopos hechos a mano[7]. Al menos es lo que prometen las banderolas que hay entre los dos balcones del bar-restaurante, grande como una hacienda, con clientes de todas las edades en cada planta. En la planta baja, Jean-Max, Charlotte y Flo beben sus margaritas, de todos los colores, lima, *curaçao*, fresa, apoyados en una mesa bien estable. No parecen demasiado enfadados por haberles propuesto inocentemente: «¿Y si alquilamos un coche, los cuatro, para bajar hasta San Diego?».

Jean-Max se apuntó inmediatamente al plan. Está obsesionado con el Kansas City Barbeque, el bar de San Diego donde se rodaron las escenas de culto de *Top Gun!* E insiste mucho para que demos una vuelta hasta Miramar, la exbase aérea de los aprendices de piloto americanos.

He aplaudido a dos manos que Charlotte y Flo pusieran mala cara.

El comandante parecía emocionado como un niño. ¿Fingía? ¿Puede no estar al tanto de la sanción a la que se enfrenta, como

---

[7] En español en el original (N. de la T.).

consecuencia del famoso polvo en la cabina, inmortalizado por sor Emmanuelle? Desde los últimos vuelos, no termino de ubicarlo. Me acuerdo del intercambio de billetes con los dos tipos con pinta de mafiosos en el Viejo Montreal, hace tres días. De la sensación, compartida con Flo, de que nos seguía. Por no hablar de sus tejemanejes con el servicio de *planning*, para que nos pusieran en la misma tripulación para Montreal y Los Ángeles, a él, a Flo y a mí. Porque de Charlotte lo entiendo, pero ¿por qué cargar también con dos vejestorios, aunque sean los más sexis de la galaxia? También Charlotte ha aceptado de inmediato ir hasta San Diego. Está obsesionada con los *outlets*, esas tiendas de marca libres de impuestos que ribetean la frontera mexicana.

Solo Flo ha protestado y me ha mirado con desconfianza al proponer que nos chupáramos dos horas de coche, cuando el avión parte dentro de doce horas. No me pegaba, no entendía… Pero es que Flo no conoce cómo continúa mi historia. Para ella, mi aventura con el guitarrista terminó, bañada en lágrimas, en la pista del aeropuerto Mirabel, en Montreal. Nunca le he contado a nadie mi escapada mexicana en solitario, en 1999.

Flo me ha arrinconado en los baños de una estación Texaco, después de pasar ochenta minutos en el Buick Verano alquilado por Jean-Max para salir de los atascos de Los Ángeles sur, y me ha preguntado a bocajarro qué demonios íbamos a hacer en San Diego, si a mi vuelta me había ido bien con Olivier, si mis coincidencias en serie se habían calmado al lanzar la piedra del tiempo al Saint-Louis, y si yo también me había calmado.

Sí, Flo, estoy bien, simplemente quiero olvidar. No iba a confesarle que la piedra había vuelto a aparecer milagrosamente dos veces en mi bolso y que no tenía ni idea cómo. Me había dado tiempo a pensar en ello, a poner en orden mis asuntos y mi mente. ¡No cabe duda de que me había traído el guijarro blanco del borde del Sena y había dejado el gris en mi jardín! Había terminado por renunciar a explicar el cambio, ya que la

única conclusión lógica llevaba a diagnosticarme o bien locura o bien paranoia. A elección.

Había decidido concentrarme en mi intuición. Rastrear la pista que dejaban estos indicios. Seguir la huella de mis pasos, veinte años atrás. Hacer revivir el pasado. Comprender por qué Ylian había estado a punto de ser asesinado. ¿Se me había organizado un juego de pistas para salvarlo? ¿O una trampa mortal en la que yo me estaba metiendo?

Unas tres horas de atascos de carretera después, hemos llegado muertos de hambre y de sed a San Diego. Hábilmente, he dirigido a mis compañeros hacia la Old Town. Yo había tomado la delantera, descargando un mapa del barrio histórico, y los he guiado por las calles por las que pueden circular los coches. Con la excusa de buscar un lugar lo más cercano posible a la zona peatonal, hemos acabado aparcando, fíjate qué casualidad, en la parte alta de Presidio Park.

¡Ni rastro de hamacas! Ni rastro del hombre con el tatuaje de lagarto para interpelarme.

¿Qué busca, Miss Swallow?

Ni rastro de guitarras, de costo y, sobre todo, ni rastro de la Chevy Van. Lógico… ¡Ya me lo esperaba! ¿Cómo iba a seguir aparcada ahí esa furgoneta, veinte años después? Sin embargo, había terminado por creerme esos agujeros entre presente y pasado, y si existieran pasajes secretos, las puertas de ese vieja Chevy debían de abrir forzosamente uno. A falta de la Chevy Van, me había obligado a esperar que al menos un recuerdo me arrastrara hasta Presidio Park.

¡Nada!

—Bueno, qué, ¿vamos a bebernos ese margarita?

Vamos, Jean-Max, vamos.

Nos lo bebemos.

Sentados frente a una gran mesa de madera rústica, bajo las paredes pintadas del Café Coyote, pajitas gigantes y rodajas de lima, botellas de tequila y de Cointreau plantadas en la arena del desierto, algunos cactus y dos calaveras como decorado.

La siguiente etapa, obviamente, es Tijuana.

Sé que no me costará convencerlos para dar una vuelta por México. Sería estúpido no aprovechar… Pero una duda me atormenta: ¿por qué volver hasta ahí? Desde que he puesto el pie en Los Ángeles, ninguna coincidencia más me ha vuelto a conectar con mi pasado. Como si estuviera siguiendo el camino equivocado. Como si este no fuera mi lugar, sino París. Como si estuviera huyendo, negando la realidad. Ylian, asesinado. Como si, de golpe, la piedra del tiempo se hubiera detenido.

—¿Tomamos otra? —propone Jean-Max.

Sin pedirle demasiado su opinión, envía a Charlotte a por la segunda ronda.

Ideas contradictorias se agolpan en mi cabeza, todas tratando de convencerme de cuál es la mejor opción, en el mayor de los desórdenes. Trato de mostrar autoridad. Reúno lo que me queda de sentido común, tengo la impresión de alzar la voz en mi cerebro, como una directora de recursos humanos que termina por levantarse y dar un golpe en la mesa para detener las discusiones inaudibles de una reunión que se está yendo de madre.

Me viene a la mente una cita, una cita de Eluard, «el azar no existe, solo los encuentros…» ¿Quién me ha pegado esa frase, que trota en mi mente como el estribillo de una canción que repiten una y otra vez en la radio?

El azar no existe, solo los encuentros… ¿Y si esa fuera la solución? Esperar el próximo mensaje del pasado. Y si no llega ninguno, ¡pues pasar! Volver a L.A. Una noche agradable en el Ocean Lodge Motel. Una llamada de teléfono a Olivier. Y nada más pisar Roissy, salir pitando a coger de la mano a Ylian, en Bichat. Sigo sin poder creerme lo del asesinato, a pesar del testimonio de

Ulysse, a pesar del mensaje de Laura. Incluso me sorprende no seguir creyendo en las coincidencias de Montreal, en ese bolso de cuero violeta encontrado en el monte Royal, en esos fragmentos de conversación, la vida es bella, la golondrina, Miss Swallow, como si se estuvieran borrando, como si sor Emmanuelle o Jean-Max jamás los hubieran pronunciado. Como si me lo hubiera inventado todo.

—¡Cuatro margaritas! —anuncia Charlotte.

Esta vez son todos amarillo Lemon, cada uno con su hoja de menta y su rodaja de lima enganchada.

Elijo uno al azar.

Me fijo en que, en cada vaso de plástico, hay escrito un breve mensaje en letras mayúsculas.

Drink it all, en el de Jean-Max.

Already Empty, en el de Charlotte.

No Outflow, en el de Flo.

Y en el mío

Limítate a tragártelo

Just Swallow it.

Just SWALLOW it.

Cuando ya solo quede la distancia, cuando ya
solo quede la ausencia, cuando ya solo quede el silencio,
Cuando los demás hayan ganado, cuando tú
te hayas alejado, cuando ya no quede nada de nosotros,
solo cuatro paredes de nada, pero el cielo esté demasiado bajo,
cuando ya no haya nada de ti.
¿Qué quedará de ti? ¿Qué quedará de mí?

24

1999

Poco a poco, las terrazas de la calle mexicana se van llenando. La calle se va animando en un *patchwork* de colores abigarrados, de vendedores ambulantes y de olores de carne a la brasa. Observo, con indiferencia, el espectáculo de feria permanente, comprendiendo que no es más que una ilusión para esconder la desesperación de una ciudad a punto de explotar. La ropa sobresale de las maletas apoyadas en la calle, cual ataúdes reventados; sábanas y banderas flotan entre las casas como mortajas al vuelo. Como las luces de Halloween se burlan de la muerte, el permanente carnaval de Tijuana se ríe de la opresión estadounidense. A este lado de la frontera se vive de todo aquello que los americanos necesitan, pero sin quererlo en su jardín: prostitutas, yonquis, trabajadores de las maquiladoras mal pagados que viven en cuchitriles construidos en suelos contaminados. A unos treinta metros, en la plaza de Santa Cecilia, los mariachis giran en torno a las cantinas, acechando a las pocas parejas de enamorados despistados en busca de unos pocos pesos.

El grupo que tengo más cerca encadena *Cielito lindo* con *La cucaracha.* Un cuarteto vestido con magnífico traje azul real bordado en oro, camisa blanca, pañuelo púrpura y sombrero de ala ancha. Mosqueteros sin espada. Uno triste y viejo, Athos, toca el violín con melancolía. Uno gordo y divertido, Porthos, toca la trompeta como si de ello dependiera su vida. Uno pequeñín astuto y acelerado, Aramis, sacude su guitarra en las narices de las chicas más guapas. Un segundo guitarrista, de espaldas, D'Artagnan, alto, espigado, discreto, apartado que, sin embargo, es el que mejor toca. Podría parecerse a Ylian. Sin el bigote... Sin el sombrero... Sin las botas de piel de cocodrilo... Misma silueta, mismo balanceo de cabeza prácticamente imperceptible para acompañar el ritmo, mismo...

De repente, las palabras de Ulysse resuenan en mi cabeza... Un contrato con un pequeño grupo de músicos latinos. Aficionados. Luego las del hombre-lagarto desde su hamaca, «Está currando, vamos a buscarlo al final de la tarde con la furgoneta...» ¡La furgoneta! Ese Chevy pintado con los colores de una banda de mariachis.

¿Ylian?

El cuarteto empieza con entusiasmo *La bamba*. Introducción de guitarra del pequeño emocionado, algunos transeúntes baten palmas y pies. El grupo se desplaza mientras sigue tocando. Se acerca.

Bamba, la Bamba...

El segundo guitarrista sigue tapado, con la cabeza agachada bajo su gran sombrero, escondido detrás de Porthos, pero echando discretos vistazos en mi dirección. Estoy segura de que me ha visto.

¿Ylian?

¡He cruzado medio planeta, un océano y dos continentes para volver a encontrarme con un amante que lleva un bigote postizo, sombrero y traje de mariachi! ¡Menos mal que no le he confesado nada a Flo!

El cuarteto toca cada vez más rápido y camina al mismo paso, pasa delante de mi terraza sin detenerse. *Bamba, la Bamba*, Athos, Porthos y Aramis vuelven a acelerar, apuntando a un grupo de viejos turistas americanos sentados en una mesa treinta metros más allá. ¿Una residencia entera de ancianos que ha venido a ponerse los dientes?

Bamba, la Bamba, d'Artagnan ha bajado el ritmo.

Me mira, me mira fijamente, y ya solo canta para mí, en un mal español, su *Bamba*.

Con traje de luces
Cruza las fronteras
Y es por eso
Que hace temblar la tierra
De arriba abajo
Bamba, la Bamba.

Hay un breve momento de silencio. Ylian sigue de pie, a tres metros de mí. Me sonríe. Avergonzado. Sorprendido. Unos metros más allá, sus tres colegas empiezan *Solamente una vez*. El himno mexicano, o algo así. Ylian los acompaña, sin dejar de mirarme a los ojos. La letra de la canción resuena en las fachadas pastel de la callejuela para subir al cielo. Pillo algo, mi cerebro se imagina la traducción aproximada.

Solamente una vez en su vida
Encontrará el amor verdadero
Es una oportunidad que debe aprovechar
Y dejarlo todo
Aunque solo sea
Por esta noche

Empujo la silla que tengo al lado. Llamo al camarero y le pido otro margarita, no he terminado el mío. Sin embargo, mi amor de opereta parece seguir dudando si dejar su guitarra, abandonar a los otros tres pícaros que se alejan por la calle, sin duda decepcionados por la avaricia de los jubilados desdentados. Ya casi no se oye el violín, solo unas notas de trompeta. Entonces, sin tenerlo calculado, en el silencio de la plaza de Santa Cecilia, murmuro más que canto, suficientemente alto para que Ylian me oiga.

Que tengo miedo a perderte,
Perderte después[8].

Ylian no dice nada, pero su guitarra habla por él.

Bésame, bésame mucho.

—¡Le queda bien el bigote!

Ylian se lo atusa orgulloso. Yl se está pasando un poco . El bigote se le empieza a despegar y le hace más ridículo aún. También más irresistible. Dudo si apoyar mi índice en los pelos postizos para ajustarlo o arrancárselo de un tirón como una tirita que ya no sirve. Y luego darle un beso en la rojez.

—No se burle de mí, Nathy.

—No me estoy burlando.

Me encanta su aspecto de niño pillado infraganti después de haberse puesto a escondidas un disfraz.

—¿Y usted, Miss Swallow? En Tijuana es carnaval todo el año. ¿Ha olvidado su disfraz de golondrina?

Me encanta también su capacidad de respuesta. ¡Buena observación, Ylie! Es verdad que yo también me paseo la mitad del tiempo vestida ridículamente con un disfraz, desde los hoteles a los aeropuertos, de los aeropuertos a los hoteles, y a veces también, a falta de tiempo para cambiarme, por las calles de todas las capitales del planeta. Ylian se sienta a mi lado, hace una mueca cuando la mesa se tambalea, y luego sonríe. Mira con preocupación cómo

---

[8] En español en el original (N. de la T.).

los otros tres músicos se alejan, pero sigue sin besarme. Ni siquiera me ha tocado. Como único consuelo, sus ojos me miran con mimo.

—¿Qué hace aquí?

¡Qué mono es Yl, si de verdad espera que reconozca que he ido tras él! Se hace el inocente, cuando fue él el que fue lanzando miguitas en el camino de su odisea. Me hago la sorprendida.

—Iba a hacerle la misma pregunta. ¿Qué hace usted aquí? ¿Cómo sabía que me sentaría en esta terraza en Tijuana? ¿Que fantaseaba con hombres con bigotes postizos que cantan *La cucaracha*?

Yl hace como que saca brillo con el dorso de su mano al terciopelo de su chaqueta dorada. Endereza el cuello. Orgulloso como un gallo de pelea.

—¿Ha sido Ulysse quien le ha dado mi dirección? ¿O Luis?

—¿Luis es el lagarto que le echa el ojo a los pechos de las amigas de sus amigos?

—¿Le ha echado el ojo a sus pechos?

Yl se pone rojo y no puede evitar bajar la mirada hacia las manzanas de mi camiseta Granny Smith.

—¡Debe de ser una fea costumbre de mariachis!

Ylian aparta inmediatamente la mirada y trata de mirar fijamente un punto detrás de mí.

—Venga, Ylie. Por favor. Tómese el tiempo de quitarse su sombrero.

El guitarrista echa vistazos nervioso al final de la calle.

—Yo… tengo que volver con el resto de la banda. Parecemos príncipes con nuestro traje de mariachis, pero en lo que a pesos se refiere, somos más bien miserables…

—¡Vale! Corra con sus compañeros. Pero no antes de haber cumplido con su promesa.

—¿Qué promesa? Yo no he prometido nada.

—Su guitarra, sí. Bésame… Bésame mucho.

Yl se acerca, pienso que por fin va a posar sus labios en los míos, pero Yl murmura.

Piensa que tal vez mañana
ya estaré lejos,
muy lejos de ti[9].

Me lo quedo mirando. ¿Está siendo sincero? ¿De verdad le da tanto miedo besarme? ¿O está jugando conmigo, una vez más, al ratón y al gato? ¿Este soñador con aires de caballero ha conseguido hacerme venir corriendo hasta aquí para dejarme tirada delante de mi margarita? Pues que no se fíe. ¡Puedo ser más Speedy González que Minnie!

—Y a brindar conmigo, ¿a eso sí que se atrevería?

Yl levanta su vaso a modo de respuesta. Suenan las campanas. Le miro fijamente a los ojos.

—Por las noches antiguas y la música lejana.

¡Si mi guitarrista cinéfilo no lo ha pillado con esto!

Finalmente, Yl se acerca y me da un casto beso en los labios. Una mariposa que roza la rosa al libar. ¿Y todo esto para eso? Yl se agacha para recoger su guitarra.

—De verdad, me tengo que ir.

—¡Vale! Le sigo. Mi avión despega de L.A. mañana a mediodía. De aquí a entonces, no me voy a separar de usted. En apenas veinticuatro horas se habrá librado de mí.

Pobrecita Nathy… Qué equivocada estaba. ¡Sin duda me he vuelto más Minnie que Speedy! E insisto.

—¿Su *boys band* no necesita una cantante?

Silvestre se lo está pasando bien.

---

[9] En español en el original. (N. de la T.).

—¡Sí! ¡Pero a condición de que lleve bigote, grandes cejas, poncho y sombrero!

—¡Eso nunca! Air France establece por contrato que no se puede ir con otro disfraz que no sea el de golondrina. ¿Me imagina de Sancho Panza? En cambio, estoy segura de que esos viejos americanos en tratamiento rejuvenecedor soltarán muchos más pesos si soy yo la que lleva el sombrero.

El muy capullo evalúa las curvas cerradas de mi camiseta, mis muslos desnudos, y parece calcular lo que podría aportarles.

—¡Vale, contratada!

Nos levantamos juntos y corremos detrás de los mosqueteros. El tiempo de pagar los dos margaritas. Hurgo en el bolso, busco, maldigo, vuelvo a buscar, y finalmente renuncio. Abatida.

—¡No tengo mi documentación!

Me mira sin tomarme en serio, como si fuera una maniobra para no pagar la cuenta.

—Me lo imaginaba. Cada vez que la veo, la pierde.

—¡No estoy de broma, Ylian! Y no la he perdido, me la he olvidado. La he dejado en San Ysidro, la escondí debajo del asiento antes de pasar a México, con mi dinero, por miedo a que me robaran…

Ylian se pone serio por un instante.

—Perdida… Olvidada… Es lo mismo. Sin ella, nunca podrá cruzar la frontera. Hay mexicanos que esperan toda una vida.

—¡Soy ciudadana francesa!

Me apoya una mano en el hombro.

—Nathalie, esta frontera es una de las más vigiladas del mundo. Sin pasaporte ni DNI, los de la aduana serán inflexibles. Se va a tirar horas para pasar, sin duda más de un día.

Me empieza a entrar pánico. Despego al día siguiente. Nadie sabe que he cruzado la frontera mexicana. Nadie que me pueda traer mi documentación. Nadie a quien poder llamar, aparte del servicio de emergencias de Air France, que lo apuntará todo en mi expediente, sin por ello acelerar el procedimiento. Siento que voy a perder los nervios.

Estoy loca. Estoy atrapada. Voy a perderlo todo. Mi trabajo. Olivier.

¿Cómo podré explicarle la situación en la que me encuentro? Minnie nota cómo las lágrimas brotan en sus ojos. Supongo que habrán cambiado del azul al verde. Miro a Ylian y su silueta se nubla. Todo por culpa de este chico tan mono, de este vil culpable de nada y responsable de todo, que me observa al borde de una crisis nerviosa y que, aun así, parece divertirse.

Sonríe. Se agacha y me abraza.

—No llore, Miss Swallow, creo que tengo una idea.

La Chevy Van se acerca al puesto fronterizo de San Ysidro. Voy sentada detrás, entre los bongos y las maracas que siguen el ritmo de nuestra carrera a cada sacudida. Felipe, alias Athos, y Ramón, alias Porthos, me vigilan por el rabillo del ojo, risueños. ¡Decir que me enfada es quedarse cortos! Luis, alias el hombre-lagarto, conduce al tiempo que me echa el ojo por el retrovisor y se burla más todavía. Como estaba previsto, ha venido a buscar a la banda de mariachis Los Páramos con la furgoneta, para llevarse todo este pequeño mundo al lado americano. Ylian, sentado a mi izquierda, más indulgente que los otros tres, se conforma con sonreír al ver mi disfraz. Yl se ha abstenido de todo comentario hasta este momento, pero ¿aguantará hasta la frontera? Cuando la Chevy se detiene detrás de la fila de vehículos que esperan, en la larga línea derecha que precede las veinticuatro garitas de aduana dispuestas en abanico, Yl estalla.

—Le queda muy bien el bigote…

—¡Le odio!

—Tiene un bonito mechón moreno asomando por su sombrero, empújelo un poquito… Y se le ha olvidado ajustarse su cinturón de piel de serpiente.

—Y usted se ha olvidado de meter las pistolas. ¡En cuanto pasemos la frontera, yo me lo cargo!

—No frunza el ceño, suele despegar las cejas…

Me callo. Cuanto más respondo, Yl más se divierte. Por no hablar de la sonrisa de oreja a oreja de los otros tres cachondos con sombrero. Por la luna de la Chevy Van, veo a la gente, dispuesta también en fila india, observando con curiosidad los dibujos pintados en la inefable furgoneta de Los Páramos. Me dejo caer en el respaldo de mi asiento.

—¡No va a funcionar!

—Sí —asegura Felipe—. Los de la aduana nos conocen. Pasamos todos los días, se acuerdan de nuestra furgoneta. Somos ciudadanos americanos, o europeos en el caso de Ylian, los cinco tenemos permiso de trabajo diario. Con cuarenta y cinco mil vehículos y veinticinco mil peatones cruzando la frontera cada día, no tienen tiempo para entretenerse con los transfronterizos habituales.

—Es el plan perfecto —elogia Ramón—. Esteban tenía previsto quedarse en México esta noche con su nueva novia. Mañana le devolveremos su pasaporte y su permiso de trabajo. Los policías están acostumbrados a que no nos parezcamos mucho a las fotos de nuestros permisos, vestidos con nuestros disfraces de mariachi. Al principio hacían que nos quitáramos los bigotes postizos y las pelucas, ¡pero ahora se la trae al fresco! Esteban es bajito y moreno como usted. Con los postizos, los de la aduana os confundirán.

¿Es este el plan perfecto? Hacerme pasar por Esteban, alias Aramis, el segundo guitarrista.

—Dicho esto, Miss Swallow —añade Luis el lagarto, mirándome por el retrovisor—, será mejor que se abroche los dos últimos botones del chaleco. El pecho de Esteban es mucho menos sexi que el suyo.

¡Esta mala costumbre de los mariachis! Trato de taparme el pecho con la chaqueta azul y dorada y de cubrirme la garganta con el pañuelo violeta.

—Esteban —precisa Felipe—, son más bien los botones de abajo los que tuvo que abrocharse mal. Ay, el tequila…

¡Y se ríe!

¿Qué es lo que me impide salir y terminar a pie?

El lagarto me escudriña de nuevo de la cabeza a las botas.

—Cuando la miren los de la aduana, mantenga la boca cerrada para que su bigote esté bien erguido.

¡Apuntado!

—Le queda bastante bien —añade Felipe detrás de mí—. ¿Nunca ha pensado en dejar de depilarse?

Servido en bandeja… Los tres sueltan de nuevo una carcajada. Solo el astuto de Ylian se contiene, poniendo cara de circunstancias a cada comentario que hacen sus compinches. Una vez que pasemos la frontera, estoy segura de que Yl será el primero en pavonearse: tampoco eran para tanto sus bromitas si las comparamos con la pedazo de idea que ha tenido… Disfrazarme de mariachi. Si salgo de esta…

¡Y salgo de esta!

Todo se desarrolla de la forma más increíblemente sencilla. Después de media horita de carretera hasta la frontera, Luis elige con particular cuidado una de las veinticuatro garitas, después de detectar a un aduanero que conocía.

Tiemblo, ya me veo levantando las manos bajo la amenaza del colt de un policía mexicano, despelucada, desmaquillada, desenmascarada, llevada hasta los calabozos de Tijuana, saliendo en las portadas de los periódicos al día siguiente «detenida azafata francesa, se desconoce aún qué tramaba…».

Por el contrario, Luis el lagarto bromea con el aduanero como si hubieran jugado juntos al *hold'em poker* desde el instituto, mientras Felipe desliza nuestros pasaportes y permisos de trabajo (bueno, los de Esteban, no los míos) a otro militar cansado

que los observa con una mirada tan lejana como si leyera a Carlos Fuentes en latín. Los dos uniformados echan un rápido vistazo al interior de la camioneta para contarnos, ¡y luego nos dejan pasar!

La Chevy Van circula un centenar de metros más, el tiempo suficiente para perderse entre los coches aparcados en el inmenso aparcamiento de San Ysidro. Mi corazón, bloqueado durante interminables minutos, por fin puede explotar. Me arranco todo, cejas postizas, bigote postizo, patillas postizas, lanzo mi sombrero como si fuera un *frisbi* al fondo de la furgoneta, mientras la banda al completo de Los Páramos grita de alegría, y canta a voz en grito *Hasta siempre* como si fueran una banda de guerrilleros que acabaran de hacer saltar por los aires el palacio presidencial. Desentierran cinco Coronas de una nevera. Ylian me abraza. Y por segunda vez en el día, la tercera de su vida, me besa.

¡He pasado!

Mi corazón no tiene ningunas ganas de calmarse.

¡Nunca he vivido con tanta intensidad!

Mis pensamientos estallan como fuegos artificiales en mi cabeza, ruidosos, explosivos, no dejando espacio al arrepentimiento, que no es más que un pequeño petardo mojado.

¿A quién podré confesar un día estas emociones?

¡Acabo de cruzar ilegalmente la frontera más peligrosa del mundo, disfrazada de hombre, en una furgoneta decorada, con cuatro tipos vestidos de mariachis! ¿Con quién podré compartirlo algún día? ¿Decírselo, escribirlo? Y si, milagrosamente, me armo de valor para contarlo todo, si encuentro un oído que quiera escucharme, unos ojos que quieran leerme… ¿Cómo los convenceré de que no me he inventado nada?

* * *

Ylian se ha puesto al volante de la Chevy Van.

—Miss Swallow, ¿la dejo en su coche, en el aparcamiento de San Ysidro, o seguimos?

—¡Seguimos!

La furgoneta zigzaguea unos kilómetros más por las calles de Chula Vista, el tiempo para dejar a Felipe, Ramón y Luis respectivamente en Rancho Rey, Bonita y Otay Mesa West. Por la noche, explica Ylian, adiós a Los Páramos. Felipe y Ramón se reúnen con sus familias, Luis toca en una cantina antes de volver a Old Town, y yo me quedo con la furgoneta.

Ya solo estamos los dos. Me he subido a la parte de delante de la furgoneta. Se dirige hacia el muelle de Imperial Beach. En la radio suenan viejos clásicos del *rock* americano. El océano se abre ante nosotros, seguimos una larga lengua de arena, la bahía de San Diego se abre a mi derecha, el Pacífico se extiende hasta el infinito a mi izquierda. Una magnífica y estrecha península, que ignoro adónde lleva, pero cuya vista del *skyline* de San Diego es mágica.

—¿Cuál es la siguiente etapa? ¿Escapar de Alcatraz?

—Por desgracia no… Terminar de divertirse. Tengo que ir a trabajar.

Seguimos subiendo por el interminable cordón dunar, hasta que la península se ensancha y entramos en una estación balnearia muy elegante, donde cada pabellón situado enfrente del mar tiene su propia piscina, como si a sus propietarios les diera pereza cruzar la carretera para irse a dar un baño. Leo el nombre en la entrada: *Village of Coronado*.

—¿Otra vez?

—Si, y esta vez los roles se han invertido… ¡Son los músicos los que se visten de mujeres!

—¡Guau! ¿Estamos en un gueto de travestis?

Las calles de trazado reticular de este barrio acomodado me recuerdan más a un episodio de *Santa Bárbara* que a una serie gay. Frente a mí, descubro un gigantesco edificio salido directamente de un cuento infantil: un castillo de lo más recargado, coronado por una decena de torres rojas terminadas en punta, una carpa de circo a modo de torreón, tejados en todas direcciones, cientos de ventanas y otros cientos de balcones, como si un diseñador se lo hubiera inventado para una película de Disney y un loco hubiera decidido construirlo en la vida real, antes de colocarlo en la playa.

—No —dice Ylian aparcando—. Le estoy hablando de la película más conocida de San Diego.

—¿*Top Gun*?

Ylian suelta una risita de sorpresa. ¿He dicho la gran burrada?

—Miss Swallow… ¡En la vida no solo hay aviones!

¡Gracias! Le saco la lengua. ¡No he cruzado el planeta para jugar a las adivinanzas! Con la mano señala el increíble palacio de cuento de hadas que tenemos enfrente.

—Hotel Coronado. Eterno decorado de *Con faldas y a lo loco*.

¡Una de mis películas preferidas! Sugar Marilyn, Jack Lemon y Tony Curtis vestidos de Daphne y Josephine. ¡Pero qué tonta, no habérseme ocurrido antes!

Trato de compensarlo.

—*Nobody's perfect*… ¿Toca para los clientes del hotel?

Ylian apaga el motor.

—Sí… Toco mientras los clientes disfrutan de sus langostas o de sus *chateaubriand*. Forma parte de los prestigiosos contratos que Ulysse Lavallée me ha encontrado.

Subyugada por la majestuosidad del hotel, trato de superponer las imágenes de la película… Me viene en mente algo evidente.

—No me diga que, como a Marilyn, le piden que toque… ¡el ukelele!

Sin querer, le he dado de lleno en el corazón. Ylian agacha la mirada y se corta como un niño avergonzado.

¡Doblemente idiota! Trato de arrancar mi flecha.

—Lo siento, Ylian. Le juro que le encuentro totalmente irresistible de mariachi o con el ukelele... No estoy segura de que me hubiera podido enamorar de Jimi Hendrix o de Chuck Berry.

¡Triplemente idiota! Me acerco para besarle, pero me doy cuenta de que, en lugar de consolarlo, mi última frase le ha ofendido aún más. Me quedo un segundo en silencio. Es Ylian el primero en hablar.

—Venga, Miss Swallow, es usted mi invitada. Champán a discreción. Gano veinte dólares la noche, ¡pero hay barra libre!

Para que me perdone, pongo mis labios en lo que asoma de su perfil crispado. Un trozo de nariz, un lóbulo de oreja.

—Qué torpe soy. Lo siento.

—No tiene por qué. Seducir a una chica como usted tocando con un sombrero mexicano o con una guitarra de juguete, es bastante inesperado.

¿Inesperado?

Sin pensarlo, le planto las manos en las sienes, le giro el cuello y le beso, hasta dejarle sin respiración. Finalmente, sus manos se pierden en mis caderas, suben, luego se animan y bajan. Las mías aprisionan su nuca. Le impiden respirar, serán ellas las que decidan si lo salvo. Por fin, yo despego mis labios y él murmura entre dientes.

—Lo que más bien creo es que es terriblemente astuta.

Lo soy. Audaz, intrépida, provocadora. Ni por un momento siento el más mínimo sentimiento de culpa.

La mano de Ylian sigue perdiéndose a lo largo de mi muslo, la levanto delicadamente y la apoyo en su rodilla.

—Un poco de paciencia, le están esperando en el hotel del Coronado, ¡mi especialista en banjo!

Ylian sonríe, pero no insiste. Me parece adorable su manera

de disimular que le he vuelto a ofender. Al parecer, las palabras ukelele y banjo son tabú, como sin duda deben de serlo mandolina, sitar, balalaica…

Dócil, Yl abre la puerta. Sus ojos brillan de nuevo.

—¡Usted ríase! Pero esta noche, después de hacer el pingüino en el Coronado, ya le enseñaré yo.

Le interrogo con la mirada.

—Le mostraré el poder de una auténtica guitarra.

25

2019

Olivier aparca en una de la últimas plazas junto a la acera, apaga el motor y observa la extraña agitación. Los coches entran y salen. La barrera sube y baja. Los peatones se apartan para sortearla. Cruzan las puertas de cristal con bolsas en la mano, flores, niños. El lugar está más concurrido que un centro comercial un fin de semana de diciembre. Olivier se acuerda de los carteles que se leían antaño.

Hospital-silencio.

Hoy día, no hay lugar más ruidoso. Por no hablar de las ambulancias que van y vienen. En cuanto una sirena parece alejarse, otra ya se acerca. Olivier observa por el retrovisor una sirena azul que crece y crece, se acerca hacia él y pasa por delante. ¿Otra urgencia? Una vez controlada su sorpresa, se da cuenta de que se trata de un coche de policía de incógnito. Dos polis de paisano salen de él y desaparecen por la puerta principal del hospital Bichat.

Olivier los sigue con la mirada, y le lleva un tiempo darse cuenta de que están llamando a su puerta. Finalmente gira la cabeza. Laura está delante, con una bata blanca, el pelo recogido en un moño, el índice y el corazón sujetando un cigarro. Siempre ha odiado ver fumar a su hija. ¡Cualquier padre lo odia!

Aunque Laura acabe de celebrar sus veintiséis años, se contiene para no arrancárselo de las manos y aplastarlo. Y mucho más de soltarle el sermón.

Se conforma con abrir el Kangoo y darle un beso.

—¡Papá! ¿Qué haces aquí?

—Ya ves, he pasado para saludarte.

—¿En serio?

—Tengo un cliente ahí al lado. *Avenue* de Wagram. Solo he dado un pequeño rodeo.

Las sirenas continúan sonando. ¿Urgencias? ¿Policía? Laura da una calada, con prisa. Olivier sabe que sus pausas son de minutos. A menudo cuenta que ni siquiera tiene tiempo para hacer pis o echarse un cigarro. Los ritmos infernales en el hospital al menos tienen algo bueno para sus pulmones.

—Pareces cansada, Laura.

—¡Sí! ¡Necesito vacaciones!

Le guiña un ojo cómplice a su padre. Él no reacciona. Estaba concentrado en uno de los dos polis que salen del Bichat en dirección a su Mégane.

—Madre mía, qué gallinero por aquí, ¿no?

Laura se permite una última calada.

—Sí... Pronto nos harán hacer también autopsias. Y llevaremos pipas debajo de las batas para proteger a los supervivientes de los atentados.

Apaga el cigarro sin haberlo terminado, luego añade:

—O intentos de asesinato.

—Tienes razón, podemos arreglárnoslas sin la poli. Tanto en el curro como en casa.

Laura encaja medianamente la indirecta. Sabe que su padre no pierde la ocasión para meterse con Valentin, su marido gendarme. Aunque aprecia al aficionado al rugby, odia al capitán de brigada con horarios imposibles. A él, que se ha pasado toda la vida trabajando en casa, en su taller, adaptando su ritmo de trabajo para respetar el de sus hijas, le cuesta comprender la vida de locos que llevan Laura y su marido, entre las urgencias en Bichat y los servicios en la comisaría de Cergy. Pero, sobre todo, por encima de todo, teme el momento en que Valentin anuncie su ascenso, sinónimo de traslado, y dónde tendrán que mudarse con los gemelos, quizá a mil kilómetros de ahí.

—Me tengo que ir, papá.

—Lo sé.

Da un paso hacia la entrada, luego se gira.

—¿Mamá no sospecha nada?

Si algo bueno tiene Olivier, es que sabe tranquilizar a sus hijas.

—Teniendo en cuenta dónde está, me extrañaría.

26

2019

Jean-Max aparca el Buick Verano de alquiler en el aparcamiento de San Ysidro y observa con desconfianza la larga frontera alambrada que se extiende hasta el infinito por lo alto de las colinas, los americanos que se dirigen en grupos hacia el puesto de la aduana para pasar a México, y los mexicanos que, al contrario, entran a cuentagotas en suelo estadounidense. El comandante se vuelve hacia mí, preocupado.

—¿Estás segura de que, una vez que hayamos entrado, nos dejarán volver a salir?

Asiento con la cabeza.

En realidad, no estoy segura de nada. No tengo ni idea de cómo ha evolucionado la frontera desde 1999, pero me imagino que Donald Trump habrá dado órdenes precisas para que los aduaneros desconfíen… ¡y que no dejen entrar ni salir a cualquier mariachi! Los recuerdos vuelven a mi mente con una precisión casi irreal. El torno para pasar sin mostrar la documentación, el corto paseo hacia Tijuana, las calles coloridas, los niños en las calles, los músicos con sus sombreros…

Pasar el torno… ¿y después?

¿Qué espero? ¿Toparme con Los Páramos, en la plaza de Santa Cecilia, Luis, Felipe, Ramón, Esteban, los mismos con el pelo gris, pero diez kilos de más por barba, con sus trajes de terciopelo descoloridos? Y si, milagro entre los milagros, me los volviera a encontrar, ¿qué me contarían? Tendría que ser yo la que les diera noticias, y qué noticias… Que el francesito simpático con el que tocaban, hace años, está inmovilizado a diez mil kilómetros de allí, en la cama de un hospital, debatiéndose entre la vida y la muerte. Otras mil preguntas me asaltan, pero me obligo a aplazar toda forma de reflexión lógica.

No titubear, no dudar. ¡Solo tengo que seguir el juego de pistas!

Pasar el torno.

—¿Vamos? —digo alegre.

Charlotte está atrapada en su teléfono. Se ha descargado la aplicación Las Americas Premium Outlets in San Diego y se ha dado cuenta de que se encuentra a menos de un kilómetro de un centro comercial donde se alinean más de un centenar de *outlets*, de las mayores cadenas comerciales del mundo, liquidando su catálogo. Nada de imitaciones. ¡Auténticos productos de marca! Calvin Klein, Guess, Ralph Lauren, Tommy Hilfiger… Charlotte va pasando los logos como si se tratara de fotos de estrellas a las que por fin podrá acercarse.

¡Me doy cuenta de que voy a tener que ser persuasiva si quiero que me acompañen a Tijuana! Y no me apetece nada ir sola. Tengo una extraña sensación de peligro. Una amenaza. La sensación de que alguien está esperando que esté sola. ¿Para agredirme? Al salir de Old Town, un coche, un Ford Edge gris, ha arrancado al mismo tiempo que nosotros y ha tomado la misma carretera hacia San Ysidro, cuidándose de mantener las distancias y de desaparecer cuando hemos aparcado. ¡He tenido la sensación de que me seguía! Al igual que Ylian había sido seguido en París. ¿Para asesinarme? Esa extraña sensación se ha transformado en certeza a lo largo del trayecto, luego ha desaparecido o, más bien, ha sido acallada por otros pensamientos, igual de absurdos. Una palabra sigue rondando mi cabeza.

Swallow.

Esa palabra a la que daba vueltas en mi cabeza segundos antes de que apareciera escrita en mi vaso... *Just Swallow it.*

Intento mantenerme lo más lúcida posible. ¡Ya no creo en el azar! ¡Se acabó! Me conformo con constatar los hechos, y este está claro, aunque apunte a la brujería: esperaba una señal del pasado y esta ha aparecido. Alguien me la ha proporcionado. Alguien que sabe lo que significa. ¿Charlotte? ¿Un camarero maquiavélico? ¿Un dios capaz de leer mi mente? Ninguna de estas hipótesis tiene sentido...

Con un entusiasmo que espero sea contagioso, doy un paso hacia el largo pasillo gris que conduce a la aduana mexicana, pero me doy cuenta de que Jean-Max no me sigue, espera, luego se dirige en dirección contraria, cogiendo a Charlotte de la mano.

—Vamos, chiqui, me da mucha penita ver que no te atreves a pedirlo. ¡Vamos a ver los *outlets*! Te concedo tres horas de tiendas y te llevo las bolsas si tú me prometes que después vamos a ver despegar los F-35 en Miramar...

Los veo alejarse en dirección a los *outlets*, al tiempo que silban *La cucaracha* para tomarme el pelo. Me imagino que también Flo estará dudando si abandonarme... para acompañarlos. De repente, parece apetecerle un montón y levanta la mirada al cartel gigantesco que bordea el aparcamiento y que alardea de los precios imbatibles de Eterna Primavera, una clínica mexicana de cirugía estética. Lanza una última mirada al comandante y a la joven en prácticas.

—Vale, querida, voy contigo. Mientras el pibón aquel se aprovisiona de vaqueros *slim*, ¡nosotras tenemos tres horas para hacernos una liposucción y para comprarnos un pecho nuevo! Vamos a hacer que Ballain prefiera las cincuentonas liberadas a las niñas.

¡Adoro a Flo! Debería hacer todos los vuelos, todas las escalas, compartir cada destino del mundo con ella. Mientras caminamos hacia el famoso torno, que no ha cambiado, lo veo al fondo del embudo de cemento, abro mi bolso.

De repente, tengo un presentimiento.

Visto que la piedra del tiempo parece haber vuelto a funcionar…

Hurgo. Hace veinte años, había olvidado mi documentación.

Busco.

Recuerdo perfectamente haber metido mi pasaporte en este bolso, después de cambiarme en el Ocean Lodge Motel.

Me pongo nerviosa. No hay ni rastro de mi pasaporte. Ni tampoco de mi carnet de identidad.

Flo se detiene en seco.

—¿Te has olvidado la documentación en el hotel?

La respuesta sacude mi cabeza, no Flo, no me la he olvidado, y tampoco la he perdido, imposible… ¡Pero ya no está!

A Florence no parece preocuparle particularmente. Al contrario, la muy traidora aprovecha la ocasión.

—¡Si no hay documentaciones, tampoco hay melones! Ale, si nos damos prisa, los alcanzamos.

No me muevo. Sigo rebuscando en el bolso.

Aunque haya pillado el mensaje.

Tengo que cruzar la frontera mexicana, sin documentación, como hace veinte años. ¡Sola! Es lo que me ordena esta nueva señal que se me envía. ¿Quién? ¿Por qué?

Ir a Tijuana es la única forma de saberlo. Doy un paso. Flo me mira como si se me hubiera ido la pinza.

—¡Tú estás loca, Nathy! Nunca podrás volver a salir.

Que sí, Flo, confío en la piedra del tiempo, alguna manera habrá, unos músicos, una furgoneta, lo que sea.

No tengo que tratar de comprenderlo, simplemente tengo que obedecer.

Flo no me deja, me retiene por la manga, como si fuera a lanzarme al vacío y ella fuera la única que pudiera disuadirme de suicidarme. Es lo que leo en su mirada. Me tambaleo al borde del abismo y ella quiere salvarme.

Mis dedos registran mi bolso por última vez, una última rama

a la que agarrarme antes de que ceda. En el fondo, se cierran sobre un trozo de papel en el que no me había fijado. Un folio doblado en cuatro.

Lo saco, lo desdoblo, lo observo, sin entender qué hace ahí.

Nunca he imprimido o fotocopiado esa imagen, pero la reconozco.

¡*Una soldadera*!

Una mujer mexicana, con mirada y larga cabellera negras, bandera nacional por bufanda, sombrero a la espalda, cartuchera en bandolera y fusil al hombro. Las soldaderas son las combatientes de la revolución mexicana, figuras legendarias; pero sé dónde encontrar esta guerrera. Está pintada en un mural, gigante, en toda la superficie de un amplio pilar de cemento. Los recuerdos me vienen a bocanadas. Tan cálidos. Tan hermosos.

Sonrío a Flo.

—Tienes razón, estoy como una cabra. Tengo algo mucho mejor que proponerte que un Tijuana Tour.

—Joder… A ver, ¿qué estás tramando ahora?

—Algo de locos. Algo que nunca has visto… Un museo a cielo abierto. Los murales del Chicano Park en el barrio Logan.

Flo abre los ojos, alucinada.

—¡Recuérdame que les pida a los chicos de *planning* que nunca, pero nunca, vuele contigo!

27

1999

—El barrio Logan es el puerto histórico de San Diego, donde se instalaron los latinos hace más de un siglo.

Ylian me explica la historia de los chicanos con tono de profesor entusiasta, mientras se arranca la pajarita que le aprieta el cuello.

—¿Puede sujetar el volante?

Me acerco para conducir un segundo, el tiempo para que Yl se quite su chaqueta negra y la lance a la parte de atrás de la furgoneta.

—Gracias. Varias decenas de miles de mexicanos vinieron a vivir aquí durante la revolución mexicana, me ahorro los detalles, que si patatín, que si *Zapatán*... Se convirtió en el barrio más emblemático de California, el de todas las luchas sociales hispanas, cuando los americanos arrasaron con las fábricas para hacer del antiguo puerto una zona residencial, luego dividieron el barrio en dos haciendo pasar por medio la Interstate 5, y después el puente de Coronado, por el que estamos pasando.

Mientras habla, Ylian se ha desabrochado su camisa blanca, hasta, con una mano, hacerla caer a lo largo de su torso, quitarse una manga, cambiar de mano sin soltar el volante, y quitarse la otra manga. Y aquí tengo frente a mí a mi guitarrista tímido con el torso desnudo, con las luces de la ciudad bailando sobre su piel cobriza.

—¿Puede pasarme la camiseta de ahí atrás?

—Eh, sí..

Desconcertada, le entrego una camiseta BB King que se pone con la misma destreza sin dejar de conducir la Chevy Van. Ni de comentar.

—Los primeros murales del barrio Logan aparecieron en los años setenta, en cada metro cuadrado que las multinacionales americanas construían en el barrio. El Chicano Park se convirtió en su símbolo, con sus más de setenta pinturas monumentales. Hoy día, este sitio es patrimonio, las obras están protegidas, pero eso no impide que el barrio sea el más *rock and roll* de todos los Estados Unidos. Páseme mi cazadora, por favor.

Le paso una cazadora de cuero gastado, decorada con pins de Yardbirds y Led Zep. Me tomo mi tiempo para mirarlo conducir tan pancho por este barrio que ningún no latino se atrevería a pisar al caer la noche. Qué diferencia con el tipo vestido de mariachi de esta tarde, o con el guitarrista embutido en su traje de paño negro, acompañado de un pianista de bar, recuperando con su ukelele los clásicos del jazz americano. Este chico es un camaleón.

Yl aparca el Chevy delante de un pilar de cemento. Debemos de estar debajo de la Interstate 5, el lugar está iluminado únicamente por las luces de la furgoneta, que deslumbran a una mujer mexicana pintada en el poste gris, bella y armada hasta los dientes.

—No tenga miedo, Nathy, la soldadera nos protegerá.

En el halo, localizo otros frescos. Sorprendentes retratos de Frida Kahlo, Che Guevara, Fidel Castro, Diego Rivera, cuadros de familias mexicanas trabajando en campos de sandías o de maíz, un águila sobrevolando la ciudad y reclamando justicia, educación y libertad, soldados, vivos o simples esqueletos, pero siempre armados y decididos. Un poco más lejos hay una fogata. Unas siluetas se mueven, varias decenas. Otros frescos se van desvelando, todos rindiendo homenaje a la resistencia latinoamericana. Ylian coge su gorra escocesa de detrás de la furgoneta, se la pone en su pelo rizado, agarra su guitarra y me coge de la mano.

—Sígame.

* * *

Al principio hay aplausos cuando Ylian rompe el círculo alrededor del fuego. Un crío se apresura a tender un cable eléctrico hasta un amplificador que hay apoyado en un taburete. Unos adolescentes le hacen hueco cerca de la hoguera, unas mujeres apoyan en el suelo unas cervezas y unas bandejas con pastelería mexicana, que pruebo al azar, y luego me chupo los dedos perfumados de anís, miel y coco. Otros habitantes se unen a nosotros, y se sientan en el suelo o en sillitas que traen consigo. Ahora forman una media luna de sesenta personas, a la espera de que Ylian termine de afinar su guitarra y de regular el micro a su altura.

Entonces Yl toca. Canta. Yl no canta demasiado bien, ¡pero toca divinamente!

¿Es el amor? ¿Es el momento? ¿Es el lugar?

Además, ¡las siluetas bailonas de Che Guevara, Frida Khalo y Pancho Villa, tras las llamas del fuego de la hoguera, están de acuerdo conmigo!

Yl encadena *Cocaine*, *Sultans of Swing*, *London Calling*, *Imagine*.

Dos adolescentes, con el pelo hasta el ombligo y adornado con flores, y el vestido ajustado hasta los tobillos, se levantan y requisan el micro. Ylian no protesta y continúa tocando mientras ellas cantan. Mejor que él. Y el toca aún mejor.

Mala vida, *Gloria*, *Hallelujah*.

Es un momento mágico. No le quito los ojos de encima a Ylian. Sus dedos bailan sobre las cuatro cuerdas sin cansarse, sus caderas ondulan, su muslo derecho acompaña el ritmo, el sudor baña su camiseta de BB King dejando adivinar un torso del que tengo un breve recuerdo, sus párpados se cierran, su boca murmura.

No, este chico no es un camaleón. Este chico es él, totalmente él, aquí. Yl es él mismo cuando interpreta a Springsteen, Sting o a King. Y es él mismo cuando por fin se vuelve egoísta y lo único de lo que se preocupa es de su arte. Yl es él mismo cuando se deja llevar por su locura, por su genio, solo y apartado del mundo, en ese halo tanto de luz como de polvo, un polvo invisible que se posa sobre aquellos que le escuchan, un polvo mágico que los vuelve más ligeros. Que los ayuda a echarse a volar.

Stand by Me, Eleanor Rigby, Angie.

Los espectadores vibran a cada acorde, como marionetas suspendidas de los hilos de un guitarrista-araña.

Yl toca lo que ama. Yl es él. Y yo solo deseo una cosa.

Ser suya.

El concierto termina tarde. Ylian me cuenta que viene a tocar aquí cada dos días. Empezó tacando en la calle, un mediodía, y el jefe del Chiquibaby's Bar le pidió que volviera, asegurándole que aquí encontraría, en el barrio Logan, a los únicos auténticos amantes de la verdadera música de San Diego, no como en los bares de moda del Downtown o de la reserva de indios del Old Town.

El fuego ha sido apagado con grandes cubos de agua. El propietario del Chiquibaby's Bar ha recuperado su ampli, los habitantes del barrio Logan han descruzado sus piernas y doblado sus sillas para irse a acostar. Las lámparas de noche se apagan, Frida Kahlo, Che Guevara y Pancho Villa deben de estar durmiendo también en la oscuridad. El Chicano Park solo es sacudido por los pocos coches que todavía circulan por la Interstate 5, por encima de nuestras cabezas, como si el cielo también se hubiera quedado dormido y, a intervalos regulares, roncara.

Ylian me coge de la mano hasta la furgoneta.

—¿La llevo a alguna parte?

—Donde quiera, mientras me acompañe.

La noche le vuelve serio.

—No quiero, Nathalie.

—...

—No quiero enamorarme de usted.

Acaricio su mano. Por encima de la furgoneta, la soldadera vela por mí.

—¡Entonces no tenía que haberme besado!

La noche lo vuelve triste, pero las estrellas le hacen cosquillas. Ylian no puede evitar jugar.

—¿Está de broma? ¡Fue usted quien me besó primero, en el monte Royal, bajo la cruz!

—¡Anda ya! Y su *strip-tease* en el coche hace un rato, ¿fui también yo quien le suplicó que lo hiciera?

—¡Es usted quien ha venido a buscarme hasta aquí!

—Gracias a sus indirectas, malvado Pulgarcito. *Su guitarrista que prosigue su odisea…*

He creído que iba a protestar: *Pura casualidad, ¿qué se pensaba?,* pero no responde nada. Aguarda un largo momento, luego abre la puerta de la furgoneta, enciende la luz del techo y se vuelve hacia mí.

—Si… si vamos más lejos, Nathalie, nunca más podré abandonarla.

Solo una noche. Es lo que me había imaginado mil veces que le pediría.

Solo una noche, y nos olvidamos. Cada uno retoma su libertad. Pero mira tú que mi guitarrista trata de atarme.

«Ya nunca más podré abandonarla».

Son las mujeres, Ylie, y no los hombres, las que juran eso.

No importa, improviso. Yo tampoco puedo abandonarte. No sin haberte amado.

La parte de atrás de la Chevy Van está dispuesta para que se pueda poner un colchón, con un bidón de agua para lavarse un poco por encima, una nevera y un hornillo para el desayuno. Le pido a Ylian que espere delante de la furgoneta, bajo los ojos sobre su guitarra.

—Solo quiero que siga tocando, Ylian. Tocando sus cuatro

cuerdas, solo para mí. No le pediré nada más, se lo prometo. Nada más que un pequeño concierto privado.

—¿Lo jura?

Le doy un beso en los labios y subo a la furgoneta.

—Lo juro. ¿Me deja el baño primero?

Cuando por fin entra Ylian, yo estoy de pie en la parte de atrás de la furgoneta, bajo la luz del techo, aureolada, envuelta en una sábana blanca, sin maquillaje. Yl echa un vistazo a las toallitas, al *eyeliner*, al lápiz negro. Quizá suponga que una azafata es capaz de adaptarse, de dormir en compañía en la promiscuidad de un avión. Entonces, ¿por qué no en una furgoneta? Quizá Yl tenga realmente miedo. Quizá Yl se habría conformado con tocar música para mí durante toda la noche. Quizá Yl no me habría tocado. Quizá Yl ya sabía hasta qué punto, si cedíamos, sufriríamos.

Yo no.

Yo no sabía nada.

Yl capta mi mirada y lee en ella mi deseo. Y yo leo el suyo.

Yl da un paso atrás. Cruza los brazos. Protesta. Con una vocecita.

—Me lo había prometido, Nathalie... Solo una serenata. Simplemente un poco de música para calmarla.

—Yo siempre cumplo mis promesas.

Con un dedo, me despojo de la sábana. Cae. Estoy desnuda, delante de él, en la luz brillante. Desnuda a excepción de cuatro hilos que he trazado, cuatro cuerdas dibujadas con lápiz de ojos, desde la garganta hasta mi vientre liso.

Ylian parece hipnotizado.

—Ven, Ylian. Ven a tocar para mí.

* * *

—¿Me vas a dejar?

No respondo. El sol de la mañana ya se cuela bajo la Interstate 5, para iluminar con un láser rasante los murales más bajos de los frescos del Chicano Park. Algunos rayos atraviesan las cortinas sucias de las ventanas de la furgoneta, revelando que su opacidad era solo una ilusión. Estoy sentada en el colchón. Me subo la sábana hasta el pecho.

Fuera, fusil en mano, la Soldadera vela por nosotros.

Ylian está sentado a mi lado, tan desnudo como yo. Yl posa su mano en la parte baja de mi espalda, con el pulgar casi apretando mi coxis, y los otros dedos extendidos. Yl repite:

—Me vas a dejar, lo sé. Te vas a vestir. Tienes que volver al aeropuerto. Tienes que coger el avión. Tienes que reunirte de nuevo con tu marido. Tienes que ocuparte de tu hija.

Una voz en mi cabeza le suplica. Cállate, Yllie, cállate. No digas nada, ni una palabra. Por favor. Me contengo para no apoyar mi cabeza contra su torso, dejar caer la sábana y aplastar mi pecho contra su vientre. Me conformo con rodear con mis brazos su pelvis. Yl es mi prisionero. Yl mira por el cristal de la furgoneta, como si los barrotes hubieran sido serrados, y luego murmura.

—Vas a salir volando…

Sigo sin responder. Admitirlo es morir. Negarlo es mentir. No voy a dejar a Olivier. No puedo abandonar a Laura. Aunque la noche que he pasado con Ylian supere en voluptuosidad todo lo conocido, está escrito en lo más profundo de mi piel. Aunque nunca haya sido amada con tanta poesía. Mi cuerpo, entregado a Ylian durante horas, no ha sido más que un instrumento que Yl ha amansado con una paciencia infinita, tomándose su tiempo para descubrir en él todas las armonías, toda una gama de notas desde las más sabias a las más audaces, logrando que interpretara insospechadas melodías, arrancándole los más inconfesables gritos.

Mientras aprieto más fuerte aún la cintura de Ylian, dejo caer mi cabeza hasta colocarla entre sus muslos apenas entreabiertos. Ahora me toca a mí susurrar.

—Soy una pequeña golondrina. Podremos vernos con la frecuencia que quieras. Yo viajo. Tú viajas…

—¿Es eso lo que quieres? ¿Un amor por puntos?

Tengo la oreja apoyada en su sexo, escucho cómo se endurece.

—Volveremos a vernos cuando podamos. Te lo prometo. Siempre mantengo mis promesas. Te lo demostraré…

—No necesito que me lo demuestres, Nathy.

Su pulgar presiona aún más la parte baja de mi espalda, el resto de sus dedos bajan más, me invitan suavemente a abrirme para recoger el rocío de mi deseo.

—¿Sabes lo que hacen los marineros?

—¿Tener una amante en cada puerto? O un amante, si son marineras.

El dedo corazón de Ylian ha dictado la ley, y solitario, se desliza dentro de mí.

—Cuando han navegado más de cinco mil millas, se tatúan una golondrina. Es el símbolo de su libertad. Voy a tatuarme una golondrina, Ylie. Para ti. Una golondrina como prueba de nuestro amor eterno.

Mi cabeza sube unos centímetros. Envío a mi oreja a que escuche el ombligo de Ylian, mis labios quieren ocupar su lugar. Los abro una vez más…

—No quiero conformarme con una noche. Quiero volver a verte.

…antes de dejar que mi boca acoja el fuego de su deseo.

Entonces mi teléfono suena. O unos minutos más tarde. ¿O quizá haya sonado antes y yo no lo haya escuchado la primera vez? Insiste.

—¿No respondes?

Me hubiera gustado decir que no, que qué se le va hacer, que me la trae al fresco, que tendrá que esperar. Y, sin embargo, trepo hasta mi bolso para consultar la pantalla.

Olivier. Dos llamadas.

Y, como un eco, un texto.

Laura tiene fiebre. En la cama.
Si puedes llámame.
Oli.

28

2019

—¿Y bien? ¿No ha merecido la pena?

Sé que a Flo le encantan los museos, las exposiciones, las fiestas de moda. Ser azafata, cuando se aprecia la cultura, el exotismo, del arte moderno hasta el arte primitivo, te ayuda a fardar. Mira los murales y parece realmente impresionada con la imaginación fantástica de los pintores, la precisión de los retratos, la dureza del trazo en contraste con la inocencia de los temas: la libertad, la familia, la instrucción, la revolución, los hombres-dioses, las mujeres-soldado. Intento ocultar mi emoción. Tengo la sensación de que no ha cambiado nada. Reconozco cada pintura en cada pilar, sin duda porque las he vuelto a ver tantas veces, en Internet, dejando que por mi pantalla rodaran diaporamas de los frescos más hermosos. ¿Hasta el punto de mezclar esta realidad virtual con las verdaderas imágenes de mi memoria?

Los colores me parecen más vivos que en mi recuerdo. Las pinturas murales están perfectamente conservadas. ¿Para los turistas? En cambio, en medio de la tarde, el barrio Logan está desierto. Solamente se oye el tráfico continuo de coches que pasan por encima de nuestras cabezas, por la Interstate. Sin esos increíbles dibujos, el barrio se parecería a uno de esos rincones donde es poco recomendable que dos mujeres solas se aventuren. Aislado. Separado del resto de la ciudad por una vía ferroviaria. Los pilares ofrecen tantos ángulos muertos, sus pinturas tantos escondites. Un lugar ideal de comercio para traficantes de todo tipo.

—Sí, es increíble —reconoce Flo mientras continúa disparando a los frescos con la ayuda de su iPhone—. Pero ¿no da un poco de cague tu barrio?

Sin responder, le hago un gesto para que me siga. Volvemos a la Interstate, por el otro lado y por abajo. Los pilares se suceden, pilar-serpiente, pilar-árbol de la vida, pilar-águila liberadora, pilar Virgen María, hasta que, finalmente, encontramos la Soldadera.

Sigue ahí, carabina en mano, cartuchos en bandolera, pelo al viento.

Vela.

Sobre mi destino.

De repente, me da un vuelco el corazón. No me lo esperaba viniendo aquí. Solo esperaba bucear en mis recuerdos. Y ahí está, delante de mí.

La Chevy Van de *Los Páramos* está aparcada al lado del pilar, debajo de la Soldadera. Exactamente como aquella noche.

—Ven —le digo a Flo.

Cada vez parece desconfiar más, aunque dispare tanto a la Soldadera como a las otras obras. Me doy cuenta de que nos encontramos en uno de los lugares más aislados del Chicano Park, sin acera, sin caminos, sin ningún edificio enfrente. Apartado de la escasa circulación, Ylian no la había aparcado ahí por casualidad...

Si las pinturas murales han sido conservadas, no es el caso de la Chevy Van. Debe de llevar esperándome aquí desde hace años. Ruedas reventadas. Retrovisor roto. Puertas abolladas. Los dibujos de los mariachis y la inscripción *Los Páramos* siguen legibles, pero atacados por todas partes por manchas de óxido.

Me acerco, tratando de comprender. ¿Qué puede hacer aquí

esta furgoneta? Después de nuestra noche, Ylian me había acompañado de vuelta hasta San Ysidro para que volviera a coger mi Dodge Challenger de alquiler; y después tenía que volver a buscar a Luis al Presidio Park, en la Old Town, y pasar a recoger a Felipe y Ramón en Chula Vista. Además, la furgoneta pertenecía a Los Páramos. ¿Quién ha podido volver a aparcarla aquí? ¿Quién podría saber que yo volvería, veinte años más tarde?

Al llegar a la Chevy Van, constato el alcance de los daños. Después de todo, la furgoneta debe de tener hoy sus buenos veinticinco años. No se conserva tan mal para su edad. Me pongo de puntillas para tratar de mirar en el interior a través de los cristales polvorientos.

—¿Qué estás haciendo? —se agobia Flo—. Joder, Nathy, reacciona, ¡eso apesta a guarida de traficantes!

Entorno los ojos. Percibo un batiburrillo en el interior, creo reconocer el hornillo con el que Ylian me preparó el café. Respiro más profundamente, incluso creo reconocer su olor. Siento un escalofrío, mi piel también…

—¡Mierda, hay gente, Nathy!

Me giro de golpe, y descubro primero el SUV que hay aparcado detrás del pilar más cercano. Un Ford Edge gris exactamente igual al que estaba convencida de que nos seguía, desde la Old Town a la frontera mexicana. Me da un vuelco el corazón. ¿Una trampa? ¿Largarnos? ¿Soltar un grito?

Ni a Flo ni a mí nos da tiempo a reaccionar. Dos manos se posan sobre nuestras bocas, otras dos nos tuercen el brazo en la espalda, un pie golpea la puerta de la Chevy Van para abrirla violentamente, dos cuerpos se pegan a nosotras, su olor nos envuelve, lo suficientemente fuerte como para que note tanto la peste a hierbabuena de mi agresor como la de ceniza de tabaco del que empuja a Flo dentro de la furgoneta.

* * *

Se conforman con amordazarnos con un trozo de cinta adhesiva y con atarnos las manos, y luego nos tiran sobre un colchón. Uno de ellos, el que está mascando la colilla de un puro Te-Amo Robusto, mantiene su teléfono pegado a la oreja. El otro, que a cada minuto saca una lata de Altoids de su bolsillo para chupar una pastilla de menta, sigue de pie, detrás de la puerta cerrada de la furgoneta, vigilando los alrededores por la ventanilla.

Flo, con los ojos desorbitados, no para de mirar los cuchillos que hay en las fundas de cuero que nuestros agresores llevan en el cinturón. Mis ojos van de un lado a otro, a las estanterías volcadas, a las guitarras partidas con las cuerdas rotas, a la pila de viejos sombreros de paja que parece haber sido roída por un ejército de ratas, a la sábana agujereada que cuelga como la piel muerta de un fantasma, al colchón en el que estamos sentadas, destripado de arriba a abajo, a las almohadas agujereadas.

Quizá soñé demasiado.

Te-Amo Robusto por fin cuelga. Nos mira por turnos, parece obedecer a las instrucciones precisas de su interlocutor, titubea, se acerca a mí, apretando la colilla con los labios, rostro hermético, mostrando la misma expresión de asco de un basurero delante de un montón de basura que hay que eliminar. Sin que me dé tiempo a reaccionar, agarra el cuello de mi blusa y lo arranca, desgarrándola hasta el pecho. Sin embargo, no le dedica ni una mirada a mi sujetador. Se contenta con mirar fijamente la golondrina que llevo tatuada en el hombro.

Eso le arranca una sonrisa, o por lo menos un rictus en la comisura de sus labios, sin dejar de mordisquear su colilla por el lado opuesto.

Flo tirita tanto como si estuviera encerrada en un camión frigorífico. Sé en lo que está pensando. Hemos caído en manos de unos camellos. Les hemos pillado en su menudeo. Nos van a matar. Pero primero, sin duda, nos van a violar. ¿Me dará tiempo a confesarte la verdad, Flo? No somos nosotras las que los

hemos sorprendido… ¡Son ellos los que nos han seguido! De hecho, los que *me* han seguido; tú no tienes nada que ver en esta historia, mi pobre Flo. Es a mí a quien buscan. La golondrina. Miss Swallow.

¿Por qué? No para que hable, ¡nos han amordazado!

¿Para silenciarme?

—Es ella —confirma Robusto—. Pero tenemos que ocuparnos de las dos.

Altoid chupa otro caramelo.

—Eso duplica la tarifa, espero.

Robusto se encoge de hombros.

—Tienes derecho a divertirte antes con ellas, si consideras que no está lo suficientemente bien pagado.

Altoid está a punto de tragarse su caramelo.

—¿En serio? Yo me follaría encantado a la rubia gorda que nos mira como un cordero degollado.

Aun así, con desgana, le echa un vistazo a mis pechos desnudos a través de mi blusa rasgada, luego se vuelve hacia Flo jugando ostensiblemente con la funda de su cuchillo. Ella tiene las agallas de lanzarle una mirada desafiante. Me parece oír todos los insultos que le escupiría a la cara si se atrevieran a dejarla hablar. Me doy cuenta de que para ella lo peor será morir muda.

Altoid se marca un extraño baile. Entiendo que ese meneo es para bajarse los pantalones embutidos en sus michelines. El ruido de los caramelos golpeando la caja metálica que lleva en los pantalones añade a la escena un último detalle morboso.

Me lleva un minuto entender que otro ruido, discreto, responde al de los caramelos mentolados.

¡Alguien está llamando a la ventanilla!

Un segundo después, una cara aparece, con la nariz aplastada, los ojos abiertos como platos, tratando de distinguir algo a través del cristal. Robusto tiene los reflejos de colocarse entre la puerta y nosotras, pero me da tiempo a reconocer la cara.

Lo último que me esperaba.

El comandante Jean-Max Ballain.

Te-Amo Robusto sale de la Chevy Van, con cuidado de abrir lo mínimo la puerta, y la cierra al salir. No oigo más que fragmentos de conversación. Principalmente, la fuerte voz de Robusto.

¿Qué quiere? Es una zona privada. No, no he visto a nadie. ¡Lárguese!

No dura más que treinta segundos.

Cuando Robusto vuelve a entrar en la furgoneta, me doy cuenta de que el cuchillo ya no está en su estuche. Me cuesta tragar. Un hilo de saliva me asfixia. Cuando Jean-Max ha aparecido por el cristal, he pensado que era su cómplice. Que era él quien les había ordenado que nos matara. Por la mirada furiosa de Robusto, deduzco que nunca había visto al comandante Ballain, pero que le ha asustado lo suficiente como para que se largue.

¿Qué estaba haciendo aquí Jean-Max?

Robusto se agacha para coger mi bolso, lo vacía en el colchón, y luego recoge mi teléfono. Supongo que estará comprobando mis llamadas y mensajes recientes. No he utilizado el móvil desde que llamé a Olivier y Margot esta mañana. Robusto lo confirma, deja caer mi teléfono y luego se gira hacia Flo, que sigue con el móvil en el bolsillo delantero del pantalón. Robusto se fija en la forma rectangular y, con un hábil movimiento, rasga la tela. El muslo de Flo se empapa de sangre por el corte, y no puede evitar echarse hacia atrás y soltar un grito de horror que muere ahogado. El bolsillo cuelga, el teléfono se desliza por su muslo. Robusto lo coge y, unos segundos después, dirige la pantalla hacia nosotras. Ahora lo entiendo.

Un mensaje, dirigido a Jean-Max.

Una foto, la de la Soldadera.

* * *

¡Flo ha prevenido a Jean-Max! No tengo tiempo para pensar en cómo Flo, atada y amordazada, ha conseguido hacer este truco de magia, ni cómo el comandante ha podido llegar tan rápidamente hasta aquí. Pero todo eso no ha servido de nada. No nos ha visto. Ignora que nos encontramos aquí. Simplemente ha pensado que estaba molestando a un maleante del barrio y se ha pirado...

El muslo de Flo está inundado de sangre. Tiembla, pero se esfuerza en controlar su respiración, en tener bajo control su mente, aunque los ojos delaten su terror. El corte escarlata no parece calmar el entusiasmo de Altoid. Deja caer su pantalón hasta los tobillos, mostrando unas piernas delgadas y un slip amarillo con la efigie del Club América. Robusto le mira con desprecio.

—¡Ya no hay tiempo! Podría aparecer la pasma. Nos cargamos a las señoritas[10] y nos largamos.

Altoid ni se molesta en protestar. El tic-tac de los caramelos que acompaña los gestos para subirse el pantalón es la última música que escucharé. Voy a morir aquí, en este colchón donde, por primera vez, comprendí lo que significaba estar viva.

Van a empezar por mí. Es a mí a quien buscan. Es a mí a quien quieren eliminar. Si peleo, si me resisto, quizá pueda ganar tiempo, no para sobrevivir, sino para darle una oportunidad a Flo. Si dura demasiado, ¿a lo mejor huyen y la liberan?

A través de la ventanilla, miro la parte alta del pilar y le ruego a la Soldadera que me confíe su fuerza. Ella ni me dirige la mirada, indiferente, ausente, con la vista puesta en una revolución lejana. Qué se le va a hacer, apoyo los pies en algo blando, confiando en que sea suficiente para abalanzarme sobre el asesino cuando se acerque.

No se acerca.

Da un paso a un lado y se dirige hacia Flo. Ella no hace el

---

[10] En español en el original (N. de la T.).

menor gesto. Su pierna parece paralizada. Cada rasgo de su cara refleja su terror.

Robusto se acerca, con gesto fluido, suave, sin sadismo ni emoción. Flo trata de retroceder, se arrastra de espaldas, torpemente, empujándose con una sola pierna. Gana treinta centímetros a costa de un esfuerzo que le consume la energía que le queda. Sus hombros se pegan a la carrocería. Robusto no tiene más que dar medio paso más.

Salto. Desesperada. Con todas mis fuerzas. Multiplicadas por diez.

Altoid me empuja antes de que mis pies se hayan despegado. Se le vuelven a caer los pantalones, mientras sus brazos me pegan al colchón. Forcejeo. No me rindo. Aunque mi agresor sea mucho más fuerte que yo.

Intento morderle a través de mi mordaza. Mi cabeza golpea con la pared de la furgoneta. El cabrón no cede. Mis pensamientos se agolpan en mi cabeza.

«Lo siento, Flo…»

Altoid se me echa encima con todo su peso para inmovilizarme. Impidiéndome moverme.

«Flo, lo siento tanto. Aunque ignore el error que he cometido. Quizá lo haya cometido aquí, hace veinte años, en este colchón inmaculado que tu sangre ha enrojecido».

Sacudo los pies, tratando de alcanzar la entrepierna de este desgraciado. No llego. No llego.

A dos metros de mí, Robusto se agacha. La cuchilla al final de su puño parece suspendida, a la altura del cuello de mi mejor amiga.

Sigo peleando, pero ya no consigo mantener los ojos abiertos.

Antes de cerrarlos, lo último que veo es el cuchillo hundiéndose en la garganta de Flo.

29

1999

Salto del colchón y me visto a toda prisa. Con tanto cambio de hotel en hotel, tengo práctica en salidas *express*. Coger una braguita, saltar en mi falda, ponerme la camiseta sin sujetador.

Salgo descalza, le lanzo un beso volador a Ylian y cierro tras de mí la puerta de la furgoneta. Me alejo mientras llamo a Olivier.

Laura tiene fiebre. En la cama.

En lo que tarda en cruzar el Atlántico mi telefonazo, rebotando en lo alto en un satélite, calculo la diferencia horaria en mi cabeza. Deben de ser un poco más de las 18 h en Francia. Olivier descuelga enseguida. Me detengo tres pilares más allá, bajo el bonito retrato de Frida Kahlo, cara de miel, labios de grosella y mirada negra bajo sus cejas como alas de águila. Dejo hablar a Oli sin interrumpirle, es más fácil así. Las palabras se van conectando solas, completo mentalmente las que faltan cuando pierdo la concentración, como en una conversación que tratamos de seguir en una lengua que no sabemos del todo.

¿Estabas durmiendo? Perdona por haberte despertado. He esperado todo lo que he podido. Laura se encontraba mal en el colegio. La maestra preocupada. Dolor de cabeza. Dolor de tripa. Se ha estado quejando todo el día. Laura, no la maestra. El doctor Prieur no puede recibirnos hasta mañana por la mañana. Laura está acostada. Duerme, ha caído rendida.

Lo he escuchado como un médico atento. Ahora me escucho a mí misma dándole un diagnóstico tranquilizador, dale un Doliprane niños, con la pipeta, diecinueve kilos, la caja rosa, en el cajón de la derecha del botiquín. También que chupe medio Spasfon. Y que beba. Vigila la temperatura. Llámame de nuevo si no mejora, llámame.

Mi dicción es fluida y mis consejos claros, aunque en mi cabeza todo se atropelle. La preocupación, la culpabilidad y, peor aún, el vago sentimiento de que se me está infligiendo un castigo o, más bien, un primer aviso: esta vez tu hija tiene solo 37,9°. La próxima vez será más grave. Una peritonitis, una meningitis… Un mensaje siniestro, pero claro, enviado a saber por qué dios guardián de la moral: si vuelves a engañar a tu marido, vas a poner en peligro a tu familia y la inocente felicidad de tu hija.

¿Una amenaza?

¡Que prueben, esos moralistas! ¡Que se atrevan a tocarle un pelo a Laura!

No tengo por qué rendirles cuentas. Hago mi trabajo. Madre. Esposa. Soy la leche. Lo doy todo sin pedir nada a cambio. Desde hace años. Mi tiempo, mi alma, mi paciencia, mi constancia, mi diplomacia, mi energía. A manos llenas. ¿Entonces qué? ¿No tengo derecho a un pequeño momento de libertad? ¿A cambiar de aires, a soñar, a sentirme ligera, a elevarme con un batir de alas? ¿A decidir dónde posarme? A cerrar la jaula.

Incluso a cantar.

Olivier no es muy hablador. Y mucho menos por teléfono. Y menos aún cuando estoy durante un vuelo. Quizá también lo quiera por eso. En cualquier caso, me sorprendo dándole las gracias por dentro por haber colgado tan rápido.

Cuando vuelvo a la Chevy Van, Ylian se ha puesto un bóxer y calienta café en el hornillo a gas. Yl no me pregunta nada. ¡El tacto personificado! Me agacho para recoger mis cosas, que están

desperdigadas por el colchón. Mi bolso. Mi sujetador. La piedra del tiempo. Ylian se acerca y me tiende una taza humeante.

—Me quedo unos días más en San Diego. Después me marcho a Barcelona, tengo un par de proyectos, para tocar. Pero tú solo haces intercontinentales.

Atrapo la taza. Me quema los dedos. Sería tan sencillo responder que sí. Solo hago intercontinentales, Ylie. Tres mil quinientos kilómetros como mínimo. Solo podremos vernos en Shanghái, Melbourne o Johannesburgo. Es decir, nunca. En un rincón de mi mente, lejos, oigo a Laura toser, veo a Olivier preocupado, perfecto, velando a su lado. Luego me oigo responder.

—Me las apañaré. Descanso la semana que viene, pero puedo hacer una petición. En pocas palabras, elegir el destino al que quiero ir.

Ylian no se mueve, sorprendido. Observo su desnudez petrificada. Me las apañaré, Ylie… La quemadura de la punta de mis dedos se propaga como un incendio, me abrasa los brazos, el corazón, el vientre, incandescente desde la punta de los pechos hasta el último pelo de mi pubis. Me dejo consumir por este fuego delicioso, al tiempo que maldigo esta condenada magia que llamamos deseo. Y por mucho que me diga que Ylian no es más guapo que otros, ni más musculoso, que no tiene el culo más modelado ni el torso más marcado, ¿por qué lo deseo tanto? ¿Por qué el mejor culo no tiene nada que hacer frente a una simple sonrisa?

Yl sonríe.

—Si me vienes a ver a Barcelona, seré yo el que te dé una sorpresa.

Está a pocos centímetros de mí. Una de mis manos deja la taza para apartarme el mechón de pelo, antes de posarse sobre su barba de tres días y de seguir con un dedo la línea de su cuello.

—Recuerda—prosigue Yl—. El cine bajo las estrellas, en Montreal. Guido, en *La vida es bella*, ¿cómo logra seducir a su princesa?

La punta caliente de mi índice gira alrededor de su areola morena.

—Sí...

—Si vienes a verme a Barcelona —vuelve a decir Yl—, ¡te prometo que te enamorarás de mí!

Mi dedo se detiene, mi boca mordisquea la barbilla de este gallito que se alza sobre su espolón. Una anoche de amor virtuosa, algún que otro «te quiero» confesado cuando el cuerpo explota, y ya tenemos el ego por las nubes. Murmuro.

—¿Tú crees? ¡Ten cuidado, a ver si te va a pasar a ti!

Su mano, extendida, abraza la parte baja de mi espalda; luego, con una suave presión, invita al suave cojín de mi vientre a dejar hueco para el bulto que deforma su bóxer.

—Ya ha pasado, Nathy. Ya estoy enamorado de ti.

Cuando nuestras últimas vueltas en el tiovivo
Sean los primeros turnos de limpieza,
Cuando el vuelo de nuestros corazones con plumas
Naufrague por el peso del yunque de nuestros miedos,
Cuando nuestras risas locas en la perrera,
Cuando nuestros suspiros en la sopera,
¿Qué quedará de ayer?

30

2019

Párpados cerrados. La Chevy Van está sumida en la oscuridad. Durante medio segundo solo, no logro mantener los ojos cerrados. Cuando los abro, lo primero que descubro es la garganta de Flo, teñida de sangre.

El puñal de Robusto sigue sobre su cuello, pero sin hundir el filo. Aún no. Me cruzo con la mirada decidida del asesino mientras Altoid, indiferente, se contenta con impedirme cualquier movimiento. Para ellos no es más que curro. Primero degollar a Flo, luego a mí. Percibo cómo Robusto esboza un gesto para terminar el trabajo, una simple torsión de muñeca, suficiente para sajar una carótida. Entonces el mundo se tambalea.

Un temblor de tierra.

Un tremendo golpe levanta la furgoneta, proyectando contra la carrocería todo el revoltijo de objetos que hay acumulados en la parte de atrás: instrumentos de música, latas de conserva, vasos y cubiertos, un colchón que se levanta, platos que se rompen. Como si la Chevy Van hubiera sido engullida por un huracán. El cuchillo que sostenía Robusto sale volando hasta el salpicadero. Altoid, sorprendido por el seísmo, sale disparado contra el armazón del asiento del copiloto. No oigo ni las maldiciones ni las órdenes de Robusto, cubiertas por la alarma que se ha activado justo en el instante en que la carrocería se ha tambaleado. Flo se acurruca

instintivamente. Las paredes de la furgoneta vuelven a vibrar, pero ahora lo más impresionante es el escándalo.

El rugido de un claxon.

Robusto es resistente. El impacto apenas le ha hecho tropezar. Se recupera y echa un vistazo por la ventanilla de la Chevy. Un coche, un Buick Verano, ha embestido directamente contra la furgoneta, a modo de ariete. El conductor es el tipo que había llamado a la ventanilla hace unos minutos, al que le había dado un susto que te cagas. Que había desaparecido.

¡Ha vuelto!

Los observo, petrificada.

El primer reflejo de Robusto y de su cómplice es darle su merecido a ese chalado. Pero ya es demasiado tarde. El topetazo del Buick contra la Chevy Van y el claxon que brama sin interrupción han alertado al barrio. A lo lejos se escucha una sirena, de policía, cuyo sonido se hace cada vez más fuerte, indicando que se acerca.

—Nos largamos —ordena Robusto.

Desaparece sin recoger su cuchillo, sin esperar a su cómplice, que se sujeta la cinturilla del pantalón con ambas manos e inicia un *sprint* de pingüino para alcanzarlo.

Respiro. Atrapo prácticamente a tientas la mano temblorosa de Flo.

El Buick Verano de alquiler está destrozado. Nos hemos salvado.

Jean-Max se hace el héroe. No para de contar su hazaña. Primero la ha ensayado con la gente que pasaba por el Chicano Park, luego la ha ido perfeccionando con la poli en la comisaría del barrio Logan, hasta llegar a dominarla perfectamente con la tripulación del Boeing Los Ángeles-París. Ni Flo ni yo podemos reprochárselo. Que lo cuente una y otra vez si quiere, durante décadas.

¡Nos ha salvado la vida!

Me ha costado entender, al igual que a los policías que llegaron a la zona, cómo es que Jean-Max había podido encontrarnos. Sin embargo, la explicación es bastante sencilla: el comandante Ballain, apenas una hora después de habernos dejado en el aparcamiento de San Ysidro, se había cansado de vagar con Charlotte por las secciones de los *outlets*. Envió un mensaje a Florence, *¿Dónde estáis?,* Flo le respondió mandándole unas fotos de los murales, una especie de juego de pistas que empezaría con el coche de alquiler aparcado en la entrada del Chicano Park, y que terminaría con la furgoneta aparcada bajo el pilar de la Soldadera.

Jean-Max siguió las pistas, pegó la nariz a la ventanilla de la furgoneta y nos vio dentro, aterrorizadas. Escondió su sorpresa, fingió su huida ante la amenaza del cuchillo de Robusto, y a continuación improvisó. Llamar a la policía y, sin esperar a que llegara, abrocharse el cinturón de seguridad, arrancar el Buick Verano y acelerar para lanzarse contra la furgoneta sin dejar de hacer sonar el claxon.

—Han tenido suerte —explica el comisario del barrio Logan—. Mucha suerte. Pasear así, las dos, por este barrio, no era muy razonable.

Rápidamente he comprendido que la policía no va a ir más allá de la pista de los camellos pillados in fraganti mientras traficaban, o si no que se habían sentido atraídos por dos mujeres que, aunque tuvieran la edad de sus madres, iban solas. Los encontraremos, señoras, con sus retratos robot y el ADN que han dejado por todas partes, los encontraremos. Flo parece contentarse con la versión de los policías. Agacha la cabeza dócilmente frente a la reprimenda del viejo comisario que se expresa en una mezcla de inglés y de español, asiente cuando le habla de la droga y de las continuas violaciones, y cuando le reitera las lamentables y exponenciales cifras de la inseguridad del barrio. Ay, si nuestro testimonio pudiera disuadir a otros turistas de semejante imprudencia.

Con todo lo que hay que hacer, ¡como para encima tener que ocuparse de los extranjeros! Flo promete, por ella y por mí, que no se volverá a repetir, que no sabe qué mosca nos ha picado, y que, igualmente, los frescos eran bonitos. No arremete contra mí, ni cuenta que me acerqué a la furgoneta para mirar qué se estaba tramando dentro, pero intuyo que debe de estar enfadada conmigo. Evidentemente que está enfadada conmigo. Su cuello todavía luce la marca roja de una cuchilla que ha estado a punto de degollarla. Un corte, no profundo, le recorre una parte del muslo.

Me siento avergonzada de seguir mintiéndole. De no decirle la verdad, al menos. Ni a ella, ni a Jean-Max, ni a los policías. Pero ¿para confesarles qué?

¿Que aquella furgoneta ya estaba aparcada ahí, delante del mismo pilar, hace veinte años?

Que en ella pasé la noche más hermosa de mi vida con mi amante. Que todo se repite, inexplicablemente, quizá gracias a la magia de una la piedra del tiempo que aparece y desaparece en mi bolso.

Que era a mí a quien seguían esos tipos, que además me habían identificado por mi tatuaje, que era a mí a quien querían asesinar, al igual que intentaron matar a mi amante, en París, a diez mil kilómetros de aquí. ¿De verdad puedo contarles todo eso, en una mala mezcla de español y de inglés?

Jean-Max ha sido recibido como un héroe en las oficinas de personal del aeropuerto de Los Ángeles. Durante las escalas, sus peripecias se expanden más rápido que una exclusiva en directo por BFM TV[11]. La miembros de la tripulación matan el tiempo

[11] Cadena de televisión privada, especializada en información en directo, 24 horas (N. de la T.).

pegados a sus pantallas, viendo las noticias una y otra vez, los deportes continuamente, con las alertas en las redes sociales en ráfaga. El comandante Ballain se ha encargado de hacer subir la adrenalina. Foto del Buick Verano de alquiler hecho una pena. Reportaje en directo *Inside Police Patrol.* Mensaje tranquilizador cuando todo el mundo ignoraba aún lo que había pasado: dos azafatas agredidas, un piloto las salva gracias a un acto reflejo descabellado. La misma Flo, frente a la atención de la tripulación de diferentes nacionalidades, parece ir olvidándose poco a poco del trauma y hasta llega a bromear. Su pañuelo rojo oculta la herida del cuello y se levanta con una gran sonrisa el uniforme para mostrar el corte del muslo, precisando que, afortunadamente, ya no tiene edad de llevar la falda por encima de la rodilla. Unos azafatos suecos, un piloto coreano particularmente cachas, y un adorable copiloto portugués con las sienes entrecanas parecen dispuestísimos a consolarla.

La dejo y salgo al pasillo para llamar por teléfono a Olivier. No le diré más que lo justo e indispensable para no asustarlo. Pero, aun así, tengo que avisarlo. De todos modos, se terminará enterando por unos colegas en una fiesta. Y sobre todo, para qué engañarme, necesito contárselo. Aunque sea ocultándole la mayor parte de la verdad. Minimizar, minimizar, tanto como Flo y Jean-Max han añadido.

Esos tipos no nos han tocado, Oli. Unos camellos de pacotilla. También han tenido miedo de nosotras. Se han escapado en cuanto el barrio ha sido alertado. Mi estrategia para tranquilizar a mi marido no parece realmente haber funcionado.

—Voy a buscarte —concluye Olivier antes de colgar—. Voy a buscarte a Roissy. Te esperaré a la llegada.

¿Cómo negarme? Explicándole, no, querido, no te molestes. Tengo cosas mejores que hacer que acurrucarme en tus brazos. ¡Alguien me espera en el hospital Bichat! Alguien a quien no veo desde hace mucho tiempo. Mi examante.

* * *

«Señoras y señores, al habla el comandante Jean-Max Ballain. En breves momentos despegaremos de Los Ángeles y tengo una buena noticia que anunciarles. Por primera vez en la historia, nuestro Boeing AF485 está equipado con lanzacohetes tierra-aire. Los pasajeros sentados cerca de las alas seguramente podrán verlos. Alcanzaremos París no sobrevolando América y el Atlántico, sino por el este; y a medio camino tendremos el honor de desprendernos de dos misiles Tomahawk que la ONU me ha pedido personalmente que suelte sobre Pyongyang. Tranquilos, la velocidad de crucero de nuestro Boeing es sensiblemente superior a la de los cazas norcoreanos, chinos y rusos».

El avión está sobrevolando el Atlántico, aunque algunos pasajeros crédulos siguen torciendo el cuello para identificar el océano que tienen debajo. Jean-Max espera a que las luces del avión se apaguen, a que se retiren las últimas bandejas y a que la mayoría de los pasajeros estén dormidos para invitarnos a que nos reunamos con él en cabina.

Charlotte, Florence y yo.

Ordena con autoridad al joven copiloto que nos deje. El chaval ni discute. El comandante se queda un buen rato mirando el cielo estrellado que tiene ante él.

—Creía que ya no las soportaba —termina por reconocer, más serio que de costumbre—. Todas esas estrellas, a lo largo de la noche. Incluso una vez que hemos aterrizado, cuando cierro los ojos, cuando me quedo dormido, las sigo viendo. Las… las voy a echar de menos.

No respondemos. Charlotte juega con su reloj Lolita Lempicka, una pequeña locura que se ha concedido en los *outlet*. Hemos pasado mucho tiempo juntos desde que hemos despegado, para tranquilizarla también a ella. Volvió a reunirse con nosotros en la comisaría, aterrorizada, saliendo del taxi con los brazos llenos de bolsas, en una mezcla de euforia y miedo.

—Chicas, seguramente este sea mi último vuelo.

—...

—Venga, no os hagáis las sorprendidas, sabéis perfectamente que una suspensión pende sobre mi cabeza. Ese tipo de rumores corre aún más rápido que el del comandante que se cree Bruce Willis... A seis meses de la jubilación, me lo podía permitir. Me la jugué... ¡y me pillaron!

Soy consciente de lo que le debo a Jean-Max. Le pongo una mano en el hombro.

—Saldrás de esta simplemente con una sanción. Eres una leyenda, todo el mundo quiere volar contigo. Testificaremos. ¡Seremos cientos!

—¡Miles! —precisa Jean-Max—. Si movilizas a todas mis ex, ¡miles!

Charlotte se pone roja, se lleva la mano delante de la boca y mordisquea la pulsera de su reloj. Flo no sabe qué actitud tomar. Nunca le ha gustado demasiado Jean-Max, y menos aún su actitud hacia las mujeres, pero si no hubiera llegado con su coche-ariete...

Es su turno de tomar la palabra.

—Vale, ha sido sor Emmanuelle quien te ha denunciado. ¡Ya sabes cómo es de intransigente con todo lo que tiene que ver con la seguridad! Pero la haremos entrar en razón, no declarará contra ti, relativizará, ella...

—¡No es solo eso!

Jean-Max ha cortado a Flo sin dejar de mirar las estrellas. Concentrado en la Vía Láctea.

—No es solo eso —repite el comandante—. Me fui de la lengua cuando me convocaron. Me obligaron a confesar, así que

terminé por reconocer mi pecado, pero no aquel por el que se me acusaba.

¿Un pecado? ¿Otro pecado aparte de follar en la cabina sobrevolando el océano? Me temo lo peor… Jean-Max aparta la mano de los mandos y hace como que se santigua.

—Hermanas, desde hace años, trafico. Con alcohol. Lo paso libre de impuestos y exento del control sanitario. En pequeñas cantidades. De alta calidad, para clientes privilegiados. Tengo mi red. Vodkas excepcionales en Rusia. Viejos rones agrícolas. La semana pasada, en Montreal, descubrí un *whisky* canadiense rarísimo, un Alberta Premium…

Me viene de nuevo la imagen de Jean-Max en la tienda de la *rue* Saint-Denis en el Viejo Montreal, cambiando dólares canadienses con aquellos tipos con pinta de mafiosos. ¡Contrabando! Por fin se explica otro misterio, aunque ahora resulte incluso menos fácil comprender al comandante: piloto sin igual, ligón compulsivo, héroe que viene a salvarme la vida, chanchullero de *planning*, ¡y ahora contrabandista de vinos y licores!

—Algunos altos cargos bien que se han beneficiado de mis regalos, pero los de asuntos internos no me lo van a pasar… Querrán que les cuente todo. No solo lo del contrabando. También el desliz en cabina.

Charlotte se pone roja. Flo lo mira, preguntándose si tendrá el mal gusto de revelar el nombre de la azafata con la que ha cometido la falta.

—Me chivaré del nombre de todas mis chiquis —admite Jean-Max, antes de ponerse a enumerar sonriendo—: Monopolowa, Zubrówka, Habana, Alberta…

Una vez más, me sorprende el valor de Jean-Max. Le creo. Resistirá. No dará nombres. Todo parece indicar que fue con Charlotte con quien lo pillaron, pero si Emmanuelle no la denuncia, él tampoco lo hará y cargará él solo con la responsabilidad.

¡Chapó!

—¡Venga, no os pongáis tristes, hermanas! Voy a negociar con Air France una última oportunidad. ¿Os apetecería que nos viéramos de nuevo en diez días, en el vuelo a Yakarta? Desde lo del Chicano Park, tengo que asumir mi leyenda de héroe, y seguramente me necesiten por allí.

Yakarta.

Me viene en mente lo que me dijo Laura justo antes de marcharme.

«¿No escuchas las noticias, mamá? ¿El tsunami? Olas de cinco metros de altura, casas arrasadas en Sumatra, en Java… Miles de personas sin hogar…»

Un tsunami.

Mi tsunami.

Donde todo comienza y todo termina.

Llaman a la puerta. El copiloto se impacienta. Patricia, la jefa de cabina, está detrás de él y también nos reclama. Nos dice que salgamos. Que volvamos al trabajo. Que dejemos que Jean-Max pilote.

El comandante nos guiña el ojo una última vez. Debería estar tranquila, todo ha vuelto a la normalidad. Incluso se han aclarado algunos misterios más y, al borde del abismo, he podido contar con mis amigos. Sin embargo, no consigo deshacerme de esta sensación de malestar. Mientras estábamos hacinados en la cabina, no ha dejado de atormentarme, de insinuarse, de aumentar. Miro sucesivamente al piloto y a las dos azafatas, sin que ellos se den cuenta. Vuelvo a pensar en las conversaciones mantenidas en Montreal, luego en Los Ángeles, después en San Diego. Intento apartar de mi mente esa mala sensación, trato de convencerme de que no fue más que una traición, pero cuanto más la aparto, más evidente me parece.

Todas nuestras conversaciones están amañadas.

¡Todos, absolutamente todos, Charlotte, Flo y Jean-Max, me mienten!

En el avión, las azafatas nos damos el relevo para dormir unas horas. Dos o tres. Es mi turno, pero no consigo conciliar el sueño. No paro de darle vueltas a algunas preguntas. Contradicciones. Me siento enfermizamente avergonzada por sospechar de mis compañeros, pero ¿cómo explicar si no lo inexplicable? Mi documentación, por ejemplo. La encontré en mi maleta, en la cama de mi habitación del Ocean Lodge Motel. Pero estoy completamente segura de que la llevaba conmigo cuando crucé la frontera mexicana. La solución más sencilla es que Flo me la trajo. ¡Yo estaba tan estresada que me la olvidé! Vale, Flo, vale, no voy a insistir. Aunque…

Un tipo me roza, se disculpa instintivamente, y se para delante de los baños, con cara de cansancio, móvil en mano y auriculares puestos. Se parece un poco a Olivier, aunque nunca haya visto a mi marido escuchar música con un cacharro enroscado en las orejas. Sonrío al noctámbulo y después dejo que mi mechón gris caiga de nuevo sobre mis ojos cual baldaquino. Me gustaría tanto dormir. Me gustaría tanto desconectar. Estoy como loca por volver a casa. Volver a ver a mis hijas. Ocuparme de mis nietos. Retomar mi vida de madre y de abuela. Una vida sencilla, una vida sin mentiras. Sin mentiras desde que nació Margot.

Mis interrogantes vuelven al galope.

¿Me quieren hacer pagar por una mentira de hace casi veinte años? Una mentira terrible, nunca confesada… Pero desde entonces, anda que no ha llovido.

¿Quieren matarme por eso? ¿Como han querido matar a Ylian?

¿Quieren volverme loca? ¿Tanto como lo estuve por él?

Poco a poco, me voy dando cuenta de que mi lucidez se debilita. Mis párpados se me cierran, barridos por mi mechón. ¿Voy a conseguir, por fin, quedarme dormida? Mecidos por el balanceo, mis pensamientos se funden en el mismo algodón que las nubes que atravesamos. Las voces se mezclan. Las caras se superponen. Las músicas se apaciguan. Unos acordes de guitarra tocan en sordina en el silencio de mi cerebro. Unas notas de piano. Sobre las cuales se posan unas palabras.

When the birds fly from the bush
There Will be nothing left of us

Alguien me las está cantando, apenas un murmullo, susurradas al oído. Las palabras de Ylian, nuestras últimas palabras, que traduzco en mi mente.

Cuando los pájaros levanten el vuelo del matorral donde nos amamos,
No quedará nada de nosotros.

Estoy soñando. Tengo que estar soñando. Aunque tenga la impresión de que realmente alguien las está canturreando. Suavemente. Muy cerca de mí. ¿El tipo ese? ¿El tipo que estaba esperando para orinar? ¡Definitivamente estoy como una cabra! Y, sin embargo, estoy convencida de que no deliro: esas palabras han sido realmente pronunciadas por un hombre, a mi lado. Dudo si abrir los ojos… Finalmente los abro.

Las palabras salen volando.

No tengo a nadie delante. Nadie en el pasillo. Solo los baños están ocupados, obviamente por el tipo que se parecía a Olivier.

Me estoy volviendo loca. Quiero despertar. No quiero naufragar, quiero agarrarme.

¡Quiero olvidar el pasado! Enterrarlo, lanzarlo lejos. Me gustaría poder abrir la ventanilla y lanzar por las nubes mi piedra del tiempo, la que, no obstante, abandoné a orillas del Sena. En mi casa. ¡Quiero volver a casa!

Saco mi teléfono. Ahora sé que no me dormiré. Mis dedos

acarician la carcasa rosa, se detienen en la golondrina negra dibujada con un trazo de boli. Leo una y otra vez el mensaje que Laura me ha enviado antes de salir de L.A. No habla ni de Ylian ni del hospital. Simplemente escribe:

Vuelve pronto, mamá. Margot, los gemelos y yo, tenemos una sorpresa.

III

BARCELONA

31

2019

El viento no es particularmente fuerte a última hora de la mañana, pero se cuela por ráfagas en el valle del Sena, imprevisibles y suficientes para sacudir las últimas gotas de rocío de las ramas de los sauces llorones, para arrugar la superficie del río, para proporcionar un apoyo invisible al vuelo sin motor de los charranes por encima de mi cabeza, y para divertirse levantando el mantel de papel que Laura ha colocado en la mesa puesta en el jardín, en medio de la terraza de ipé, orgullo de Olivier. Laura ha sujetado el mantel con cuatro piedras, ha colocado las servilletas debajo de los platos y ha amarrado los vasos de papel con los cubiertos. Quiere que la mesa esté perfecta, alegre y colorida. Laura sostiene que no guardamos ningún recuerdo de sus cumpleaños de adulta, que todos se parecen, año tras año, que solo las fotografías permiten distinguirlos, más gracias a los niños que crecen que a las caras que envejecen. «Mira —dirán dentro de unos años al ver las fotos—, Ethan y Noé no tenían aún dos años! ¡Por tanto era en 2019!». Y así nos acordaremos de esta bonita mañana de septiembre y de esta comida campestre en el jardín, para celebrar los cincuenta y tres años de mamá.

¡Gracias, Laura!

Observo cómo mi hija mayor se mueve, con un ojo puesto en el reloj de péndulo, otro en el cielo para ordenarle que siga azul hasta que termine el día, y luego con los dos al final del camino por donde tiene que llegar Valentin, para verter los cacahuetes, los anacardos, y otras chucherías en mis cuencos de cerámica japonesa traídos de Okinawa. Qué educadita es mi pequeña Laura. Cada año se devana los sesos para el cumpleaños de su papá y de su mamá. Lo hicimos por ella, y por Margot, desde que tenían doce meses hasta que tuvieron quince años, con amigas y familia, tartas y regalos, caramelos y cotillón. ¡Una buena inversión, si se piensa bien! A cambio, los hijos se ocuparán de la organización del cumpleaños de sus padres durante cincuenta años... ¡digamos que desde que cumplen los cuarenta hasta los noventa!

Laura me ha echado de la cocina, y luego de la terraza. ¡Quítate de encima, mamá! Vete a dar una vuelta al jardín, coge una revista, ponte a leer, Margot y yo nos encargamos de todo.

Es decir, Laura.

Margot se ha levantado una hora después de que llegara Laura, se ha hecho hueco para poder apoyar los cereales en la mesa de la cocina que ya estaba hasta arriba, y ha aceptado de mala gana pelar unos rabanitos y cortar un salchichón, con una mano, sin dejar de jugar con la otra con el móvil.

Olivier se encarga de los gemelos, y recoge con ellos, un poco más allá, en el camino de sirga, madera para la barbacoa. ¡Carbón jamás de los jamases!

He aprovechado que Laura estaba vuelta de espaldas para robar un puñado de Pringles paprika de la terraza. Me acerco lentamente al final del jardín, frente al Sena, y lanzo las miguitas a Gerónimo y a sus polluelos.

¡Feliz cumpleaños también para ti!

Compruebo que todo el mundo está ocupado y me inclino sobre el murete de ladrillo que bordea la orilla. No he tenido tiempo, ni valor, para comprobarlo cuando he vuelto. Me acuerdo

perfectamente de que, antes de salir hacia Los Ángeles, sustituí uno de esos guijarros blancos por mi piedra del tiempo. Y sin embargo, al llegar a Los Ángeles, lo que encontré en mi bolso fue una piedra canadiense, no un guijarro del Sena, una piedra canadiense idéntica a las decenas que venden en la tienda inuit; pero es imposible que esa sea la mía, porque la escondí aquí, en mi jardín. Estaba sola cuando la deposité. Nadie me pudo ver hacerlo. Me inclino y miro la alineación perfecta de guijarros blancos.

¡No falta ni uno! ¡Ninguna piedra gris encabezando la fila! Como si nunca hubiera procedido a ese cambio. Como si, una vez más, me lo hubiera inventado todo. Que uno de los miembros de la tripulación del Airbus esté jugando conmigo, hurgue en mi bolso, se divierta cambiando una piedra por otra, puede ser… Pero aquí. ¡En mi casa! ¿Quién puede haber venido a robarme esa piedra?

Un grito me trae de vuelta a la realidad.

El de Laura.

Por tercera vez, llama a Margot, cada vez más fuerte, para pedirle que le ayude a mover la mesa de postre, sin fijarse en los cables de los auriculares que sobresalen de las orejas de su hermana pequeña. Finalmente, Margot reacciona.

—¿*Sip*?

—¡Sena llamando a Margot! ¿Te importaría desconectarte y echarme una mano?

—¡Lo siento, Miss Ratched, estoy ocupada!

¡Miss Ratched es la enfermera sádica de *Alguien voló sobre el nido del cuco!* Por lo general, Laura reacciona a ese apodo como si la hubieran llamado sangre sucia.

—¿Ah, sí? ¿Con qué, Lolita?

—Pues mira, estoy preparando una *playlist* para esta tarde. Las canciones preferidas de mamá. Ya ves, creo que le gusta más la música que tus rabanitos sin hojas, sobre todo sin hojas, y tu salchichón con nueces cortado en rodajas, ¡finas, eh, Margot, en rodajas finas!

Laura se encoge de hombros y levanta la mesa ella sola.

Margot se aleja meneándose descaradamente.

¡Ocho años de diferencia!

¿Es cuestión de edad? ¿O de quién llegó la primera? Las dos hermanas no se han parecido nunca. Laura es tan entregada, tan organizada, lleva hasta el límite la generosidad, hasta querer poner en orden la cabeza de aquellos a los que quiere. Pero que ni se le ocurra meter mano en el desastre de mollera de Margot, en su habitación o en su mundo. ¡Solo el desorden es creador! Y esta listilla ha conseguido convencer a su papá, el papá más maniático de toda la galaxia, de la validez de su teoría.

Laura y Margot no se parecen, y esto no ha mejorado desde que Margot es adolescente, aunque sé que hay un lazo indefectible que las une. Laura protege a su hermana pequeña, a su pesar, a pesar de todo; y Laura sirve de modelo a Margot, un modelo al que no quiere parecerse, pero un modelo igualmente. Una brújula que señala el norte. Laura y Margot. Mi mirada se pierde en el río, para que las lágrimas no acaben estropeando mi maquillaje. Laura y Margot, si supierais la de veces que he querido confesaros mi secreto. Este pacto con el diablo. Esta mentira que jamás podréis perdonarme…

Un ruido de un claxon al final del camino provoca el vuelo de unos patos. ¡Valentin acaba de llegar! Los gemelos corren hacia su papá por el camino de sirga, dejando a Olivier tirado con los brazos cargados de ramas. Laura se quita corriendo el delantal. Margot conecta el Bluetooth de su móvil a los altavoces que hay apoyados delante de la ventana.

Mister Mystère, de -M-.

Buena elección, Margot.

Y la mesa está maravillosa, Laura.

Una dulce melancolía invade mi corazón.

* * *

Somos siete a la mesa. Luego cinco, los gemelos se han ido a jugar a la arena. Luego cuatro, porque aunque Margot siga sentada con nosotros, está absorta en su móvil.

Parrillas.

Valentin se ha encargado a la perfección de la barbacoa, y más le vale, Laura no le ha dejado ni un segundo. Cualquiera diría que dominar la carne a la parrilla es una de las pruebas que hay que pasar para que ella acepte reproducirse con él en la gruta conyugal.

Al contrario que a Olivier, a mí me gusta Valentin.

Soy consciente de que, más tarde o más temprano, nos robará a nuestra hija para llevársela a una lejana gendarmería, en una aldea sin hospital donde nuestra Laura se convertirá en enfermera de montes. Pero Valentin me hace reír. Por muy inspector, o lugarteniente, o el grado que sea, cada vez que se sienta a la mesa con su suegro parece sufrir un interrogatorio. Y gracias si Olivier no le enchufa el halógeno en toda la cara. Entonces va a haber que plantearse unas vacaciones, ¡mi hija está cansada! Y la habitación de los gemelos, ¿no es más urgente terminarla antes que la bodega?

Ensalada.

Le paso a Laura el regalito que le he traído de Los Ángeles, una bola de nieve de la que caen estrellitas sobre la montaña de la Paramount. La mira un segundo. Como el resto de las piezas de su colección, una colección pacientemente reconstruida desde hace veinte años, la dejará en Porte-Joie, en la estantería de la habitación que fue su dormitorio, que ahora acoge a sus gemelos. ¡Demasiado pequeños para tocarlas, según su mamá!

Queso.

Laura deja caer su servilleta de papel sobre el móvil de su hermana. ¡Oscuridad total! Se acabó el 4G. Margot se dispone a morder, antes de comprender lo que su hermana quiere. Las dos se levantan riendo, y me sorprendo amando su repentina complicidad.

Valentin da golpecitos con los dedos en la esquina de la mesa, un redoble de tambor a lo guardia rural.

Laura y Margot vuelven con un espléndido pastel, un *blanc-manger coco*, mi preferido.

Seguro que el viento del Sena soplará antes que yo las velas, pero las volveremos a encender tantas veces como haga falta, el tiempo suficiente para que también participen los gemelos, sentados en las rodillas de su abuelita, para la fotografía.

«Mira, Ethan y Noé no tenían todavía los dos años. Era 2019. Mis cincuenta y tres años…».

Laura me tiende tres paquetes de regalo.

Valentin, el guardia rural, refuerza aún más su redoble.

—Para ti —dice Laura—. Y también para papá. Bueno, para todo el mundo.

Pienso en lo que mi hija mayor me dijo antes de mi vuelo a L.A. ¿No tienes nada previsto para tus días libres? ¡Pues no hagas planes!

De hecho, precisa.

—Es el único modo que hemos encontrado de tenerte atada, mamá. ¡Y para que tú salgas, papá! Que vayamos los siete.

—¿De vacaciones? —sugiere Olivier, preocupado.

Palpo los sobres. Solo contienen papeles. ¿Billetes? ¿Un viaje? ¿Atrapada entre mi vuelta de Los Ángeles y mi vuelo hacia Yakarta?

Mi corazón de detiene. Sin haber rasgado el sobre, ya he adivinado el destino. Como si mi historia, una vez más, tartamudeara. Aun así ruego, ruego a todos los dioses del Universo, a todos los que los hombres han inventado en todo el mundo, les ruego que me esté equivocando.

—Bueno, qué, ¿lo abres, mamá? —insiste Margot, un poco molesta.

Más bien emocionada.

32

1999

Estamos los dos en la terraza. En plan romántico. Una mesita redonda apoyada en la terraza de cemento. Olivier duda entre teca e ipé. Es capaz de tirarse dos horas hablándome de las ventajas e inconvenientes de cada madera exótica. Le respondo que me la trae un poco al fresco, que simplemente tiene que decidirse, que estaría bien tener suelo en la terraza antes de que Laura tenga dieciocho años. Laura está jugando al lado.

¡A ella le encanta el cemento! Puede dibujar en él con tiza. Corazones para sus padres, soles, nubes. También aviones, el de mamá.

Laura ha apoyado al lado su tesoro, la bola de nieve que le he traído de Los Ángeles, con Mickey y Minnie de la mano, en Disneyland California, comprada *in extremis* en el aeropuerto. Laura no presenta ningún síntoma de fiebre, y mucho menos de dolor de tripa, como si Olivier se lo hubiera inventado todo. «Está en su cabeza —ha asegurado Olivier—, es porque te echaba de menos».

La noche va cayendo lentamente. Es mi momento preferido del día, cuando todos los pájaros de los estanques del Sena comienzan su cháchara. Por unos minutos, me convenzo de que estoy bien aquí. En casa. Que puedo dar mil veces la vuelta al mundo, pero que es aquí adonde volvería. Olivier ha insistido en descorchar una botella de *gewurz*. El ritual de casi todas las escalas, para celebrar mi regreso. Generalmente, bebemos un par de vasos y ya estoy de nuevo lista para marcharme sin que hayamos terminado la botella. A Olivier le gusta decir que le dejo lo suficiente para que ahogue sus penas mientras yo no estoy.

—Cariño, he hecho una petición.

Olivier se queda mirando un buen rato a Laura, concentrada, ocupada en escribir con una tiza, en la terraza de cemento, los nombres de las ciudades que mamá le ha enseñado en un mapa. *Sidnei-Bancoc-Nouillorc.* Se siente tan orgullosa de saber ya casi escribir. Oigo que él me responde algo, pero como no me llega, enumero los argumentos que he repetido diez, cien veces. ¿Una mentira se convierte en verdad a fuerza de recitarla?

—Solo tres días. De martes a jueves. Con Florence, Laurence y Sylvie, otras dos azafatas. Hace meses que no me marcho.

—¡Te marchas tres veces al mes, Nathy!

La batalla puede comenzar.

Respiro. Volvemos a un terreno conocido. Hemos tenido tantas veces esta conversación. Vuelvo a estar segura de mí misma.

—Para trabajar, Oli. ¡Para trabajar! Ahora te estoy hablando de tres días de vacaciones con unas amigas.

Olivier aparta la mirada, descifra los garabatos de su hija. *Dacar-Deli-Kito.*

—Es una pena, por Laura.

Exagero un poco. Cuento con mi absoluta sinceridad para que Olivier no sospeche.

—¡Tengo más de quince días libres por mes, Oli! Paso más tiempo con Laura que la mayoría de las madres que se tiran sus treinta y nueve horas en su casa. ¡Así que no me hagas sentir culpable! La única ventaja de mi trabajo es que puedo viajar sin pagar prácticamente nada. Eres tú el que quiere quedarse aquí. Eres tú el que nunca quiere venir conmigo. Yo te propongo siempre hacer una de mis peticiones.

Siempre. Pero no esta vez…

Olivier no responde. No me pregunta adónde me voy. Se conforma con vaciar su vaso, agacharse y comenzar a recoger los juguetes de Laura, señal de que ha llegado el momento de que se vaya a acostar.

—Son solo tres días, Oli. Tres días en Barcelona con tres amigas. ¿Me lo vas a prohibir?

—Yo nunca te he prohibido nada, Nathy.

33

2019

En cada uno de los tres sobres hay escrito a rotulador un signo de interrogación. Rasgo lentamente el primero. Laura se ha entretenido. En el interior hay dibujado un balón de fútbol.

—¿Y bien? —pregunta Margot a su padre—. ¿adónde vamos?

—¿Mánchester? ¿Turín? ¿Múnich? —propone Oli.

—¡Qué clase! —ironiza Valentin—. ¡Tres días en Baviera! ¿Por qué no en Mönchengladbach?

Olivier no responde y vacía su vaso, ofendido y, sobre todo, sorprendido por los conocimientos futbolísticos de su yerno, tercera línea en el club de rugby de Cergy.

—Y a ti, mamá —insiste Laura—. ¿Se te ocurre algo?

Me esfuerzo en parecer indecisa, en rasgar el segundo sobre con impaciencia y en controlar mi sorpresa. Descubro un collage realizado con cuadros de Picasso, Dalí y Miró. Creo que se me va a parar el corazón. A Laura se le dibuja una gran sonrisa, Margot da palmas. Olivier también lo ha entendido. Abro el tercero solo para tener la confirmación: en una hoja han juntado obras maestras de Gaudí: Casa Milà, Casa Batlló y Sagrada Familia.

Suelto, incrédula:

—¿Barcelona?

—¡Guau, qué buena eres en geografía, mamá! —bromea Margot—. ¿No serás azafata?

Los minutos que siguen son de gran emoción. ¡Nuestro viaje está previsto para mañana! Margot trata de explicarles a los gemelos que van a viajar en avión por el cielo, como suele hacerlo la abuelita. Laura trata de explicar a su padre que no será muy complicado, que salimos de Beauvais, en un vuelo de Ryanair, ¡y que así no hay riesgo de encontrarse con los compañeros de mamá! Valentin explica que ya está todo reservado. Una pensión en el Eixample, al ladito del centro. Que Barcelona es la capital de los carteristas, pero que él se encargará personalmente de nuestra seguridad.

Barcelona.

Mis hijas le venden a Olivier el Camp Nou y las *boiseries* de la arquitectura medieval del Barri Gòtic, ¡te va a encantar, papá! En cualquier caso, aunque no haya vuelto a coger un avión desde nuestros quince días en Martinica hace trece años, no le queda otra opción. ¡Raptado por sus propias hijas!

Barcelona.

El eslabón perdido.

Las risas de mis hijas me parecen lejanas, casi irreales. Sonrío, finjo emoción, aunque permanezca ajena a esta euforia. Como si estuviera viendo la película de mi vida. Una película mal escrita. Una película sin ningún sentido. Mis hijas me preparan en secreto una sorpresa, entre dos viajes profesionales, Los Ángeles y Yakarta, y eligen… ¡Barcelona!

El tercero de mis cuatro destinos compartidos con Ylian.

Es imposible que sea el azar. ¿Una cita? ¿Qué cita? ¿Qué significa todo esto? ¿Que esta ceremonia en familia no es más que una farsa? ¿Que todos están compinchados contra mí? ¿Que sus bromas, Valentin contando sus noches de diversión en plaza de Cataluña durante su campamento de adolescentes, Margot que quiere ir a toda costa al palacio de la Música Catalana, no son más que diálogos aprendidos? ¿Que la estupefacción de Oli, que parece tratar de aclarar por todos los medios que no puede marcharse tan rápido, que tiene clientes, armarios por terminar, tablas que serrar, estanterías que cepillar, es fingida? ¡Que sus queridas hijas están recitando un guion ya escrito cuando le responden todas sonrientes que sus clientes están vivos, que lo entenderán, que clava muebles, no ataúdes!

¡Me estoy volviendo loca! Por un instante, tengo la impresión de que todo da vueltas a mi alrededor y de que me voy a desplomar sobre las tablas de ipé. Solo Laura parece darse cuenta.

Me agarra por la cintura.

Ven, mamá, ven.

—¡Vamos a hacer café! —anuncia.

Me arrastra hacia el fondo del jardín. Nadie se da cuenta.

—Mamá, ¿no te apetece este viaje, todos juntos?

—Sí, sí, cariño.

Mis ojos no son más que una presa reteniendo una crecida de lágrimas.

—Papá me ha contado que te agredieron en San Diego. Nos tendrías que haber pedido que pospusiéramos tu cumpleaños…

Abrazo a Laura. ¡Mi hija mayor! ¡Mucho más razonable que yo!

—No pasa nada, mi vida. Fue solo un susto. Se acabó.

Sin embargo, tiemblo. Laura me frota la espalda como lo hacía yo cuando ella era niña. Su dulzura me sorprende. ¿Quizá nos hacemos maternales con nuestras madres cuando nos convertimos en madre?

—Pensaba que sería a papá, no a ti, al que nos costaría convencer. Tú… ¿Estás preocupada por tu amigo hospitalizado en Bichat?

Esta vez dejo correr mis lágrimas. Laura me lleva un poco más apartada, salimos del jardín para bordear el Sena. Gerónimo mira a Laura con sorpresa, como si estuviera tratando de comprender

cómo es posible que el olor y la voz de esa mujer puedan ser los mismos que los de la niña que se acercaba a lanzarle pan, mañana y tarde, durante años. Asiento con la cabeza. Andamos. Laura me da la mano.

—No te preocupes, mamá. Está estable. Los cirujanos van a esperar aún unos días, para ver cómo evoluciona, antes de decidir si pueden operarlo. A nuestro regreso podrás ir a visitarlo. Aunque yo no vaya a estar en el hospital durante dos días, he dejado dicho a mis compañeras, Caro y Martine, que me avisen a la más mínima alarma. Yo... no podía saberlo —dice casi disculpándose.

¿Qué es lo que no podías saber, Laura? ¿Que mi amigo sería atropellado por un coche cuando tú ya habías reservado los billetes? No te preocupes, cariño... Y aunque no fuera así, ¿habría ido a visitar a Ylie? ¿Habría roto nuestro acuerdo?

Seguimos caminando un centenar de metros, hasta el meandro y sus cuatro microislas. Me gusta tanto la tranquilidad de esos islotes de bolsillo, desérticos y boscosos, en este brazo dormido del río, que solo despierta por los charranes posados en el agua hasta media pata, como si el agua estuviera demasiado fría para mojarse en ella las plumas. Me siento en confianza. Pregunto tranquilamente a Laura. Necesito saberlo.

—¿Por qué, cariño? ¿Por qué has elegido Barcelona?

—Fuimos... fuimos varios los que lo decidimos. Valentin, Margot...

Sonrío.

—No, Laura. Te conozco. Lo decidiste tú. Nadie decide por ti ese tipo de cosas. ¿Por qué?

—Está... Está al lado... Hay mar, museos, la catedral, las Ramblas, el Camp Nou, la sangría, las palmeras, los palacios...

—¿Por qué no Roma, cariño? Por qué no Ámsterdam? ¿Por qué no Viena o Praga?

Laura se me queda mirando, sin comprender.

—¿Qué hubiera cambiado, mamá?

¡Todo! ¡Todo, cariño!

No respondo.

Damos media vuelta. El resto de la familia debe de estar esperando su café. Permanecemos en silencio unos metros más, antes de que Laura retome la palabra.

—Ahora que me preguntas, mamá, quizá tenga una explicación. ¿Por qué Barcelona? ¿Te acuerdas, cuando tenía seis años, que me trajiste una bolita de nieve de la Sagrada Familia?

Pues claro que me acuerdo, Laura.

—La guardé durante años. ¡Era mi preferida! No es difícil, me dirás, el resto estaban rotas. ¡Era la primera de mi nueva colección! ¿Y sabes que mi Paramount de hoy es mi centésima trigésima novena?

¡Y yo que pensaba que a Laura ya se la traían al fresco mis regalos del fin del mundo! Me contengo para no darle un abrazo y las gracias.

Gracias gracias gracias, cariño.

Cuando volvemos, Valentin, Margot y Olivier se han servido el café ellos mismos. Han colocado unos bolos de madera y han comenzado una partida. Valentin ha puesto a los gemelos a dormir la siesta.

Laura no puede evitar ponerse a recogerlo todo, mientras yo caigo rendida en la silla. Margot se divierte haciéndose la seductora entre los hombres. La complicidad que tiene con su padre es realmente conmovedora. Evidente. Al menos, eso que hemos logrado…

Y eso que no era una apuesta segura.

Olivier tenía sus dudas, muchas dudas.

Observo a Margot subir el volumen de la música de su móvil, un clásico de Chuck Berry, y contonearse imitando un solo de guitarra.

Quizá siga teniendo sus dudas…

Las hojas y los sobres que hemos dejado en la mesa también bailan, suavemente levantados por el viento. *Dalí, Sagrada Familia, Gaudí, Casa Milà*. Apoyo encima la mano para que no se vuelen. Pero mis recuerdos de Barcelona no se privan de hacerlo.

34

1999

—Buenos días, princesa.

Ylian está sentado delante de mí, en la terraza de Les Quinze Nits, bajo las arcadas color ocre de la plaza Real.

Barcelona.

Mis ojos lo captan todo. El cuadrado perfecto de la plaza cerrada, la sombra de las palmeras, sus largos y delgados troncos que ondulan hasta la parte alta de los tejados, la sensación de frío y de calor, el sol abrasador y los chorros de agua de la fuente de hierro, las sombrillas alineadas, las sillas desperdigadas, la de Ylie, la funda negra de su guitarra apoyada a su lado. Ylian se ha dejado crecer barba, y también ha dejado que el sol le broncee la cara. Su pelo rizado cae desde su gorra escocesa hasta su amplia camisa roja y dorada demasiado poco abrochada. Tan romántico como el decorado. ¡Nunca me había fijado que Yl fuera tan guapo!

Yl se levanta, me besa, el simple roce de sus vaqueros contra mi vientre basta para que me derrita. O para que me sublime. Para pasar del estado sólido al gaseoso. Tengo la impresión de que le bastaría con respirar para aspirarme, para tragarse mi alma, para alimentarse de mis deseos y abandonar el resto como si de una frágil concha inútil se tratara. Mis mentiras, mis escrúpulos. Olivier. Laura.

Ha sido todo tan rápido. He dejado Porte-Joie hace menos de cuatro horas. Una hora de coche, una hora de avión hasta El Prat, treinta minutos de autobús hasta plaza de Cataluña, diez minutos andando hasta la plaza Real. Ni siquiera me he molestado en llamar a Florence ni ninguna otra compañera para que me cubran.

¡Irresponsable!

Me siento al lado de Ylian, apretados contra la mesita.

Inestable.

Ylian sonríe.

—¡Lo que me ha costado encontrarla! Hasta he tenido que serrarle una pata.

La alusión a la carpintería hace que me sobresalte. Como si un poco de polvo hubiera resistido a mi sublimación. Un poco de serrín que Ylian sopla y sale volando. Me pido una Cap d'Ona rubia para acompañarle. Nuestras miradas se pierden en la ajetreo de la plaza. Los turistas se torran a pleno sol lo que tardan en hacerse una fotografía panorámica y después salen corriendo a la sombra de las arcadas. Las palabras parecen tardar en llegar. Las suplimos con besos. Me sorprendo pensando que, a pesar de mi deseo, quizá me aburriera con Ylian. Una vez pasada la pasión, ¿podría mantener con él largas conversaciones, como esas horas compartidas con Olivier, discutiendo sobre la educación de Laura o sobre las obras de la casa?

—Le había hecho una promesa, princesa.

El «usted» me sorprende.

—¿Ya no nos tuteamos, mi principito?

—¡Solo cuando se enamore de mí!

¿Que me enamore de ti?

Paso una mano por su pecho, debajo de la camisa, y otra por su muslo, y pienso para mis adentros: «¿Es que te crees que no lo estoy ya?».

¿Que me enamore de ti, Ylie?

¿Qué estrategia has podido tramar?

Paseamos por las calles medievales del Barri Gòtic, agarrados por la cintura, formando un solo ser de cuatro piernas, a veces demasiado ancho para colarse por las callejuelas empedradas. Nos paramos en cada patio, y la criatura *cuadrupernista* se pliega para formar un solo cuerpo con dos cabezas, inundado de sol por los tragaluces, antes de refugiarse bajo los arcos o subir unos escalones. Cada patio de cada callejuela me parece más elegante, más lujoso, más exuberante que el anterior. Toda la ciudad parece haber sido construida, hace siglos, con miras a nuestro encuentro. Le dejo Verona a Romeo, Saint-Germain-des-Prés a Jane y Serge, Manthattan a Woody: ¡yo me quedo con el Barri Gòtic e Ylie! A cada rayo de sol en el cruce de dos calles me entran ganas de buscar un rincón oscuro para amarlo, a cada fuente de piedra salpicarlo, a cada portón escondernos en él. Incluso el vergel del claustro de la catedral de Santa Eulalia, y dios sabe que hay que arrastrarme para entrar en una iglesia, adquiere la forma de jardín del Edén, donde ningún fruto está prohibido.

Desde el *carrer* de la Palla, desembocamos en la *plaça* Nova y sus tiendas de recuerdos. Una cicatriz moderna que corta el dédalo de callejuelas. Ylian se detiene para comprar una postal. Elige un loro del parque de la Ciutadella y me pide que le sujete la guitarra, el tiempo para poder escribir un mensaje en la parte de atrás, que leo por encima de su hombro. *Para mi hermosa golondrina de las alas de piedra.*

Me sorprendo.

—¿De las alas de piedra?

—¡Tenemos dos días para hacer que se vuelvan ligeras! ¿La enviamos?

Yl me empuja a la calle más cercana, pasamos bajo la sombra de los arabescos en piedra del puente Bisbe, y después Yl se detiene unos metros más allá frente a la Casa de l'Ardiaca. Observo su muro de cierre, la inmensa palmera-jirafa que sobresale, oigo el gorjeo del agua que gotea de una fuente; todo me atrae al patio de la casa del archidiácono, pero Yl me retiene delante de la puerta.

—¿Urgente o normal? —me pregunta agitando su carta—. ¿A lomos de tortuga o volando?

Me doy cuenta de que, efectivamente, estamos delante de un buzón, justo al lado de la puerta monumental. ¡Un magnífico buzón labrado! Decorado con animales esculpidos. Una tortuga… ¡y tres golondrinas de piedra!

La carta cae, sin hacer ruido, sin dirección, ¡ni siquiera con sello!

¡Qué bonito, Ylian! ¡Qué detallazo!

Le beso. ¡La vida es tan bella!

Seguimos paseando sin rumbo por las calles. El barrio de El Born me parece incluso más laberíntico que el Barri Gòtic. A las plazuelas le siguen las callejuelas, que desembocan a su vez en otras callejuelas. A los restaurantes les siguen las tiendas de arte, luego galerías, museos, bares de tapas. Llevamos andando desde hace una hora con la maravillosa sensación de estar dando vueltas en círculo en una ciudad donde las calles parecen disfrutar disfrazándose para cambiar de sitio. Me duelen los pies. Tengo hambre. Tengo sed. Tengo ganas de hacer el amor. Llegamos a una adorable placita desierta, *plaça* Sant Cugat, y decido imponer un descanso. Me acurruco contra Ylian. Yl me besa.

—Parece usted un gatito.

Respondo ronroneando.

—Lo sé… mimosona y felina…Si me hubiera conocido antes de que me afeitara el bigote…

Me derrumbo en el banco de madera más cercano. Ylian se queda de pie, colgándose la guitarra al cuello.

—¿Sabe que mi música amansa a los gatos?

Juego con mi mechón de angora, tratando de lanzarle una mirada de gatita coqueta.

—¿Quiere atraer a otros más, aparte de mí?

Yl termina de afinar su guitarra y se contenta con lanzarme una mirada misteriosa.

—¿Cree usted en la magia, Nathy?

Ylian se sienta igualmente en el banco y se pone a tocar en la placita vacía. Una bonita y dulce melodía que parece estar improvisando. Menos de un minuto más tarde, un gato, bastante delgado y pelado, surge de un tejado, se detiene unos segundos para afilarse las uñas en el árbol más cercano e impresionarnos, y luego se acerca para frotarse en nuestros pies. Antes incluso de que me dé tiempo a dudar si acariciarlo o apartarlo, aparecen otros dos gatos, que salen del respiradero de un restaurante cerrado durante la siesta. Gatos de canalón, a juzgar por su estado de suciedad, más ocupados en arrastrarse por el suelo que por el aire. Otros tres más surgen de la nada, y se plantan delante del banco donde está tocando Ylian. ¡Cero desconfianza en estos felinos salvajes! Están todos sentados, en una especie de semicírculo, quietecitos y concentrados, como cualquier curioso que se para delante de un concierto callejero.

Estoy alucinada. Y más aún teniendo en cuenta que la asamblea sigue aumentando. Ahora cuento una quincena de gatos. ¡Creo que si Ylian me hubiera pedido que pasara su gorra y los mininos hubieran echado una moneda no me habría sorprendido tanto! Deja de tocar un cuarto de hora después, para gran decepción de su público, que calculo que será una veintena de gatos.

¡No me lo puedo creer! Trato de comprenderlo. ¡Tiene que haber un truco!

Mis dedos se deslizan por el cuello de Ylian mientras guarda su guitarra.

—Venga, venga, ¡cuéntame!

—No es más que una melodía que he inventado y que, extrañamente, parece gustarles a los mininos. Pero ahora que el concierto ha terminado, no se fíe de todos esos gatos, mi golondrina, manténgase a mi lado.

Los gatitos no parecen tener ninguna intención de moverse. Siguen mirando fijamente a nuestro banco. Ylian silba, se levanta; Yl me irrita, quiero saber, ahora me parece que tiene prisa por dejar la *plaça* Sant Cugat. Lo cual me intriga. Yl va dos metros por delante de mí, casi ha alcanzado el *carrer* dels Carders, cuando veo que la puerta roja de la casa que hay detrás de nuestro banco se abre. Una anciana sale, encorvada por el peso de una pila de platos hondos que dispone en el suelo. Después, con minucia, vierte un litro de leche repartido entre la decena de recipientes. ¡Los gatos se lanzan corriendo!

Yo también. Para alcanzar a mi encantador de mininos.

—¡Ha hecho trampas! ¡Ya lo sabía! Estoy segura de que ya había estado aquí antes, de que ayer tocó en esta plaza, o anteayer, y que se fijó en el ritual de esta mujer. Los gatos tienen un reloj interno. ¡Se acercan a esperar delante de esa puerta cada día a la misma hora! ¡Bastaba con colocarse en ese banco, entre ellos y la casa!

—¡Por favor!

Se coloca la guitarra a hombros, con la misma precaución con la que un padre llevaría a su hija de seis años, y continúa a buen paso.

¡Cuánto le quiero!

¿Quién puede dar muestras de tanta imaginación para seducir a su amada? ¡Encantar a los gatos! ¡Incluso el más romántico de todos los amantes se habría conformado con atraer a los pelícanos en St. James Park o a las palomas en la Plaza de San Marcos!

Seguimos caminando un buen rato. Con un único objetivo. El parque Güell. Llego tan agotada como después de un servicio de desayuno-comida-cena en un A340 a Sídney. Y sin embargo, Ylian me invita a no parar.

—¡Subamos! ¡La vista desde arriba es incluso más bonita!

Así que subimos, trepando por los peldaños de una extraña escalera salida directamente del país de las maravillas de Alicia, serpenteando entre casas de pan de especias, vigilados por un dragón y una salamandra cubiertos de trocitos de cerámica de colores. El decorado de un Tim Burton adicto al batido de fresa, adaptado por un Walt Disney bajo los efectos del ácido. Un universo único, un cuadro en el que Monet se habría cruzado con Klimt. En la parte alta de la escalera, hay hileras de turistas sentados en el famosísimo banco ondulado, que descubro que constituye la terraza superior del sorprendente templo que tenemos bajo nuestros pies, sostenido por ochenta columnas dóricas. También nosotros nos sentamos en el banco, contemplando el parque que hay diez metros más abajo. Decenas de paseantes circulan, Ylian los observa con una irritación que no le pega.

—¡Qué nervioso me ponen!

—¿Y eso?

—¡Demasiada gente! ¿No le parece? Me gustaría hacerle el amor, ahí, en ese banco-serpiente. ¿Nos lo merecemos, no?

Su mirada abraza toda la ciudad que se extiende hasta el Mediterráneo frente a nosotros.

—¡Pues nada, saque su guitarra mágica y hágalos desaparecer!

Yl parece concentrarse realmente en el asunto.

—Me parece un poco complicado —termina por reconocer—. Pero, al menos, puedo intentar dormirlos.

—Algo es algo —digo, remarcando mi decepción.

Yl se queda mirando fijamente durante un buen rato a la gente que deambula, se hace fotos, conversa y camina; y luego, en voz lo suficientemente alta, comienza una cuenta atrás.

—5, 4, 3, 2…

Yl reduce el ritmo y esboza un hechizo con las manos.

—¡1!

¡Todos los turistas se paran de golpe!

¡Petrificados! ¡Como los personajes de *La Bella Durmiente del Bosque*! Algunos con la boca abierta, otros con los brazos levantados, apuntando todavía con la cámara de fotos.

El corazón se me cae a los pies, se para, se estrella, luego vuelve de nuevo con fuerza, sin dejar de acelerarse. No es ni una ilusión ni una alucinación. ¡La gente está petrificada! ¿Ylian ha llevado su fantasía tan lejos como para contratar a treinta figurantes simplemente para esta puesta en escena? Así como para privatizar el parque Güell para que ningún turista inconsciente de su truco acabe cerca de las columnas dóricas en el momento equivocado. ¡Imposible!

—¿Y bien, princesa?

Mi corazón sigue latiendo a toda velocidad.

—¿Cómo lo ha hecho?

—¿No me tutea?

—Venga, responda… ¿Son todos amigos suyos?

—Solo la conozco a usted y a otra persona en Barcelona… Entonces, ¿va a seguir sin tutearme?

—¡Le odio!

Tan irritada como una niña que no comprende un truco de magia, examino a la gente inmovilizada.

Incluso el silencio es impresionante. Incluso los pájaros han dejado de cantar. Ylian es un encantador, mejor, mil veces mejor que el Guido de Benigni.

¡Le quiero, le quiero, le quiero!

Estoy a punto de decírselo, cuando oigo un grito.

—Vale, corten, ¡la hacemos de nuevo!

Alucinada, veo cómo todos los transeúntes empiezan de nuevo a moverse, pero también cómo unos técnicos salen de debajo de la terraza sobre la que nos encontramos, cómo unas chicas, sobre todo, se dispersan en todas direcciones para modificar diferentes detalles, secar un reflejo en un mosaico, ajustar un sombrero mal puesto, recoger un papel que ha salido volando. Unas cámaras apuntan su hocico hacia la sombra, unos hombres armados con blocs de notas dan órdenes a los figurantes para que modifiquen sus desplazamientos antes de inmovilizarse.

—¿Una película? —digo toda sonriente—. ¿Están rodando una película?

—Un anuncio —precisa Ylian, risueño—. Un simple anuncio de un perfume. *Cobalt*, de Parera. Yo tenía que hacer de uno de los figurantes. Otro de mis contratillos para sobrevivir. No hace falta haber estado en el Actors Studio para hacer de estatua. Pero usted vino y tuve que rechazarlo.

—¡Es usted el chico más chiflado que jamás haya conocido!

Le cojo de la mano. Cruzamos la terraza y bajamos rápidamente por el camino de duendes, hacia la explanada. El equipo de rodaje se ha vuelto a esconder detrás de las columnas. Escuchamos al director gritar: «¡A sus puestos!». Reímos, corremos, sin parar.

Los figurantes se vuelven a colocar en su sitio. Pasamos por la salamandra multicolor en el momento en que una voz fuerte grita: «¡Acción!». En el último escalón, un técnico intenta detenernos.

¡Que lo intente!

Nos encontramos en medio de los figurantes que pasean como la cosa más natural del mundo, levantan la cabeza, charlan, antes de detenerse todos súbitamente.

Silencio total.

Entonces grito.

—¡Te quiero!

Y beso a Ylian en toda la boca. Yl me da vueltas, como si fuera una peonza, en medio de los hombres y de las mujeres petrificados que deben de pensar que somos los actores principales de un guion que acaba de cambiar.

Los caprichos de un director… que, además, está histérico.

—¡Corten! ¿De dónde salen esos *hijos de puta*[12]?

No oímos lo siguiente, porque ya hemos huido.

---

[12] En español en el original (N. de la T.).

* * *

Nos subimos al primer autobús y no bajamos hasta llegar a plaza de Cataluña. Ylian quiere enseñarme las Ramblas. De noche. Cuando la multitud se apresura para bajar hasta el mar. ¡La multitud nos ha esperado! Abrazados, dejamos que la gente que pasa nos adelante, nos roce, como dos nadadores arrastrados por la corriente.

—¡Ya te lo había advertido —grita Ylian—, te has enamorado de mí!

Le aprieto aún más fuerte entre mis brazos. No quiero pensar en nada más que en este preciso instante. Romper mi reloj. Sobre todo, no contar las horas y mucho menos los días. No pensar en el después. No pensar en paréntesis, comillas, punteados. Solo quiero pensar en ahogarme en esta multitud, con Ylian como única boya. Esa multitud que nos aplasta en cuanto reducimos la velocidad.

—Ven —propone Ylian.

Nos apartamos unos metros hacia un callejón, en dirección a un vendedor ambulante de helados.

—¿De qué sabor, señora[13]?

Me como a Ylian con los ojos. Nunca han sido tan azules.

—Fruta de la pasión.

—Excelente elección, ¡quédese aquí!

Yl me invita a sentarme en el banco más cercano mientras se acerca a pedir. Un maravilloso banco de piedras blancas, al más puro estilo Gaudí, decorado con la estatua de un soldado con casco, tallada en la misma piedra.

Ylian se da la vuelta una última vez.

—Pórtese bien. ¡No deje a desconocidos que liguen con usted!

Lo observo esperar delante de la caravana roja y blanca. Su nuca, la parte baja de la espalda, su culo. Cuánto lo deseo.

---

[13] En español en el original (N. de la T.).

¡Es entonces cuando noto cómo el banco de piedra se mueve! Luego, como si un temblor de tierra no bastara, veo cómo la estatua de piedra cobra vida. Sus párpados de arenisca se abren, los bloques de piedra de su busto se craquelan, su cara se agrieta. Como un caballero hechizado, hace una eternidad, y que tenía que esperar a que me sentara precisamente en este banco para despertarse, para salir de un sueño muy muy largo y entregar su mensaje. Un mensaje de tres palabras.

Tengo la impresión de que al pronunciarlas, la estatua de piedra sonríe.

—Buenos días, princesa.

Cuando nuestros ramos de verano, ayer,
Sean las flores secas de las teteras
Cuando el fuego de nuestras noches insolentes
No sea más que insomnios lentos,
Cuando el juego de las mañanas de gracia
No sea más que dormir hasta tarde,
Cuando el hambre de hoy día
No sea más que días sin fin
¿Qué quedará del mañana?

35

2019

—¡Mamá, invítame a un *smoothie*!

A sus dieciocho años, Margot sigue teniendo cosas de adolescente. Aquí estamos los siete, abriéndonos paso por los pasillos del mercado de la Boquería, cada uno con un zumo de naranja o de mango fresco, o con una ensalada de frutas.

—¿Nos lo tomamos en la plaza Real? —propone Valentin—. ¿Acompañado de un café?

Nuestro grupito cruza las Ramblas, dejando atrás la sombra de los plátanos para dirigirse hacia las palmeras que sobresalen de un bloque de apartamentos. Olivier encabeza la marcha, abriendo camino a Laura, que zigzaguea entre la gente con su carrito doble, con Noé detrás y Ethan delante. Brum, brum… A los gemelos les encanta. Quizá en su idioma de niños estén hablando de la estabilidad de su Maclaren, de la adherencia de los neumáticos y de la suavidad de la dirección. Margot va a paso de tortuga, no todos los días se tiene la ocasión de colgar en Instagram un *selfie-smoothie live in Barcelona*.

Olivier se mete por el *carrer* de Ferran y nosotros le seguimos.

Echa un vistazo alrededor, cruza… justo en el instante en el que irrumpe un Seat Inca gris.

Chirrido de neumáticos y gritos.

En un segundo de pánico absoluto, estoy convencida de que

no va a frenar y de que nos va a atropellar. ¡La furgoneta frena *in extremis*!

Mi corazón sigue desbocado cuando Valentin se acerca y hace una seña al conductor para que se calme. Incluso de paisano, sus gestos transmiten la confianza de los de un policía. Laura cruza la carretera con los gemelos, Margot acelera, mis piernas tiemblan. Desde que he llegado a Barcelona, al aeropuerto, en el autobús, en la calle, no puedo dejar de pensar en esos dos tipos del Chicano Park, el fumador de puros y el comedor de caramelos; esos tipos que no andaban por la Chevy Van por casualidad, esos tipos que querían asesinarme. Esos tipos capaces de actuar en San Diego, y unos días antes en París, delante de la Fnac de Ternes. ¿Por qué no aquí?

Finalmente nos sentamos en la plaza Real, en la terraza de Les Quinze Nits. He sido yo la que ha elegido el lugar. Ha sido Laura la que ha elegido la mesa. ¡Una mesa que no está coja! A Olivier y Valentin apenas les ha dado tiempo a terminarse su café, y a Margot a probar un nuevo selfi delante de la fuente de las Tres Gracias, cuando Laura ya se ha puesto en pie. Sobre el carrito de los gemelos, ha doblado un plano de Barcelona en el cual ha subrayado todo un recorrido por el Barri Gòtic. Si hubieran inventado un carrito con un GPS instalado, Laura lo habría comprado.

¡En marcha!

El recorrido de Laura no tiene nada de original: catedral Santa Eulalia, palacio de la Generalitat, plaza Sant Jaume, *pla* de la Seu; pero todos alzan la vista maravillados a cada escultura de las paredes, a cada forja de las puertas, a cada cerámica, y la bajan a cada escaparate de arte, a cada artesano atareado al fondo de su taller.

Carrer del Bisbe, Casa de l'Ardiaca...

¡El buzón sigue ahí!

La tortuga no se ha movido, las golondrinas de piedra no se han echado a volar. A través del bolso de tela que llevo en bandolera, aprieto la piedra del tiempo como si fuera un talismán.

* * *

Poco a poco, cada uno va encontrando su lugar en nuestro grupito. Laura hace de guía entusiasta y autoritaria, Valentin de guardia de seguridad sonriente, Margot de adolescente alucinada con cada plazuela que invita a la fiesta, sin duda tramando ya en su cabeza un plan para volver. En verano, con amigas. Incluso Olivier parece interesado, aunque con cierto desdén, y se ha quedado un buen rato parado en la catedral, admirando los grandes órganos de madera.

Y en este convoy ruidoso y simpático, ¿cuál es mi lugar?

¿Quién soy? ¿Dónde estoy?

¿Aquí, hoy? ¿En mi familia, en mi función natural de abuela joven en el seno de tres generaciones reunidas?

¿O aquí, pero ayer? Aquí, pero obsesionada con el recuerdo de la dulce fantasía de Ylie, tan presente que creo ver surgir su magia en cada callejuela del Barri Gòtic, o del barrio de El Born por el que nos movemos ahora. *Plaça* Sant Cugat.

Se me encoge el corazón. Hay un anciano sentado en el banco donde Ylian había sacado su guitarra. También él artista. Dibuja con tiza en el asfalto de la plaza. Nos acercamos. ¡Margot se troncha de risa! ¡Los garabatos del pintor son ridículos! Feos, torpes, ¡una pena! ¡Incluso Ethan y Noé podrían hacerlo mejor!

—Quizá sea un truco —susurra Laura al oído de su hermana, mientras observa el sombrero que hay apoyado al lado del anciano—. ¡Para enternecer a la gente y que le den más!

Margot parece encontrar interesante la hipótesis. Se acerca al sombrero cuando yo me alejo, unos pasos, hacia la puerta roja que tenemos enfrente. Mi mirada intenta abarcar toda la plaza, las paredes, los canalones, los tragaluces.

¡Ni un gato!

Ni una moneda en el sombrero, constata Margot después de haber echado un vistazo discretamente.

—Tú teoría es una ful —explica Margot tranquilamente a su hermana mayor, sin preguntarse si el dibujante de la plaza entiende o no francés—. La gente daría más dinero a un tipo que está mendigando si fuera bien vestido, tuviera sentido del humor y si tocara superbién el acordeón o el violín, con una bonita funda de cuero rojo para dejar unas monedas. Si balbucea, apesta, saca un instrumento y lo toca mal, si tiende un vaso de plástico sucio, ¡la gente no le dará ni un duro!

Olivier sonríe.

—¡La ley del mercado, queridas! Incluso para aquellos que huyen de ella…

En general, me gusta la forma en la que Olivier escucha a sus hijas, antes de proponer un resumen equilibrado. En este momento, solo le presto una atención distante. Estoy delante de la puerta roja, nadie se ha dado cuenta de que me he alejado. Trato de concentrarme, de escuchar maullidos, ruido de pasos. Intento convencerme de que la anciana de los cuencos de leche seguramente ha debido de morir hoy mismo. ¿O no? Apoyo la mano en el picaporte, que gira y, para mi gran sorpresa, ¡la puerta se abre!

Incluso antes de dar un paso, incluso antes de que perciba lo que se esconde detrás de la puerta de madera, oigo un ladrido. Un segundo después, un dóberman surge de un pequeño patio cerrado, con las orejas tiesas y la boca abierta. Me quedo muda, paralizada. Apenas reacciono cuando una mano firme tira de mí hacia atrás, cierra violentamente la puerta roja que tenemos delante y encierra tras ella al perro.

—¿Qué diablos estás haciendo? —me pregunta Olivier, sorprendido.

Ha reaccionado como si se hubiera anticipado a mis actos, incluso más rápido que Valentin.

—Yo… Simplemente he tocado la puerta… No pensaba que se fuera a abrir.

Olivier me mira de manera extraña. Las chicas no se han dado cuenta de nada, ocupadas en dar unos euros al pintor fracasado. ¡Gracias, Olivier!

Gracias, Olivier, aunque tu entusiasmo por la arquitectura catalana, las callejuelas góticas y sus puertas, las catedrales y sus órganos me parezcan un tanto exagerados. Gracias por venir; gracias, marido mío, por no haber dicho nada; gracias, ermitaño mío, por poner tanta buena voluntad. Porque si Margot y Laura han elegido este destino por casualidad, cosa que no termino de creerme, sé que es a ti, y no a mí, al que le están gastando la broma más pesada.

Sagrada Familia, Casa Milà, Casa Batlló, ¡viva Gaudí[14]! Laura nos concede un descanso a mediodía, *plaça* del Sol, tapas y jarra de vino de Tarragona, en una mesa bien calzada. Una cuadrilla de jóvenes camareros morenos se escabulle entre los clientes con la elegancia de un torero. Margot se interesa por las corridas de toros, pero, una vez pagados los cafés, insiste en visitar el palacio de la Música Catalana.

Con la misma determinación que ha guiado al grupo, Laura decide abandonarlo.

—Voy a pasear con Ethan y Noé por el *parc* de la Ciutadella.

¡Me apunto! Los gemelos empiezan a agitarse, y comprobar con ellos la acústica del palacio de la Música es probable que termine en cacofonía.

—Te acompaño —digo sin pensármelo dos veces.

—¿Estás segura, mamá? —se sorprende Margot—. ¡El palacio es incluso más bonito que la Sagrada Familia!

No insiste, y arrastra a su padre y a Valentin con ella. Antes de alejarse, escucho que Olivier le murmura:

—A lo mejor ya lo ha visitado.

---

[14] En español en el original (N. de la T.).

* * *

Ethan y Noé adoptan inmediatamente el *parc* de la Ciutadella como si también ellos hubieran estado ya, y se dirigen instintivamente hacia los loros. En mi bolso, mi mano se crispa en la piedra del tiempo. Este gesto se ha convertido en un tic que ya no logro controlar. En cuanto surge el pasado. Una postal. Unas palabras.

Para mi hermosa golondrina de las alas de piedra.

Mientras los gemelos se entretienen asustando a los pájaros, interrogo a Laura. ¿Tiene noticias de mi amigo, sí, el que está hospitalizado? Odio esta ausencia de coincidencias desde que he aterrizado en Barcelona. Ninguna mesa coja. Ningún gato en la plaza Sant Cugat. Ninguna alusión en las conversaciones. Un presentimiento atroz me susurra que Ylian ha muerto, o que va a morir, que el pasado se deshilvana y que las casualidades precedentes eran sus últimos jirones. Laura me tranquiliza como si yo fuera una niña, sin hacerme más preguntas.

—Va todo bien, mamá. Martine y Caro están pendientes de él las veinticuatro horas. Me avisarían ante el menor contratiempo.

Por la noche, después de cenar paella y pasta, nos apiñamos todos en las dos habitaciones de la pequeña pensión Carrer d'Hèrcules, a dos pasos de la plaza de Sant Jaume. Valentin, Laura, Margot y los gemelos duermen todos en el salón, y a nosotros nos han dejado la única habitación. No merece la pena protestar, es tan minúscula que no se podría meter otra cama.

Olivier está enfrascado en un libro sobre Gaudí, en español, que ha encontrado en el salón. Admiro una vez más sus esfuerzos. Seguir al grupo sin protestar, interesarse en los museos, participar en las conversaciones; él, que cuando estoy en un avión puede tirarse días serrando, cepillando y limando sin pronunciar ni una palabra. El remordimiento se apodera de mí. Tengo que mostrarme a la altura.

—Voy a preparar un plan para los gemelos —prometo mientras consulto la guía Lonely Planet—. No van a aguantar, como sigamos empalmando tiendas y museos.

Olivier cierra su libro.

—Te pido perdón, Nathy.

No entiendo. ¿Perdón por qué?

—Te pido perdón, Nathy —continúa Olivier—, por el palacio de la Música. La alusión. A Margot.

Me viene a la mente lo que dijo en *plaça* del Sol.

«A lo mejor ya lo ha visitado».

Toda la vida, Olivier ha protegido a nuestras hijas. ¡Ha situado el respeto a la inocencia de su infancia por encima de todo! Tampoco es para derrumbarse hoy. Ni siquiera aquí.

Me estiro en la cama para darle un beso. Un besito en los labios.

—Soy yo la que lo siente. Es una lástima. Laura y Margot podrían haber elegido cualquier otra ciudad…

—Cómo iban a saberlo. No hablemos más de ello, Nathy. Se acabó. ¡Olvidémoslo!

Olivier es perfecto. ¿Se puede amar a un hombre perfecto?

Media hora más tarde, mi plan está cerrado, ¡y Laura no tendrá otra opción! Desayuno en la Boquería para que los gemelos se hinchen a fruta; después parque Güell pare enseñarles los dragones de cerámica y las casas de pan de especias; por la tarde playa, y a continuación regreso por las Ramblas para admirar los mimos.

¡Gracias, abuela!

Laura lo ha aceptado todo. ¿Todavía le quedaba algo de autoridad a su madre?

Después de atiborrarse a melón, melocotones y kiwis cortados en el mercado cubierto, Ethan y Noé juegan al escondite entre las columnas del parque Güell, sin quitarle el ojo a la malvada salamandra gigante. ¡Luego les hemos prometido playa! Los hombres han abandonado. Valentin se ha ido de compras por el Eixample, en busca de dos camisetas de Umtiti y Messi de la talla de los gemelos (¡ya tienen la del XV catalán de los Arlequines de Perpiñán!): Olivier lo acompaña, aunque me imagino que no habrá tardado en abandonar a su yerno. Margot recorre cada rincón del parque Güell armada con su móvil, y continúa recolectando selfis que le servirán para cuando vuelva, sola y estudiante, al gran cachondeo.

Por primera vez desde que llegamos, me siento bien. Desde el comienzo de la mañana, no he pensado en la amenaza que se cierne sobre mí. He conseguido mirar el móvil solo cada diez minutos. ¿O cada cinco? En cualquier caso, menos que mi piedra del tiempo. Sin saber exactamente de quién espero el mensaje. ¿De Flo? ¿De Jean-Max? ¿De Charlotte? No tengo noticias de Los Ángeles. ¿De Ulysse? ¿O incluso de Ylian? Mi número está grabado en su móvil. Yl había recibido mi llamada. Yl…

—¡Foto! —grita Margot.

Valentin, cargado con una bolsa roja y dorada del Barça, y Oli, con una bonita caja de Desigual, se acaban de unir a nosotros.

—¡Todos juntos! —insiste Margot.

Y aquí estamos sentados, alineados, apretados, en el banco-serpiente que domina el parque. Margot le entrega la cámara a un turista coreano. Valentin lo vigila, listo para tirarlo al suelo si intenta largarse con ella. Pedimos al artista asiático que nos haga una foto. Nos hace veinte, casi tenemos que arrancarle la cámara de las manos. Revisamos. En casi todas las fotos salgo con la cabeza girada, de perfil, mirando el parque de abajo, esperando el momento en que el montón de turistas se quede, como por arte de magia, congelado.

¡Ese momento que no llega nunca! No hay magia en la vida. Solo una realidad que nos divertimos inventando.

—¡Venga! Andando a la playa, cachalotes —grita de nuevo Margot, cogiendo a los gemelos por debajo de los brazos y dándoles vueltas.

Se tronchan de risa, bajo la mirada de preocupación de su madre. Yo observo la carrera de mi hija peonza y de sus dos sobrinos con el pelo al viento, hasta que me entra vértigo. Pienso de nuevo en este parque, pienso de nuevo en Ylian sentado en este banco, pienso de nuevo en mi declaración susurrada en medio de los figurantes.

«Te quiero».

No hay figurantes en la vida real. Solo gente real a la que no se quiere hacer daño.

A los gemelos no les ha gustado la playa, demasiada gente, demasiadas olas, demasiada caminata para llegar. En cambio, les encanta correr por las Ramblas y pararse cada diez metros delante de los mimos, a cada cual más extraordinario que el anterior. Laura se arruina echándoles monedas. Cómo resistirse a ver cómo Noé, y después Ethan, se acercan tímidamente a las estatuas vivientes del vampiro ciclista, la diosa alada egipcia, el sombrerero loco de Alicia y Charlot, completamente inmóviles, pero que cobran vida, saludan, estornudan y hacen muecas en cuanto uno de los niños les echa una moneda.

Los gemelos arrastran de nuevo a sus padres para saludar a un caballero que derrota a un dragón verde. Margot se hace un selfi con su papi delante de Eduardo Manostijeras.

Subimos por el paseo, la plaza de Cataluña está a tan solo cincuenta metros, cada vez hay menos mimos. Me he adelantado un poco y espero al resto de la comitiva, cuando lo veo.

Un banco.

Quizá, de todos los mimos de las Ramblas, el más realista y el más sorprendente.

Un banco viviente.

36

1999

Batisto vive en un apartamento abuhardillado, en el sexto piso de uno de los inmuebles del *Passeig* de Colom, al pie de las Ramblas, con una vista fantástica de la columna de Colón y de los veleros del Port Vell. Un viejo apartamento destartalado, con las paredes desconchadas y el parqué arañado que, en cambio, podría parecer nuevo, o recientemente reformado, por el olor a pintura acrílica y a barniz que se agarra a la garganta nada más entrar. Un taller de artista. Botes y espráis de pintura amontonados en las dos habitaciones de la buhardilla. Lienzos extendidos. ¡Lienzos auténticos! No cuadros, sino telas inmensas, manteles, cortinas, pintados, almidonados, plateados o dorados. Solo Batisto puede saber para qué servirán esos tapices.

Batisto está especialmente orgulloso de su última obra, su banco-Gaudí, y me ha explicado, vermú en mano, que está hasta el moño de los esqueletos, zombis y demás monstruos que asustan a los transeúntes. ¡Lo que da dinero es la originalidad! El riesgo es alto, ¡un disfraz equivale a un año de curro! Que puede ser muy rentable... Barcelona es la capital mundial de las estatuas vivientes, las Ramblas su mayor estadio. Se ha llegado hasta cincuenta mimos entre la plaza de Cataluña y el Mediterráneo. Ahora ya las puedes encontrar en todas las grandes ciudades del mundo, la destreza se exporta, pero las auténticas son de aquí. ¡Las estatuas con denominación de origen!

Me cuesta ponerle edad a Batisto. ¿Entre cincuenta y sesenta años? Una cara elástica, a veces arrugada y a veces lisa. Un cuerpo delgado y encorvado, y sin embargo increíblemente vivo y flexible en cuanto se pone de pie. Una cabeza pelada de duende burlón que se desplaza con la gracia de una estrella de la danza. Hace unos días, Ylian estuvo tocando la guitarra en las Ramblas, durante toda la tarde, enfrente del banco-Gaudí. A la hora del aperitivo, el banco invitó al guitarrista a sentarse en él, a compartir una cerveza, luego unos carbonara en su casa y luego a quedarse a dormir. «¿No vas a pasarte la noche en un albergue juvenil, no, hermano?». Los dos artistas se han adoptado. Ylian podía quedarse. Una noche, o dos, o diez. Siempre y cuando no tocara nada.

Batisto es un viejo artista un poco maniático. Y bastante rico... Gana más en la calle con su banco que trabajando como actor en una serie de televisión o de payaso en un circo. Al menos es lo que nos cuenta mientras sumerge tres aceitunas verdes en su vermú; pero el dinero no es nada, ¡lo que cuenta es la gloria! Batisto, como el resto de las estatuas vivientes más bonitas de las Ramblas, es plasmado cada día por miles de fotógrafos, expuesto en álbumes de viaje en todos los continentes, alimenta conversaciones. ¿Has ido a Barcelona? ¿Has paseado por las Ramblas? ¿Has visto al diablo-serpiente? ¿El pulpo gigante? ¿El banco viviente? Batisto tiene admiradores armenios, sudafricanos, chilenos... ¡Libre, famoso y anónimo! Una ecuación imposible para cualquier otro artista.

¡Batisto me ha gustado desde el primer momento! A él le encanta que yo sea francesa. Se llama Batisto en honor a Debureau, el Pierrot de *Los niños del paraíso*. Es divertido, afirma que tengo la risa de Garance, habla sin cesar, gesticulando mucho y de manera nerviosa. Hace preguntas sin escuchar las respuestas, me sonríe, mira con ojos golosos a Ylian y luego, de golpe, sin previo aviso, abre de par en par la ventana que da al Port Vell, «venga, largo, aire, a la habitación, tortolitos, y dejadme en paz, que necesito calma para cocinar, voy a haceros un *risotto* de la casa que ya me contarás, querida Garance, mientras tanto ¡largo de aquí!». Y da un portazo encerrándonos en la única habitación. Unos minutos más tarde, el olor a champiñones y chalotas cubre el del acrílico. Y el sonido de la música en el salón nuestra conversación.

Tommy, The Who. ¡A todo volumen!

—Batisto tiene bastante buen gusto musical —afirma Ylian apoyando su gorra en la mesilla—. Y cocina como los dioses.

Me he acercado al tragaluz, el Port Vell se extiende ante mí. Los turistas pasean por las tablas del Moll de la Fusta, se paran delante de un yate, sueñan, posan delante de sus barcos de ensueño, para creérselo mientras dura la foto, antes de que caiga la noche. Los últimos rayos de sol me deslumbran. Cierro los ojos un instante y murmuro:

—¡Tengo una sorpresa para ti!

Lentamente, me desabrocho la camisa, solo unos botones, los de arriba. Dejo que la tela se deslice por mi hombro desnudo, liberando la golondrina negra grabada en mi piel.

Oigo cómo Ylian se acerca por detrás, antes de que yo añada:

—Nació ayer, todavía es un poco frágil…

Con suma delicadeza, Ylian la besa con la punta de los labios.

Me doy la vuelta.

Quiero recordarlo todo.

Los últimos botones que saltan, mi camisa que cae, el sujetador que se desliza, yo temblando, ardiendo, muriendo, renaciendo; quiero recordarlo todo, el tintineo de su cinturón, mi falda y su pantalón desperdigados por el parqué, el techo inclinado de la buhardilla, el tragaluz ovalado, la lámpara de la mesilla, el olor de la albahaca y del acrílico, este soñar despierto, ser una amante de otro siglo que se entrega a un artista bajo los tejados; quiero recordar todo lo que mi mente imagina, quiero vivir este instante y verme viviéndolo, *carpe diem*, coger el día y rápidamente pegarlo en un herbario para conservarlo para siempre. No quiero olvidar los labios de Ylian en mi vientre, la textura de su piel morena, su boca que me devora, yo gritando desenfrenada bajo las guitarras de los Who, disfrutando; no quiero olvidar mi audacia, el frío del cristal en mis pechos aplastados, el cuadro de nuestros cuerpos desnudos en el espejo, cada expresión de la cara de Ylian cuando Yl estalla en mi interior, cada juego de luces en sus nalgas cuando se levanta para fumar en la ventana, el olor de su sudor cuando, arrodillada detrás de él, le beso la cintura, mientras mis manos despiertan su deseo en el reverso de su espalda. No quiero olvidar mi embriaguez, mi cansancio, su ternura. Quiero recordarlo todo. Quiero coger el día, las horas, los minutos, los segundos, y no dejar que nunca se marchiten.

—Está listo.

Batisto ha colocado una mesita y tres sillas en el balcón, justo enfrente de las torres Jaume I y Sant Sebastià, las dos viejas columnas de hierro que nunca derribaron y que parecen dos puestos de socorrista para gigantes. Unas cabinas rojas de teleférico, tan grandes como mariquitas domesticadas, suben y bajan entre las torres y por la colina de Montjuic.

Batisto es tan buen anfitrión como el *risotto* de boletus y chorizo que ha preparado. Capaz de tirarse una noche entera hablando de hombres mudos. Sin superar el límite de la vulgaridad. Cabezas decapitadas, mimos sentados en váteres... ¡Dios mío[15], lo que se hace por los niños! De sus investigaciones, de sus ideas, de sus sueños, una estatua que desafiaría las leyes de la gravedad, incluso más espectacular que las de esos cabrones de Carlos y Benito, que logran disfrazarse del Maestro Yoda descansando en un bastón a un metro del suelo o del Principito colgado del vuelo de unos pájaros salvajes. ¡Ya lo conseguirá él también!

---

[15] En español en el original (N. de la T.).

Mientras Ylian toca la guitarra y su música parte para hacer bailar a las mariquitas que sobrevuelan el Port Vell, Batisto me saca unas láminas con dibujos de un Adán levitando, ¡unido a un dios barbudo por un solo dedo!

Me encuentro tan bien. Estoy tan lejos de Porte-Joie. Estoy viviendo unos instantes mágicos en una buhardilla de artista. Como antes de mí lo hicieran Pilar amando a Miró, Olga amando a Picasso, Gala amando a Dalí. Estoy desnuda sobre una colcha dorada parecida al tapiz de una diosa india, y el viento del Mediterráneo sopla una brisa cálida en mi piel. Batisto me tiende un cigarro.

Todo lo que estoy viviendo es tan surrealista. Cojo el día como si fuera una flor exótica. Una flor que solo crece en mi jardín.

37

2019

Sopla una brisa suave en el puerto dormido. Un viento holgazán y bromista que no tiene el valor de hinchar las velas de los yates amarrados en el Port Vell, y mucho menos de hacer que se tambaleen en el aire las mariquitas colgadas de su cable; pero que no obstante se divierte levantándome mi pañuelo de Desigual y agitándolo en mis narices.

Gracias, Oli.

El pañuelo es bonito, como me gustan a mí, medio pastel, medio rebelde, excéntrico y romántico a la vez. Olivier siempre ha tenido un don para hacerme el regalo justo en el momento más oportuno: un ramo de flores cuando nuestra casa en Porte-Joie me parece demasiado gris, un perfume cuando el olor a cocina me empieza a molestar, ropa interior sexi cuando el deseo se apaga. Oli siempre ha sabido anticiparse a mis necesidades. Controlarlas, a falta de satisfacerlas.

Oli me conoce. Más que cualquier otra persona.

No me ha creído cuando esta mañana me he levantado antes que los demás, cuando he puesto como excusa que tenía que hablar con Flo y Jean-Max sobre el vuelo a Yakarta del día siguiente. Los informativos 24 horas hablan solo de lo mismo desde ayer por la noche, la réplica del tsunami en Indonesia: casas anegadas, coches arrastrados, carreteras cortadas, turistas desconcertados y

largas colas de refugiados dirigiéndose hacia los campamentos de emergencia del interior. Los expertos se suceden para hablar de la Venecia de Asia que se hunde en la tierra, de los treinta millones de yakarteses que viven a menos de diez metros por encima del nivel del mar, bajo la amenaza de inundaciones recurrentes en cada estación lluviosa, de la corrupción, de la inconsecuencia de los poderes públicos que han abandonado en fase de construcción el Great Wall, la mayor pared submarina del mundo, destinada a proteger la capital indonesia. Olivier, antes de que yo cierre la puerta con cuidado para no despertar a los gemelos, me ha recordado simplemente que nuestro avión sale en cuatro horas.

—¡No tardaré mucho, no te preocupes!

Mi respuesta casi me hace sonreír mientras bajo las escaleras de la pensión.

¿Olivier no preocuparse?

Me detengo al final de las Ramblas, a los pies de la estatua de Colón. El navegante, encaramado a su columna de sesenta metros, sigue señalando con el dedo en dirección al mar. Le doy la espalda —lo siento, Cristóbal—, para observar los edificios que bordean el *Passeig* de Colom, mientras llamo a Flo.

No he mentido a Olivier. Al menos, no del todo. Realmente necesitaba hablar con mis compañeros para verlo todo más claro. ¡Necesitaba tomar un poco el aire! Y necesitaba volver aquí, al *Passeig* de Colom, volver a ver la fachada de este inmueble, el tragaluz del sexto piso, bajo la buhardilla, empujar la puerta del pasillo, en el número 7, subir la escalera si tengo valor, llamar a la puerta. No pienso en otra cosa desde ayer, desde que me crucé con Batisto en lo alto de las Ramblas, el mismo mimo, el mismo lugar, veinte años después. Él no se ha fijado en mí, pero yo sí que lo he visto.

* * *

—¿Nathy? ¿Eres tú, Nathy?

La voz de Florence me saca de mi ensoñación.

—¿Flo?

Le aclaro rápidamente que estoy en Barcelona, con mi familia, y que volveré a París por la tarde.

—¡Tómatelo con calma, cariño! Veo difícil que despegue nuestro avión para Yakarta. El aeropuerto se ha convertido en una piscina olímpica. Están cancelando todos los vuelos comerciales y los están sustituyendo por servicio aéreo humanitario. Están buscando voluntarios, personal de cabina con nociones de socorrismo. Me he presentado como candidata... ¡Oye, que cuando tenía veinte años, hice tres meses de Medicina! Jean-Max también está en la lista. Y Charlotte, tiene agallas, la niña... En principio, salen mañana para aterrizar en Denpasar. Luego llegarán a Yakarta en barco.

—A no ser que los dos prefieran quedarse en Bali.

Se me ha escapado. Escuchaba a Flo sin prestarle demasiada atención, ocupada en escrutar la más mínima silueta detrás del tragaluz del sexto piso del *Passeig* de Colom.

—¿Por qué? ¿Qué iban a hacer esos dos allí?

¡Seré gilipollas! He hablado demasiado. Flo es muy astuta. Bueno, qué le vamos hacer, ¿por qué seguir ocultando lo evidente? Tampoco es que Charlotte disimule mucho poniendo ojitos a su piloto, y Flo sabrá guardar el secreto.

—¡Porque Jean-Max se está tirando a la pequeña Charlotte, amiga! ¿Qué te pensabas?

—¿Qué?

—¡Que están enrollados, Flo!

—¿Estás... estás segura?

Me quedo a la espera de que Flo empiece a soltar gritos cual portera entusiasmada; pero, al contrario, su voz adopta una entonación de abuela asustada. Más que asustada, disgustada.

—¡Sí, estoy segura! Charlotte me lo ha confesado. Solo yo

estoy al corriente, pero ¡te juro que una vez que lo sabes, ya no puedes ver otra cosa!

Siento una mezcla de vergüenza y de placer culpable por revelar a Florence una intriga sentimental de la cual ella no había sospechado nada, a pesar de las pistas que había diseminadas delante de los ojos. De hecho, parece que mi amiga no tiene nada que decir. ¿Molesta?

—¿Flo? ¿Flo?

—...

—Flo... ¿Qué pasa? ¿No me irás a decir que te ofende la diferencia de edad? Charlotte tiene lo que hay que tener para seducir a un tío y, como muy bien has dicho, ¡tiene agallas, la niña! Ya son mayores. Ella se divierte. Jean-Ligón-Max se divierte. Todo en orden...

Flo deja pasar un nuevo y largo silencio. La oigo sorberse los mocos. Ya no reconozco la voz burlona de mi amiga.

—Antes, Nathy, antes... Jean-Max ya no es así. Al menos... Es lo que yo cre... Es lo que yo creía...

Tengo la impresión de estar hablando con sor Emmanuelle.

—¿Que creías qué, Flo?

Esta vez, Flo ya no retiene sus sollozos.

—Nadie en Air France lo sabe, Nathy. ¡Nadie! Ni a Max ni a mí nos apetece que nos toquen las narices. De todas formas, aparte de estas dos últimas semanas, ya casi nunca volamos juntos.

Mi mano hace una ovillo con el pañuelo de Desigual. Tengo miedo de estar entendiendo.

—¿Qué me estás diciendo, Flo?

—¡Joder, pues que es él, Nathy! ¡Es él! ¡Max! ¡El tipo con el que vivo! Ese tipo perfecto al que nunca has visto, el que tiene pasta y que me da libertad para viajar. Es él el hombre al que amo y el que me prometió hace nueve años que dejaría de hacer gilipolleces. ¡Jean- Max! ¡Él es mi marido!

* * *

Mierda... Al final cuelgo, agarrándome a lo que puedo. Quizá Charlotte se lo haya inventado. Quizá solo hayan tonteado...

¡Flo y el comandante Ballain, juntos!

Ahora entiendo ese continuo secretismo y las mentiras que me contaban Jean-Max y Florence, con su actitud a veces extraña, su intercambio de mensajes en el Chicano Park. Me guardo el teléfono en el bolso y bordeo el *Passeig* de Colom, azotado por el viento del puerto. ¡Y también entiendo mi terrible metedura de pata! ¡Pero qué lerda! Una chica me confiesa el nombre de su amante casado... ¡y voy yo y se lo cuento a la mujer a la que engaña! ¡Peor que en el peor de los vodeviles! Mientras camino, trato de excusarme. ¿Cómo iba yo a sospecharlo? ¿Cómo ha podido Flo ser tan crédula? Jean-Max Ballain, convertido en un santo que solo ama a una mujer. A una sola. Ella...

Llego al 7 del *Passeig* de Colom. No tengo más que empujar la puerta de cristal.

Ya sé que voy a subir la escalera. Que si Batisto me abre, voy a entrar, me voy a quedar y voy a hablar mucho tiempo. He hecho todo lo que estaba en mi mano para que mi mente se olvidara, pero mi cuerpo no obedece, se despierta, vibra, marcado para siempre por aquellas horas pasadas en esta buhardilla de artista. En otra vida. Hace una eternidad. Voy a subir, sin pensármelo dos veces. Y sé que voy a sufrir a muerte. Pienso de nuevo en Flo, mi guerrera, tan inocente.

Tan pronto como amamos, ¿nos volvemos todas tan estúpidas?

Mientras subo las escaleras, seis pisos sin ascensor, me tomo mi tiempo para escribirle un mensaje a Olivier.

Me voy a retrasar un poco. Volveré antes de mediodía.

Encontraré una excusa, le llevaré un regalo. No tengo ni idea de cuál, improvisaré a la vuelta en alguna de las tiendas de regalos

del Barri Gòtic. ¿El amor termina cuando uno ya no sabe qué regalar? Me desato el pañuelo. Si es así, Oli me sigue amando.

Tengo calor, me cuesta recobrar el aliento, ¡y solo voy por el cuarto! Y pensar que la musa treintañera que fui se ventilaba los seis pisos casi corriendo, con la falda al viento y las piernas al aire, perseguida por las manos largas de su saltimbanqui.

Le envío el mensaje a Oli. Si la excusa del regalo no basta, le contaré lo de Flo y Jean-Max. Con semejante notición, comprenderá que me haya estado un tiempo al teléfono con mi amiga. Olivier me ha oído hablar con frecuencia del comandante Ballain, conoce su reputación de donjuán, pero sobre todo conoce a Florence, de cuando se venía a dormir a casa, cuando estaba soltera. A Olivier le caía muy bien Flo. Se quedará tan alucinado como yo.

¡Sexto piso!

Uf... Sin aliento.

Batisto Nabirès. El nombre del mimo está escrito bajo el timbre de la puerta.

¡Uf, sigue viviendo aquí!

Me guardo el teléfono en el bolso. Antes de alargar el índice, no puedo evitar la tentación, convertida ya en un mal acto reflejo: coger la piedra del tiempo, notar su peso en la palma de mi mano, acariciar su superficie lisa con la punta de los dedos. Para infundirme ánimo. Para conectar pasado y presente. Mis dedos inspeccionan, buscan, se enfadan.

¡La piedra ya no está!

Empiezo a acostumbrarme: mis dedos, a forma de grúa, clasifican, levantan bolis y pintalabios, monederos y agenda, y luego los dejan caer. ¡Nada! Sé ya que no la encontrarán.

Me doy cuenta de que ni siquiera me sorprende. Esta piedra seguía en mi bolso ayer. Su desaparición casi me tranquiliza. Me permite tachar la peor de las hipótesis: alguien a mi alrededor se divierte al robármela, o al devolvérmela. Ayer solo estuve con mi familia, y con mis compañeros cuando esta piedra jugó al escondite en Montreal o en San Diego. A menos que me imagine el más delirante de los complots, definitivamente soy yo la que está zumbada... ¡O mi piedra es realmente mágica!

Llamo.

Espero.

Oigo.

Pasos lentos.

La puerta se abre despacito.

Batisto se me queda mirando. Su cara es ahora la de un anciano, un mimo cuya cara elástica se ha derretido, se ha demacrado y luego se ha endurecido con cera, cuyas piernas gráciles han sido clavadas a un pedestal. Solo su mirada de duendecillo bromista no ha envejecido.

Me regala una sonrisa agrietada.

—¿Garance? Entra. Entra, por favor.

Como si me llevara esperando desde hace años.

38

1999

Olivier no ha traicionado nunca a Nathalie. No recuerda haberle mentido u ocultado deliberadamente nada. Siempre ha tenido la impresión de haberle hablado con la misma libertad con la que expresa mentalmente sus ideas, sin una diferencia real entre sus reflexiones internas y aquellas que comparte con su mujer. Según él, es eso lo que justifica que vivamos día a día con una persona: que el cerebro deje de ser una prisión en la que los pensamientos den vueltas, y que su cabeza sea transparente, y esté abierta a aquella a la que ama. Ese es su concepto de libertad.

Olivier traga, con la esperanza de librarse del gusto ácido que le abrasa el paladar. No obstante, se esfuerza en sonreír, con los labios apretados, volviéndose hacia Laura, que está en la parte de atrás del coche. A la niña, sentada en su alzador, no le ha dado tiempo a quitarse su cartera Razmoket. Da igual, papá, ¡arrancas y ya casi hemos llegado! Tiene razón, el colegio de Porte-Joie se encuentra a menos de dos kilómetros de su casa. A veces, en los mejores días de verano, van a pie bordeando el Sena. Laura se entretiene pegando la nariz en el cristal del coche para llamar a Lena, Anaïs y Manon, sus amigas que ve en la acera.

—Tranquila, Laura, no pueden oírte.

Olivier aparca en una de las plazas del pequeño aparcamiento que hay delante del colegio. La bilis se le atasca en la garganta, le quema la nariz, le pican las fosas nasales. Va a traicionar a Nathalie.

En cuanto Laura se escape, riendo, para unirse a sus compañeras de Primaria, en cuanto haya cruzado la verja del colegio, él la traicionará.

En los diez años que llevan viviendo juntos, nunca ha logrado entender a ciencia cierta lo que Nathalie siente por él. Nathalie no es como él, ella no deja que sus pensamientos paseen libremente por su hogar; al contrario, ella deja que se evadan sin autoridad alguna, contradictorios, como una leonera, imposibles de ordenar. Pero Olivier está seguro de una cosa: Nathalie admira su franqueza. Su integridad. Su estabilidad. A ella le gusta que no sea el típico jeta que se pasa el día contando milongas. Que sea de esos que hablan poco, pero que dicen las cosas. De esos en los que se puede confiar. De aquellos en los que buscas apoyo.

Como una mesa, una silla, una cama.

Sólido. Esa es la palabra. Sólido.

—¿Qué haces, papá? ¿Me abres la puerta o qué?

Laura odia quedarse atrapada por el cierre de seguridad para niños. Olivier la libera, le da un beso, ¡pasa buen día, papá! Se va. Olivier tiene que dar varias manos, besar algunas mejillas, intercambiar algunas palabras. Mientras los niños van a clase, todos los padres de los pueblos se conocen. Las madres son parlanchinas y los padres siempre parecen agradables.

¡Qué ilusión!

El revuelo delante del colegio dura todavía unos minutos. Luego, de repente, a las 8:30 h en punto, todo se detiene. Nada de vida. Nada de ruido. Solo un patio de colegio vacío y una calle desierta.

Es el momento.

Mentir. Traicionar.

Olivier, sentado al volante, comprueba por última vez que está solo. Curiosamente, la adrenalina consigue frenar sus ácidos. Le invade una emoción que odia. ¿La misma que empuja a los ladrones, a los asesinos, a actuar de nuevo? ¿En qué engranaje está metiendo el dedo? ¿Por qué? ¿Por qué?

Saca su móvil y marca el número de Florence.

Mientras sus dedos tantean, su mente visualiza la cara de la joven azafata, sus mejillas redondas, sus rizos rubios, sus ojos azules y esa risa aferrada a sus pómulos con hoyuelos. También visualiza su cuerpo, quizá un poco regordete. Carne para ser esculpida. Una silueta que se volvería perfecta en manos de una artesano que supiera dónde lijar, cepillar, limar. Justo al contrario del cuerpo de ramita de Nathalie.

—¿Flo?

—…

—Flo. Soy Olivier.

—¿Oli? ¿Qué sucede? ¿Le ha pasado algo a Nathalie?

Olivier se había preparado para esta reacción de sorpresa. No por haber intercambiado algunas miradas cómplices, algunas risitas, por haber puesto cara de apuro al cruzarse con poca ropa por la mañana para ir al cuarto de baño, iba a esperar Florence esta llamada. Para ella, él debe de ser el típico marido fiel y de confianza. Lo único que puede extrañarle es que tenga su número de móvil, que ha tenido que conseguir astutamente de la agenda de Nathalie. Una vez más, Olivier duda si colgar. Todavía tiene tiempo. Se odia. El veneno es más fuerte, se escucha hablar con una voz que no parece la suya.

—No, Nathalie no está… Ella… Ella no está al tanto… Yo… Quería que habláramos tú y yo…

Florence parece inmediatamente eufórica. ¿Demasiado? Guau… ¿Un complot? ¿Estás organizando el cumple de Nathy y estás reuniendo a sus amigas? ¿Quieres una idea para el regalo? ¿Tienes algo en contra de los Chippendales?

A Olivier también le encanta el humor de Flo. Su alegría de vivir sencilla y comunicativa.

—No… No exactamente… Es… es difícil contártelo por teléfono… Quizá podríamos… vernos…

—…

De golpe, la euforia de Flo se ha transformado en recelo. Incluso en desconfianza. La misma que agudiza nuestros sentidos cuando se percibe demasiado tarde el peligro. Olivier no ha esperado lo suficiente. Y, sin embargo, está seguro de que Florence le encuentra mono, interesante, que habrían podido acabar juntos si él hubiera estado libre, que, en el fondo, Flo debe de sentirse halagada. Estupefacta por su llamada, pero halagada. Simplemente, basta con no precipitarse.

—¿Tú… andas por aquí en estos momentos?

—Sí, sí, pero…

—Quiero decir hoy…. ¿Podríamos vernos hoy?

—¿Hoy? No va a ser…

Olivier la corta.

—No estás sola, ¿verdad?

Se reprocha a sí mismo haber sido otra vez demasiado rápido. Pero no tiene otra opción, ¡tiene que aprovechar el efecto sorpresa! Jugársela al todo. ¡Doble o nada! Flo se queda un buen rato en silencio. Una madre pasa por delante del coche aparcado, tirando con una mano de su crío de ocho años, que llora, y con la otra de la cartera. Stéphanie Levasseur, la madre de Diego. Ella no lo ve. Finalmente, Flo reacciona. Su timbre de voz ha cambiado de la euforia a la rabia, sin pasar por la opción ironía.

—Sí… Sí… Pero… Espera, Olivier, ¡debo de estar soñando! ¿Me estás proponiendo una cita?

Oli se seca las gotas de sudor que ruedan por sus sienes. Su corazón está desbocado. ¡Ya tiene su respuesta! Le entran ganas de aplastar el volante, de golpearse la cabeza con el salpicadero. Todo se desmorona. Encuentra fuerzas para articular.

—No… No, Flo… Es… Es… Olvídalo, Flo, olvídalo. Se me había ocurrido una ida, pero es una estupidez… Voy a colgar… No le cuentes nada a Nathalie, por favor.

Ahora Florence se muestra cortante.

—Evidentemente, ¡por quién me tomas! —Antes de compadecerse—. ¿Estás… estás bien, Oli?

—Sí… Sí… pero no le cuentes nada a Nathalie. Era una gilipollez… La quiero, ¿sabes? ¡La quiero más que nada en este mundo!

—Pues eso ya lo sé yo. ¡Salta a la vista, cabrón! ¡Así que cuida de ella y no dejes que se escape!

—Gracias, Flo.

Cuelga. Maldición. Dos veces maldición.

Acaba de traicionar a Nathalie; pero antes, Nathalie lo ha traicionado a él.

Tenía razón y se maldice por tener razón, por haber sospechado de su mujer, por haberla espiado, por haberle robado de la agenda el número de su mejor amiga, incluso por haberse atrevido a llamarla con la excusa más burda…

Vuelve a pensar en lo que le dijo Nathalie antes de marcharse a Barcelona.

«Cariño, he hecho una petición. Solo tres días. De martes a jueves. Con Florence, Laurence y Sylvie, otras dos azafatas».

Se reprochó no haberla creído, luchó contra sus sospechas, le habría gustado cerrar los ojos y simplemente esperar a que Nathalie volviera, como de costumbre. Pero Nathalie no estaba como de costumbre. Se acuerda de Nathalie, perdida en sus sueños al borde del Sena, apenas contestándole, ¿vienes a comer, castorcito? ¿vienes a contarle un cuento a Laura? ¿te vienes a la cama? Vuelve a ver ese tatuaje de la golondrina, ese capricho repentino, y reúne todas esas pistas convergentes.

Tres días de vacaciones entre amigas.

Bastaba con llamar a Florence para comprobarlo. Bastaba con pillarla por sorpresa, fingiendo un coqueteo un poco torpe, para descubrirla, aunque Nathalie la hubiera puesto al corriente. Si se hubiera conformado con preguntar «¿Está contigo Nathy? ¿Qué tiempo hace por Barcelona?», ella habría sospechado.

«Sí, por aquí ando».

«Sí, estoy sola…»

Florence no está en Barcelona. Nathalie le ha mentido.

Olivier pierde la noción del tiempo. Los gritos de los críos le sacan de su letargo. Los niños salen al recreo gritando, ve el abrigo de Laura, a través de la verja, detrás de los toboganes. Aterrorizado, arranca. Hay que evitar que Laura lo vea. Hay que evitar que se pregunte qué hace ahí su papá. Todo se está torciendo.

Hay que salvar lo que todavía pueda ser salvado.

Las palabras de Flo resuenan de nuevo en su cabeza.

«Pues claro que la quieres. Eso salta a las vista, cabrón».

«¡Así que cuida de ella y no dejes que se escape!».

¿Será capaz de callarse? ¿Será capaz de mentir? ¿Será capaz de no decir nada? ¿De besar los labios que ha besado otro? ¿De mirar cómo Nathalie se desviste sin pensar que otro la ha visto desnuda, otro al que ella quiere gustar, otro al que ella se entrega, otro para el cual se ha mutilado la piel para siempre?

Una golondrina.

Para que no pueda olvidar que ella está enjaulada con él.

¿Será capaz de hacer como que no se ha enterado de nada? ¿Será capaz de guardarse para sí sus pensamientos? ¿De encerrarse, también él, a su manera, en una prisión?

39
2019

—Entra, Garance.

Entro. El apartamento de Batisto ya no huele ni a acrílico ni a pegamento. Ya no huele a nada. Ya no hay espráis de pintura amontonados en el suelo, ni tapices colgados, ni un batiburrillo de herramientas, cartón, madera y escayola por ahí acumulados. El apartamento está impecablemente ordenado. En el salón, Batisto ha colocado un sofá malva, con la estructura de madera, un modelo que no se puede abrir. Deduzco que Batisto debe de dormir en su habitación, y que los amantes de paso son pocos. El suelo de parqué está encerado. En las paredes hay colgados cuadros de Miró, de Dalí, y una recopilación con los mimos más bonitos de las Ramblas. Unas flores secas y una cesta de fruta decoran la única mesa. El apartamento, decorado con gusto y esmero, un poco pasado de moda, ya no tiene nada que ver con el piso de soltero de un artista. «Más bien la habitación de un asilo», me susurra un mal pensamiento.

¿Qué edad tiene Batisto? ¿Entre setenta y ochenta años? Me acerco a la ventana. La vista del Port Vell sigue siendo espléndida. El sol hace brillar las escamas de bronce del Peix, el pez gigante de acero que hay por encima de la playa. Formo un montón de palabras introductorias, como estoy acostumbrada a hacer en los aviones con los pasajeros tímidos que mendigan con la mirada un poco de atención, he venido con mi familia, dos días, mi avión despega en cuatro horas, es la primera vez que vuelvo a Barcelona, no hemos parado desde ayer, yo estoy bien, tengo una segunda hija que ya es mayor, ¿y tú? La vista desde aquí sigue siendo una pasada, cualquiera diría que no ha cambiado nada desde 1999, podrían celebrarse los Juegos Olímpicos mañana mismo, tú también, Batisto, estás en plena forma.

Batisto se limita a esbozar una sonrisa de *clown* triste. Sin contradecirme. No va a aguar la fiesta. Me vuelvo hacia él. Me pregunto qué pensará de la mujer que tiene delante, con el pelo demasiado negro para no ser gris, de esta Garance con una confianza en sí misma que roza la arrogancia, con un pañuelo estiloso, cincuentona coqueta, abuelita moderna. ¿Se estará preguntando también él qué ha sido de la enamorada sensual, la chica de los hombros desnudos que se cubría con una colcha ligera, acurrucada contra Ylie, la soñadora que soplaba hacia la estatua de Colón el humo de su cigarro?

—¿Qué ha sido de tu vida, Batisto, desde 1999? Desde que me fui.

—Pues qué quieres que te cuente. Las estrellas se apagaron, lisa y llanamente. El viento ha seguido soplando. Los ríos fluyendo. El mar subiendo, ha borrado vuestros nombre de la arena y luego se ha retirado, dejando la playa virgen para otros enamorados. Así es la vida, Nathalie.

Instintivamente, busco la piedra del tiempo en mi bolsillo. ¡Idiota!

—¿Quieres un té?

—Cuéntame…

No me propone nada más, ni alcohol, ni cigarros, ni siquiera café. Solo té. Se dirige a la cocina. Camina con dificultad. Adapta sus palabras a su paso lento.

—Ylian se quedó unos días. Conoces una parte de lo que vino después. Cogió un vuelo a Yakarta. Luego volvió. Aquí. Creo que

no tenía otro lugar adonde ir. Se quedó varios meses. Intentó abrirse camino. Trabajó muy duro. La calle. Los bares. Las discotecas del puerto. Tocó mucho, ganó poco. Luego, un día, se cansó de estar de okupa, de ir tirando, y se volvió a París.

Dosifica con precaución infinita las cucharadas de té. Aprovecho para dar unos pasos por el apartamento, dirigirme a la habitación, echar un vistazo. Me arrepiento de inmediato. Cortinas echadas, sábanas grises sin arrugas, almohadas alineadas. Hay una lámpara de noche colgada a la derecha de la cama, un libro apoyado en la mesilla, *La sombra del viento*, de Carlos Ruiz Zafón. Un par de gafas. Una caja de Temesta. ¡Solo falta el vaso para la dentadura! Una habitación de ancianito, una habitación que permanecerá idéntica, quizá durante años, hasta que unos vecinos preocupados descubran a Batisto tumbado en la cama, dormido para siempre desde hace varias noches.

Trato de poblar la habitación con mis recuerdos. De volcar la cama. De arrugar las sábanas. De reventar las almohadas. De abrir la ventana. Mi cuerpo se estremece. ¿Las paredes conservan para siempre la huella, el olor, los gritos de los amantes que han escondido?

Batisto me tiende una taza de té. Sin precisarme su origen, que, no obstante, ha elegido minuciosamente. Insisto.

—Cuéntame más, Batisto. ¿Lo has vuelto a ver? ¿Has tenido noticias suyas después de París?

—No. No, Nathalie, ninguna. Desapareció. Casi de la noche a la mañana. Incluso tuve miedo de que hubiera hecho una gilipollez.

—¿Qué gilipollez?

Batisto me mira con expresión severa.

—¿Qué gilipollez? ¿En serio quieres que te lo diga? ¡Dejarse morir! Pegarse un tiro en la cabeza, lanzarse debajo de un coche, encontrar cualquier excusa para acabar con su vida... Nathy, Ylian sufrió mucho después de Yakarta.

—Yo también sufrí mucho.

Batisto se toma su tiempo para beberse su té, sin contradecirme. Más se eterniza la conversación, y más tengo la sensación de que hay algo que no va en este apartamento. Batisto me está ocultando algo, una verdad capital y decisiva, que no logro identificar. Un poco como si hubiera estado esperando mi llegada y eso explicara por qué su apartamento está demasiado bien ordenado.

Batisto me observa mientras bebo. Sus ojos me miran con dureza.

—Ylian y tú hacíais una bonita pareja. Él te quería, tú le querías... Lo estropeaste todo.

—No fue culpa mía... Y lo sabes.

—Tampoco suya...

—Yo también sufrí. Sufrí más que él.

—Si tú lo dices.

¡Sí, yo lo digo! Tú no lo sabes todo, Batisto. ¡No sabes lo inconfesable! Miro el reloj. Mi avión despega en tres horas. No puedo marcharme así. No sin informar a Batisto. Me armo de valor y, con la mirada dirigida hacia el Port Vell, sigo durante unos segundos el ascenso de una cabina-mariquita hacia el Montjuic y luego le revelo las terribles noticias. Ylian trabajando en la Fnac del distrito diecisiete, atropellado hace diez días en la *avenue* des Ternes, hospitalizado. No soy capaz de mencionar la tesis del asesinato. Batisto no tiene necesidad de eso.

Batisto se sienta en el diván. Lo que le acabo de contar le ha dejado sin fuerzas. Helado, de nuevo estatua de piedra en un banco. Tengo la impresión de que, durante estos años, realmente se había imaginado que Ylian se había suicidado; y que hubiera preferido enterarse de eso, de que su amigo había muerto de pena, una muerte libre y trágica, antes que bajo las ruedas de un conductor imprudente al salir del centro comercial en el que sobrevivía junto a otros cientos de empleados.

El tiempo vuela. Marcharse ahora es difícil, más difícil que nunca, pero no me queda otra; Valentin, Oli, Margot, Laura y los

gemelos deben de estar ya preparándose para coger un taxi a El Prat. Consulto cada vez con más frecuencia mi teléfono, a la espera de un mensaje de Olivier.

—Me tengo que ir, Batisto.

—Por supuesto.

Pero, aun así, no consigo abandonar este lugar. No soy capaz de dejar a este viejo artista en semejante estado. Y además, no puedo abandonar este apartamento sin identificar ese detalle que no cuadra. Esa corazonada de que se me está escapando algo. Esa sensación de que, una vez más, toda esta conversación ha sido amañada, preparada, acordada. Quizá simplemente sea la nostalgia de haber vuelto aquí. Simplemente la tristeza. Ni sombra del pasado. La piedra del tiempo no ha funcionado. Lógico, ¡me la han robado!

—¿No tienes nada más que contarme, Batisto?

—Sí, pero hoy ya no serviría de nada…

No entiendo lo que insinúa. Y no tengo tiempo para insistir. Mi familia me espera. Mi avión va a despegar. Me acerco a la puerta de entrada y dejo que mis ojos vaguen por última vez por la habitación, demasiado ordenada. Pienso en otra noche, una última noche, cuando todavía todo era perfecto…

Antes del tsunami.

40

1999

—Este tipo de certeza se presenta solo una vez en la vida.

Lo murmuro a la ventana, un ligero soplo cálido empaña el cristal del tragaluz, una pequeña nube de vapor a la que doy forma de nuevo con los dedos para formar un corazón. Me he despertado la primera. Me quedé dormida pegada a Ylian. No sé a qué hora de la noche nuestros cuerpos se han separado, quién ha sido el primero en alejarse, si uno de nosotros, inconscientemente, ha buscado al otro bajo las sábanas.

Durante un buen rato, he abrazado el cuerpo candente de Ylian, antes de levantarme. El Port Vell sigue dormido. Ni rastro de mariquitas en el cielo. Solo Cristóbal apuntando con su dedo hacia el sol de levante, y cientos de veleros bien amarrados pasando de todo, conscientes de que ya no queda ningún continente por explorar. Me imagino el olor del café y del pan tostado, preparados por Batisto, puestos en el balcón, justo al lado. Me imagino que desde el espigón, desde los yates, nadie puede distinguir mi desnudez. *Este tipo de certeza se presenta solo una vez en la vida.* En mi cabeza, trato de acordarme de cada gesto de Meryl Streep frente a Clint, su manera de abrir la ventana, de sostener el cigarro mientras exhala el humo, de mirar cómo se aleja la camioneta en medio de una nube de polvo al fondo de la carretera de Madison. Imitar sus gestos. Oigo a Ylian moverse entre las sábanas, y esta vez repito en voz alta.

—Este tipo de certeza solo se presenta una vez en la vida.

Ylian es demasiado cinéfilo para no pillarlo.

—Lo sé, Nathy. Lo sé. Pero… —Qué raro, el tono calmado y razonable de su voz me recuerda al de Oli—. Pero no puedes abandonar a tu marido… No por mí.

La pasarela del Port Vell vale tanto como el Holliwell Bridge. Y todavía más en unas horas, cuando los camiones de la basura que limpian con grandes chorros las cogorzas de la noche en las Ramblas y en el *Passeig* de Colom hayan desaparecido y la ciudad vuelva a ser tan hermosa como la víspera.

No lo estropees, Ylian.

El vaho de mi corazón se convierte en agua, y una primera flecha escapa de él.

—No lo estropees.

Repito, esta vez en voz alta.

La respuesta, inmediata, me fustiga.

—No arruines tu vida, Nathy.

Ylian no necesita un desayuno completo para recuperar su capacidad de respuesta. Yo sí. No respondo. Los desagües del *Passeig* de Colom están llenos de agua rosa y espumosa. Mi corazón de vapor gotea.

—No arruines tu vida conmigo —insiste Ylian—. Querías a tu marido antes de conocerme. Quieres a tu hija y nunca dejarás de quererla. Tienes una vida bonita, Nathy. No la estropees con un músico fracasado. Un okupa. Un tipo que mendiga. Un tipo que terminará frustrado y amargado, arrastrando su hatillo de sueños que jamás se hicieron realidad.

Arrastrando un hatillo de sueños que jamás se hicieron realidad. Me tomo un tiempo para soplar de nuevo en el cristal. Para dibujar un corazón nuevo. Y finalmente me vuelvo. Por más que Ylian diga tontería tras tontería, eso no le impide devorarme con la mirada, de la cabeza a los pies. Despeinada, sin maquillar. Ajada. Y aun así, a Yl parece gustarle. Trato de no mostrar nada, ni rabia ni ironía.

—No te preocupes, cariño. Tú no te preocupes. No voy a dejar a mi marido. —Dejo pasar un largo silencio, antes de mandar a paseo todo lo que mi cara pueda tener de serio—. ¡No inmediatamente!

Me acerco dando unos pasos de bailarina, y me lanzo a la cama haciendo una pirueta en broma. Ylian me inmoviliza, con una mano en mi mano, y la otra en mi muslo.

—No estoy de broma, princesa. Puedo hacer un par de trucos de magia. Deslumbrarte durante un día. Una noche. Pero eso no cambia nada. No te merezco.

Me lo quedo mirando. Tumbado. Con la sábana apartada hasta el borde de su sexo. Le quiero. Le quiero todavía más porque Yl no intenta llevarme con él, porque Yl no intenta sonsacarme unas caricias con falsas promesas. Porque Yl no es un cabrón de esos. Porque Yl es capaz de perderme con tal de no hacerme infeliz. ¿Qué hombre es capaz de algo así?

—Ya vale. —Lo vuelvo a mirar, antes de preguntar—. ¿Qué contiene, tu hatillo de sueños?

Yl no responde. Yl parece un niño desamparado. En el salón, al otro lado de la pared, se oye la música que Batisto está escuchando demasiado fuerte.

Unos acordes de piano.

Let It Be.

Los párpados de Ylian se cierran.

—¡Eso! —se conforma con murmurar.

No entiendo.

—¿Eso, qué?

—Solo eso. *Let It Be.* O *Angie.* U *Hotel California.* Componer una canción que perdure. Una melodía que me sobreviva. Algo que pase a formar parte de la vida de la gente, que la canturreen, que la unan a recuerdos, a imágenes, que les transmita valor. Creo que es la única forma de convertirse en inmortal.

¡Este cabrón no me deja otra opción! Lo beso, hasta robarle el alma, hasta quedarme sin aliento, para mostrarle realmente lo que es la inmortalidad.

Una apnea de tres minutos antes de que el piano muera.

Let It Be se termina.

Me arrodillo delante de él. Podría parecer que estoy rezando, con mi vientre abierto a pocos centímetros de sus párpados, mi pecho libre flotando por encima de él.

—Yo te ayudaré, Ylie... Te lo prometo. Llevaremos juntos tu hatillo. Seremos inmortales los dos.

Sé que Yl arde en deseos de levantar las manos para sujetarme los pechos, de apartar mis muslos para engullirme. De acallarme, de hacerme alcanzar el orgasmo.

—¿Te atreves, Ylie... Te atreves a decirme que podríamos dejarlo aquí? Que podrías vivir sin mí?

—...

—Seremos los más fuertes. Seremos los más astutos. Solo dame un poco de tiempo. Tenemos una vida entera para amarnos.

Una vida entera. Y un avión a Roissy que despega en tres horas.

Su mano se posa en mi pecho, el mismo que da cobijo a mi corazón. Late a mil por hora. Sigo rezando.

—Tenemos un planeta entero para amarnos, Ylian. En un par de días, estoy en Yakarta.

—Lo sé, me lo dijiste en Montreal, mi golondrina.

—Parto de Roissy y vuelvo a Roissy. Tú... ¿No podrías venir a verme a París?

La sábana se desliza. Ylian está despierto, muy despierto. Me resisto a la tentación de agacharme más, de hacer que mis labios trepen hasta la cima de su deseo erecto, de abrirlos para volver a bajar, bajar rápidamente, devorarlo.

—No... Imposible... Después de Barcelona, Ulysse me ha encontrado un nuevo contrato. Le he dado tanto la tabarra con eso.

—¿Un nuevo contrato? ¿Dónde?

Mis dedos rozan su rigidez, invitan a mi boca a participar en el festín. Me inclino despacito, pero con un gesto de yudoka enamorado, Ylian me tira de espaldas.

Yl está encima de mí.

—Una chorrada —resopla—. De guitarrista, en el bar de un hotel de lujo.

—¿Dónde?

Yl entra en mí.

—¡En Yakarta!

Yakarta.

Yl está dentro de mí.

¡Yakarta!

Nuestra historia continua, ¡y más hermosa que nunca! Mi cuerpo se me escapa. El placer me invade. Por cada poro de mi piel, recitándome hasta el infinito *este tipo de certeza se presenta solo una vez en la vida.*

—Te amo, Ylian. Te amo. Te AMO.

Yl va y viene. Me lleva tan lejos.

—¿Adónde vamos, Nathalie? ¿Adónde vamos así?

—A Yakarta.

Nuestros cuerpos se abrazan. Nuestras almas echan a volar. Abandonando en la cama dos cortezas agotadas.

—¿Y después?

—Después tenemos la vida entera, la Tierra entera para amarnos.

Déjame un poco de ti
Una rebanada, una rama, un pétalo de tu flor
Una miguita, tres lentejuelas, un pedacito de tu corazón

41

2019

¿Por qué hacen falta tantas precauciones antes de subir a un avión? Al fin y al cabo, no se nos imponen tantas para montar en tren, en autobús o en barco, que podrían ocasionar el mismo daño si un loco tomara el control. Acostumbrada a los atajos para los miembros de la tripulación, pocas veces me hago esta pregunta. Atrapada entre la multitud que hace cola antes de pasar por el detector de metales del aeropuerto de Barcelona, El Prat, la espera se me hace insoportable. Todavía hay unos cincuenta pasajeros que tienen que quitarse los bolsos, llaves, joyas, móviles, descalzarse, quitarse los cinturones, antes de que llegue nuestro turno. Esperamos los siete en silencio, los gemelos absortos con los dibujos de *T'choupi* que van apareciendo capítulo tras capítulo en su tableta, mientras Laura trata de dar conversación.

«Han estado guay estas mini vacaciones, ¿no?». Insiste, recapitula, interroga, nos felicita, se autocongratula, «ha sido una buena idea, ¿no?», anticipa, «podríamos repetir todos juntos, ¿no?».

Sí, Laura. ¡Sí! No te preocupes. ¡Ha sido una iniciativa maravillosa!

A pesar de que Olivier siga mudo.

A Oli no le ha gustado que desapareciera hasta mediodía. No le ha convencido mi exclusiva, Florence, casada con el comandante Ballain, ¿te das cuenta? ¿Y eso te ha llevado toda la mañana? No

le ha convencido el regalo que le he hecho, una taza de cerámica estilo Gaudí. Vale, vale, no es lo más original del mundo, pero ¿cómo hacer que le guste Barcelona a un hombre al que no le gusta realmente el fútbol ni la pintura? Olivier parece tener prisa por volver. Suelo reírme de eso con él, cuando nos invitan a algún sitio y él empieza a bostezar y a mirar el reloj después del café, y huele a carpintería, como los caballos huelen a las cuadras.

Hoy no.

No es momento para bromas. Olivier está molesto conmigo, lo sé. Hace un esfuerzo por contenerse, por Margot y Laura, sin hacer ninguna alusión, o casi; anteayer en la cama me prometió «no hablemos más de ello. Se acabó. ¡Olvidémoslo!».

Y yo hui. Olivier aceptó hacer borrón y cuenta nueva, y yo me las he apañado para emborronarlo todo otra vez. Lo siento, Oli.

Le cojo la mano a mi marido, para tranquilizarlo. Y para tranquilizar a Laura. A Margot se la trae al fresco. Está clasificando sus fotos en el móvil. Se entretiene sola, compartiendo con nosotros las más bonitas, las esculturas de la Sagrada Familia, el techo del palacio de la Música; las más divertidas, Ethan y Noé sacando la lengua a la salamandra del parque Güell, un tipo sin camiseta en la playa de la Barceloneta, Valentin posando en las Ramblas, con dos dedos apoyados en la sien, delante de una estatua viviente de James Bond.

Apenas una decena de personas delante de nosotros han pasado por el detector.

De repente, lo entiendo. La fotografía de Margot lo aclara todo. Me doy cuenta de por qué mi conversación con Batisto, esta mañana, me parecía haber sido programada. ¿Cómo no se me ha podido ocurrir antes?

De pronto, entro en pánico. Tengo que volver al *Passeig* de Colom. Tengo que hablar con él. Batisto tiene que confesar.

Miro por turnos a Valentin y a Laura, a los gemelos y a Margot, a Oli. En media hora, como mucho, habremos pasado. En una hora habremos embarcado.

Sin pensármelo, suelto la mano a Oli. Y grito:

—Me... he olvidado...

Margot me mira sin entender.

—¿Que te has olvidado qué, mamá?

—Yo...yo...

No se me ocurre ninguna idea, ninguna excusa. No me puedo creer que sea yo la que está actuando así. Que sea yo la zumbada que empieza a dar media vuelta, que abandona a sus hijas, a sus nietos, a su marido, que empuja a la gente que encuentra a su paso.

—No me esperéis. Ya os alcanzo.

La demente ya se está alejando. Oli se queda mudo, descompuesto. Valentin, que normalmente suele ser tan rápido, parece completamente superado. ¡Mi suegra está chalada! Solo Laura grita.

—¿Cuándo nos alcanzas, mamá? El avión despega en una hora.

—Marchaos, marchaos sin mí... Cogeré el próximo.

Salgo corriendo. Sin darme la vuelta. Sin atreverme a enfrentarme a la mirada de vergüenza de aquellos a los que quiero. Estoy loca. Corro, empujo a la gente, sin disculparme. No, no estoy loca. ¡Me quieren volver loca! No me queda otra opción. Tengo que luchar, tengo que debatirme. Tengo que saber.

Una vez fuera, le robo el taxi en las barbas a un hípster que parece encantado de dejar su turno a una mujer enfurecida que podría ser su madre. ¡Al 7 del *Passeig* de Colom! Avenida del Parallèle, atascos. Se esfuman mis últimas esperanzas de hacer ida y vuelta Port Vell-El Prat antes de que el Airbus abandone la pista. ¡Seis pisos! Llamo a la puerta del apartamento tan fuerte como late mi corazón. Batisto me abre, sorprendido de volver a verme. No le doy tiempo a que improvise una defensa.

—¿Qué andabas haciendo en las Ramblas?

—...

—Ayer, cuando pasé con toda mi familia, estabas cerca de la plaza de Cataluña, con tu banco viviente.

—Yo... Trabajaba, Nathalie.

—¡Y una mierda!

Y para demostrarle que no soy una pardilla, me muevo por el salón, abro las puertas de los armarios, tiro de los cajones, descoloco algunos objetos bien colocados. Y repito.

—¡Y una mierda! Estás jubilado, Batisto. Es evidente que estás jubilado. Aquí no queda ni rastro de pintura, de máscaras, de maquillaje. Mírate, ¡si acabas doblado al más mínimo movimiento! No trabajas de mimo desde hace años, estás jubilado, salta a la vista. Entonces, ¿por qué te volviste a poner el disfraz ayer, Batisto? ¿Por qué? ¡Únicamente por mí! ¿Porque sabías que pasaría por allí? ¿Que no podría no verte? ¿Quién te lo ha pedido, Batisto? ¿Quién está moviendo los hilos?

Batisto se sienta. No lo niega. Ni lo niega ni lo reconoce. Si supiera lo que esta simple falta de respuesta significa para mí... ¡No estoy loca! No soy una madre indigna. ¡Soy una víctima!

—No puedo decirte nada, Nathalie.

—¿Por qué?

—Vuelve a casa, Nathalie. Tu lugar está junto a tu familia.

Demasiado tarde, Batisto. Demasiado tarde. Mi familia se encuentra en el Airbus y va a volar hacia Beauvais. Llevándose a mi marido, que jamás podrá perdonarme y que, quizá acosado a preguntas por parte de sus hijas, terminará por confesarles toda la verdad. Vuestra madre tuvo un amante. Es cierto, hace mucho tiempo. Pero vuestra mamá, vuestra mamá perfecta, no es, en absoluto, lo que vosotras pensáis.

—Mi familia está hecha añicos, Batisto. Por favor. Dime qué se oculta detrás de todo esto.

Todo esto. ¿Está todo relacionado? ¿Las coincidencias? Esta maldita piedra del tiempo. Los intentos de asesinato.

—No puedo, Nathalie. Lo siento.

Me echo a llorar. Mi mimo con agujetas hace el esfuerzo de ir hasta la habitación y traerme un paquete de pañuelos de papel.

—No puedo, Nathalie. Pero, no obstante, voy a confesarte un secreto.

Alzo la mirada. Mi mechón gris barre una o dos lágrimas. ¿Por fin voy a levantarles el sudario a los fantasmas que me atormentan?

—¡Voy a revelarte por qué te enamoraste de Ylian!

¿Batisto se está quedando conmigo?

¿Me ha traído hasta su casa, se ha vuelto a poner su disfraz en la Ramblas para venderme una sesión de psicoanálisis?

—Disculpa, Batisto. Soy la única responsable de mis sentimientos. Creo saber mejor que tú por quién y por qué late mi corazón.

—No, Nathalie, no lo sabes. Al menos, no lo has entendido.

Me sorbo los mocos. Se me han agotado las lágrimas. Me rindo, mientras rompo en tiras finas el pañuelo de papel empapado.

—Adelante.

—Ylian no era cualquiera. Viví varios meses con él. Ylian era alguien muy particular. Lo fui descubriendo poco a poco. Me costó darme cuenta de ello. Pero, día a día, fue haciéndose evidente…

Tiemblo. Solo puedo repetir.

—Deja de marear la perdiz. Sigue…

—¡Ylian era un genio! No solo un tipo con un don, no un simple guitarrista con talento. ¡No! Ylian era un genio. Me creas o no, estaba hecho de la misma pasta que un Dylan, un Leonard Cohen, un Neil Young, un McCartney. Tenía ese don.

Me cuesta entenderlo. Me veo en la puerta M, terminal 2E, antes del vuelo a Montreal, la primera vez que me crucé con Ylian. Estaba solo tocando la guitarra. Me quedé subyugada. Creí que había sido su soledad la que me había seducido. Pero ¿era su música?

Batisto está lanzado. Ha estado dándole vueltas a esta idea durante años.

—Un genio, te digo. Lo he visto tocar en la calle, la gente se paraba y se quedaba fascinada. Los hechizaba como un flautista cautiva a las ratas.

Una voz en mi interior me dice que tiene razón. Que siempre lo he sabido. Pero hay una barrera en mi cerebro que se niega a ceder.

—Y si era tan bueno, Batisto, ¿por qué no se abrió paso?

Batisto suelta una risita. También él coge un pañuelo para secarse los ojos.

—Lo sabes mejor que yo, cielo. Porque no tenía fe.

Me acuerdo de lo que me dijo Ulysse, en su estudio en Los Ángeles.

Ylian es modesto de verdad, es bueno, pero no cree en sí mismo. Ylian es un soñador… no un matador…

—Me acabas de decir que cautivaba a la gente… que los dejaba fascinados.

—La gente también se paraba delante de mi banco. Y yo no tengo nada de talento. No basta con ser un genio, Nathalie. Hay que querer serlo. He visto tantas veces a Ylian cantar las canciones de otros, sin creer en sus propias melodías.

A mi pesar, le oigo interpretar los clásicos del *rock*, de Eric Clapton a los Stones, la noche del Chicano Park.

Le oigo hablarme de *Let It Be*, de *Hotel California* y de la inmortalidad en la habitación de al lado. Cuando levanto la vista, Batisto me mira fijamente a los ojos. Enjugados, secos, severos.

—Te necesitaba, Nathalie. Necesitaba a una chica como tú. Una musa, si quieres. Una mujer que lo tranquilizara, que lo inspirara, que le diera apoyo, que lo animara. Y tú eras esa mujer.

Tengo ganas de taparme los oídos. Me gustaría estar en el avión con Oli. Me gustaría estar en Porte-Joie. Me gustaría que Batisto bajase la mirada y dejase de quemar mis últimas ilusiones.

—Algo se rompió cuando Ylian volvió aquí, después de Yakarta, después de que todo terminara entre vosotros. Ya no creía. Al menos en la música. Se había vuelto un chico más. —Su mirada se dulcifica, por fin—. Tranquila, Nathalie, estoy seguro de que, a su manera, fue feliz; seguro que vendió discos apasionadamente en su Fnac, seguro que amó a otras mujeres apasionadamente, todos creemos vivir apasionadamente. Es la única manera de aceptar que jamás nuestros sueños se harán realidad. Ylian, como todo el mundo, tuvo que encontrar otra razón para vivir.

Batisto me coge la mano. Todavía me cuesta entenderlo. Tengo una bola en el estómago que cada vez se hace más grande. *Otra razón para vivir*. Otra razón para vivir, para guardar luto por la música. Entonces, ¿soy yo la responsable de todo?

Cuando salgo de casa de Batisto, el avión que lleva a mi familia a Beauvais ha despegado hace más de una hora. Margot, Laura y Oli me han bombardeado a mensajes.

Respondo con evasivas. *Todo Bien. Solo una hora de retraso. Cojo el próximo vuelo. Estaré en Porte-Joie para preparar la cena esta noche.*

Estoy diciendo la verdad. ¿Para qué agobiarse por haber perdido un avión? Barcelona y París están mejor comunicados por cielo que Cergy y París por tren. Por la cantidad de mensajes, no demasiado alarmados, entiendo que Olivier ha tratado de quitar hierro, no les ha contado nada a Margot y a Laura. ¡Gracias, Oli! En cambio, hay otra llamada que me sorprende. Florence ha intentado localizarme. Me ha dejado un mensaje en el contestador.

Mientras subo por la Gran Vía de las Cortes Catalanas, me pego el auricular a la oreja. Flo grita hasta reventarme los tímpanos.

¿A qué vienen esas patrañas? ¿Y ese rumor que ha hecho circular la mitómana de Charlotte? ¡Jean-Max no ha salido nunca con esa zorra! Hace tiempo que se le pasó el gusto por las crías. Y por si quieres saberlo, ¡la azafata con la que Jean-Max estaba follando en la cabina cuando le pilló sor Emmanuelle era yo!

Florence ha terminado. Dudo si llamarla. Me siento en la obligación de constatar que nunca he visto a Charlotte y a Jean-Max juntos, que su supuesta relación secreta viene solo de la confesión

de mi becaria y que, evidentemente, ¡me ha estado manipulando desde el principio!

¿Por qué?

¿En qué más me ha mentido Charlotte?

¿Quién es esta azafata con la que he trabado amistad?

¿Qué papel está jugando en esta terrible farsa?

Tengo que contactarla, ella es la clave. Justo en este instante, suena el móvil en mi bolsillo. Un solo toque.

Un mensaje.

Anónimo.

No vayas a Yakarta.

42

1999

—¡No vayas a Yakarta!

Es lo primero que pronuncia Olivier. He vuelto a Porte-Joie sin prestar atención, haciendo chirriar los neumáticos de mi coche por la grava del camino. Feliz. Luminosa. Llevada por la euforia de estos tres días de vacaciones con Ylie, por las prisas de volver a verlo en unos días, en Yakarta, por la impaciencia de abrazar a Laura, de encontrarme de nuevo en casa. Un remanso de paz entre dos torbellinos. Durante el viaje de vuelta, he revisado la Guía Routard de Barcelona, por si Olivier me preguntaba.

Laura no está para recibirme. Normalmente, cuando vuelvo un poco tarde por la noche Olivier la mantiene despierta. Me encanta cuando me ve al final del camino y se lanza contra mi corazón nada más aparcar.

La puerta está abierta. Hay un olor extraño. Olor a lejía. Minúsculos trozos de cristal crujen bajo las suelas de mis manoletinas. Unos extraños reflejos de purpurina brillan en las paredes, en el suelo, en las sillas, incluso en el sofá en el que me espera Olivier. Más allá de estos detalles desconcertantes, el salón está perfectamente ordenado.

Normalmente, cuando vuelvo, Olivier me besa. Tardo mis buenos segundos en interpretar su silencio, y unos segundos más en fijarme en el hueco que hay en la estantería que tengo enfrente. Las decenas de bolas de nieve han desaparecido.

Avanzo. Se rompe cristal invisible a cada paso que doy. El parqué resplandece con estrellas.

Olivier ni se molesta en levantarse. Frente a él hay apoyado un vaso y una botella de Perrier. Me habla con voz suave, perfectamente controlada.

—¿Dónde estabas, Nathalie? He llamado a tus amigas. No estaban en Barcelona. No estaban contigo. ¿Dónde estabas, Nathalie?

¡Seré gilipollas! No había prevenido a ninguna de mis compañeras, ni siquiera a Flo. Nunca me hubiera imaginado que Olivier pudiera contactar con ellas. De repente, mi cuerpo se hiela. Me gustaría tener seis años, estar en la misma situación, pillada después de una trastada, agachar la cabeza, disculparme, y que luego todo se olvide. Tengo treinta y tres años. Esta trastada nunca podrá borrarse. No es una trastada. Es mi vida la que se tambalea.

Olivier hace sus preguntas, con calma, sin tan siquiera esperar una respuesta por mi parte.

—¿Quién es? ¿Lo conozco?

Ahora entiendo la purpurina y el cristal. Me imagino a Olivier desesperado, cogiendo cada bola de cristal y lanzándola contra la pared.

—¿Me… me quieres dejar?

Me lo imagino desatando su rabia, y luego esperando. Barriendo los fragmentos rotos de las torres Petronas y de la Gran Muralla, del World Trade Center y del monte Fuji. Limpiándolo todo y esperando. Rumiando y esperándome.

—La niña está arriba, durmiendo… Acuérdate, íbamos a tener un segundo hijo. Entiendo que ya no es el caso.

Bebe agua Perrier. Habría preferido encontrármelo borracho. Una botella de *whisky* vacía. Alza sus ojos azules hacia mí.

—Ya sabes que te quiero.

Por un instante, pienso que el vaso que sostiene va a sufrir la misma suerte que mi colección de bolas de nieve. Le tiembla la mano, pero la controla.

—Nunca te he retenido, Nathalie... Nunca. Nunca he impedido que te fueras. Nunca...

No estoy segura de poder contener las lágrimas. No estoy segura de poder seguir en pie por mucho tiempo. Un ruido arriba, un pequeño crujido de parqué me salva. ¿Laura?

Subo las escaleras. Mi niña está sentada al borde de la cama, con su muñeca Cachou en brazos.

—Te he oído entrar, mamá. Te quería esperar, pero papá me ha dicho que estaba demasiado cansada.

Libero a Cachou y abrazo a mi hija. Resistiéndome al impulso de no volver a dejarla nunca más. Le murmuro al oído.

—Tengo una sorpresa para ti.

¡Una bola de nieve! La Sagrada Familia. Casi me entran ganas de decirle que la esconda, que no se la enseñe a papá, para que no la encuentre y la rompa, antes de darme cuenta de lo ridícula que soy. Nunca podré separar a Laura de su padre.

—Ahora hay que dormir.

Mi niña agita su tesoro y después, casi acto seguido, se duerme, incluso antes de que los copos de oro hayan terminado de posarse sobre la pequeña basílica catalana. Me alejo, en silencio. Conmocionada, confundida.

Bajar la escalera. Diez escalones. Me habría gustado poder quedarme una hora en cada uno. Un día. Un año. ¿Cuánto tiempo necesitaré para salir de este pozo en el que he caído? Jamás podría vivir sin Laura. Jamás Laura podrá vivir sin su papá. Porque incluso si llegásemos a eso, a hacernos pedazos delante de un juez, con mi trabajo de azafata y mis malditos horarios, no obtendría la custodia de mi hija.

Dos escalones.

Olivier es el marido ideal y yo la mujer voluble. A ojos de todos. Incluso a los míos propios.

Me quedo o lo pierdo todo.

Todo, salvo a Ylian.

Cinco escalones.

Ylian. Cuatro días y tres noches de mi vida. ¿Un meteoro? ¿Un paréntesis? Que basta con cerrar, y el tiempo se encargará del resto. En un año, en diez años, en veinte años, me preguntaré incluso si realmente viví esos instantes, si mi recuerdo no los ha fantaseado. A fuerza de mirar en el espejo del pasado, terminaré por encontrar ridícula a esta Nathy enamorada perdidamente de un casi desconocido. Ya muy mayor, compartiendo una copa con Olivier en el sofá, terminaremos hablando de esto con ligereza, de esos días cuando estuve a punto de dejarle, cuando la casa se tambaleó. Pero resistió.

Ocho escalones.

No puedo. No quiero que se apague esta llama. No quiero creer que mi adulterio es tan banal como para que Olivier pueda perdonarme. No quiero creer que después de tanto llorar, sufrir, esperar, todo desaparecerá, y que pasarán días y semanas sin que piense en Ylian.

Que harán falta coincidencias inesperadas para que, a lo largo de un viaje, me acuerde de él.

Diez escalones.

Ya estoy otra vez en el salón, caminando sobre cristales rotos.

—¿Qué vas a hacer, Nathalie?

Olivier ha vaciado su Perrier. Es su forma de emborracharse.

—No lo sé... Necesito hacer balance... Necesito... Ir a Yakarta... Déjame solo que vaya. Por última vez. Por última vez, te lo prometo.

—No me prometas nada, Nathalie. Eres tú quien decide.

43

2019

—No vuelvas a Yakarta.

Son las primeras palabras que pronuncia Olivier.

Oli está sentado en el sofá. Frente a él, una botella de *whisky*, medio vacía. Las bolas de nieve yacen reventadas por todo el salón. Ciento treinta y nueve, exactamente. Ciento treinta y nueve viajes entre 1999 y 2019. Olivier no ha limpiado nada. El sofá, las paredes, los muebles están empapados, el parqué pegajoso como si se hubiera esparcido lavavajillas, sin aclararlo. Olivier se ha cortado. Su pulgar derecho sangra.

Me acerco con precaución. El salón es una pista de patinaje cubierta de trozos de cristal.

He llamado a Laura en cuanto el avión ha aterrizado en Beauvais, menos de dos horas después del suyo.

—¿Cuál era la urgencia, mamá? Espero que nada grave —se ha conformado con preguntarme—. Papá ha insistido para que Margot se quede con nosotros esta noche. Me alegro. Empieza a interesarse en Ethan y Noé.

—Nada, nada grave. Hasta mañana, cariño.

Creo que a los hijos no les interesa demasiado saber lo que les ocultan sus padres. Al menos mientras siguen vivos.

El tiempo de subirme en la lanzadera, después en el taxi, y he llegado a Porte-Joie menos de una hora después de que Olivier haya vuelto. Moja sus labios en el *whisky*, sin girarse hacia mí.

—¿Así que ha vuelto? —dice Olivier—. El tipo de la golondrina ha vuelto a asomar el morro. ¿Nunca llegaste a olvidarlo?

—No, Oli. No. No ha vuelto a asomar el morro.

—Entonces, ¿qué sucede, Nathy? ¿A qué viene eso de dejar a tu familia? ¿Te das cuenta de lo que han debido de pensar las chicas?

Deja a las chicas al margen de esto, Olivier.

—El tipo de la golondrina, como tú lo llamas, no está en Barcelona. Está en París. En el hospital Bichat. Ha sido víctima de un accidente, en la *avenue* des Ternes. Se debate entre la vida y la muerte.

Olivier lo celebra.

—Tú… ¿Lo has vuelto a ver?

—No… Nunca. Nunca durante todos estos años.

Aparta su vaso de *whisky*, con cara de asco.

—Bichat… Por favor, dime que no has involucrado a Laura en todo esto.

No respondo. Se encoge de hombros.

—¿A qué venía entonces ese espectáculo tuyo, en Barcelona?

—Recuerdos… Una peregrinación, si lo prefieres. Una serie de extrañas coincidencias…

A su pesar, los ojos de Oli se iluminan. Como si en el fondo fuera incapaz de enfadarse conmigo. He terminado por comprender por qué me sigue queriendo, después de todos estos años, después de lo que le he hecho sufrir. Por el desorden. Por lo inesperado. Por lo desconocido. Siempre nos enamoramos de aquello que más nos falta.

—Hablando de raros, desde hace un tiempo, estás rara…

—Lo sé. Lo siento, Olivier.

Y siento aún más no poder decirte nada. No poder hablarte de esta piedra del tiempo, hacerte una lista con todas esas coincidencias imposibles, aclararte que Ylian no ha sido víctima de un accidente… sino de un intento de asesinato. Al igual que yo.

No puedo decirte nada más porque he llegado a sospechar de todo el mundo salvo de mis hijas, de todo el mundo, incluido tú.

¿Un intento de asesinato? ¿De quién es el primero que se sospecha? De un marido celoso, ¿no? Aunque tú no puedas conocer los detalles de mi historia con Ylian, Oli. A menos que se diera la delirante casualidad de que lo hubieras conocido, te hubieras hecho su amigo, le hubieras hecho hablar, hubieras intentado matarle y hubieras intentado volverme loca. Pero ¿por qué? ¿Por qué después de todos estos años?

Finalmente, Oli vacía su vaso de *whisky* y después se chupa su dedo enrojecido. Su mirada se ha apagado, como si otro fantasma se le hubiera aparecido para atormentar su espíritu.

—No le he contado nada a las chicas, Nathalie. Cuando nos has dejado tirados hace un rato en Barcelona, he dudado, pero no les he dicho nada. Me han entrado ganas de llorar delante de mis hijas, ¿te das cuenta? Ponerme a berrear delante de mis hijas y del gilipollas de mi yerno. He estado a punto de derrumbarme. Pero no he dicho nada. Ni a Laura ni a Margot. Aunque... Aunque Margot, por lo menos, tendría derecho a saberlo...

Ya veo, ya... Ya veo dónde quiere ir a parar Oli.

—¿Vas a empezar con eso otra vez?

Me quedé embarazada de Margot en 2001, dos años después de mi fuga, que es como Olivier llama a mi infidelidad. Olivier siempre ha tenido sus dudas. Por más que le he jurado, por mi vida y por la de Laura, que no había vuelto a ver a Ylian ni a ningún otro hombre, que no me había vuelto a acostar con él desde hacía dos años, que Margot era forzosamente su hija, su sospecha no ha terminado nunca de disiparse. Lo cual no le ha impedido querer ciegamente a Margot. ¡Por supuesto que no! Pero quizá sea eso lo que le impide amarme también a mí ciegamente, desde entonces.

¡Pero por supuesto que Margot es hija tuya, Oli! A veces, cuando busco desesperadamente una idea para tu regalo de cumpleaños, me entra la tentación de regalarte una prueba de paternidad. Háztela, Olivier. ¡Háztela y tu obsesión desaparecerá!

Olivier no responde. Qué raro es estar así en casa los dos, sin Margot. Sin embargo, sabemos que, dentro de dos o tres años, también ella se marchará, y que nos encontraremos cara a cara. Como tantas otras parejas de nuestra edad, que tienen que aprender a envejecer juntas. O rejuvenecer.

Me acerco un paso más a él, barriendo con la punta de la suela los trozos de cristal.

—Respondiendo a tu primera pregunta, Oli, no iré a Yakarta. Nadie va a Yakarta. Todos los vuelos comerciales han sido anulados. Pero igualmente tendré que pasarme por Roissy, estar disponible. Es el protocolo.

Ir a Roissy. Encontrarme allí con Flo, Jean-Max y, sobre todo, arrinconar a esa mentirosa de Charlotte. Cada vez tengo más claro que ella es la clave. De hecho, no voy a esperar a cruzármela en el aeropuerto. Flo me ha enviado un mensaje con su número de teléfono, que ha conseguido a través de un chico de *planning*. Llamarla hasta que lo coja será la primera cosa que haga mañana.

—Si es el protocolo…

Olivier apoya su vaso de *whisky* y coge el mando a distancia. Hace un poco de *zapping*. Luego lo vuelve a apoyar, decepcionado.

En todas las cadenas no se habla de otra cosa más que del tsunami de Indonesia.

IV

YAKARTA

44

2019

Me he levantado temprano. He encendido la radio antes de vestirme. Mientras me duchaba, solo oía fragmentos de frases, de palabras, *muertos*, *heridos*, *inundación*, *destrucción*, *enfermedad*, *personas sin hogar*, cifras, *decenas*, *centenas*, *millares*; y algunas frases más largas mientras me estoy secando, *cambio climático*, *drama previsible*, *falta de anticipación*. La réplica de un tsunami, que ya fue catastrófico unos días antes, ha separado Yakarta del resto del mundo durante varias horas. Desde entonces, no ha parado de llegar ayuda. La solidaridad internacional se organiza.

Olivier se ha levantado incluso antes para trabajar en el taller. Tenía planeado prepararle el desayuno, en señal de apaciguamiento. Margot vuelve por la mañana. Nos la trae Laura antes de empezar su turno en Bichat. Será la ocasión para que comamos todos juntos. Incluso tengo pensado ir al ultramarinos del pueblo a comprar pan y mantequilla, huevos camperos y queso.

También es la ocasión de llamar. He guardado en el teléfono el número de Charlotte. ¡Gracias, Flo! Me gustaría entender por qué esta chica me ha hecho creer que se había acostado con el comandante Ballain. Después de esta serie de inexplicables coincidencias, estoy convencida de que hay alguien de mi entorno que miente. ¡Y Charlotte tiene todas las papeletas para ser la primera sospechosa! O, al menos, el primer hilo del que puedo tirar.

Me pego el teléfono a la oreja mientras rodeo las paredes y el palomar del Manoir de Portjoie. Casi todas las semanas, desde hace casi treinta años, me obsequio con este paseo, y no me canso de la belleza de estas viejas piedras que bordean las orillas del río. El Sena hizo su trabajo, hace millones de años, y recortó una decena de islotes boscosos, perfectamente encastrados en los finos recodos del río. Ahora ya puede descansar, apenas fluir; es a los hombres a quienes les toca tomar el relevo y ocuparse de las casas solariegas, las villas y los molinos que hay a sus orillas. Y por aquí lo hacen bastante bien.

Dejo que el teléfono suene. Un buen rato.

Apenas suena el teléfono en su bolsillo, Charlotte reconoce el tono.

Let It Be.

Inmediatamente, sabe quién la está llamando.

Sin embargo, no responde. Complicado.

Incluso diría imposible, lo de descolgar.

¡Charlotte está maniatada! Sus pies están sujetos. Su boca amordazada.

Su cuerpo ha sido levantado, retorcido, lanzado como un saco al maletero de un coche que ahora está circulando. Charlotte desconoce quién la ha secuestrado, no sabe dónde está yendo. Pero tiene una corazonada que la obsesiona. Una certeza nacida a raíz del silencio de su agresor, de su sangre fría, de su calmada determinación.

¡La han secuestrado para matarla!

45

2019

¡Llama, Laura, llama!

Miro mi reloj, luego el de la cocina, luego saco el móvil, que sigue mudo, sin mensajes ni llamadas, simplemente para confirmar la hora.

13:03 h.

Laura tendría que haberme llamado antes de las 13 h. Después, ya la había prevenido, tengo que marcharme corriendo al aeropuerto. ¡Quiero noticias! Quiero noticias antes de marcharme, aunque lo más probable es que al final me quede a la espera en Roissy, teniendo en cuenta la situación en Yakarta, y que vuelva a Porte-Joie antes de la noche.

De hecho, es lo que le he asegurado a Olivier. Él está en su taller, haciendo una habitación para un niño. Un magnífico conjunto cama-cómoda-mesilla, en madera de cerezo, decorado con motivos africanos, jirafas y elefantes tallados. Olivier es muy bueno.

Ordeno mecánicamente la cocina. Lavavajillas limpio, botes de plástico apilados en el frigo, verduras peladas en la pila. Como de costumbre cuando me marcho varios días.

Por si las moscas…

¡Yo me encargo! Consulto los números rojos luminosos del programador del horno y los del microondas. A falta de contar los minutos que pasan, cuento el increíble número de aparatos que dan la hora en una cocina.

¡Llama, Laura, llama!

Es hoy cuando los cirujanos deciden.

Laura me lo explicó todo anoche, mientras Olivier leía en el piso de arriba. A Ylian le iban a hacer una revisión completa por la mañana. Anestesia general, luego escáner, ecocardiografía, fibroscopia, mediastinoscopia. A continuación, los médicos decidirían si pueden operar.

¿Y si no pueden?

Laura no me respondió y eso es peor que la peor de las mentiras.

Igualmente, intentó tranquilizarme antes de colgar. Todo irá bien, mamá. Mañana te llamo. Los resultados de las pruebas estarán al final de la mañana.

13:04 h.

¡El teléfono es el peor de los inventos! Te promete que puedes contactar con cualquiera en cualquier momento, en cualquier lugar, cualquier ser humano en cualquier lugar del planeta, pero es falso. La gente no llama por teléfono cuando tiene una mala noticia que dar, ni descuelga cuando tiene algo que ocultar.

Llevo diez días tratando de contactar con Charlotte. Casi cada dos horas. Le he dejado tantos mensajes como para petarle el móvil. ¡Pues nada! De hecho, tampoco responden ni Flo ni Jean-Max. Se han abonado también a la lista de ausentes. Cada vez que intento contactar con Flo, me salta directamente el contestador, como si definitivamente hubiera apagado el móvil.

Margot entra en la cocina, abre el frigorífico, pica dos tomates *cherry* y un rabanito sin fijarse en las hojas que caen a sus pies. Y sin fijarse tampoco en mí, concentrada en su smartphone. ¡El peor de los inventos, confirmado! Margot ya se ha ido al comedor, llevándose una bolsa de gruyer rallado del cual picotea, antes de dar media vuelta, sorprendida.

—¡Mierda! ¿Habéis tirado a la basura todas las bolas de nieve? ¿Margot se ha fijado en el hueco de las estanterías? ¡Milagro! Y yo que creía que habríamos podido pintar la casa de rosa sin que ella se diera cuenta. Que la desaparición de mi colección le afecte me llega al alma. Eso antes de que la puñetera añada:

—¡Nunca es tarde! ¡Era de lo más viejales!

¡Qué vergüenza de hija!

Desaparece riéndose bobaliconamente, antes de que me dé tiempo a atizarle con un trapo.

13:05 h.

¡Llama, Laura, llama!

Recojo las hojas y enciendo la tele. Los periodistas posan en medio de las ruinas del puerto de Yakarta. Más allá de los barcos encallados en los diques de cemento, los pilotes arrancados y las terrazas de bambú hundidas, las sillas, las mesas, las motos y los *becaks* flotando en los recibidores inundados de los últimos edificios que todavía se mantienen en pie, reconozco los ventanales del Great Garuda, reventados. Estupor. Dolor. Los periodistas tienden los micrófonos a turistas francófonos delante de los hoteles de lujo devastados, hablan de unos cincuenta residentes afectados. Lo cual me molesta un poco, teniendo en cuenta los miles de muertos indonesios, las decenas de miles de refugiados. Luego los periodistas cambian y mencionan la ayuda internacional que se está organizando, una muestra de solidaridad inaudita, ONG, instituciones, artistas…

No oigo cuando Olivier entra en la cocina. No noto cuando abre el frigo para servirse un vaso de agua. Está todo sudado, tiene serrín pegado a su pelo ébano y fresno (otros dirían sal y pimienta). Siempre me ha parecido que Olivier estaba muy guapo cuando salía de su taller, antes de ducharse, antes de convertirse en un hombre normal y corriente que se echa en el sofá o se ventila el periódico. Ese breve instante en el que mi hombre de los bosques abandona su cabaña sin estar completamente conectado con el mundo.

Nos quedamos los dos con la mirada fija en la pantalla. No ha habido mucho intercambio de palabras desde que volví de Barcelona. Olivier limpió en silencio los restos de cristal y de estrellas, antes de que Margot volviera. Cuando subió conmigo a la cama, los dos nos deshicimos en disculpas. Yo admití que dejarlos en el aeropuerto sin darles una explicación fue un capricho de niña pequeña. Olivier me juró que lo sentía por mi colección, que había sido un gilipollas y que, además, ¡ahora tendría que volver a recorrer el planeta para reconstruirla! Que él mismo se había castigado.

—Es porque te quiero, Nathalie. Porque te quiero.

No hubo mucho intercambio, pero un poco más de besos que de palabras. Por la mañana nos perdonamos. A pesar de mis dudas. A pesar de sus sospechas.

—No creo que ningún avión parta hacia Yakarta —digo, mirando las imágenes de la devastación.

Olivier parece consternado por la violencia del mundo. Cuando no son los hombres, son los elementos. Y sé que, en su cabeza, compara el desequilibrio de las zonas cálidas del mundo con la armonía de nuestro rincón paradisíaco, un viejo río tranquilo, colinas redondeadas, una casa sólida y una pareja estable.

13:06 h.

—Eso espero —responde—, eso espero. Este planeta ha perdido la cabeza.

El reportaje se detiene en los cargamentos de ayuda, víveres, botellas de agua, apiñados en jumbos militares, cargados por tipos en traje de faena. Estoy a punto de comentar, de decir, *¿Ves, Oli?. En caso de crisis envían soldados, no azafatas, cuando el teléfono suena en mi bolsillo.*

¡Laura!

Descuelgo tan rápido que no me da tiempo ni a temblar ni a prepararme.

—¿Está papá a tu lado?

Su voz me hiela la sangre. No es la de mi hija, es la de una enfermera. La de una profesional tan cortante y precisa como un escalpelo.

—Sí... Sí...

—Pues aléjate, mamá. Vete a dar una vuelta. Aléjate.

Déjame un poco de ti
Una miguita, un auricular
Una partícula de ventrículo
Un pedacito de tu corazón

Una arruga, antes del vacío
Un uno por ciento de tu sangre
Solo una gota para mi camino,
Mi derrota, nada más que una gota

46

1999

Las trescientas habitaciones del Great Garuda de Yakarta se parecen casi todas entre sí, misma cama *king size*, mismo escritorio de madera barnizada con agujeros para la toma de corriente, mismo espejo de pared frente a la mampara del baño, mismo ventanal inmenso.

En cambio, detrás de las paredes de cristal, la ilusión de ser único en el mundo es perfecta. Me gusta esa sensación de dominar la ciudad entera, de poder observar en ella cada luz, cada sombra, el más mínimo movimiento de cada ser vivo, de dominar, como un director de orquesta, la invisible anarquía coreográfica.

—A menudo me pregunto adónde va toda esa gente…

Estoy delante de la ventana, habitación 248 del Great Garuda. Estoy envuelta en un albornoz decorado con los colores azul turquesa y dorado del hotel. Se puede comprar por ochenta dólares. Los vale. Nunca me he puesto nada tan calentito. Hablo sola, sin atreverme a mirar a Ylian. Al otro lado del cristal, el Monas[16] parece estar tan cerca que cualquiera diría que lo puede tocar.

La delicadeza del gran obelisco blanco, plantado en su gigantesca palmatoria de cemento, contrasta con el bosque de enormes

[16] Monumento nacional.

torres, de todas las alturas y formas, que lo rodean. Miles, quizá incluso millones de ventanas, entre las que se deslizan ríos de coches que serpentean hasta el mar.

—Me paso las noches así, Ylie. Observando las luces de la ciudad. Eligiendo un tragaluz iluminado, solo uno, e imaginándome quién vive detrás. Siguiendo un coche, una silueta que sale de un metro, un hombre que espera un autobús. Inventándome su vida. ¿Vuelve a su casa? ¿Se marcha al trabajo? Mil vidas, diez mil vidas que se cruzan. Como luciérnagas. Cada cual con su historia. Y yo no soy más que otro de esos bichitos, detrás de su pequeña escafandra iluminada, a quien quizá también alguien esté observando. O nadie. Esta es mi vida, Ylie. Mi vida de antes. Esperar en una habitación de hotel en Indonesia, en Australia o en Chile. Vivir a deshoras. Buscar el sueño y no encontrarlo. Escuchar mi música tumbada, mirando la luz roja parpadeante del detector de incendios, justo encima de mi cama. La misma en todos los hoteles del mundo. Levantarme cuando me estoy volviendo loca, fumarme un cigarro en la ventana, seguir a un par de luciérnagas con la mirada, y luego volver a acostarme. Esperar a que llegue el sueño. Esa era mi vida de antes, Ylie. Y esa será mi vida de después.

Las lágrimas ruedan por mis mejillas. No las contengo. No me las enjugo. Me aparto el mechón que me tapa la vista para que no tengan nada a lo que agarrarse. Ylian está tumbado en la cama. También él con los ojos rojos, tan rojos como el piloto que parpadea en el techo. Ha usado torpemente su largo pelo para secarlos. Sus rizos húmedos se derraman sobre sus hombros, Yl parece un Cristo, o un Juan Bautista, o cualquiera de esos seres andróginos, bellos y frágiles. Es la primera vez que un hombre me regala sus lágrimas. Nunca he visto llorar a mi padre, ni siquiera a Olivier. Es la primera vez. Esta noche...

...y tantas última veces.

La última vez que abrazo a Ylian. La última vez que posa su mirada en mí. La última vez que no me siento ni madre ni esposa ni presa, simplemente mujer. La última vez que me siento hermosa, natural, inmortal, viva, vibrante, en comunión con mis deseos más íntimos. La última vez que todos los planetas se alinean, que todo el universo se encuentra de pronto en armonía, del más infinitamente grande al más infinitamente pequeño, cada gota de mi sangre, cada microcélula de mis órganos vitales. La última vez que soy libre, la última vez que hacemos el amor.

Mal, esta vez. Demasiado preocupados de que sea perfecto. Demasiado rápido. Demasiado asustados por el vacío que se abre a nuestros pies. Nos hemos precipitado el uno sobre el otro. Hambrientos. Habitación 248 del Great Hotel Garuda. Frenéticos después de los mensajes intercambiados.

¡Mi marido está al tanto de todo! Me da igual. Quiero volver a verte. Por última vez, Ylian. Por última vez. Estaré en Yakarta. Ni me lo había pensado, no le había dado opción a Olivier, y tampoco a Ylian. Me parecía tan inconcebible no volver a verlo.

Por última vez.

Me creía fuerte, tenía que ser obligatoriamente la mejor idea, no había otra posibilidad, llevarse la imagen de una última noche, de un último beso, como cuando se visita a aquellos a los que se quiere justo antes de que mueran. Conservar un último abrazo, grabar una última palabra, llevarse consigo un último olor.

¿La mejor idea? ¿La peor? ¿La única?

—¿A qué se va a parecer, Ylian, la vida sin ti?

Ylian no me responde. Y sin embargo, conozco la respuesta.

A nada, Ylian. A nada.

Una súplica se me atasca en la garganta. Una súplica largamente rumiada desde hace tres días.

Si me pides que me vaya contigo, yo voy, Ylian. Si me pides que me quede contigo, me quedo. Sería capaz de hacerlo, si me lo pidieras, si me suplicaras, si despreciaras a Olivier echándome en cara que no me merece, si incluso le echaras la culpa a Laura, soltándome, uno no arruina su vida por una niña, una niña que en diez años te insultará, que en quince te abandonará. Quizá si Ylian hubiera sido otro, un cabrón, un amante egoísta y decidido, me habría convencido de dejarlo todo por él. Pero si Ylian hubiera sido así, ¿lo habría amado?

Ylian juguetea con las sábanas de la cama. Se ha puesto unos calzoncillos. Ya su pudor nos aleja.

Maldigo su cobardía al tiempo que la bendigo.

No somos esa clase de parejas que pueden ser felices dejando un terreno en ruinas tras ellos. Que son capaces de marcharse riendo después de haber desatado un incendio. Los dos lo sabemos. Somos mejores. ¡Valemos más! Sin embargo, una súplica me martillea la cabeza.

Te lo suplico, Ylian. ¡Comete una locura, inpónmela! No dejes que nuestra historia muera así.

—No podremos llamarnos, Nathalie. No podremos escribirnos. No podremos volver a vernos. Bajo ningún pretexto. ¡Júramelo, Nathalie! ¡Júramelo!

No juro nada.

Tirito en mi albornoz de 80 dólares.

—¿Por qué, Ylian?

—Lo sabes tan bien como yo. No nos queda otra opción. Tenemos que machacarlo todo, destruirlo, apagarlo. Si dejamos la más mínima brasa, el fuego se reavivará.

—...

Te lo pido por favor, Ylian, inventa para mí una separación a la altura de nuestra pasión.

—Tenemos que acabar con toda esperanza de volver a vernos. ¿Por qué crees que se entierra a la gente, Nathy? ¿Que se echa polvo en los ataúdes antes de cubrirlos con tierra? ¿Por qué crees que soportamos que metan a nuestros amigos, a nuestros amores, a nuestros padres, a nuestros hijos en un agujero? Para estar seguros de que no volverán. Para estar seguros de que se ha terminado. Para no vivir con esa locura en la cabeza. ¿Y si existiera la esperanza de volver a verlos? Lo imposible nos vuelve infelices. Solo se sufre con lo que es posible, pero nunca llega. ¡Así que tendremos que asegurarnos, Nathalie, de que nunca más daremos señales de vida! ¿Me lo prometes?

Miro por la ventana cómo la noche cae sobre la ciudad. Las palmeras, tan al ras como matas de hierba al pie de los edificios-seta, se reducen primero a sombras chinescas, antes de sumergirse en la oscuridad. Luego desaparecen las callejuelas, las casas bajas, sus jardincillos. Solo el cielo sigue iluminado. Los tragaluces se van iluminando uno tras otro. Poco a poco, la ciudad se convierte en galaxia. Una galaxia conectada donde las estrellas se van aglutinando. Miles de luciérnagas. Miles de vidas. ¿Cuántos, cuántos de ellos ya habrán amado? ¿Amado realmente?

—No puedo imaginarme vivir sin tenerte en mi vida, Ylie.

—Estarás en mi vida, Nathalie, y yo estaré en la tuya. Estaré en cada casualidad que te hable de mí y tú estarás en cada avión que vea despegar, en cada habitación donde duerma, en cada concierto, en cada acorde de guitarra… El mundo no me hablará de otra cosa más que de ti.

—No me bastará…

—Sí que te bastará. Tienes una familia, una hija. El tiempo pasará y eso te bastará.

Yl tiene razón. Y lo maldigo por tener razón. Lo maldigo por haber sido el más inesperado de los amantes y por no tener otra separación que ofrecerme que esta mierda de razón.

—¿Y a ti? ¿Te bastará?

—…

Por un instante, me imagino lo peor. Lo que Yl me propone es su sacrificio. Yl se retira. Yl desaparece porque Yl me ama. El silencio absoluto. Para que Yl sea libre de sufrir. Para destruirse. Para matarse.

Le pregunto por segunda vez.

—Vivir con fantasmas, ¿te bastará?

Yl se toma su tiempo para responderme. Y, finalmente, no me responde. Yl agarra de la mesilla el menú del restaurante gastronómico del hotel. Lo consulta, luego sonríe.

—*Sarang Walet* —recita en voz alta—, estaba seguro de que lo sugerirían, es la especialidad nacional aquí.

No entiendo.

¿*Sarang Walet*?

—*Sarang Walet* —repite Ylian—. El plato más refinado que existe. Bajemos al salón, Miss Swallow. Comamos. Bebamos. Disfrutemos.

No me muevo.

—Tengo familia, Ylian, es todo lo que me queda. Y a ti, ¿qué te queda?

Yl se pone el pantalón, una camisa blanca, y luego se gira hacia mí. Los paños de la camisa caen sobre su torso desnudo.

—Júramelo, Nathalie. Júrame que jamás tratarás de volver a verme. Y entonces te propondré un trato. Un trato que ninguna mujer ha aceptado nunca firmar. Porque para firmarlo, hay que amar como nunca nadie ha amado.

47

2019

Bordeo el río por el camino de sirga, hacia el sur, como le he visto hacer tantas veces a Margot cuando le suena el teléfono. Caminar, con el móvil pegado a la oreja, alejarse de casa tanto como dure la conversación, finalmente colgar, dar media vuelta, despacito, para dejar que se infusione la conversación con una amiga o con un novio. Antes de volver a apechugar con la realidad.

«Es Laura», le he precisado a Olivier antes de alejarme.

No tengo claro que a Oli le tranquilice mucho ver que salgo corriendo para hablar con su hija sin que él pueda escucharme.

Paso la isla del Molino y me detengo un poco más allá, a la altura de un banco de pescadores, frente a un embarcadero de madera del cual solo quedan tres pilares. El primer lugar donde uno puede sentarse en frente del río sin ser visto desde casa.

—Ya está, Laura —digo con voz ahogada—. Estoy sola.

Es verdad, a excepción de Gerónimo y sus polluelos, que me observan con desconfianza. Laura no me responde. Sin embargo, ella debe de conocer forzosamente el resultado de las revisiones quirúrgicas de Ylian... Una terrible angustia me atenaza. Si Laura hubiera recibido noticias tranquilizadoras, habría hablado sin cavilar. Alzo la voz, esforzándome en desatar el nudo que tengo en la garganta.

—¿Y bien? ¿Qué han dicho los médicos?

—Es… Es mejor que vengas al hospital, mamá.

Sí… Hace ocho días que hubiera sido mejor que fuera. Lo que pasa es que presté juramento, Laura. *No podremos escribirnos. No podremos volver a vernos. Bajo ningún pretexto. Júramelo, Nathalie. ¡Júramelo!*

Se me quiebra la voz, intento reunir lo que me queda de autoridad. Y de dignidad.

—Por favor, Laura, respóndeme. ¿Qué han dicho?

—Ven a Bichat, mamá. No puedo decirte más que esto por teléfono.

Me dejo caer en el banco. Gerónimo palmea, seguido de sus polluelos, entre los pilares del embarcadero de madera. Tengo pensamientos enfrentados. Por supuesto que he tenido ganas de romper ese juramento, cien veces, mil veces. Pero cada vez que me he imaginado volver a ver a Ylian, era en el edificio más alto de una gran ciudad, frente al mar, en un bar, en una terraza soleada, en el claro secreto de un bosque, en medio de la multitud, disfrazados… No en una habitación blanca en medio de un enjambre de enfermeras indiscretas. Con su cara tumefacta. Su cuerpo entubado…

—Imposible, cariño.

Algo más me retiene. Que no le puedo reconocer a Laura. Que incluso me da más miedo reconocérmelo a mí misma. Un fantasma que me es imposible superar.

—Mamá, te lo pido por favor…

Dejo que mi mirada se deslice a ras del agua. ¿Cuántas veces, a lo largo de los siglos, el Sena ha visto cómo se decidía el destino a sus orillas? ¿Pescadores ahogados, campesinos hambrientos, comerciantes perdidos, soldados fusilados, amantes desesperados?

Echo de menos mi piedra del tiempo. Dudo si coger un guijarro blanco. Mi voz se vuelve más severa aún. Los tres polluelos emiten gritos de angustia y se esconden bajo el ala de Gerónimo.

—Escúchame, Laura. Todavía no soy una abuela gagá a la que

uno no se atreve a decirle que tiene que irse al asilo. Así que suelta ya ese puto diagnóstico.

—...

—¿Cuándo lo operan? Después me pasaré por el hospital... Prometido.

Empiezo a hacerme una idea. Romper el juramento. Volver a ver a Ylian. Aunque sea desmejorado, incluso deteriorado. Especialmente si lo está. Ya no tengo que esconderme. Oli lo ha entendido todo, se ha enterado de todo. Años de ambigüedad han explotado y han sido barridos, al igual que la colección de bolas de nieve. Incluso es posible que Olivier e Ylian puedan llevarse bien. A su manera, se parecen. Puede ocurrir, que un marido acepte perdonar a su rival, cuando todo ha terminado. Un orgullo para él, ¡es a mí al que ha elegido! Me imagino a Ylian tocando la guitarra en la terraza de ipé a orillas del Sena, Olivier enseñándole su taller. La idea me parece divertida. Tan absurda como sublime.

—No van a operarlo, mamá.

Tengo la impresión de que el Sena ha dejado de fluir. Que sus aguas se han detenido. Unos segundos, antes de que una ola rompa, llevándose todo, orillas, bancos, barcos, casas, paseantes, mujeres, hombres, niños, pasado, presente.

—A tu amigo no se le puede operar. Las heridas no han evolucionado bien. Tiene las pleuras encharcadas. Su caja torácica está perforada. Temen una hemorragia pulmonar. Los lóbulos, medios e inferiores, han vuelto a sangrar. Él... Está desahuciado.

—Me voy, Oli. A... a Roissy...

Ya no siento las piernas, ya no siento mis palabras, ya no siento las manos. No tengo claro que puedan sujetar el volante.

Ylian. Desahuciado.

Después de que Laura haya colgado, he vuelto como sonámbula, siguiendo el camino de sirga. He cogido mi bolso, las llaves del coche. Seguramente no habría tenido la fuerza de prevenir a Olivier si no se hubiera plantado delante de la puerta.

—El… el protocolo, Oli… Las azafatas tienen que… estar a disposición… incluso… si no despega ningún vuelo… a… a Yakarta.

Olivier no me cree. No hago ningún esfuerzo para que me crea. Ni aunque esta vez esté diciendo la verdad. Laura me ha hablado despacio, tómate tu tiempo, mamá, tómate tu tiempo, a tu amigo le han puesto anestesia general, no podrá recibir visitas en al menos tres horas. He decidido ir primero a Roissy, esperar un poco allí, y luego ir a Bichat.

—Pensaba que habíamos dejado de mentirnos, Nathy. ¿Por qué no me dices, sencillamente, que vas a ver al tipo de la golondrina?

—No voy a verlo.

—¿Y por qué ibas a no hacerlo?

—Porque… porque se va morir, Olivier. Le quedan solo unos días de vida… Él…

Curiosamente, Olivier no parece sorprendido. Quizá mi cara descompuesta, mis andares de momia me hayan traicionado.

—¿Cómo te has enterado?

—El hos… El hospital me ha llamado y…

—Deja de mentir, Nathalie. Te lo pido por favor.

—Laura… Me ha llamado Laura.

Olivier no comenta nada más. Le basta con la verdad.

En cambio, él tendría tanto que decir.

Y que acusar. ¿Por qué has involucrado a nuestra hija Laura en tus secretos, cuando yo no le había revelado nunca nada?

Que perdonar. Ese tipo, que ha estado a punto de arruinar nuestra vida. Adelante, Nathalie, ve a despedirte de él.

Que triunfar. Aquí estoy, Nathalie, aquí me quedo. Cuando todos los demás se hayan ido, yo siempre estaré. Contigo.

Olivier me deja pasar. Me meto en mi Jazz y consulto la pantalla luminosa del salpicadero.

13:51 h.

Oficialmente, despego en dos horas hacia Yakarta.

Las imágenes de las calles del centro de la ciudad transformadas en canales, de los turistas frenéticos al pie de los escombros, y las de las vidrieras del Great Garuda barridas por las olas me ahogan.

48

1999

El ventanal del restaurante, en la undécima planta del Great Garuda, ofrece una vista sublime de la bahía de Yakarta, la selva de palmeras mordisqueada por las casas de los pescadores, dominada por los tejados piramidales de los templos budistas y taoístas, únicamente protegidos del mar por una fina franja de arena blanca, donde juegan un montón de niños. Ninguna colina, ningún dique, tengo la impresión de que la más mínima ola podría inundar la ciudad y que solo los habitantes que viven en las torres podrían salvarse.

Como la mayoría de las noches, una fuerte tormenta ha azotado Yakarta, para luego extinguirse tan rápido como se había desencadenado. El calor ecuatorial se ha encargado de secar las calles, las cunetas, los escaparates y las terrazas de las piscinas. El tráfico se ha reanudado. Miles de motoristas han regresado. No así los turistas, que se contentan con moverse entre los hoteles internacionales y los centros comerciales climatizados.

De las cincuenta mesas que hay en el restaurante, menos de la mitad están ocupadas, casi todas por hombres, casi todos encorbatados, casi todos asiáticos a excepción de unos pocos occidentales, infinitos matices de hombres de negocios indios, malasios, coreanos, japoneses y chinos, que me sorprendo distinguiendo fácilmente por su estatura, elegancia o por el grado de concentración.

La romántica vista de la bahía parece haber eximido a los gerentes del Great Garuda de concentrar sus esfuerzos en la decoración interior. Moqueta kitsch con motivos de hibiscos malvas; un gran acuario fluorescente; inmensas pantallas de televisión, una para deportes y otra para el karaoke, y un lejano olor a fritura.

Y, cómo no, una mesa coja.

Un camarero nos trae los menús, encuadernados en cuero y decorados con una magnífica Garuda, el pájaro mítico de Indonesia. Ylian no los abre. Yl se limita a retener al camarero sonriéndole, para luego preguntarle con tono decidido:

—*Sarang Walet. Two.*

Pongo cara de asombro. El camarero se da cuenta y, para mi gran sorpresa, me precisa en un francés casi perfecto.

—Nidos de golondrina, señorita.

¿Nidos de golondrina?

Mientras el camarero se aleja, mis ojos se mueven aún más rápido. Nunca lo he comido, pero conozco la reputación de esta especialidad asiática. ¡Lo más del lujo oriental! Cuenta la leyenda que los hombres los recogen en los acantilados, o en la selva, poniendo en peligro sus vidas... ¡Si no fuera porque este tesoro único, con sus supuestas virtudes afrodisíacas, se vende a diez mil francos el kilo! Incluso en Indonesia, el mayor productor mundial.

Apoyo mi mano en la de Ylian.

—No, Ylie. Ese plato cuesta una fortuna. Un mes de sueldo para una sopa con plumas.

—Si estás hablando de mi sueldo, ¡cuenta mejor en años!

Entrelazo mis dedos a los suyos.

—Es un bonito detalle, Ylian. El nido de golondrina para Miss Swallow. Muy romántico. Bravo. Pero no, es demasiado.

—¡Es gratis!

Me lo quedo mirando, más preocupada aún. Prefiero las inventivas, gratuitas e inéditas, que Ylian saca de su imaginación.

—No quiero semejante regalo.

—No soy yo quien te lo hace.

No entiendo. La mirada de Ylian me guía. Yl pasa por encima de mi hombro para perderse una decena de mesas más allá. Me giro, sigo la dirección de su mirada, hasta posarme… ¡en Ulysse! Ulysse Lavallée. Sentado en medio de tres asiáticos en traje gris, casi tan corpulentos como él.

—Es él quien me ha encontrado este trabajo —explica Ylian—. Ulysse es un tío listo. Creo que debe de tener en el bolsillo tan poco dinero como yo, pero va de chanchullo en chanchullo. Para tocar en los hoteles de todo el sudeste asiático, Indonesia, Malasia, Tailandia, me ha propuesto un salario mísero, pero ha negociado para mí ventajas en especie. ¡Alojamiento y comida!

Por el rabillo del ojo, observo a Ulysse zamparse una bandeja piramidal de marisco.

—¡Él también aprovecha!

—Sí —admite Ylie—. Y si continúo tocando en todos los piano bar de la tierra, de San Diego a Borneo, con bufé libre, no tardaré en volverme tan obeso como él…

Me esfuerzo en sonreír. Yl se inclina hacia mí y murmura.

—Ahora entiendes… por qué nunca debes intentar volver a verme.

Admiro sus esfuerzos desesperados para quitar hierro al asunto.

Tengo ganas de llorar, de levantarme, de subir a la habitación. De tumbarme a su lado y de no volver a pronunciar una palabra en toda la noche. Solo amarlo.

Pero no me muevo. Por mi parte, murmuro.

—Háblame de ese trato. De ese trato que ninguna mujer ha aceptado jamás firmar.

—Porque para ello —completa Ylian— hay que amar como nunca nadie ha amado.

Me gusta tanto nuestra ternura desencantada. La delicadeza de seguir fingiendo mientras todo a nuestro alrededor se desmorona.

Como personajes de cine. Todo lo que vivimos es tan fuerte como nuestras vidas.

—Te quiero, Ylie. Te quiero como nunca nadie ha querido.

Yl no responde. Lo examino, de la cabeza al torso, ajustado por su camisa blanca. Disfrazado de pingüino perdido en el ecuador, entre esos hombres de negocios barrigudos.

Por mí.

Yl ha aceptado esta miserable gira por Asia, con el requisito de la vestimenta adecuada, solamente por mí.

De hecho, aquí, conmigo, no es del todo él. Pierde sus colores. Como un pájaro amazónico enjaulado. Ylian es un saltimbanqui. El del Chicano Park, el de las Ramblas.

Los camareros no vuelven. ¿Habrán ido a recoger los nidos de golondrina a lo alto de los acantilados de Uluwatu? A lo mejor el camarero se ha estampado contra el suelo. Los ojos se me perlan de lágrimas. Cojo una servilleta blanca, me seco y, sin pensar, en lugar de apoyármela en el regazo, la meto en mi bolso. Me gusta esa cabeza de pájaro impresa en la tela, ese pico torcido, esa mirada orgullosa y libre. Creo que me habría gustado conservar cada instante de este momento. Robar también el tenedor, el cuchillo, el salero. Sé que ya nunca más nadie, después de esta noche, me volverá a llamar señorita Golondrina. Quizá dentro de unos años, por nuestro vigésimo aniversario de boda, Olivier me llevará a comer a un restaurante de tramperos donde sirvan castor. También a mí me sorprende ser irónica.

Vuelvo a tenderle la mano a Ylian. Él la coge. Hay algo que me falta, no consigo saber qué. Ni su sonrisa. Ni sus ojos. Ni su melancolía. Una última cosa que robar. Nuestros dedos bailan. Sigo dándole vueltas a qué es lo que hace que nuestra despedida esté incompleta. Poso la mirada en cada detalle de la sala del restaurante, antes de, por fin, comprenderlo.

Por primera vez desde que somos amantes, no nos acompaña ninguna música.

Despacito, pregunto:

—¿Tocarías, Ylian? ¿Tocarías por última vez para mí?

Yl acaricia mi mano y se levanta.

Hay un piano negro instalado en un rincón del restaurante, entre el acuario y la pantalla del karaoke. El instrumento de trabajo de Ylian. Aquel con el que, casi cada noche, interpreta los clásicos del *jazz*, *blues* y *rock*.

Los clásicos de otros.

Ylian se dirige al piano. Ulysse lo sigue con la mirada. ¡No es la hora de tocar! A Ylian le importa un bledo. Se toma su tiempo para colocarse bien su gorra roja escocesa, para mí, nada más que para mí —Dios mío, qué guapo es—, y luego abre el piano.

Yl también sabe tocar este instrumento.

De inmediato, comprendo que está improvisando. La música, al menos. La letra, que sin duda ha debido de ir entretejiendo desde hace tiempo, se posa sobre la melodía que nace de sus dedos. Una especie de trance, como solo se da en ciertas circunstancias. Las notas apelan a la letra. La letra a las notas.

El alboroto de la sala, como una ligera niebla de ruido, no cesa. Los chinos y los malasios hablan sin escuchar, ríen.

Yo solo le oigo a él.

Piano-voz.

El camarero, que sigue vivito y coleando, nos trae nuestros dos nidos de golondrina. Ni lo toco.

Todavía a día de hoy desconozco a qué sabe.

Ylian tocaba. Tocaba y cantaba. Solo para mí.

Cuando se haga de día
Cuando se laven las sábanas
Cuando los pájaros levanten el vuelo

Del matorral en el que nos amamos
No quedará nada de nosotros

Cuando nuestras islas queden sumergidas
Cuando nuestras alas estén destruidas
Cuando la llave del tesoro tan buscada
esté oxidada
No quedará nada de nosotros.

Déjame un poco ti
Una rebanada, una rama, un pétalo de tu flor
Una miguita, tres lentejuelas, un pedacito de tu corazón

Cuando tires a la basura del día a día
Nuestros festines
Cuando barras mi destino
Con el polvo de tus mañanas
¿Qué quedará de nosotros?

Cuando hayas ordenado todos mis strip-tease
Bajo la pila de sus camisas
Cuando hayas abandonado la guerra prometida,
Por la paz de las chicas sumisas
¿Qué quedará de nosotros?

Déjame un poco ti
Una rebanada, una rama, un pétalo de tu flor
Una miguita, tres lentejuelas, un pedacito de tu corazón
Una parte de tu mirada
Un brillo de tu voz
Una lágrima de tu encanto
Una gota para el camino

Cuando estemos privados de nuestros sentidos
deshonrados, desterrados de nuestras mediasnoches,
Cuando nuestras contraventanas estén malditas
Cuando nos hayan robado las palabras dichas
¿Qué quedará de nosotros?

Cuando ya solo quede la distancia, cuando ya
solo quede la ausencia, cuando ya solo quede el silencio,
Cuando los demás hayan ganado, cuando tú
te hayas alejado, cuando ya no quede nada de nosotros,
solo cuatro paredes de nada, pero el cielo esté demasiado bajo,
cuando ya no quede nada de ti.
¿Qué quedará de mí? ¿Qué quedará de ti?

Déjame un poco ti
Una rebanada, una rama, un pétalo de tu flor
Una miguita, tres lentejuelas, un pedacito de tu corazón
Una arruga, antes del vacío
Un uno por ciento de tu sangre

Cuando nuestras últimas vueltas en el tiovivo
Sean los primeros turnos de limpieza,
Cuando el vuelo de nuestros corazones con plumas
Naufrague por el peso del yunque de nuestros miedos,
Cuando nuestras risas locas en la perrera,
Cuando nuestros suspiros en la sopera,
¿Qué quedará de ayer?

Cuando nuestros ramos de verano, ayer,
Sean las flores secas de las teteras
Cuando el fuego de nuestras noches insolentes
No sea más que insomnios lentos,
Cuando el juego de las mañanas de gracia

No sea más que dormir hasta tarde,
Cuando el hambre de hoy día
No sea más que días sin fin
¿Qué quedará del mañana?

Déjame un poco de ti
Una rebanada, una rama, un pétalo de tu flor
Una miguita, tres lentejuelas, un pedacito de tu corazón

Una parte de tu mirada
Un destello de tu voz
Una lágrima de tu encanto
Una gota para el camino
Un pedazo de tu espalda
Un trocito de tus brazos
Un miga de auricular
Una partícula de ventrículo
Un pedacito de tu corazón
Una miguita, tres lentejuelas
Un pétalo de tu flor
Una parte de tu vida
Una miguita de tu cabeza
Un pedazo de tu cerebro
Un fragmento de tus rasgos
Una sospecha de tu frente
Una arruga, antes del vacío
Un uno por ciento de tu sangre
Solo una gota para mi camino
Mi derrota, solo una gota
Una rebanada, una rama, un pétalo de tu flor
Una miguita, tres lentejuelas, un pedacito de tu corazón
Pero déjame un poquito de ti.

49

2019

—¿Georges-Paul?

He reconocido a GPS, el azafato le saca una cabeza a la horda de pasajeros que pululan y rugen. Todos los vuelos a Yakarta han sido cancelados y todos los del sudeste asiático sufren retraso. Familias enteras de malasios, esrilanqueses e indios se han instalado en los recibidores del aeropuerto a la espera de noticias; los turistas europeos se preocupan por su salida a las Maldivas; los hombres de negocios afirman que el sistema bancario asiático, y por tanto también el mundial, va a desplomarse si no pueden llegar a Singapur. Me he ido abriendo paso por los pasillos del aeropuerto. Tengo previsto quedarme una hora, ni más ni menos. Después, me monto de nuevo en mi Jazz y me alejo de Roissy.

¿Para volver a Porte-Joie?

¿Para ir al hospital Bichat?

Solo de pensarlo, la bola de mi estómago se hace cada vez más grande.

¿Volver a ver a Ylian? Después de todos estos años de habernos separado.

¿Volver a ver a Ylian antes de que la vida le abandone?

¿Tendré el valor de hacerlo? ¿Tendré la fuerza de voluntad para romper mi promesa? ¿Tendré fuerzas para enfrentarme a mi mayor demonio, para mirarlo a los ojos? Para enfrentarme a mi

culpa, la misma que me ha acechado durante todos estos años. ¿Estoy preparada para dejar salir a ese gusano que me carcome, ese gusano que ha crecido, ese gusano listo para devorarme, y conmigo a mi vida, mi familia, mi casa, todo lo que he construido?

Grito más fuerte.

—¡Georges-Paul! ¿Tienes noticias?

GPS nada a contracorriente e intenta alcanzarme.

—No… ¡Esto es el infierno! Lo único que sé es que Florence y Jean-Max se marcharon anteayer a Yakarta, en un vuelo humanitario… —Consulta un segundo su reloj—. Deben… Deben de estar en Bogor, vista la hora, a cincuenta kilómetros al sur de Yakarta, que es donde han instalado el puente aéreo desde el que están organizando toda la ayuda internacional.

Apenas lo escucho.

Mi decisión está tomada.

No iré al hospital. No empujaré la puerta de la habitación de Ylian. Sé quién está detrás. Sé quién me espera.

—Toma —me dice Georges-Paul tendiéndome un papel—, por si quieres llamarlos.

Acaban de anunciar un vuelo a Singapur. El azafato tiene que luchar contra un bosque de piernas, maletas con ruedas y brazos que le empujan, pero consigo atrapar el papel en el que ha escrito un número de móvil local.

—¿Y Charlotte?

He hecho la pregunta antes de que Georges-Paul se deje arrastrar por una riada de viajeros.

—¡Sin noticias!

Me pongo a resguardo en la puerta M, de repente libre de todos sus pasajeros, y llamo a Flo. En una hora, voy a hacer que me confirmen que no sale ningún vuelo hoy y que puedo volver a casa.

—¿Nathy?

Escuchar a mi compañera me sienta bien. La bola de mis entrañas se desinfla, un poco. Oigo su voz lejana, entrecortada.

—Nathy, ¿me oyes? ¿Qué está pasando en Roissy?

Le resumo rápidamente la situación.

—Ya —comenta Flo—. ¡Pero no puede ser peor que aquí! Estoy en el dispensario de Bogor. He dormido tres horas desde que llegué. Jean-Max está cubriendo la conexión Bali-Java y Java-Padang, cinco veces al día. Los víveres y los primeros auxilios llegan por esa dirección. Ha dormido incluso menos que yo.

—¿Y... Charlotte?

Inmediatamente, me arrepiento de haber hecho tal pregunta.

—¡Sin noticias de esa zorra! Y te puedo asegurar que aquí tengo cosas mejores en las que pensar que en esa putita que ha querido birlarme a mi marido. A los indonesios les falta de todo. Joder, ya sabes cómo son, es el pueblo más amable de la Tierra. Cerca de trescientos millones de habitantes que nunca fastidian a nadie, que no dan motivos para hablar de ellos, que no juegan al fútbol, que no persiguen medallas olímpicas, que no nos saturan con películas para tontos o con música de mierda. Ni una sola guerra, ni un suceso. Ni siquiera exhiben su miseria, cerca de trescientos millones de tímidos que se conforman con ver cómo el mundo se suicida, ¡y justo tiene que ser con ellos con los que se ensañe la naturaleza!

No puedo evitar sonreír. Oigo risas de niños detrás de ella. Hombres que hablan. Mujeres que cantan. La comunicación es cada vez peor.

—Tengo que colgar, Nathy. Pronto va ser el minuto de silencio. Tengo que dejarte. Lo siento.

—Espera...

Risas de niños. Mujeres que cantan... Mi cerebro acaba de sufrir una alucinación. Una nueva ilusión.

Me ha parecido oír, justo detrás de la voz de Flo, unas palabras imposibles.

When the birds fly from the Bush
There will be nothing left to us

Inmediatamente, me convenzo de que, como por arte de magia, la piedra del tiempo se encuentra de nuevo en mi bolsillo.

—Espera, Flo, espera.

Mi voz resuena en el vacío, Florence ya ha colgado. En el aeropuerto, una voz femenina anuncia el final del embarque a Manila. Intento concentrarme, repasar la banda de esta llamada que ha durado menos de un minuto. Me da igual lo que me haya dicho Flo, quiero volver a oír el sonido que tenía detrás, los cantos de los refugiados en ese dispensario indonesio, esos fragmentos de frase que me ha parecido entender.

Birds, Bush, nothing left of us.

¡Imposible! Mi cerebro se resquebraja. Recuerdos íntimos del Gran Garuda escapan por él, y se sobreponen a los de hoy, a las imágenes televisadas de las ventanas de ese hotel, rotas, de sus cimientos inundados. Hurgo en mis bolsillos, hurgo en mi bolso y no encuentro ninguna piedra. Me quedo un buen rato, como estúpida, dudando si volver a llamar a Flo, si marcharme o si quedarme. Riadas de viajeros desorientados continúan errando entre las puertas.

¿Volver a llamar?

¿Marcharme?

¿Quedarme?

El teléfono suena, impidiéndome zanjar el tema. Un miedo atroz me atenaza por dentro. ¿Laura? ¿Me está llamando mi hija para anunciarme la más terrible de las noticias?

Número desconocido.

Respiro. No es ella, ni tampoco Olivier. Descuelgo.

Oigo claramente reactores de avión, una voz anunciando la salida de un Boeing para San Francisco, antes de que, por fin, se dé a conocer una voz familiar.

—¿Nathalie? ¡Nathalie, soy Ulysse!

¿Ulysse? Su voz sofocada revela un profundo pánico.

—He aterrizado en Roissy. Acabo de comprobar mis mensajes al bajar del avión. Joder, sé que estás al tanto, Nathalie. Ylian no va a sobrevivir. Por culpa de ese cabrón de conductor. Que quizá sea incluso un asesino. Acababa de ayudarle a rehacer su vida y ahora justo me va a dar tiempo a llegar para verlo morir.

—...

—¿Dónde estás, Nathalie? Acabo de hablar con el hospital Bichat. El doctor Berger. Es él quien me mantiene informado desde el accidente. Joder, me ha dicho... Me ha dicho que Ylie no había recibido ninguna visita... ninguna visita tuya.

Me imagino el cuerpo gordo de Ulysse rezumando sudor. Aun así, debe de sudar menos que yo. Tengo la cara chorreando, el uniforme empapado.

—Yo...

—Déjalo, Nathalie. No me vengas con el rollo de vuestro viejo juramento. Se lo he oído cien veces a Ylian mientras se moría de ganas de llamarte. Pero... pero basta ya de gilipolleces.

—S...sí.

—¿Dónde estás?

—En... en Roissy. Terminal 2E. Puerta M.

—Cojo un taxi. Cojo un taxi y voy a buscarte. Y vamos echando leches a Bichat. No podemos dejarlo tirado, Nathalie. ¡No podemos!

50

2019

—Laura, ¿sabes cuál es el colmo de la soledad?

—Ni idea, papá.

La tele del salón está encendida. La pantalla gigante emite una y otra vez imágenes de Yakarta. Vistas panorámicas de zonas devastadas en kilómetros de costa. El litoral del mar de Java se parece a una maqueta hecha de cerillas con la que se ha ensañado un niño enfadado. Margot entra dando un portazo, lanza su bolso del colegio en una esquina de la habitación, y luego se acerca a su padre y a su hermana mayor.

—Y bien, ¿reunión familiar? Espero que sea importante. He dejado plantado a mi chico para venir directamente desde el instituto. ¿No esperamos a mamá?

Olivier parece obsesionado con la tele. A las imágenes de refugiados les siguen las de multitud de gente de todos los colores que se reúne, se aprieta, en los Campos Elíseos, en Picadilly Circus, en la Quinta Avenida, plaza Tahrir, plaza de Tiananmen, la plaza Roja… Una marea humana. El comentarista aclara que el minuto de silencio universal en homenaje a las víctimas comenzará a las 20 h en punto, hora de Yakarta. En quince minutos aquí.

Finalmente, Olivier se vuelve hacia Margot y Laura.

—El colmo de la soledad, hijas mías, es respetar un minuto de silencio solo, en tu casa. Levantarse, quedarse callado, como todo el mundo, pero que después el silencio continúe.

Margot se encoge de hombros.

—Está bien, estamos aquí, papá, ¡no estás solo!

Laura coge del sofá el mando a distancia, enfadada. Quita el sonido.

—A ver, ¿qué está pasando, papá? Estoy un poco acelerada. Salgo de Bichat. Tengo que recoger a los gemelos antes de que la canguro los abandone en la acera. Darles de comer antes de que Valentin vuelva de su servicio y salir pitando para volver a pasar la noche en el hospital.

Olivier mira atentamente a sus dos hijas. Luego se detiene sobre Laura.

—Es de eso de lo que quería hablarte. Del hospital.

Laura mantiene la mirada a su padre. La voz de Olivier tiembla un poco.

—Ma... mamá me lo ha confesado. La has llamado hace un rato... Tú... Tú estás al tanto.

Laura no reacciona. Unos años de guardia en el servicio de urgencia ayudan a enfrentarse a lo peor sin transmitir la menor emoción. A aguantar. A derrumbarse después. Margot, con menos experiencia, explota sin reservas.

—¿Confesado qué? ¿Al tanto de qué? ¿Qué os traéis entre manos los dos?

Olivier sigue mirando fijamente a Laura, como si Margot no hubiera hablado.

—Es mamá la que te lo ha pedido, supongo. ¿Mamá te ha pedido que lo cuides?

Laura esboza una sonrisa tranquilizadora.

—¿Es por eso, papá? ¿Solo por eso? Su amigo ha sido hospitalizado. Me ha pedido que la fuera informando.

Olivier da unos pasos por el salón. Margot se retuerce. Laura sigue tiesa delante de la puerta. Olivier hace una señal a sus hijas

para que se sienten en el sofá; ellas dudan si obedecer, pero su gesto se vuelve más insistente. Espera a que las dos se hayan sentado, lado a lado, enfrente de la tele. Los ojos de Olivier vuelven a posarse sobre Laura, solo en Laura.

—No es un simple amigo. Estoy seguro de que ya lo sabes.

Luego aparta la mirada, incapaz de afrontar la reacción de sus hijas. Se agarra a la pantalla. Unas cámaras aéreas graban a la multitud en movimiento. Calles, banderas, familias, que caminan, se mueven, están en sintonía. Aunque no salga ningún sonido de la televisión.

—Laura, Margot, esperaba no tener que hablaros nunca de esto. Esperaba poder evitároslo. Esperaba que fuera un pasado que no volviera a resurgir nunca. Pero mamá estuvo a punto de abandonarnos. Tú todavía no habías nacido, Margot. Tú tenías seis años, Laura. Mamá estuvo a punto de abandonarnos cuando volvió de Yakarta.

Olivier es incapaz de girarse hacia sus hijas, incapaz de observar sus reacciones. ¿Quizá estén llorando en el sofá? ¿Quizá se hayan marchado de puntillas? Tiene que seguir. Llegar hasta el final de su historia.

—Cuando mamá volvió de Yakarta, estuvo un tiempo sin volver a coger un avión. Su médico le había dado la baja, le había diagnosticado una especie de *burnout*, es normal en azafatas de largo recorrido. Vuestra madre lloraba a menudo, hablaba poco, nunca respondía, como si se aburriera con nosotros. Tú no te acuerdas, Laura, eras demasiado pequeña. Luego, un día, mamá me anunció que se marchaba. Oficialmente, Air France lanzaba una nueva compañía, una filial india de la que ellos se iban a encargar. Estaban buscando voluntarios que hablaran inglés para formar a las azafatas en la India, y ella había aceptado. Estaba muy bien pagado, y en ese momento necesitábamos dinero, es cierto. Pero era un pretexto. Un pretexto para abandonarnos. Para pensar. De eso, Laura, sí que tienes que acordarte. De la India. Me preguntabas a menudo «¿Cuándo vuelve mamá?». También se lo preguntabas a ella cada vez, por teléfono, «¿Cuándo vuelves, mamá?». ¿Te acuerdas. Tienes que acordarte.

Olivier se interrumpe, con los ojos siempre fijos en la tele. Oye cómo Margot se sorbe los mocos. Y escucha la voz de su primogénita.

—Sí. Me acuerdo, papá. Pero en mi cabeza, mamá se quedó en la India una semana, quizá dos, solo un poco más de tiempo que en otros viajes.

—Mamá se tomó mucho más tiempo para pensar. Dudó, durante varios meses. Creí que la habíamos perdido, pero regresó. Sin duda, gracias a ti, Laura. Un día regresó. Y nunca más volvió a marcharse. Y, poco a poco, volvió a estar alegre, como antes. Gracias a ti, Margot. Quisimos tener un segundo hijo porque volvíamos a querernos. Y desde entonces, no hemos dejado de hacerlo.

Laura está tan blanca como el sofá. Margot llora sin contenerse.

—Yo… ¿cuánto tiempo después nací? —pregunta Margot.

Olivier se gira finalmente hacia sus hijas, dejando la pantalla.

—Algo menos de dos años.

Nadie más habla. Margot apoya la cabeza en las rodillas de Laura, que le acaricia el pelo. El reloj marca los segundos. En la tele, la multitud empieza a pararse. El minuto de silencio está programado para dentro de menos de diez minutos. Margot rompe el silencio entre sollozo y sollozo. Las lágrimas ruedan por las piernas de su hermana.

—¿Qué extraña coincidencia, no? Ese tipo, por el cual mamá ha estado a punto de dejarnos, hospitalizado en Bichat. Y ahora Yakarta. Yakarta, adonde mamá tenía que ir hoy. De donde volvía cuando todo esto pasó. Indonesia saliendo una y otra vez en la tele, ese país del que nunca se oye hablar…

Nadie le responde. La televisión muestra las imágenes de un estadio. Margot sigue con su soliloquio, dando la chapa, como de costumbre. Papá nunca ha sabido dar la chapa. El colmo de un

carpintero, era una de sus bromas preferidas, junto con la de «Parece que hoy mamá no se siente cómoda». La familia consiste en compartir bromas, no secretos.

—Están preparando el concierto en Wembley —dice Margot—. En homenaje a los indonesios.

La pantalla de la tele abandona el estadio para emitir un videoclip. Los cantantes pasan por el micro, antes de repetir todos a coro un estribillo. Ningún sonido sale de sus bocas, como si todos sus esfuerzos fueran en vano.

—Se llama Ylian, papá. Ylian Rivière. He hablado con él. Le he dicho que soy la hija de Nathalie. Le… le quedan solo unas horas de vida. Está desahuciado. Los investigadores creen que es posible que haya sido un intento de asesinato. Está consciente. De momento… Tú…

Laura duda. Margot se ha reincorporado. Su mirada oscila entre su hermana y su padre.

—¿No… no quieres a ir a hablar con él?

Olivier no responde. «¡Al menos —piensa Laura—, no ha explotado ante la propuesta!» Insiste.

—Creo que estaría bien, papá.

Margot ha dejado de mirar cómo se lanzan una pelota invisible, se seca los ojos y se concentra en la televisión. Sus labios se entreabren, canturrea.

Leave me just a little bit of you.

Nadie la escucha.

—¿Para decirle qué? —pregunta finalmente Olivier.

Laura inspira profundamente.

—Yo… creo que él tiene un gran… un grandísimo secreto que contarte.

Justo en ese instante, en la gran pantalla dividida en doce pantallitas, en todos los rincones del planeta, de Nueva York a Shanghái, de Ciudad del Cabo a Reikiavik, el mundo se detiene.

51

1999

Las torres más altas de Yakarta están iluminadas de noche. Es el único encanto de las modernas ciudades, construidas demasiado rápido. Demasiado tarde. Sin historia. Desvelan su belleza solo por la noche, una belleza artificial y agresiva, la de las chicas demasiado maquilladas que solo brillan en la oscuridad. Muy cerca, desde la vista de la ventana del vigésimo primer piso del Great Garuda, la torre Monas es las más maquillada, mucho más que el palacio de la Independencia, los edificios administrativos de la plaza Merdeka o el Pullman Yakarta.

Ylian está sentado en la cama, a un metro de la ventana. Los proyectores turquesa que estrían la noche se dirigen hacia el Monas, rebotan en la habitación, azulan las paredes, el techo, y más aún su camisa blanca, como una pantalla viviente. Aunque inmóvil.

Estoy sentada detrás de él, abrazándolo como si fuera un flotador, el caparazón de un cangrejo arrastrado por las olas, agarrada a su cintura con mis pinzas. Me he pasado todo el final de la comida llorando, a cada nota, a cada dueto voz-piano. He bañado los nidos de golondrina, he llorado en el ascensor, me he tumbado completamente vestida, he llorado en la almohada.

—No puedo dejarte, Ylian. Dejarte es morir. Es dejar de vivir, apenas sobrevivir. Dejarte es aceptar que todo esté vacío. Ninguna mujer puede dejar a un hombre que escribe canciones como tú las escribes. Después de semejante declaración de amor. Después...

—Es una canción de despedida, Nathy. No una canción de amor.

La torre Monas se ha vuelto rosa, la habitación y la camisa de Ylian también se sonrojan, como por arte de magia, como si la ropa de mi Bello Durmiente del Bosque cambiara de color bajo el efecto de las varitas de las hadas. Camisa azul, rosa, centelleante.

Y transparente. Bajo el efecto de mis gotas de plata.

Algo insignificante.

Mis lágrimas ruedan y empapan la tela blanca.

Ylian no se mueve. Su calma no me tranquiliza. Sé que Yl está sufriendo tanto como yo, aunque intente no mostrarlo. Yl me protege. Yl se sacrifica. Hay un único sitio en la barca, uno tiene que saltar. Un único sitio en la balsa, uno tiene que hundirse. Soy Rose, Yl es Jack, que ha caído ya en el agua helada. Quiero unirme a él, rabiosa, sin piedad. No acepto su sacrificio. Quiero pelear por los dos. Gritar, luchar. Salvarnos. Salvarlo todo.

—Entonces, ¿quieres que se acabe? ¿Que no quede nada de nosotros? Como si nada hubiera existido, una noche, un sueño, y zas, nos despertamos.

—Mi canción no dice eso.

Su camisa se viste de estrellas que bailan fuera, en las fachadas. Mis manos se aventuran bajo el tejido de la noche, desabrochando los últimos botones, acariciando su torso para captar la más mínima ondulación. Ylian no reacciona. Frío. Como si el agua helada de la banquisa le estuviera ya paralizando. Y yo en mi balsa. A la deriva. Ya.

—Venga, dime. ¿De qué va tu trato? El rollo ese que ninguna mujer ha hecho nunca... ¿Por qué hay que amar como nunca se ha amado? ¿No me crees capaz de ello?

Su camisa cae. Finalmente, Ylian se gira hacia mí. Yl es tan guapo. Las estrellas se han retirado, cansadas, la torre Monas se cubre de oro y su cuerpo de cobre, miel y caramelo. En mi cabeza, rezo para que Yl me proponga la peor de las locuras. Que su atonía oculte la más increíble de las fantasías. Que Yl me proponga que nos lancemos por la ventana, de la mano, y que justo antes nos bebamos una poción que nos vuelva más ligeros que el aire. Sueño que saca la llave de la puerta secreta de un mundo paralelo, que me tiende un hilo que permite rebobinarlo todo, desde el principio, antes de que yo conociera a otros hombres; destejer mi vida y volver a coserla junto a él.

Me pego a Ylian. Mi piel blanca, por su parte, se pinta de amarillo tesoro.

Conviértete en mago, Ylian. Échanos un hechizo. Transfórmanos en estatuas. Estaremos tan hermosos, bañados de oro, prisioneros de nuestros cuerpos. Hasta la noche de los tiempos.

Su mano se posa en mi pecho, la otra ahonda en la parte baja de mi espalda. Yl me besa, pero antes de posar sus labios en los míos, Yl se conforma con pedirme, de nuevo:

—Déjame un poco de ti.

52

2019

Sting se dispone a lanzar una buena veintena de veces su SOS, cuando el locutor de la radio interrumpe la canción. Sin previo aviso. El *message in a bottle* ha debido de romperse en algún lugar de un planeta lejano. El locutor anuncia que también en las ondas, como en cualquier lugar del mundo, se respetará el minuto de silencio en homenaje a las víctimas del tsunami de Indonesia.

Lo único que oigo es el ruido del motor del Mercedes Clase C.

Un coche alquilado. Ulysse me había dicho «me meto en un taxi», y ha venido a buscarme en un coche de alquiler. Al principio no he prestado atención.

Ni Ulysse ni yo hablamos. No solo porque la radio del coche se haya quedado muda. Intuyo el alcance del homenaje a las víctimas observando a la gente inmóvil en la calle frente a las oficinas de Roissy Tech, los comerciantes que han salido de sus tiendas hasta el aparcamiento del centro Paris Nord 2. Un minuto de recogimiento, cuyos segundos desgranándose me transportan a velocidad supersónica a Yakarta, doce mil kilómetros más allá, siete mil días antes. Un breve paréntesis que basta para hacer que las imágenes pasen a cámara rápida, el restaurante panorámico del Great Garuda, un piano, los nidos de golondrina aguados, diez pisos de lágrimas, la torre Monas iluminada, mi promesa, mi infame promesa, la peor locura de mi vida.

Un puñado de segundos que se prolongan hasta el infinito, como aquellos días, aquellas semanas, aquellos meses que parecieron durar años, a mi vuelta de Indonesia, cuando no sabía ni quién era, cuando tenía que conformarme con actuar sin pensar. Cocinar, leer, limpiar, cruzarme con Laura y Olivier, jugar sin reír, acostarme sin dormir. Sin atreverme a cruzar el umbral de Porte-Joie. Franquearlo, significaba marcharse. Para no volver jamás. Y sin embargo, tuve que hacerlo. Se lo había prometido a Ylian. Escaparme. No pensar. Para luego volver. Más ligera. Amputada. Mutilada.

El tráfico es fluido en la autopista del norte, el Mercedes vuela hacia la carretera de circunvalación.

El minuto de silencio finaliza de repente. Sting vuelve a lanzar su SOS to the World justo donde lo había dejado. Por un instante, espero que la siguiente canción sea *Let It Be*, o un tema de los Cure; pero no, es un éxito de Johnny, *Je te promets*. Ningún fantasma viene a sacarme de mi estupor. El pasadizo secreto entre el presente y el pasado se ha vuelto a cerrar. Yakarta ha sido sepultada por una tromba de agua. Mañana, un temblor de tierra se tragará San Diego. Un invierno glacial congelará Montreal. Todo rastro de vida anterior desaparecerá. Mi piedra del tiempo no puede luchar contra ello. Ha hecho lo que ha podido, y después ha muerto.

El Mercedes se acerca al Stade de France. Estaremos en el hospital Bichat en menos de treinta minutos. Ulysse conduce sin decir una palabra. Aparentemente, está enfadado conmigo por no haber ido a visitar a Ylian a Bichat. Yo vivo y trabajo a unos kilómetros, él ha cruzado el Atlántico. Si tú supieras, Ulysse. Si conocieras el poder de la promesa que tengo que romper. Si midieras el miedo que tengo que superar. Así que gracias, gracias por obligarme a hacerlo, gracias por raptarme y obligarme a enfrentarme a ese monstruo que hay agazapado en mi interior. Sin ti...

Justo en ese instante, Ulysse se echa a un lado.

Decelera, pone los intermitentes para indicar que abandona la autopista para coger la circunvalación, y gira a la derecha, hacia el norte, dirección nacional 14. ¡El camino que hago todos los días!

—Ulysse, Bichat es todo recto.

Solo entonces me fijo en la dirección que hay grabada en el GPS del Mercedes. ¡No es el hospital de Bichat, es una dirección desconocida!

36 rue de la Libération

Chars

¿Chars?

Sitúo vagamente este pueblo, a unos cincuenta kilómetros de París, a una decena de kilómetros de la nacional que tomo desde Porte-Joie à Roissy. ¿Qué va hacer conmigo Ulysse allí?

—Le he prometido a Ylian desviarme por su casa —responde distraídamente el productor—. Recoger algunas cosas y llevárselas.

¿Chars?

¿Ylian vive en Chars? ¿He pasado prácticamente por donde vive cada vez que iba a Roissy? Ulysse continúa conduciendo, concentrado en la carretera. Analizo la sorprendente manera en que va vestido, en la cual no me he fijado antes: una chaqueta gris impecablemente cortada, un pantalón igualmente elegante, una camisa oscura… Nada que ver con el conjunto hawaiano desaliñado que llevaba hace unos días en Los Ángeles. ¿A qué se debe semejante cambio? ¿A Ylian? ¿Ha elegido venir a Francia llevando puesto… un traje de entierro?

A pesar de sus esfuerzos, Ulysse no logra ocultar su nerviosismo. Observo su mano, que se exaspera buscando la palanca de cambios, acostumbrada como está desde hace años a los coches automáticos americanos; las finas gotas de sudor que caen por sus sienes grises; su gorda barriga calzada bajo el volante, que se bambolea como una bolsa; su parpadeo frecuente, el pañuelo blanco que asoma por su bolsillo. ¿Ulysse ha llorado?

¡Acaba de enterarse de que su amigo está desahuciado! Un amigo del que recibe noticias desde hace años. Me doy cuenta de que no sé nada de Ylian. Aparte de que trabaja en una Fnac parisina. Me imaginaba a Ylian viviendo en un pisito de artista, bajo un techo de Montmartre, en un apartamento del Marais, una vivienda de protección oficial en la Goutte-d'Or, pero jamás habría pensado que pudiera esconderse en un chalé de la periferia de Paris.

Ylian no. Él no.

¿Hacía bricolaje? ¿Se ocupaba de su jardín? ¿Sacaba a pasear al perro? ¿Invitaba a sus vecinos?

Ylian no, él no.

Cruzamos el bosque de Vexin. Las carreteras, los cruces, las rotondas, los pueblos se van sucediendo. Tranquilos. Corrientes. Casi desérticos.

Ableiges. Santeuil. Brignancourt.

Tres kilómetros más. La mano derecha de Ulysse suelta el freno de mano para coger el pañuelo y secarse la frente.

Ha llegado a su destino.

Ulysse aparca delante de una casita minúscula, apartada de los chalés vecinos. El jardín es estrecho. La cuesta del garaje bastante empinada. Las paredes recubiertas por un enlucido beis. Se intuye que el espacio habitable debe de ser algo mayor que un apartamento de tres habitaciones, repartido en dos pisos, una buhardilla y un sótano. Del tamaño de una casa de minero, pero sin vecinos al lado, simplemente más aislada, rodeada de un pequeño patio adoquinado. No me puedo creer que Ylian haya vivido ahí. Sin embargo, tengo que rendirme a la evidencia. Ulysse se para delante del buzón y su nombre aparece escrito a menos de un metro de mis ojos.

Ylian Rivière.

Ulysse deja encendido el motor. No entiendo por qué, ni me lo cuestiono. Tengo otras cosas en mente. Lo primero, su apellido, extrañamente familiar. Luego esta casa. ¿Qué me pensaba? ¿Qué Ylian viviría en un palacio? Pues no, claro que no… Pero no

puedo aceptar que, desde hace años, yo haya vivido en una casa de madera al borde del Sena, mucho más poética que este chalé de cemento. Que yo estuviera bien, en mi casa. ¡Y no gracias a mí! Gracias a Olivier. Únicamente gracias a la paciencia y a las manos de Olivier. Sigo observando las contraventanas desconchadas, las matas de hierba entre los adoquines, las tejas rojas descoloridas, los cierres de los aleros agrietados. Si lo hubiera dejado todo por Ylian, ¿habría podido vivir en un lugar tan frío?

La radio sigue encendida en el interior del Mercedes. A Johnny le han seguido unos minutos de publicidad, tres veces más largos que el minuto de silencio. Ulysse todavía no ha apagado el motor, como hipnotizado por el anuncio de los descuentos de las grandes cadenas de supermercados. Parece más nervioso que nunca. Tiene la cara empapada de sudor. El pañuelo no le basta para enjugarla. Observo cómo trata de liberar su barriga de debajo del volante, para hurgar en la guantera. ¿En busca de las llaves de la casa de Ylian?

Porque quiero convencerme de que no hay nadie esperándonos detrás de esas contraventanas.

—¿Así que es aquí donde vivía Ylian?

Ulysse hace como si no me hubiera oído, y sigue buscando. ¿Por qué está enfadado conmigo? Es el padrino de nuestra historia. Nos dejó pasar al concierto de los Cure, en Montreal. Me pidió que no abandonara nunca a Ylian. Pienso de nuevo en sus insinuaciones, en Los Ángeles. Todo por mi culpa. El accidente en *avenue* des Ternes. El curro que le da de comer. ¿Esta casa de mala muerte?

—Sí. Es aquí...—admite finalmente Ulysse.

Por la radio, el locutor ha empezado a discutir. Está entusiasmado con el mítico concierto de Wembley de esta noche, el más importante desde el USA for Africa de 1985. Todas las leyendas del *rock* estarán ahí. Me quito el cinturón de seguridad, apoyo la mano en el picaporte y me dispongo a salir del coche cuando

Ulysse me detiene. Sube el volumen, entiendo que quiere que escuche la radio.

¿Por qué extraño motivo?

Tres notas de piano.

Mi corazón se detiene.

Tres notas de piano que reconozco entre todas las demás.

Una voz en mi interior me grita que es imposible.

La voz de una artista que no identifico canta las primeras palabras.

When the sun rises, when the sheets wash up

Lo traduzco, hipnotizada.

Cuando se haga de día, cuando se laven las sábanas

Mis oídos me traicionan, transmiten mensajes falsos a mi cerebro. Lo que estoy oyendo no tiene ningún sentido. Es la letra de nuestra canción, la que Ylian compuso para mí en el Great Garuda, en Yakarta. Soy la única que la conoce, grabada para siempre en lo más profundo de mi ser. ¡Esa melodía, esa letra no puede emitirse por la radio!

Ulysse sigue inclinado hacia la guantera. Me da la espalda pero me pregunta:

—¿Sigues sin entenderlo?

—¿En… Entender qué?

Cierro los ojos.

When the birds fly from the Bush, there will be nothing left of us

Continúo traduciendo la letra que sale de la radio.

Cuando los pájaros levanten el vuelo del matorral en el que nos amamos, no quedará nada de nosotros

—Lo siento —murmura Ulysse—. He intentado mantener el secreto durante estos años. Pero todo ha saltado por los aires. Cómo iba yo a saberlo. El maremoto de Java, esta canción que esas malditas estrellas del *rock* han convertido en himno, el *Tribute for Indonesia* que ponen una y otra vez en todas las radios. ¿Quién se lo iba a imaginar?

—¿Qué secreto, Ulysse?

—Solo hay tres personas en el mundo que estén al corriente, Nathalie. Las dos primeras ya no pueden hablar. Solo quedas tú.

No sé nada de ese secreto. Las estrofas siguen desfilando.

When our islands are drowned, when our wings are down

Cuando nuestras islas queden sumergidas, cuando nuestras alas estén destruidas

—¿Qué me estás ocultando, Ulysse?

—Entra, entra en casa de Ylian. ¡Te lo explicaré dentro!

When the key is rusty, from the treasure they desacrete

La rabia crece en mi interior.

Cuando la llave del tesoro tan buscada esté oxidada

Trato de hablar más alto que la música, para que su letra no me vuelva loca.

—No, Ulysse. No salgo. Me vas a explicar esto. Aquí. Y ahora.

Oigo cómo Ulysse ríe, una risa un poco forzada que interpreto como una especie de desafío. Finalmente se reincorpora, ha encontrado lo que estaba buscando.

Por mi parte, la vista me traiciona.

No me puedo creer lo que estoy viendo.

Ulysse me está apuntando con un revólver.

53

2019

Nada más abrir la puerta, nada más entrar en casa de Ylian, sin poder evitarlo, las lágrimas inundan mis ojos. Mi mirada se va posando por toda la habitación que voy descubriendo, olvidándome por un momento del arma con la que Ulysse apunta a mi espalda y del torrente de preguntas que se van acumulando. ¿Por qué Ulysse me ha arrastrado hasta aquí? ¿Para revelarme qué secreto? ¿Y después para matarme?

La habitación no es grande. Una veintena de metros cuadrados, incluida una cocina pequeña, una barra de bar y un sofá a cuadros naranjas desfondado. Me rindo a la evidencia. ¡Sí, Ylian vivía aquí!

En el fondo, este chalé de Chars se parece a Ylian: tímido y corriente de fachada, para esconder mejor la originalidad de su personalidad. ¡Esta habitación es un museo!

Mi mirada se va posando por turnos en los pósteres que hay colgados de las paredes —JJ Cale en Tulsa, Stevie Ray Vaughan en Montreux, Lou Reed en Bataclan—, en las fundas de los vinilos apoyados en el suelo, en las cajas de CD, en las guitarras apoyadas en las pared o contra unos bafles más altos que los tres taburetes, en las partituras esparcidas por la mesa, en los *Rock & Folk* apilados en otra silla; para detenerse en la gorra roja escocesa que hay colgada de la percha más próxima a la puerta, como si

Ylian hubiera salido en un momento cuando el cielo estaba despejado, entre dos nubes, y fuera a volver en cuanto el cielo cambiara de opinión.

¡Sí, Ylian se encerró aquí! Para vivir su pasión, a salvo. Para escuchar música, la de los demás. También para tocar su música, sin los demás.

Ulysse me hace una seña para que me siente en uno de los taburetes. Sin ofrecerme nada para beber. Él elige el sofá a cuadros. Se sienta cómodamente delante de mí. Ninguna gota de sudor delata ya su miedo. Su cara parece más relajada que en el Mercedes, como si haberse quitado su máscara de productor protector le hubiera liberado. Sigue apuntándome con el revólver.

—He hecho todo lo posible para no llegar a esto, Nathalie. Pensaba que el secreto estaba bien guardado. Y lo estuvo, durante años. Había tan pocas probabilidades de que pudiera escaparse.

Encaramada en mi taburete, lo desafío con la mirada. Por un breve segundo, antes de mirar a otra parte. Por extraño que parezca, incluso amenazada por su arma, me siento fuerte. Observo las tres puertas cerradas. Seguramente darán a un baño, a un dormitorio, ¿a otro dormitorio? ¿Ylian vivía solo aquí? Me muero de ganas de levantarme e ir a cotillear. Me imagino que Ulysse espera que le pregunte, pero no voy a darle el gusto. Al menos, no de momento. Me callo. Ulysse se sorprende. Se hunde un poco más en el sofá y continúa con su relato.

—Te acuerdas de aquella noche, Nathy, en Yakarta, en el restaurante del Great Garuda. Yo estaba allí. Estaba cenando unas mesas más allá de la vuestra, con unos productores indonesios. Todo ocurrió de la manera más sencilla. Ylian se dirigió al piano. A uno de los productores, un tal Amran Bakar, le gustó la canción que Ylian cantó. Tuvo los reflejos de grabarla y me propuso comprarla. Yo acepté. Nada de esto estaba premeditado. En los días siguientes, no tuve ocasión de hablar con Ylian. Estarás de acuerdo conmigo en que él estaba particularmente preocupado… Las siguientes semanas, se me olvidó completamente, se me pasó informarle y que firmara. En aquel momento yo era un empresario que estaba sin un duro, sobrevivía como buenamente podía encadenando contratos de mierda. Vender los derechos de una canción a un oscuro productor en Indonesia no iba a cambiar mi situación económica, ni la de Ylian. Eso es lo que yo creía. Realmente es lo que yo creía.

El muy cabrón para. Se toma su tiempo para que yo explote. Para que le pregunte. Quiere nutrirse de mi rabia, necesita mi violencia para justificar la suya. Y después de habérmelo explicado todo, liquidarme. Sigo resistiendo. Dejo que el silencio se prolongue, hasta que un sonido sordo lo rompe. El ruido proviene de detrás de una de las puertas. El de algo arañando un mueble. Mi primer reflejo es pensar en un animal encerrado. ¿Un perro? ¿Un gato? Ulysse retoma inmediatamente las mierdas que estaba contando, más fuerte, como para cubrir el ruido.

—Quizá esto te sorprenda, Nathalie, pero también hay música en Indonesia. Radios, cantantes, conciertos. Hay música en todos los países del mundo y, casi siempre, los cantantes más populares cantan en un idioma que la gente entiende, son grandes estrellas en su tierra y perfectos desconocidos fuera de ella. Nadie fuera del mundo francófono conoce a Hallyday, Sardou, Balavoine o Goldman. ¿Puedes decirme el nombre de algún cantante polaco? ¿Ruso? ¿Mexicano? ¿Chino? En resumen, todo esto para explicarte que, a excepción de algunas divas americanas del pop y de algunos grupos de *rock* ingleses que saturan las radios y las teles del mundo entero, ¡no hay nada tan dividido en la Tierra como la música popular!

Ahora distingo claramente los arañazos. Ulysse también tiene que estar oyéndolos, forzosamente. No reacciona. Ningún gato es capaz de arañar tan fuerte…

—Indonesia, Nathalie, tiene doscientos sesenta millones de habitantes. El país más poblado del mundo después de India,

China y Estados Unidos. ¡Cuatro veces la población de Francia! ¿Se calcula rápido, verdad? Una canción de éxito en Indonesia, equivale a los derechos de un Sardou, un Goldman o un Johnny, ¡multiplicados por cuatro! Amran Bakar, el productor, mandó interpretar la canción de Ylian, sin cambiar ni una nota, sin cambiar una palabra, simplemente traduciéndola, a Bethara Singaraja, una de las cantantes indonesias más populares. Ella ya había vendido más de sesenta millones de discos. Con *Sedikit Kamu*[17], vendió alrededor de diez millones más. Que tampoco es tanto para ella, que después de esto siguió sumando éxitos, y hoy día debe de rondar los cien millones de copias.

No escucharle, ni siquiera darle la satisfacción de asentir con la cabeza. Concentrarme en el ruido de detrás de la puerta. ¿Un perro? ¿Un perro grande? ¿Un… un ser humano?

Ulysse tose. Este cabrón de Fray Lorenzo continúa con su confesión, tratando de convencerme de que una cosa ha llevado a la otra sin que él pudiera hacer nada para evitarlo, una ola implacable en el mar de Java, fruto de un microscópico chapoteo. Si espera que le perdone…

—Habría tenido que hablar con Ylie, Nathalie. Habría tenido que hacerlo. Llovía dinero, mes tras mes, año tras año. *Sedikit Kamu* se había convertido en un clásico en Indonesia. Las radios locales seguían emitiéndola. Diez millones de discos vendidos… ¡No me jodas! ¡Ni un solo cantante en Francia o en Canadá alcanza ese éxito hoy día! Llovía dinero… @-TAC Prod iba cada vez mejor, y no tardó en convertirse en una de las filiales más rentables de Molly Music, el sello que creé y del que soy también jefe. —Ulysse se toma un respiro para poder saborear la sorpresa que lee en mi rostro—. ¡Soy yo, Nathalie, el tiburón que ha comprado a todos los demás del 9100 Sunset Boulevard! Te recibí

---

17 *Un poco de ti.*

delante del *food truck*, hice mi numerito de productor fracasado para no dejarte con la mosca detrás de la oreja. ¡No te iba a recibir en mi despacho de sesenta metros cuadrados! Los tipos encorbatados que pasaban por delante de nosotros y saludaban educadamente al tío que se estaba poniendo morado a hamburguesas, son mis empleados. Me he convertido en un referente dentro de mi profesión, unos cuantos discos de platino, conciertos por todo el mundo. No estoy al mando de una *major*, pero tampoco ando lejos.

Ulysse resopla de nuevo. ¿Qué espera? ¿Dejarme impresionada? Mi falta de reacción no lo desestabiliza y continúa con su relato en el mismo tono, entre orgulloso y arrepentido.

—¿Empiezas a entenderlo, Nathalie? Cuanto más crecía, menos me podía volver atrás. ¿Qué podía hacer? Reconocerlo todo. Reembolsarle. Estaba atrapado... Pero, sobre todo, ¿quién habría podido imaginárselo? Ylian vivía en París, había renunciado a su carrera. Esa canción jamás traspasaría las fronteras de Indonesia. Hasta... hasta que llegó el puto tsunami.

Ulysse me examina con la mirada. Resisto a la tentación de levantarme, de lanzarle la silla en toda la cara. Me sigue amenazando con su arma, pero ¿se atrevería a dispararme? Hundido en el sofá, el productor parece bastante cerca de quedarse frito a fuerza de embellecer esa ristra de justificaciones que me producen náuseas. Los arañazos de detrás de la puerta han parado, dando a entender que el prisionero, hombre o animal, se ha rendido.

—Un cúmulo de circunstancias, Nathalie. Un estúpido cúmulo de circunstancias. Después del tsunami, frente a las imágenes de las costas indonesias devastadas, a algunas almas bienintencionadas se les ocurrió la idea de un gran movimiento de solidaridad, al estilo USA for Africa, Chanteurs sans frontières o Brand Aid... Un disco, un concierto. Algunos productores ingleses analizaron el patrimonio musical indonesio para buscar

una canción que se pudiera exportar, y dieron con *Sedikit kamu*, que rompía un poco con las típicas melodías asiáticas insoportables. Tradujeron la letra al inglés y decidieron convertirla en himno. ¡Sin tan siquiera pedir mi opinión! Aquello ya estaba en marcha, y teniendo en cuenta el contexto, habría estado mal visto demandarlos... Joder, no me quedaba otra que negociar. —La mirada de Ulysse se ilumina, y se me queda mirando como si esperara encontrar en la mía alguna expresión, la que sea, repulsión o admiración—. Por respeto a las víctimas del tsunami, ¡les hice un precio de amigo! Después de todo, la situación presentaba algunas ventajas... Diez millones de discos vendidos, que podían perfectamente convertirse en cien millones, e incluso en miles de millones de visitas en Internet. No quería dejar pasar esta oportunidad. Una oportunidad única... con un único inconveniente: la canción empezaba a ser emitida por la radio. Al principio de vez en cuando, luego con más frecuencia, para convertirse en un bombardeo imparable. Ylian no era idiota. Lo habría entendido.

Ya no se escucha ningún ruido detrás de la puerta. El prisionero se ha quedado dormido. O nos escucha. Mi mirada se posa con delicadeza, como para no estropearlos, en los discos de Ylian, en las guitarras de Ylian, en las partituras de Ylian. Aprieto los puños, los dientes. Se me rompe el corazón. Empiezo a darme cuenta de todo lo que Ulysse le ha robado.

Mucho más que una canción. Mucho más que una fortuna.

Mi mirada se desliza por el altavoz que tengo más cerca, apenas a dos metros, y se detiene en un cenicero que hay apoyado descuidadamente encima. ¿Podría atraparlo? ¿Saltar de mi taburete, lanzarle ese cenicero de piedra entre las orejas? Ulysse, concentrado en el póster de JJ Cale que hay colgado detrás de mí, no se ha percatado de nada.

—Ylian era bueno, ya lo sabes. Probablemente, más que bueno. Hace diez días, cuando estuvimos hablando de él en Los

Ángeles, le resté un poco de importancia a su talento, pero ahora te lo puedo confesar: creo que era un genio. De hecho, creo que te enamoraste tanto de él como de ese genio en potencia . Incluso voy a ir más lejos, querida, estoy seguro de que si te hubieras quedado con él, habría compuesto otras canciones para ti. Que antes o después habría terminado por abrirse camino. —Ulysse ya no me mira, su mirada salta de póster en póster, Montreux, Tulsa, el Bataclan, Wembley, el Olympia—. En realidad, fuiste tú la que lo abandonó. Fuiste tú la que hizo de él un fracasado. Él era demasiado tímido para buscar la fama; pero en lo más profundo de su corazón, solo anhelaba una cosa: la posteridad… Y la tendrá. Gracias a mí, la tendrá…

—¿Eres tú quien le ha intentado asesinar?

Ulysse sonríe. Ha ganado, me he rendido. Baja la mano que sostiene el revólver, la apoya en la rodilla. Mi taburete se tambalea, muy ligeramente. Mi mano repta hacia la barra del bar, hacia el cenicero.

—Sí, Nathalie, sí… Pero una vez más, fuiste tú la que lo desencadenó todo. Cuando me llamaste, al volver de Montreal. Yo estaba en París, no en Los Ángeles, para negociar los derechos de traducción de la puta canción. Se me transfirió tu llamada. Se me juntaba todo. Tú querías hablar urgentemente con Ylian, sin poder explicarme nada. Inmediatamente, pensé que habías escuchado en la radio el *Tribute for Indonesia*. No sospechabas nada, todavía no, pero estaba claro que habríais llegado hasta mí. De todas formas, la cuenta atrás ya había comenzado. Aunque me estuviera equivocando, y todavía no la hubieras escuchado, más tarde o más temprano os toparíais con ella. Las cuentas estaban claras, Nathalie. Solo había dos personas en el mundo que la conocieran. Solo dos personas que pudieran desenmascararme. Ylian y tú…

Mi silla se mantiene ya solo en dos patas. Mi mano se acerca unos centímetros más al cenicero, sin que Ulysse, con la mirada

clavada en la gorra roja de Ylian, se dé cuenta. Hablo despacio, para mantenerle ocupado y que no aparte de mí la mirada.

—¿Fuiste tú quien intentó matarme? En San Diego. ¿Fuiste tú quien pagó a esos tipos para silenciarme?

Le sacude una carcajada. Tengo la impresión de que su mano ya casi no sostiene el arma que tiene apoyada en las rodillas.

—No lo suficiente... No lo suficiente, ya ves. Tenían que seguirte, esperar el momento oportuno, hacerlo pasar por una agresión. Pero esos cretinos la cagaron.

¿La cagaron? Veo de nuevo el filo del cuchillo hundiéndose en la garganta de Flo, a Jean-Max embistiendo con su Buick Verano a la Chevy Van, a esos dos cabronazos, Te-Amo Robusto y Altoid huyendo. Así que Ulysse les había pagado para ello. Aun así, las confesiones del productor me ofrecen solo parte de explicación, no me aclaran nada del resto, de lo inexplicable, de lo sobrenatural, de las locas coincidencias. La piedra del tiempo. Más tarde. Más tarde. Primero, hacer que este monstruo pague. Empujar la silla y, con el mismo movimiento, agarrar el cenicero y partirle la cabeza. Esa basura humana no ha tenido el suficiente cuidado... Ulysse parece un gato gordo perdido en sus recuerdos, a punto de quedarse dormido.

¡Ahora!

El taburete cae. Salto, recupero el equilibrio, me agarro al altavoz y apreso el cenicero de piedra. Pero no me da tiempo a hacer ningún gesto más. Ulysse me está encañonando con su revólver. El gato no dormía.

—Despacito, cariño, despacito.

Mi mano suelta el cenicero.

—Tranquila, Nathalie. Lo haré con algo más de decencia que esos cretinos del Chicano Park. Parecerá un accidente. No sufrirás.

Se levanta con dificultad del sillón, con cuidado de no desviar la dirección del revólver. Apuntándome directamente. El gato se ha vuelto sádico y juega con su presa.

—Ay, tendrías que haber conocido a tu Ylian… No era precisamente de los que cuidan mucho la casa, ya ves. Cero manitas. Un artista, vamos… Hay tantos accidentes domésticos que podrían haberse evitado con un poco menos de negligencia. La suma de un montón de detalles de lo más tontos. Una minúscula fuga de gas en la que nadie se fijó, que fue aumentando durante el tiempo que Ylian estuvo hospitalizado. Unos cables pelados. Un cortocircuito cuando alguien llamó al timbre de la entrada. Y todo saltará por los aires. ¡Bum! Entre los escombros encontrarán el cuerpo de su amante. ¡Sorpresa! Qué astutos, estos tortolitos. ¿Quién habría podido sospechar que habían vuelto a verse? Tantos años después.

El gato gordo casi ronronea de placer. Me resisto a la tentación de lanzarme a sus zarpas. De que me pegue un tiro en todo el corazón, aunque no sea más que para arruinar su plan perfecto. Mi odio crece aún más cuando lo veo, sin dejar el revólver, hurgar en mi bolso, que he dejado apoyado en la silla, y sacar mi móvil. Sonríe al observar la golondrina negra que hay dibujada en la carcasa rosa.

—Nathalie, ¿quién crees que será el primero que vendrá volando a socorrerte? ¿El bueno de tu marido? ¿Tú hija mayor? ¿Tu hija pequeña? ¿Quién será el primero que toque el timbre? ¿Después de recibir el mismo SMS de auxilio, a esta dirección?

Le lanzo una mirada desafiante.

—¡Eres un loco!

—Ah, no. Rico, sí. Avaricioso, si quieres. Sin corazón. Ambicioso. ¡Pero loco no! ¡Venga, sígueme!

Con el extremo del cañón señala una de las puertas del salón. Aquella detrás de la cual oigo arañazos. Voy delante, giro el picaporte. El fuerte olor a gas me atenaza la garganta nada más abrir la puerta.

Sin embargo, no es eso lo que me causa mayor repugnancia.

Trago, reteniendo una arcada.

Me encuentro en un dormitorio y un cuerpo inanimado yace en la cama. Un cuerpo que reconozco.

Charlotte.

Amordazada. Maniatada. Con los pies atados.

Ulysse me empuja para que avance. Imposible ofrecer resistencia. Me fijo en un objeto que hay tirado en el parqué, una piedra minúscula, que rueda hasta debajo de la cama cuando mi pie le da un topetazo.

¿Mi piedra del tiempo?

Me giro, Ulysse está en el umbral de la habitación, dominando el marco con su corpulencia. Apuntando siempre con el revólver.

—¿Qué hace ella aquí? Tú… la has…

—No, tranquila, simplemente está un poco asfixiada por no dejar de moverse. Un poco de agua, un par de tortas y volverá en sí. ¿Me disculpas? Tengo que dejaros, tengo que ir al hospital a despedirme de Ylian. Velar junto a su cama hasta que todo haya terminado.

El olor a gas hace que me dé vueltas la cabeza. Ya no entiendo nada. Grito, Charlotte se sobresalta en la cama, sin abrir los ojos.

—Explícame, al menos. ¿Qué tiene que ver ella en todo esto?

Ulysse no me responde. Se conforma con agitar mi teléfono. Como si esta simple apuesta le divirtiera. ¿Quién acudirá primero? ¿Olivier, Laura o Margot? Para hacer que todo explote.

—Joder, Ulysse, ¿por qué la tomas con esta cría?

Mi mirada se pierde en uno de los carteles que hay pegados con celo a la pared. Tokio Hotel. Por fin, Ulysse acepta hablarme.

—Si has estado atenta en el Mercedes, te he precisado que había tres personas que estaban al corriente de la canción. No dos, no solo Ylian y tú. Tres…

Tokio Hotel. Black Eyed Peas. The Pussycat Dolls. Y ese

apellido, Ylian Rivière. No entiendo. No quiero entender. No me lo quiero creer.

—Acuérdate, Nathalie. La primera vez que me viste, en los bastidores del Metrópolis. Acuérdate, yo no te había pedido nada. ¡Fuiste tú, tú solita, la que hizo una promesa!

54

1999

Los proyectores, ahora esmeralda, dibujan sombras de hojas en los músculos de Ylian. Resaltan sus pectorales, alargan sus bíceps, oscurecen las venas de su cuello. Ylian está encima de mí. Sus labios van y vienen, pasan de mis mejillas a mi cuello, del mechón de mi frente a la punta de mis pechos. Estoy prisionera bajo él, la más sensual de las prisiones. Su vientre golpea el mío, mis muslos se enrollan en los suyos; solo su sexo no abraza el mío. Noto cómo me roza, cómo se comprime contra mi pubis, cómo se levanta de nuevo y se vuelve a acercar.

Entre beso y beso, Ylian me ha repetido:

—Déjame un poco de ti. Si no puedo tenerte. Si nunca más nos volveremos a ver.

Mi vientre está en llamas. Mi sangre es lava. Mi mente no es más que tierra quemada.

Me cago en diez, ¿qué quieres que te deje? No puedo partirme en dos.

Dime, Ylian, dímelo.

Mis ojos suplican, los focos verdes se pegan a mi retina, como si su azul no pudiera volver nunca más a encontrar su pureza. Ylian los besa. Mi vientre se abre. Y por fin Ylian, con infinita delicadeza, entra en él. Su voz murmura, apenas más audible que mis primeros suspiros.

—Un hijo. Dame un hijo.

Luego Ylian deja de moverse. Simplemente se queda dentro de mí, inmóvil, rígido. También sus ojos se quedan inmóviles. Sin necesidad de hablar, sé lo que me están diciendo.

Ninguna mujer jamás lo ha hecho. Porque hay que amar como nunca nadie ha amado.

No respondo. ¿Qué puedo responder? Ylian murmura, con voz incluso más suave.

—Si me lo pidieras, yo lo haría por ti.

Es verdad. Lo sé.

Ylian ha apoyado su cabeza en mi pecho.

Un hombre puede hacerlo. Hacer un hijo a una mujer, aceptando que nunca más volverá a verlo. Teniendo la certeza de que ese niño existe, en algún lugar. Dejando a la mujer a la que una vez amó a su cuidado.

Una mujer puede pedirlo. O, lo más frecuente, se atreve sin pedirlo. Tener un hijo, sola. Para soportar la separación con el hombre al que adora y que, en cambio, tiene que dejar marchar. Un pequeño ser al que criar. Un poco de él. Sí, los hombres lo hacen, lo aceptan, incluso se sienten orgullosos de ello. Dejar un poco de su ser a una mujer que lo criará mejor que ellos, y que tiene amor para los dos.

La cabeza de Ylian comprime mi pecho. El sexo duro de Ylian se ha quedado dormido en mi vagina.

Pero ¿una mujer puede aceptarlo? ¿Si es ella la que tiene que marcharse? Dejar su bebé a su amante. Para que del amor más hermoso crezca el niño más hermoso.

Un niño que ella no criará. Que ella dará. Al que nunca más volverá a ver.

Tienes razón, Ylian. Ninguna mujer lo ha hecho nunca. Eres un loco, el más loco de todos los hombres.

Creo que las siguientes palabras salen de mi corazón. Creo que no las pronuncio, pero que la oreja de Ylian, apoyada en mi pecho, las oye. Surgen sin pensar. Como una evidencia.

—Lo haré, Ylian. Lo haré por ti.

Con la fuerza de los brazos, suavemente, Ylian despega su torso del mío. Ahora solo nuestros vientres se mantienen unidos. Su espalda se ondula. Me agarro a él. Su fuerza golpea en lo más profundo de mi ser.

Sé que Ylian será una padre maravilloso. Sé que nuestro amor está a la altura de esta ofrenda. Sé que voy a sufrir un martirio, que toda mi vida pensaré en ese hijo vivo. Pero que si no se lo concedo, será un amor muerto lo que durante toda mi vida ocupe mi mente. Una ausencia, lloraré una ausencia. Pero no el vacío.

Mis pensamientos se cuelgan de las estrellas. Las paredes de la habitación se cubren de plata. El placer me invade. Liberado. Como si ya una parte de mí se abandonara al amante que explota en mi interior. No es tan complicado para un ave de paso. Bastará con amar una y otra vez a Ylian en los próximos días, y después alejarme unos meses. Dar a luz en alguna parte, lejos. Luego marcharme, sin mirar atrás. Nunca.

Ylian se desploma sobre mí. Tan pesado como yo ligera. Como lastrado ya por el peso de la responsabilidad. Nos quedamos un buen rato en silencio. He tenido miedo de que Ylian se echara atrás. He tenido miedo de que Ylian renunciara. He tenido miedo de que Ylian se arrepintiera. Soy yo la que insiste.

—Voy a dártelo, Ylian. Te lo prometo. El más maravilloso de todos los bebés. Después no volveremos a vernos nunca más. No volveremos a tener noticias el uno del otro. Si no, sería demasiado cruel. Demasiado cruel para nosotros. Demasiado cruel para él.

—Para ella —murmura Ylian.

¿Para ella?

Sonrío. Sé que estoy viviendo el instante más hermoso de mi vida. Una noche de magia a la que seguirá una desesperación infinita.

—¿Estás seguro de que será niña?

Ylian también sonríe. Me encantan las arrugas que se le forman en el rabillo de los ojos.

—¡Seguro! Te he engañado, quiero que me dejes mucho de ti.

Yl mira fijamente, con la precisión de una cámara, mis ojos, mi pelo, mi nariz, mi boca, la punta demasiado fina de mi barbilla. Supongo que se está imaginando la cara de la niña que me reemplazará. Que se parecerá a mí.

—Mucho de ti —repite Ylian—. Y un poco de mí.

—¿O mucho de ti y un poco de mí?

Ylian me mordisquea la oreja.

—O nada de nosotros y mucho de mi abuela siberiana que era enana, barbuda y jorobada.

Suelto una carcajada. Ylian, dentro de mí, se endurece.

—¿Sabes cómo la llamarás?

Yl lo admite.

—Sí. Desde luego… Llevará el nombre de nuestra primera vez.

Sometimes I'm dreaming
Where all the other people dance
Come to me
Scared princess

55

2019

Lo recuerdo. Robert Smith había dejado su guitarra a un lado y se había puesto a cantar, casi a capela. A veces, sueño.

El resto, al contrario que nosotros, del primero al último, bailaban.

Yo no las tenía todas conmigo, princesita asustada.

No más que mi caballero.

Temblábamos por lo que nos estaba pasando. Se abría un camino, pero no sabíamos adónde nos conducía.

Nuestra unión. La separación. Tu concepción.

Todo comenzó con una canción. Una de las más hermosas jamás escritas, decía Ylian.

Charlotte. *Charlotte Sometimes.*

Había cogido de la mano a Ylian, por primera vez, en esta parte de la canción. Esa letra sacada del libro de Penelope Farmer, *Charlotte Sometimes*, que Ylian leía en el avión, la primera vez.

Charlotte.

¿Cómo no he podido hacer la comparación?

¿Porque no quería imaginarte, pequeña o grande, rubia o morena, delgada o gordita?

¿Porque no quería adivinar el color de tus ojos?

¿Porque no quería averiguar con qué nombre Ylian te había bautizado?

Porque habría sufrido demasiado si hubiera clavado con chinchetas una imagen en mi mente, si hubiera colgado al otro lado de mi frente un nombre, porque tú lo desconocías todo de tu mamá, de tu mamá que te había abandonado siete días después de nacer, en esa clínica de Bruselas donde había alquilado un apartamento a mi vuelta de la India.

Charlotte sigue tumbada en la cama. Dormida.

Me acuerdo. Me acuerdo de todo, Charlotte. De tus primeros llantos, de la primera vez que te di el pecho, de mi último beso en tu piel de bebé, antes de dejarte en brazos de tu papá, porque Yl sería el único ser en el mundo que, a partir de ahora, te protegería, princesita asustada.

Tu papá. Y, a veces, tu padrino.

Me acuerdo, Ulysse negándose a dejarnos entrar en el backstage del concierto de los Cure, en el Métropolis; y luego dejándose por fin convencer, *hace años que no veo a dos tortolitos tan volcados el uno en el otro.* Animándonos, *tened mogollón de hijos,* y yo dándole un beso *será el padrino del primero.* El padrino se ha convertido en mafioso. Y a esa ahijada que había protegido, ahora la sacrifica. Después de asesinar a su padre. Después de condenar a su madre.

Me acuerdo de todo. Pero tú no te acuerdas de nada.

Estamos encerradas en una habitación normal y corriente, pero cuidadosamente atrancada. La ventana está condenada con barrotes de hierro incrustados, impidiendo abrir las contraventanas claveteadas. La puerta de la habitación ha sido cerrada con la ayuda de una barra de acero. ¡Imposible escapar! El olor a gas hace que me dé vueltas la cabeza. Me esfuerzo en respirar lentamente.

Me fijo en que, en la otra esquina de la habitación, hay un pequeño lavabo. Un lavabo sencillo, una toalla, un cepillo de dientes, un vaso. Me acerco, abro nerviosamente el grifo, empapo la toalla en agua fría y lleno el vaso. Salpico a Charlotte. Una, dos, tres veces. Le froto la cara. Antes de abandonarnos, Ulysse le ha quitado la mordaza y le ha desatado pies y manos, para que todo parezca un accidente cuando la casa se derrumbe.

Por fin reacciona. Tose. Abre los ojos como platos. Se acurruca de miedo, antes de reconocerme. Yo sigo, le hago beber, mucho. También he empapado las sábanas de la cama y la colcha. Me he mojado la cara, me obligo a respirar en la tela mojada. Me revuelvo. Golpeo la puerta. Golpeo las ventanas. No podemos quedarnos así, a la espera de que una explosión de gas levante la casa.

Me pongo nerviosa. Histérica.

Charlotte me lanza una mirada fría.

—Cálmate. No hay nadie en la urbanización. Nadie nos oye. Lo sé, he crecido aquí. —Charlotte posa la mirada en los barrotes de hierro y en las contraventanas claveteadas—. Mi habitación nunca estuvo tan atrancada como hoy… Lo cual no impidió que me sintiera prisionera.

Charlotte se levanta con esfuerzo y tose. Espera unos segundos para mantener bien el equilibrio, luego se acerca al escritorio de la habitación. Se inclina sobre una minicadena que hay apoyada en el mueble, modelo años 2010, en forma de torre que permite leer varios reproductores de MP3 a la vez. Charlotte parece muy cansada. Sus dedos juegan con las teclas plateadas. *On. Off.*

—Prisionera quizá sea un poco exagerado… Aislada… Solitaria… Una hija única criada por su padre. Malcriada por su padrino.

No respondo. Su índice aprieta la tecla *Eject*, retira con calma el disco que hay en el lector y lo coloca en su caja.

—Ulysse me regaló este lector cuando cumplí diez años. Según él, solo se podía encontrar semejante joya de la tecnología en California. En esta cadena escuché a los Black Eyed Peas por primera vez. ¡Papá los odiaba! Ulysse volvía a París casi todos mis cumpleaños. Con las maletas llenas de discos inéditos que escuchaba durante toda la noche con papá. Yo pensaba que por amistad. Papá también lo pensaba. Y únicamente era para tenernos vigilados. Para estar seguro de que papá no retomara su camino y su guitarra... Quizá también para aliviar su conciencia. Ulysse todavía no era un asesino, era simplemente un ladrón. Con los millones de dólares que estaba ganando gracias a una única canción compuesta por papá, cómo no iba a poder regalarle unos cuantos cacharros electrónicos a su ahijada.

Charlotte inspira profundamente, luego, con un movimiento brusco, barre el escritorio con el brazo. La minicadena se vuelca, con todos los cables arrancados, para reventar contra el suelo. Charlotte se pliega en dos, tose hasta volverme loca. Me acerco corriendo, le pego un paño húmedo en la cara. La empujo suavemente a la cama.

Ella acepta, se sienta. Con cuidado de evitar todo nuevo contacto físico conmigo. Con cuidado de evitar otro nuevo intercambio de miradas. Su tos se va calmando poco a poco, para dejar espacio a un silencio que no me atrevo a romper. Charlotte se suena los mocos con la sábana mojada, me imagino su tráquea irritada, sufro el martirio por ella. Finalmente, habla, con la mirada agachada, con voz ahogada.

—Papá me lo confesó todo cuando cumplí los dieciocho. Andaba detrás de él desde hacía años. ¿Quién es mi madre? ¿Por qué no me ha criado ella? Cuando seas mayor, Charlotte, cuando seas más mayor. Marcaba los meses, las semanas, los días, para ser mayor de edad. ¡Listo, papá, ya soy mayor! Cumplió su promesa. Me lo contó todo. Aquí, sentado en esta cama. «Eres hija del amor, Charlotte, —así comenzó su relato—, del amor más hermoso que jamás haya existido. Y fue ese amor el que le dio fuerzas a tu madre para dejarte».

Trato de que nuestras miradas se crucen. Imposible. Sigue con la mirada fija en las rodillas, parece estar vigilando que el juego demasiado nervioso de sus dedos no degenere.

Poco a poco, su voz se va haciendo más fuerte.

—Te detesté de inmediato, pero no conseguía odiar comple-

tamente a papá. Me callaba, le escuchaba, apretaba los puños. Ya sabía que en el momento en que terminara su historia, me marcharía. Pero a ti, te maldecía.

Mis ojos se llenan de lágrimas. También yo cojo una sábana mojada. Se la tiendo a Charlotte, que la rechaza.

—Papá me rodeaba con sus brazos. Cuanto más me hablaba, más me tensaba. Entonces él insistía, añadía más detalles, todos los detalles, sentimientos, emociones, para demostrar hasta qué punto vuestro puto amor era excepcional, hasta qué punto yo había sido deseada. Y cuanto más añadía, contaba, Montreal, San Diego, Barcelona, Yakarta, más atroz me parecía todo; bueno, más que atroz, monstruoso. Abandonar a su hija. Aceptar no volver a dar noticias. Me dijo que tenías familia, una hija un poco mayor que yo. Le pedí que me dejara dormir. En aquella época estaba empezando Psicología. Al día siguiente, le anuncié que no volvía a casa a dormir. Que me quedaba en casa de Kevin, un amigo. Nunca más volví a Chars. Dejé la facultad. La idea fue germinando, día tras día. Aprobar el examen de azafata, encontrarte, acercarme a ti, aprender a conocerte sin que dudaras de mi identidad, domesticarte, haciéndote creer que salía con Jean-Max Ballain, por ejemplo, hacer que reaccionaras, y hacerte sufrir, retomar toda la historia desde el principio. Quizás esperara cambiar su final... Aunque papá haya sido un padre perfecto. No me ha faltado de nada.

Por primera vez, levanta la vista hacia mí, y repite mirándome fijamente:

—¡Nada!

Un espasmo sacude su cuerpo y, entre calambres y tos, escupe en la toalla empapada. Hago ademán de abrir los brazos. Charlotte retrocede y continúa con voz un poco más clara.

—¡Sobre todo pensé que era la mejor solución para que rompieras tu juramento! Hacerte revivir el pasado. La única manera para que llamaras a papá. Que es lo que hiciste, ¿no? ¡Le llamaste!

Él te habría respondido, por supuesto que te habría respondido. Si Ulysse no le hubiera…

Charlotte agacha de nuevo la mirada. Me alejo, camino por la habitación, doy vueltas en nuestra prisión. Extraña prisión, habitación de todas las pasiones. Las de una niña, las de una adolescente, las de una joven de la que ignoro todo. En un estante, al otro lado del escritorio, leo los títulos de los libros que hay ordenados, tres *Ewilan*, siete *Harry Potter*, trece *Una serie de catastróficas desdichas*, una colección completa de Roald Dahl, todos esos libros que tanto me ha gustado hacer descubrir a Margot y a Laura, y que Charlotte ha ido devorando durante todos estos años, sola, sin una madre que se los leyera apoyada en la cama. Me fijo en las muñecas y en los peluches que hay amontonados encima del armario: un oso, un canguro, un panda. Muñecos que han debido de consolar a Charlotte desde su más tierna infancia y de los que nunca sabré sus nombres.

El olor a gas es cada vez más fuerte. Me pican los ojos. Sin embargo, Charlotte cada vez tose menos, como si se hubiera acostumbrado. Como si hablar la anestesiara.

—Creo que a los chicos de *planning* de Air France les gustan las rubitas sonrientes como yo. No me resultó difícil elegir el lugar y la fecha de mis primeras prácticas de formación para poder estar sentada a tu lado durante seis días, ni tampoco mentirte un poco sobre mi edad para evitar riesgos. Fue incluso más sencillo convencerles, poniendo como pretexto una apuesta, apuntar en los mismos vuelos a un grupito de amigos, Flo, Jean-Max, tú y yo… Montreal, Los Ángeles, Yakarta, por este orden, ¡solo una vez, solo un mes! Les había advertido: ¡*top secret*! Todo el mundo, incluso Flo, pensó que era Jean-Max quien lo había organizado todo. Por lo demás, me bastó con tener paciencia y ser discreta, mirar el calendario de la gira de los Cure y planificar

nuestro vuelo a Montreal el día adecuado, elegir una mesa coja cada vez que nos sentábamos, subir al monte Royal un poco antes que tú para dejar un bolso que se parecía al tuyo, en las conversaciones con Georges-Paul, sor Emmanuelle y Jean-Max dejar caer algún tipo de información que tarde o temprano llegaría a tus oídos, tomarnos una copa en el Fouf Electriques, irme a peinar a La Pequeña Golondrina, ir al cine para ver *Qué bello es vivir.* Tampoco me resultó mucho más complicado, en San Diego, pedir al camarero del Coyote, en la Old Town, que sirviera tu margarita en el vaso *Just Swallow it* que llevaba escondido en el bolso. De cambiar de lugar tu documentación, de tu bolso a tus maletas, y poner en tu monedero la foto de la Soldadera. O incluso encontrar en Facebook a Ramón, el trompetista de Los Páramos, y pedirle que aparcara la vieja Chevy Van que estaba muerta de risa en su jardín, en Chula Vista, en el Chicano Park, por los viejos tiempos. Todavía más sencillo fue, en Barcelona, convencer a Batisto de que se volviera a disfrazar de estatua viviente en las Ramblas, unas pocas horas, de que estuviera en su sitio cuando tú pasaras…

Pienso de nuevo en la frase que Charlotte pronunció en el vuelo París-Montreal, esa cita de Eluard. *No existe el azar, solo los encuentros.* Una confesión, ya entonces, apenas disimulada…

Me levanto.

Ahora soy yo la que titubea.

El gas me quema la garganta, las fosas nasales, los lacrimales; pero nunca he tenido la ideas tan claras. Lavadas con lejía. A presión. Todo parece tan sencillo una vez explicado. Ha bastado con unas pocas palabras pronunciadas por Charlotte. Nada sobrenatural, nada de magia. Solo unos cuantos truquitos astutamente programados, hábilmente ejecutados, y Charlotte había contado con que mi mente haría el resto, que se inventaría falsas conexiones, que se perdería en los meandros de hipótesis absurdas, que mezclaría lo falso con lo verdadero, casualidades distorsionadas y algunas coincidencias reales que irían encajando en la manipulación, *Let It Be* en la radio, un pasajero que vuelve de Indonesia y canta *Leave me just a little bit of you*, luego otro en el vuelo Los Ángeles-París.

Noto cómo Charlotte me sigue con la mirada. Como liberada por haber hablado. La lejía corre por mi garganta, incendia mi paladar. Las palabras que mi cerebro formula parecen disolverse antes de llegar a mi boca.

Lo siento, Charlotte, lo siento tanto.

Levanto la vista por encima del escritorio, ahí donde reinaba la cadena de música antes de acabar por piezas, hacia un marco de fotos. Veo cómo Charlotte se va haciendo mayor, cuatro años, seis años, diez años, quince años, Charlotte toda regordeta, empapada, agarrada a una boya; Charlotte en bicicleta con ruedines; Charlotte que le regala una sonrisa tímida a un pintor de la *place* du Tertre; Charlotte escondida detrás de unas gafas de buzo en una playa con un mar gris rodeado de acantilados; Charlotte colgada del brazo de un chico en el tren de la mina de Eurodisney; Charlotte soplando las velas de cumpleaños; Charlotte disfrazada de bruja; Charlotte en una escúter; Charlotte rodeada de amigas que no he conocido; Charlotte echándose unas risas que no he compartido; Charlotte convirtiéndose en mujer, después de mil problemas que yo no he consolado.

Las lágrimas brotan de mis ojos, me queman la cara, un goteo ácido que marca mis arrugas. Grietas de vejez exprés. Me doy la vuelta. Por primera vez, mi mirada se cruza con la de Charlotte. Por primera vez, las palabras logran escapar de la nube ardiente que me consume.

—Te pido perdón, mi niña. Perdón. Perdón. Perdón.

Charlotte no me responde. Pero tampoco aparta la mirada. Se conforma con levantarse. Con comprobar, ella también, los

barrotes sellados, las contraventanas claveteadas. Con sondear la puerta cerrada con candado.

—¿Cuánto queda? —pregunta Charlotte—. ¿Cuánto queda para que todo salte por los aires?

—Ni idea… ¿Unos minutos? ¿Una hora? Ulysse lo ha calculado todo para hacer creer que ha sido un accidente.

Me agarro a los barrotes de hierro de la ventana. Imposible moverlos.

—Será un poco sospechoso, ¿no? Encontrar dos cadáveres en una habitación con todas las salidas cortadas.

Charlotte se encoge de hombros.

—La habitación lleva sin ocuparse desde hace más de un año. En el barrio, todo el mundo ha cogido la costumbre de aislarse.

Durante unos minutos, intentamos de nuevo encontrar una salida, el más mínimo fallo en nuestra prisión. Después renunciamos. Charlotte deja correr el agua en el lavabo, se salpica la cara y no cierra de nuevo el grifo.

—Durante todos estos años —continúa—, Ulysse fue mi confidente. Le llamaba a Los Ángeles. Fue él quien me dio refugio cuando me fui de aquí. Estaba al corriente de todo. Por ti. Por nosotras. Fui a verle a su despacho de Sunset Boulevard, hace diez días, justo después que tú. ¿Cómo me habría podido imaginar que estaba jugando a ambos bandos? Que contrataría a unos tipos para seguirte hasta San Diego. Que no dudaría en hacerme desaparecer también a mí, en cuanto tuvo la certeza de que podía reconocer esa canción… Que… que no había dudado ni un momento en silenciar a papá.

Charlotte pone las manos en forma de copa debajo del chorro de agua y se salpica abundantemente. Vuelve hacia mí su cara bañada en lágrimas.

—¿Cómo me lo habría podido imaginar?

No podías, mi niña. No más que yo. Pero las últimas confesiones de Charlotte han hecho nacer en mí otra pregunta.

Charlotte estaba conmigo en Los Ángeles, cuando Ylian ya estaba hospitalizado. ¿Por qué? ¿Por qué no anuló su vuelo? ¿Quién se quedó cuidando a su padre?

Me atrevo a preguntárselo:

—¿Dejaste a tu padre solo en el hospital?

—No... No, no estaba solo.

Por un segundo, me imagino aquello de lo que nadie me ha hablado. Aquello que ninguna pista me ha dejado suponer, pero que en cambio parece lo más lógico. Una mujer en la vida de Ylian. Una madre de repuesto para Charlotte. Aunque sea en funciones. Formulo mi pregunta hipando.

—¿Quién?

—Una persona de confianza. De gran confianza. A ella no la culpo.

Un nuevo hipido.

—¿Quién?

—La conocí en Bichat. En la habitación en la que papá está hospitalizado. Es algo mayor que yo.

¿Quién?

Intento beber de un trago mi vaso de agua. No pasa, me atraganto, escupo, y repito.

—¿Quién?

Charlotte baja la voz.

—Mi hermana. Bueno, mi hermanastra. Yo... le conté todo. Lo sabe. Desde que Ylian fue atropellado. Le conté todo a Laura.

¿Cuánto queda antes de que la casa explote?

¿Unos minutos? ¿Una hora?

¡Yo ya he hecho mi vida!

¡Laura! Al tanto de todo. De mi infidelidad, de una hija oculta.

Laura, que lo idealiza todo, que lo organiza todo; Laura y su vida familiar tan bien resuelta, tan rígida con sus principios que a veces he temido que se partiera. ¡Y en cambio no! Según Charlotte, lo ha encajado todo bien. Laura se ha encargado. Simplemente ha querido proteger a su padre, a su padre y a Margot; encargarse de contárselo cuando llegara el momento. Pero primero había que cuidar a Ylian. La enfermera se había recuperado pronto. Las hijas únicas son cabezotas, las hijas pequeñas charlatanas, pero las hijas mayores son de acero templado.

Pienso de nuevo en mi cumpleaños, en la terraza de Porte-Joie, en ese sobre, mi regalo, el viaje a Barcelona. Otra coincidencia imposible más… ¡Que encontraba explicación!

—¿Fuiste tú la que convenció a Laura para hacer ese viaje a Barcelona?

—Solo en el destino. La idea del viaje ya se le había ocurrido a ella.

Pienso de nuevo en la piedra del tiempo desaparecida en Barcelona, entre el parque Güell y la pensión del Eixample. Fue la desaparición de la piedra gris de mi jardín la que me convenció definitivamente de su magia… o de mi locura. Laura me la había robado en Cataluña, como Charlotte lo había hecho en Quebec y en California, unos días antes. Solo el misterio de la desaparición de la piedra gris, al pie de la pared cerca del Sena, sigue sin resolverse… Da igual, ahora solo hay una cosa que importa: Laura y Charlotte, mis dos hijas, cómplices.

¿Cómo podría ser de otra forma? Seguramente cada una quiera conocer al otro amante de su madre, ese amante tan diferente. Siempre tememos que se ventilen los secretos de familia, por miedo a ser declarados culpables, pero las preguntas de nuestros seres queridos se basan en la curiosidad, nunca en un juicio.

De repente siento un inmenso arrebato de amor hacia Laura. ¿Así que también ella ha heredado una parte de mi fantasía? No solo el rigor y la sensatez de su padre. ¡También es capaz de semejante secretismo! Pienso también en Margot, Margot, que nació poco más de un año después de Charlotte; Margot, que todavía no sabe nada de su hermanastra; Margot, tan unida a su padre y en perpetuo conflicto con su madre. ¿Porque inconscientemente había adivinado que había otro bebé, y que ella había venido solo a este mundo para sustituirlo?

Sin decir una palabra, me tumbo en el suelo y empiezo a reptar. Charlot me mira sin comprender. Me deslizo debajo de la cama. Mis manos tantean en la oscuridad, agarran polvo, levantan pelusas, me sorprendo pensando en las discusiones que habría podido tener con Charlotte por un aspirador pasado demasiado deprisa, antes de que mi mano se cierre sobre la piedrecita.

Me retuerzo para volver a salir. Tiendo la mano a mi hija. La abro.

En mi mano brilla la piedra del tiempo.

—Es para ti. Parece ser que, gracias a ella, podemos volver a solucionar los errores del pasado.

—...

—Al menos, durante unos minutos. Quizá incluso durante una hora.

Charlotte se queda mirando la piedra. Durante un buen rato. Duda, de verdad duda. Luego, finalmente, su cara se ilumina. De golpe, sus rasgos se suavizan. Una sonrisa ilumina su rostro, y por primera vez reconozco en ella la de su padre. Apoya su mano en la mía, está caliente, es ligera, luego pesada cuando coge la piedra, mientras la mía puede por fin escapar. Mientras mi corazón puede finalmente volver a latir, él, que se detuvo hace casi veinte años.

Tengo la sensación de que ya nada malo puede pasarme, cuando oigo tres palabras, tres palabras que creía perdidas para siempre.

—Gracias. Gracias, mamá.

56

2019

Ulysse maldice los coches que se apiñan delante de él en el aparcamiento del hospital Bichat. ¡No hay más que viejos! ¡Viejos solos y parejas de viejos! Ahora voy y me tiro diez minutos para coger mi ticket. Ahora voy y conduzco a dos por hora por los pasillos. Ahora voy y hago cinco intentos para aparcar. ¿Es que no pueden venir directamente en ambulancia?

Ulysse termina por cambiar de carril, adelantar a un Picasso Xsara, zigzaguear, y luego mangarle un sitio a un Yaya Panda no lo suficientemente rápido, metiéndose por un pasillo en dirección contraria. ¡Lo siento, una urgencia! Una vez apagado el motor, su primer reflejo es coger el teléfono rosa que hay apoyado en el asiento del copiloto.

Ulysse reprime una maldición. Nadie ha respondido. Vuelve a leer el mensaje que acaba de enviar al marido y a las hijas de Nathalie.

Soy yo. Me he vuelto a meter en un lío. Necesito que vengáis a buscarme. Nada grave, pero es urgente y complicado. E importante. Ya os lo explico cuando vengáis. Estoy en 36 rue de la Liberation, en Chars. En casa de Ylian. Ylian Rivière.

Complicado, importante… Nada grave, pero es urgente. Cada palabra había sido medida. La trampa es perfecta. ¡Van a ir allí corriendo!

Ulysse se ha tirado horas poniendo todo en orden en la casa de Chars: los cables pelados que provocarán un cortocircuito en cuanto llamen al timbre de la entrada, las chispas que encenderán en cascada los cebadores que hay instalados por todas partes en las habitaciones, antes de que el gas lo haga volar todo, y de que el incendio borre el resto.

Ahora que todo está preparado, Ulysse se obliga a no pensar en ello. Tenía tantas ganas de que todo terminara. De que los últimos testigos no pudieran hablar. De que no existiera más que una verdad. Ylian nunca compuso esa canción, no más que ningún otro músico conocido. Ese himno le pertenece solo a él. Un éxito legendario del cual solo él posee el secreto. ¡Y los derechos! Mientras sale del Mercedes, vuelve a consultar el móvil de Nathalie. Se divierte leyendo de nuevo el mensaje anónimo que envió hace dos horas, *No vayas a Yakarta.* Luego vuelve a concentrarse en su llamada de auxilio.

Soy yo. Necesito que vengáis a buscarme.

¿Quién se lanzará primero?

¿Margot?

¿Olivier?

¿Laura?

Margot está a punto de posar sus labios en los de Marouane, cuando le suena el aviso de un mensaje en el móvil. Marouane se queda con la boca abierta, los ojos cerrados, esperando su pico, sin darse cuenta de que Margot lo ha abandonado para leer el mensaje. ¡Un mensaje de una de sus amigas es muchísimo más urgente que darle besos a un mero! Es así como apodan a Marouane en el instituto, por su cresta y su nariz chata de bebé que mira la pantalla desde demasiado cerca.

—Mierda, ¡es mi madre!

Soy yo. He vuelto a meterme en un lío. Necesito que vengáis a buscarme.

—¡Joder, qué tostón! —maldice Margot.

Marou el Mero se da finalmente cuenta de que como siga avanzando, con los labios abiertos y los ojos cerrados, terminará besando el cristal de la marquesina (y dándose de morros, aunque a eso ya está acostumbrado). Abre sus ojos saltones.

—¿No respondes?

—Sí, espera, estoy leyendo.

Nada grave, pero es urgente y complicado. E importante. Ya os lo explico cuando vengáis.

¿Qué habrá podido inventarse mamá esta vez? ¡Desde esta mañana, Margot ya no puede más con tanto secreto de familia! Por un momento, incluso llegó a pensar que le iban a anunciar que era una niña adoptada. En plan abandonada al nacer y encontrada al borde del Sena en una cesta de mimbre.

Estoy en 36 rue de la Liberation, en Chars. En casa de Ylian. Ylian Rivière.

¿Chars? ¡Nunca lo había oído!

Margot pincha para buscar la ubicación del pueblo. ¡Está a setenta kilómetros del instituto! ¿Pero mamá de qué va? ¿Qué espera, que se teletransporte?

—Te tienes que ir, ¿no? —se preocupa Marou, el Mero.

Margot se guarda el teléfono en el bolsillo, sin escribir una respuesta.

—No es nada. En estos momentos, se le va un poco la pinza a mi madre. Solo espero no acabar así de zumbada…

De repente coge a Marouane del cuello, le planta las manos en los mofletes para abrirle la boca, y luego le pega los labios en ventosa, lengua hacia delante. Recupera el aliento entre dos apneas, incluso le da tiempo a filosofar.

—Tengo cosas mejores que hacer que perder mi tiempo con mis padres. Hay que llenar bien el depósito de amor cuando se tiene dieciocho años para no quedarse tirado cuando tengas el doble, ¡y quien dice el doble dice el triple!

* * *

Olivier odia los semáforos en rojo. También odia la ciudad. Odia las multitudes. No odia a la gente por separado, pero ¿se puede seguir hablando de humanidad cuando la gente se apiña en los vagones del metro o en filas de coches que avanzan a la misma velocidad que los granos de un reloj de arena? Su teléfono está enganchado al salpicadero. A menudo, cuando tiene que dejar su taller y conducir, Olivier mata el tiempo llamando a sus clientes. El mensaje le pilla cuando el semáforo se pone en verde.

Soy yo. He vuelto a meterme en un lío. Necesito que vengáis a buscarme.

¿Nathy?

¡Un gilipollas frena en seco justo delante! Ha estado a punto de empotrarlo. En lo que el cruce tarda en despejarse, a Olivier le ha dado tiempo a leer una frase más.

Nada grave, pero es urgente y complicado. E importante. Ya os lo explico cuando vengáis.

¡Me cago en diez!

Le pitan por detrás. Olivier sigue en Saint-Denis, plantado en medio del cruce de Pleyel. Acelera, se mete en el *boulevard* Ornano, pone el intermitente en busca de un sitio donde aparcar en doble fila, al tiempo que dirige una última mirada al GPS, como diciéndole «lo siento, colega, mi mujer es más importante que tú».

Olivier consigue aparcar, mal, colándose entre una plaza para discapacitados y un paso de peatones, y lee febrilmente el final del mensaje.

Estoy en 36 rue de la Libération, en Chars. En casa de Ylian. Ylian Rivière.

Olivier permanece inmóvil un momento, y luego da un violento golpe con el puño al volante.

Ylian Rivière. ¡Otra vez él! ¿Qué pinta ahí Nathalie? ¿En su casa? Según las últimas noticias, el guitarrista estaba esperando la extremaunción en el hospital Bichat. Bajo la atenta vigilancia de Laura, su propia hija...

¡Es que esto no va a parar nunca!

Piensa de nuevo en lo que le dijo Laura, después de su confesión de esta mañana *¿No vas a ir a hablar con él? Creo que estaría bien, papá. Yo... creo que él tiene un gran... un grandísimo secreto que contarte.* Duda. Una moto pasa rozando la Kangoo, el motorista hace un corte de manga como prueba de mal humor. Imposible seguir estacionado ahí. ¿Qué hacer?

¿Ir hasta esa dirección? En plan para poner patas arriba la casa al guitarrista... ¿O ir directamente a Bichat, para estrangularle?

Olivier comprueba por el retrovisor que nadie lo adelanta y prosigue su camino hasta el siguiente semáforo en rojo. Ha tomado su decisión. Se conoce, es incapaz de ejercer la más mínima violencia, ni siquiera hacia el amante de su mujer. Y mucho menos de matarlo...

¡Simplemente se trata de ver cómo la palma!

Después de que ese guitarrista le haya soltado su gran, su grandísimo secreto...

¡Gracias, Laura!

Olivier apaga el móvil y se inclina otra vez hacia el GPS, como para decirle «lo siento, colega, al final eras tú quien tenía razón».

Laura ya tiene las dos manos ocupadas. Un gemelo en cada una, Noé en la derecha, Ethan en la izquierda, y el llavero agarrado con los dientes. ¡Y la canguro quejándose porque Laura ha ido a buscarlos tres minutos tarde! Jolines, «canguro» es también una especie de profesión liberal, ¿no? Y después qué, ¿nos cachondeamos de los funcionarios? Pues nada, ¡que vayan a hacer el curro de las enfermeras! Y Ethan lloriqueando porque quiere quedarse con Nanny Sophie, y Noé que tiene hambre, ¡y el maldito teléfono vibrando en el bolsillo!

Laura pega un niño a cada lado, embridados en sus asientos de bebé, y por fin puede descolgar.

Soy yo. Me he vuelto a meter en un lío. Necesito que vengáis a buscarme.

¡Lo que faltaba! ¡Ahora mamá!

Nada grave, pero es urgente y complicado. E importante. Ya os lo explico cuando vengáis.

Estoy en 36 rue de la Libération, en Chars. En casa de Ylian. Ylian Rivière.

En casa de Ylian… Obviamente… Charlotte le contó dónde creció. Un pequeño chalé en medio del campo. Al fin y al cabo, un poco como ella. Laura hace cuentas. Chars se sitúa a veinte kilómetros de Cergy, a apenas veinte minutos en coche.

Suspira. Naturalmente que va a ir allí corriendo. ¡No va a dejar tirada a su madre! Lo que pasa es que Valentin sigue en el curro, ¡así que va a tener que llevarse a los gemelos! Dos monstruos cansados, hambrientos, a los que habría metido en el baño y luego en la cama.

Laura arranca su Polo y suspira de nuevo. ¡Por favor, que todo termine pronto! Que papá y Margot se enteren de lo de Charlotte, que encajen el golpe como encajaron lo de mamá, como lo encajó ella misma cuando escuchó los secretos de su hermanastra en la cafetería del hospital Bichat. Por favor, que corten por lo sano, que cauterice, que cicatrice todo y que volvamos a encontrarnos juntos en la terraza de Porte-Joie, o si no en *rue* de la Libération en Chars, recuperando el tiempo perdido. Al principio, papá estará triste, luego perdonará, comprenderá. Él es así, es como ella, ¡fuerte como un roble! No se pliega, pero tampoco se rompe.

Los gemelos empiezan a gritar en la parte de atrás. Quieren beber. Quieren comer. Quieren tele.

Laura da marcha atrás, haciendo que salga disparada la gravilla del sendero del jardín de Nanny Sophie. Curra todo el día en casa, ¡tendrá tiempo para dejarlo limpito!

¡Sí, por favor, que termine todo ya! Mira la carretera que tiene delante, su mirada se pierde, en la esquina de su parabrisas, en la identificación de personal de hospital que le permite entrar en Bichat sin pasar por el aparcamiento de usuarios.

Una puñalada desgarra su pecho.

¿Por favor, que todo termine?

De repente, con todo el dolor de su corazón, se da cuenta. Ylian Rivière está desahuciado. Solo le quedan unos días de vida. ¿Y ella, madre de familia desbordada por unos problemillas, se queja? ¡Joder!

Aparca deprisa y corriendo, subida a la acera, y escribe nerviosamente en el móvil.

Estoy llegando, mamá. En 20 minutos como mucho estoy ahí. Espero que la casa de Ylian sea sólida, resistente a terremotos, porque tengo que llevarme a los gemelos.

57

2019

Estoy tumbada junto a Charlotte. Mientras buscaba la piedra del tiempo debajo de la cama, me he dado cuenta de que los efectos de los efluvios de gas eran menos intensos a ras de suelo. Nos hemos organizado sin ponernos de acuerdo: construir una tienda de campaña con las sábanas, las mantas y el colchón, y escondernos debajo. Nos levantamos por turnos para humedecer las telas.

¡Dios mío, cuánto me gusta esta complicidad!

Ignoro cuánto tiempo me queda de vida antes de que todo a mi alrededor se derrumbe, el techo, el tejado, la estructura, las tejas; pero poco importa, habré vivido este momento. Íntimo. Con mi hija. Aquí.

Las bombillas del plafón que hay encima de nosotras iluminan la habitación a través de las sábanas amarillas y de las mantas naranjas, como si fuera una puesta de sol, opción campamento beduino. Estoy bien. La última vez que Charlotte se ha levantado, ha sacado una vieja caja y la ha metido en nuestro tipi. Sin levantarse, mete la mano dentro.

Saca atropelladamente una corbata llavero de fieltro, un cuadro hecho con pasta de lacitos pintada y barnizada, una taza DAD decorada con una plantilla de estrellas, una vela amarilla a juego, un lapicero en papel maché en el que leo las palabras garabateadas

con rotulador, coloreadas en un corazón, pintadas en letras mayúsculas. *¡FELIZ FIESTA PAPÁ!* Entiendo que se trata de un tesoro acumulado durante años, desde la guardería a Primaria.

—Auténticas obras de arte, ¿verdad? —comenta toda orgullosa Charlotte—. De toda la clase, a mí era a la que mejor se le daban las manualidades. Hay que decir que, en comparación con las otras compañeras que tenían que hacer también el regalo para sus madres, ¡yo tenía el doble de tiempo!

Le cojo la mano.

—Pero sobre todo —matiza Charlotte—, yo era la más motivada. Ylian era el padre más maravilloso de todos.

Gotas calientes llueven de nuestras caras. Nos quedamos tumbadas, sin mirarnos. Solamente escuchamos nuestras voces. De vez en cuando gritamos, como locas, lo más fuerte posible, por si acaso alguien pudiera oírnos, antes de seguir hablando.

—¿Sabes, Charlotte? Tu padre era bueno. Incluso se podría decir que muy bueno. No solo a la hora de criarte. También con la música.

Charlotte rebusca en la caja. Saca un minúsculo ukelele, rosa. Un juguete.

—Sí, lo he entendido. Lo he entendido hoy. Casi nunca lo veía tocar. Escuchar música sí. Pero no tocarla. —Con un gesto seco, lanza el ukulele por el parqué—. Lo… lo dejó todo por mí.

Le aprieto más fuerte la mano. Una gota cae de la sábana y se estrella en mi mejilla, salpicando mi ojo. La luz brillante de la bombilla me deslumbra. Cierro los párpados.

—No, Charlotte, no. Fue elección suya… Ya sabes, uno se equivoca. Elegir no es renunciar. Más bien al contrario. Elegir es ser libres. Y eso incluye no ser aquel que los demás quieren que seas. Y eso incluye tirar por la borda el talento con el cual has nacido. Y eso incluye dejar pasar los amores que la vida nos restriega por las narices. Ylian te eligió, y eso no le incumbe a nadie más que a él. Los hijos no deben meterse en esos asuntos. Los hijos tienen que vivir su vida. Y tomar sus decisiones…

Charlotte apoya su mano libre en mi brazo.

—Calla, tengo una sorpresa.

Su mano se escapa, oigo cómo hurga en la caja, luego noto una caricia en la nariz, en los párpados, en el mechón de mi frente. Charlotte ha sacado de su caja archivador un atrapasueños, con lana de mohair, cuentas de cristal y plumas arcoíris… ¡cubierto de polvo!

Siento cosquillas en la nariz, resisto un segundo y estornudo. Charlotte se echa a reír. Yo también, aunque mis pulmones se desgarran bajo el efecto del gas que he inspirado con fuerza.

—Lo hice hace diez años, estaba en cuarto. Por primera vez, habíamos tenido una profe suplente en primavera y no me atreví a decirle que yo no tenía mamá. Es… es para ti.

Charlotte se calla. Cojo con la mayor delicadeza posible el atrapasueños. A pesar de las lágrimas que empañan mis ojos, distinguen los corazones que hay tallados en la estructura de madera. Diez años lleva esperándome… Lo apoyo en mi pecho. La lana, las cuentas y las plumas pesan una tonelada. Como para aplastar los latidos de mi corazón. Como para ahuyentar todas las pesadillas de mi cabeza.

Gracias, Charlotte. Gracias. ¿Sabes?, tu padre no ha sacrificado nada. Simplemente te ha elegido. Porque te quería, y tú has correspondido a ese amor. También amaba la música, por supuesto, pero ella no le ha correspondido.

—¿Mamá?

Me sobresalto.

—Mamá —repite Charlotte—, ¿es difícil elegir?

Sonrío.

—Digamos… Digamos que no hay que andarse por las ramas. Hay que hacerlo antes de ser completamente adulto, creo. Antes de que haya demasiados pocos caminos posibles, demasiadas maletas que llevar. Antes de que elegir no sea más que ser libre para perderse en un bosque de arrepentimientos.

—Entiendo —murmura Charlotte—. Me habría gustado.

—¿Gustado qué, cariño?

—Elegir. Elegir en lugar de morir.

58

2019

36 rue de la Libération.

Laura aparca en la acera enfrente del chalé. Ha tardado menos de quince minutos en llegar hasta casa de Ylian. Está acostumbrada a conducir en carreteras de campo en modo piloto de *rally*. A frenar en seco cuando cruza un pueblo, con el cuentakilómetros parado en 55 km/h, y a pegar el acelerón cuando sale de él. Laura conduce rápido cuando está sola. Siempre con prisa. Y conduce todavía más rápido cuando los gemelos están en el asiento trasero. Más de un cuarto de hora atados a sus asientos de bebé y aquello se vuelve un infierno. Gritos, llantos, juguetes que vuelan y pies que golpean.

Al dejar Cergy, Laura ha encendido la radio para tranquilizar un poco a los dos monstruos. Generalmente, la música los calma durante unos minutos… antes de ponerlos más nerviosos, especialmente porque Laura tiene tendencia a subir el volumen cuando los gemelos empiezan a pelearse. Desde ayer, no paran de poner una y otra vez la canción para Indonesia, *Leave me just a little bit of you*. Están poniendo toda la carne en el asador antes del concierto de Wembley, la típica música implacable que te persigue durante todo el día. Incluso los gemelos chapurrean algunas palabras. ¡Un auténtico lavado de cerebro! Pero pasada la circunvalación de Artimont, Noé y Ethan ya han abandonado su dúo al estilo La Voz

Kids, para empezar a pelearse por Gigi, su pobre jirafa con las patas descuartizadas. Después de comprobar la carnicería por el espejo retrovisor, Laura ha tenido que pararse, colgar el móvil en la parte de atrás del asiento del copiloto y poner un vídeo del burro Trotro. ¡Treinta segundos perdidos, demasiado tiempo! ¡Y una paz celestial hasta Chars!

Laura se toma su tiempo para observar la casa solitaria. *36 rue de la Libération.* Pequeña. Banal. Triste. El coche de mamá no está aparcado delante. Qué extraño… Ha leído y releído el mensaje.

Necesito que vengáis a buscarme.

¿Mamá ha ido hasta Chars en taxi?

Me he metido en un lío.

¿Qué habrá liado esta vez? ¿Estará Charlotte con ella en ese chalé? Aquí es donde se crio su hermanastra, ella se lo contó todo, en las largas noches de guardia cuando velaba a su padre. ¿Le habrá reconocido Charlotte quién es? ¿Se habrán reconciliado? Laura no ve ni rastro de coches, pero quizá el coche de Charlotte esté en el garaje, quizá sea el mismo que ha traído a mamá hasta aquí.

Laura abre la puerta. Parece que los gemelos siguen obnubilados con las aventuras de Trotro.

—Ahora mismo vuelve mamá, mis amores.

Laura da un par de pasos hasta la valla. No está cerrada con llave, pero su mano se congela en el picaporte.

¡Un grito!

¡Laura ha oído un grito! Ahogado, lejano, imposible saber si de un ser humano, pero le ha parecido oír una especie de llamada. Sondea el silencio, oído alerta, cuando Noé se pone a gritar.

—¡Mamáaa!

Laura echa pestes, se vuelve hacia su Polo, desata a Noé. Le coge la mano.

—Tranquilo, Nono, ¿eh?

Vuelve a escuchar los sonidos difusos de la urbanización desértica. A los lejos, unos coches pasan por la nacional. Un ronroneo más lento de motor sube desde el campo, debe de ser sin duda un tractor. También se escucha el canto de los pájaros, si te concentras. Mucho. Y eso es todo. Laura empuja la vallita. Ahora le toca a Ethan, que se ha quedado solo en el coche, ponerse a llorar. Pues claro, ¿qué esperaba? ¡Esos dos están unidos! Una cadena estéreo. Un eco permanente. Desde que nacieron, Laura tiene la impresión de hacerlo todo dos veces, con unos segundos de diferencia, como una vida que tartamudea. Se coloca a Noé debajo del brazo y libera a Ethan, uno de cada mano, como siempre. ¿Las madres de trillizos hacen que les implanten un tercer brazo?

—Ahora tranquilos, ¿eh, bebés? No hacemos ruido y escuchamos a los pájaros.

A excepción de algunos trinos, Laura no oye ningún ruido nuevo. Solo el escenario acústicos de un pueblo de campo. Una vez en el jardín, suelta las manos de los gemelos, al tiempo que piensa en lo que le ha dicho su madre.

Nada grave, pero es urgente y complicado. E importante. Ya os lo explico cuando vengáis.

Mamá tiene que estar forzosamente dentro y debe de estar oyéndola. Tiene que llamar a la puerta. Salir de dudas. Sin embargo, instintivamente, Laura desconfía. Cada vez le parece más inquietante que no haya ningún coche aparcado, ningún ruido. Que mamá no esté detrás de la ventana, que no haya abierto la puerta para recibirla. Y ese grito… ¿lo ha oído realmente? Con todos estos rollos, ¿se estará volviendo loca también ella?

—¡Mamáaa!

Se da la vuelta. Esta vez es Ethan. Se ha metido en la boca un puñado de piedrecitas rosas del camino de entrada y trata de escupirlas en una mezcla de bilis y de babas. Laura se agacha, un pañuelo, rápido, limpia todo, seca los ojos, suena la nariz, enjuga la boca. Luego sacude a Noé, que también ha chupado un poco de grava rosa, solo un poco, ¡y parece gustarle tanto como una fresa de Haribo!

—¡Escupe, Nono, escupe!

Laura decide no volver a dejar a los gemelos. Está a dos metros de la puerta. Por última vez, el silencio de la casa la perturba. Duda si volver al coche para consultar su móvil. ¿Quizá mamá le haya dejado un mensaje? O a lo mejor ella puede enviarle uno. *Mamá, he llegado. ¿Dónde estás?* Odia entrar así, sin estar invitada, en una propiedad privada. En el fondo, realmente Laura tiene miedo de lo que va a encontrarse.

Su madre llorando. En brazos de su hermanastra.

Tira de los brazos de los gemelos con más o menos la misma delicadeza que ellos tiran de las patas de Gigi la jirafa todo el día. ¡Así aprenderán! «Por favor, que termine ya pronto», piensa de nuevo Laura.

Llamar a la puerta.

Abrir.

Terminar con esto.

59

2019

Ulysse sale de la habitación 117 para leer el mensaje. Ocupa las tres cuartas partes del pasillo estrecho, entorpeciendo a las enfermeras impacientes que no paran de pasar. Aun así, no hace ningún esfuerzo para apartarse a algún lugar más amplio. Prefiere mantener el control visual de la habitación por la puerta abierta, y saluda con la mano a la cama medicalizada. Solo los ojos de Ylian le responden.

Ulysse se toma su tiempo para hacer acopio de pena, de ternura, como lleva haciendo desde hace años.

Sí, Ylie, soy tu amigo, luego da un paso atrás, *puedes partir antes de saber que te he traicionado.*

Ulysse ha colocado una silla al lado de su cama. Tiene previsto velar a Ylian hasta que todo haya terminado. Su primer reflejo ha sido encender la televisión. Las cadenas solo hablan de Yakarta, de la ayuda que llega por cuentagotas, de los artistas solidarios y de la preparación del concierto. Ulysse no puede correr ningún riesgo.

—Espérame, hermano, ahora mismo vuelvo.

El productor consulta discretamente el teléfono de Nathalie.

Estoy llegando, mamá. En 20 minutos como máximo estoy ahí. Espero que la casa de Ylian sea sólida, resistente a los terremotos, porque tengo que llevar a los gemelos.

¡Laura! Es Laura la que se sacrifica. La hija mayor. Lo habría apostado... ¡Lo que no había previsto era que fuera con los críos! ¡Joder! Dos nenes de dos años. En cuanto les suelte la mano para tocar el timbre de puerta de entrada, todo saltará por los aires... La mamá, los niños...¡Santo Dios! ¡Eso no lo había pensado!

Una chica en bata blanca, tan delgada como él gordo, se cruza con él en el pasillo sin tan siquiera rozarle y le dirige una sonrisa sincera, la que las enfermeras ofrecen a las visitas que acompañan los últimos instantes de un familiar. La empatía de la chica es una puñalada en el corazón.

Daría todo por volver atrás.

Por hacer que Ylian firmara ese contrato, en el Gran Garuda de Yakarta, cincuenta-cincuenta de los derechos, ¡y me encargo de tu carrera, hermano! Al principio, Ulysse no había hecho más que mentir. De hecho, ni siquiera mentir, ni tampoco robar, solo olvidar. Luego los dólares fueron aumentando, Molly Music prosperó; aunque, pensándolo bien, él todavía no tenía nada, o casi nada, que reprocharse. Es cierto, una buena parte de los dólares que estaba cobrando no deberían haber ido a parar a su bolsillo, pero ¿acaso la gente rica del planeta no se aprovecha del talento de los demás para construir sus fortunas? A Ylian se la traía al fresco, él era un papá satisfecho, y desde hacía mucho había colgado sus guitarras.

Y todo se aceleró. Hace diez días. Perdió la cabeza y arrolló a Ylian, en *avenue* des Ternes, en lugar de confesarle todo, en lugar de proponerle un reembolso, unas decenas de miles de dólares, incluso más si hubiera querido, aunque Ylian lo habría rechazado. No se compensa un sueño roto. Una vida desperdiciada. Después de robar la letra y la música de una vida, no se compra el silencio.

Luego todo se precipitó. Silenciar a Nathalie. Luego a Charlotte. Tres testigos, simplemente tres testigos a los que eliminar y por fin podría poner punto y final al pasado. ¿Pero ahora los críos? ¿Es que esto no va a terminar nunca?

El productor intenta pensar lo más rápido posible. Todavía

puede pararlo. Basta con enviar un mensaje a Laura, firmado por Nathalie. Basta con decirle que dé media vuelta. Después podrá ir a Chars. Ya encontrará la forma de librarse de los dos últimos testigos sin que pese sobre su conciencia la muerte de esos niños.

Pasa una nueva enfermera, menos sonriente, más bajita y ancha que la anterior. Ulysse intenta meter tripa mientras ella se esfuerza en sacar pecho.

—No puede quedarse ahí —gruñe la chica.

Ulysse pone cara de lástima, farfulla unas falsas promesas, y luego vuelve a saludar a Ylian con la mano. Debe estar atento, no alejarse… ¡y todo por culpa de esa maldita tele! Aunque haya dejado el mando a una distancia suficiente, encima de la mesilla, y aunque Ylian no tenga, por sí solo, la fuerza para encenderla. Ylian ya casi no puede ni utilizar sus músculos. Apenas habla. Poco a poco, su cuerpo se va paralizando. Despacito, la vida le abandona. Ahora es solo cuestión de días, quizá horas; pero Ylian sigue consciente, perfectamente consciente.

Ulysse también puede salvar lo que le queda de conciencia. No implicar a nadie más en su huida hacia delante. Terminar el trabajo, solo. En familia. Ocuparse él mismo de los dos amantes y de sus hijas. Sin pensárselo dos veces, selecciona tres destinatarios, Olivier, Margot y Laura, y redacta su mensaje.

Falsa alarma. Ya me las he arreglado yo sola, como una chica mayor. No hace falta que vengáis a Chars. Nos vemos esta noche.

Cling.

¡Mensaje enviado! Ulysse se sorprende por un instante del aviso de envío del mensaje. Y eso que ha tomado la precaución de poner el teléfono de Nathalie en modo silencio. Qué raro… Bueno, ¿y qué más da? Da un paso hacia la habitación. Ylian se marchará feliz. Le sostendrá la mano hasta el final. Se lo debe.

—¡Ya voy, hermano!

Una voz detrás de él le deja helado.

—Disculpe.

Ulysse se da la vuelta. Tiene un tipo delante. Un tipo al que nunca ha visto. Alto, pelo rapado, ojos azules. Sujeta un teléfono en la mano.

—Creo… creo que me acaba de enviar un mensaje.

Ulysse tarda medio segundo de más en reaccionar. La calma del tipo que tiene delante le ha sorprendido.

—¡Con el teléfono de mi mujer! —precisa el hombre, con una voz que sigue igual de monótona.

Ulysse agacha la vista tontamente hacia la carcasa rosa que todavía tiene en la mano, con la cola de la golondrinita atrapada bajo su pulgar. Antes de que le dé tiempo a levantarlo, el hombre ya se ha abalanzado sobre él.

¿Olivier? ¿El marido? Joder, ¿pero qué hace aquí?

Es el primer pensamiento coherente que el cerebro de Ulysse logra articular. Recibe un primer puñetazo en plena frente. El segundo le desencaja la mandíbula. Se desploma en el pasillo. Olivier se lía a patadas con él, en la tripa, en el pecho, en las piernas. Ulysse intenta torpemente hacerse una bola. Las suelas le rompen la espalda.

—¿Dónde está mi mujer, grandísimo hijo de puta?

Ulysse es incapaz de responder. La sangre le inunda la boca. El único gesto que es capaz de hacer es de alzar la mirada hacia la puerta abierta de la habitación 117. Y de cruzar la de Ylian.

—¡Cabrón! —continúa el marido—. ¿Qué tramas?

Unos ruidos de pasos resuenan al final del pasillo. Gritos de alarma. Una enfermera pide auxilio. Ulysse escupe sangre, que fluye por el suelo de vinilo blanco, en la que se baña su nariz.

—Na… Nada —logra articular—. Lo… lo he… parado todo… Nadie… Nadie va a morir.

Por cada lado del pasillo, un ejército de enfermeras y de camilleros llega a la carrera. Olivier no se priva de golpear por última vez a un hombre herido, cuando este intenta levantar la cabeza para buscar ayuda. Su zapato se estrella entre la sien y la oreja del productor, una enorme detonación explota en la cabeza de

Ulysse. Todo zumba, y como si la patada hubiera rayado el disco de sus pensamientos, una voz repite hasta el infinito

Nadie va a morir.

Nadie va a morir.

Olivier parece calmado, pero los camilleros se acercan con cuidado.

Nadie va a morir.

Entonces el productor nota el peso de una mirada sobre él. Más violenta, incluso más dolorosa que los golpes que le acaban de llover. Una mirada que lo crucifica.

Ylian lo mira a través de la puerta abierta.

Ha conseguido reunir sus últimas fuerzas e incorporarse unos centímetros en la cama. Ulysse se da cuenta entonces de que Ylian lo ha oído todo, lo ha visto todo. Que ha comprendido que el conductor era él, su productor, el padrino de su hija, su hermano.

Sus ojos le apuntan en plena frente, en pleno corazón, durante unos largos segundos; luego, como si Ulysse no mereciera siquiera que se le fusilara, ni siquiera con la mirada, los ojos de Ylian se desvían, un ínfimo cambio de ángulo, para posarse en el hombre que hay de pie en el pasillo, con los puños ensangrentados.

Ylian ha comprendido también quién es el hombre que acaba de golpear a su asesino. Que acaba de vengarle. Ylian reúne fuerzas para esbozar una sonrisa.

La mirada de Olivier le atraviesa como si ya no fuera más que un fantasma.

Ylian insiste. Mendiga perdón. Un destello de complicidad, por el amor de una mujer compartida. Olivier bien puede concedérselo. Él ha ganado. Ha vivido con ella. Sobrevivirá con ella.

Ylian se incorpora de nuevo y, a costa de un esfuerzo sobrehumano, sus labios esbozan unas palabras. Unas palabras que nunca nadie oirá.

De una última patada, fuerte y seca, Olivier cierra la puerta de la habitación 117.

60

2019

Laura se pone nerviosa delante de la puerta cerrada. Tiene la impresión de llevar llamando desde hace una hora. Lo cual divierte a Ethan y a Noé, que llaman también a la puerta de madera con toda la fuerza que les permiten sus puñitos.

¡Nada!

No hay nadie dentro.

Mamá no está ahí dentro, y tampoco Charlotte.

Estoy en 36 rue de la Libération, Chars. En casa de Ylian. Ylian Rivière.

¿Se habrá marchado ya? ¿No habrá llegado todavía?

¿Qué diablos estás haciendo, mamá?

Noé ya se ha cansado de dar golpes a una puerta muerta, y se le ocurre comprobar si su hermano reaccionará más. ¡Bingo! A Ethan se le ha ocurrido la misma idea, a la vez. Los dos empiezan a intercambiar puñetazos y patadas, al principio riendo, después llorando, justo a la vez. Laura los separa, suspirando.

Por favor, mamá...

—Quedaos ahí, niños. ¡Y no toquéis las piedras! Mamá va a mirar si la abuelita ha dejado un mensaje.

Laura cruza corriendo los treinta metros que la separan del Polo, abre la puerta de atrás y se inclina para recuperar su móvil.

¡Mierda! ¡La pantalla en blanco! ¡Menudo día! El vídeo de

Trotro ha seguido puesto, no se le ha ocurrido pararlo. La batería, ya bastante floja, se ha descargado completamente. «Vale —piensa Laura—, que no cunda el pánico. Meto a los niños en el coche, vuelvo a Cergy, llamo a mamá desde el fijo. Y si hace falta, si insiste, vuelvo a Chars. No me voy a pasar aquí la tarde con estos dos diablillos enfurecidos».

Laura deja la puerta abierta. Se apresura a llamar a los gemelos, «Noé, Ethan, venga, largo, nos vamos», cuando un grito precede al suyo. Un grito proveniente de la casa.

No un maullido ni un ladrido, esta vez está claro: es un grito humano.

Ethan y Noé, por fin tranquilos, recogen dientes de león entre las matas de hierba de los adoquines. ¿Ha gritado uno de ello? ¡No, Laura pondría la mano en el fuego que no!

¡Hay alguien! En esa casa hay alguien. Sin embargo, ha estado golpeando hasta hacerse daño en el puño. ¿Alguien encerrado? ¿Alguien que duerme a pierna suelta? ¿Que se habría despertado de golpe?

Cierra la puerta del Polo y alza la vista. Los gemelos se han alejado del chalé para aventurarse en el jardín y completar su ramo con salvia y brezo. Laura los mira con ternura. ¡Gemelos! ¡Tonterías por partida doble! Y por partida doble también las flores que están recogiendo para su mamaíta.

Vuelve a mirar la puerta y, de repente, se da un golpe en la frente. Demasiado absorta en vigilar a Ethan y a Noé, se ha dejado los puños llamando a la puerta, cuando a la altura de sus ojos tenía un timbre. Ahora ya solo puede ver eso… Un simple timbre, sin más.

Laura rodea la cuesta del garaje y bordea el caminito cuyos tallos han sido decapitados. Quizá mamá esté en el sótano, revolviendo viejos recuerdos con Charlotte. O en el desván. No la han oído llamar, demasiado concentradas en recuperar el pasado. Se imagina a Charlotte desembalando dibujos conservados durante

toda su infancia, leyendo poemas escritos para su mamá imaginaria, abriéndole el cofre secreto de todos sus tesoros de niña. Muñecas, joyas, piedrecitas, pulseras trenzadas... Laura comprende su silencio, están viajando en el tiempo. A la velocidad de la luz.

¡Menudo día! Laura se pierde en sus pensamientos. ¿Mamá y Charlotte, reconciliadas?

Le gustaría tanto. Inmediatamente, hubo *feeling* entre su hermanastra y ella. Se reconocieron como si se conocieran de toda la vida. «¡Ay, suertuda —se atrevió a bromear Laura—, si supieras la cantidad de veces que he soñado con no tener madre!». Y las dos se habían echado a reír.

Laura echa un último vistazo a los gemelos, que juegan a los exploradores al final del jardín, buscando flores raras bajo los setos de alheña, y luego se pone de pie delante de la puerta.

Sigue con la sonrisa en los labios cuando pulsa el timbre.

Un segundo después
el cielo
la casa
el jardín
cada pared
cada mata de hierba
cada flor decapitada
cada piedra
se tambalearán.

Cuando el día se quede ciego
Cuando las sábanas sean sudarios
Cuando cuatro paredes sean ataúdes
De una madera de duelo sin flor ni hojas
¿Qué quedará de nosotros?

Cuando nuestros huesos estén molidos
Cuando nuestras lágrimas se ahoguen
Cuando nuestros remordimientos abismados
En los abismos de la eternidad
No quedará nada de nosotros

61

2019

—¡Mamá! —grita Noe.

Luego se echa a llorar.

Mamá mamá mamá.

Noé ha oído gritar a mamá. Ha visto a mamá salir volando, como una pelota que se lanza demasiado alto, y luego volver a caer en la hierba, tumbada, sin moverse, sin levantarse, como si estuviera dormida. Como un juguete roto.

Noé llora.

Quiere que mamá se despierte.

Quiere que mamá no se haya hecho daño.

Quiere que mamá hable.

—¡Papá! —grita Ethan.

Luego se echa a reír.

Papá papá papá.

Ethan corre para refugiarse en sus brazos. Noé le sigue a menos de un metro de distancia.

Entonces rugen las sirenas. Los coches de policía y de gendarmería frenan en seco en la *rue* de la Libération, antes incluso de que Ethan y Noé hayan llegado a la mitad del césped. La casa ya ha sido rodeada por la policía en el preciso instante en que los gemelos se lanzan sobre sus padres, los pisan y los abrazan, de pie en sus rodillas, manos como ganchos alrededor de sus cuellos, besos que mojan y hacen cosquillas.

Papá mamá mamá mamá papá papá.

Laura sigue en estado de *shock*. Lo único que ha sentido, cuando apoyaba el dedo en el timbre, eran dos brazos que la levantaban. No le ha dado tiempo a apretar, simplemente ha visto cómo el cielo se tambaleaba. Luego ha rodado por la hierba para darse cuenta, por fin, de que se encontraba en brazos de su marido. ¡El mejor placaje de toda su carrera!

Los policías examinan minuciosamente la puerta, las contraventanas cerradas. Aparcan más furgonetas, salen policías de ellas, llevando aparatos complejos, parecidos a aquellos con los que van equipadas las brigadas que intervienen en las alertas de atentados.

Valentin recobra el aliento.

—Ha sido tu padre el que me ha llamado. Me lo ha explicado brevemente, completamente aterrorizado. El falso mensaje de tu madre, la casa del tal Ylian convertida en una bomba. Afortunadamente, estábamos patrullando por el norte de Cergy. Creo que he batido tu récord en la nacional 14, mi campeona de *rally*. Cuando te he visto delante de la puerta, he salido corriendo y me he lanzado en picado. ¡Justo a tiempo!

Todo orgulloso, le pone su gorra a Noé, alborota el pelo de Ethan, para después besar a su mamá.

—¡Mi caballero! —murmura Laura—. ¿Ves? He hecho bien en aguantar, una vocecita me susurraba que tenía razón.

La policía científica está interviniendo en la zona. Protegen el perímetro. Unos policías con trajes de astronauta sondean con precaución las paredes. Al otro lado de las contraventanas se oyen claramente golpes.

—¿Y eso por qué?

—¡Por casarme con un gendarme! Si me salvas la vida otras dos o tres veces más, es incluso posible que papá termine por darte las gracias.

Valentin le saca la lengua, antes de volver a besarla. Ethan le ha quitado la gorra a Noé y con ella la mitad de la cabeza. Valentin les hace una seña para que se vayan a jugar más lejos. Los gemelos se marchan corriendo, sin cuestionar su autoridad. Valentin, respaldado por todos sus compañeros, apreciado.

Le tiende el móvil a Laura, para que tranquilice a su padre. Sus dedos tiemblan en las teclas de la pantalla.

Todo bien. Todo bien.

El comando de la policía científica ha conseguido cortar las contraventanas. Con cuidado, sacan de los goznes la pesada plancha. Las caras de Nathalie y de Charlotte aparecen detrás de un paño de la ventana. Vivas. Sonrientes.

Dos enanitos de jardín sobrexcitados pegan brincos detrás de los cosmonautas.

—¡Abuelita! ¡Abuelita abuelita abuelita!

Pronto, cariños, muy pronto os presentaré también a vuestra tita.

Laura apoya la cabeza contra el hombro de su marido.

Todo bien, papá. Todo muy bien.

62

2019

Nathy

Habitación 117.

Yl está tumbado a mi lado. Inmóvil. Mudo.

Me he sentado junto a él. Parlanchina. Nerviosa.

Un torrente de palabras, tanto tiempo retenidas, se desborda como un maremoto.

—Te quiero, Ylie. Nunca he dejado de quererte. No sé si me oyes, las enfermeras aseguran que sí, que lo oyes todo, simplemente que no puedes responder. Ni siquiera con un parpadeo. Les he pedido que salieran. Lo han entendido. Y he pedido a Laura que cerrara todas las entradas. Que nos dejaran solos en esta habitación de hospital, unos minutos. Antes de que los demás lleguen.

Yl no dice nada, pero Yl me escucha.

—He sido tan estúpida, Ylie, he sido tan estúpida durante todos estos años. Respetar nuestro acuerdo, ¡qué locura! ¿Podrás perdonarme algún día? Has debido de maldecir mi silencio cada día, tanto como yo he maldecido el tuyo; pero puedo jurarte, no sabes hasta qué punto puedo jurártelo, que nunca he dejado de quererte.

»No hay un solo día en que no haya pensado en ti. Un solo día en que no haya pensado en Charlotte. Aunque no tuviera ni nombre ni cara. Mucho antes de que Charlotte se divirtiera al hacerme revivir el pasado y al transformar la casualidad en encuentro, os veía en todas partes, una risa en el patio de un colegio, la melodía de una guitarra saliendo de un bar, un avión despegando hacia alguna parte. Os habíais convertido en mis pequeños fantasmas. Fantasmas horribles los primeros años, que me hacían llorar, que me hacían tener pesadillas en las noches de insomnio, noches oscuras; luego fantasmas que aprendí a domar, te lo puedo confesar. Tampoco es que haya sido tan infeliz todos estos años. Estaba acompañada, y era querida, por dos niñas convertidas en adolescentes, tan insoportables como adorables, por un hombre capaz de amarme por dos, también capaz de sufrir por dos, y capaz de perdonar. Y, cuando a pesar de todo, ese sentimiento atroz de estar desperdiciando mi vida me paralizaba, vosotros estabais ahí, mis adorados fantasmas; yo os hablaba, en la intimidad de mi habitación, en mis largos paseos a orillas de mi río o en hoteles completamente iguales a cada escala en algún lugar del mundo; os hablaba como te hablo hoy, sin escuchar ninguna respuesta.

Yl no reacciona cuando le cojo la mano, Yl no se mueve cuando me inclino hacia él.

—Aun así, Ylie, aun así, me gustaría tanto que hoy me respondieras. ¿Y tú? ¿Has sido feliz? ¿De qué color ha sido tu vida? Ya lo sabes, lo has adivinado, he conocido a Charlotte. ¡Hiciste un gran trabajo, Ylian! ¡Hiciste un gran trabajo por los dos! Es el fantasma más bonito del universo entero. También sé que cuando os separasteis estabais enfadados, pero tranquilo, va a volver, va a volver muy pronto, en unos minutos, para una increíble sorpresa que no querría perderse por nada del mundo, una sorpresa que nadie querría perderse.

Yl se duerme, suavemente. Mi cara casi toca la suya. Mis labios casi tocan los suyos.

—Estás cansado, Ylie, lo veo, tus párpados se cierran, pero luchas. Si luchas, es que me estás oyendo. Así que no voy a tenerte despierto mucho más, todavía nos queda tiempo, tanto y tan poco, pero mucho más que a lo largo de todos estos años. Te dejo dormir, tienes que descansar, tienes que estar en forma cuando te despiertes, un poco más tarde. Para la sorpresa.

»Pero antes de eso, quiero confesarte una última cosa, Ylian, una última cosa de la que no me di cuenta hace veinte años, pero que Batisto me ha ayudado a comprender, y también Ulysse, a su manera. Si te he querido tanto, Ylian, no es solo porque fueras un chico sexi y amable, un amante atento y un futuro padre perfecto... Hay millones de hombres en la Tierra que son capaces de eso. Si te he querido tanto, es porque eres un ser excepcional. Un artista con talento. Con muchísimo talento. Eras demasiado modesto para reconocerlo, necesitabas que una mujer te lo dijera, y que te lo volviera a repetir, hasta convencerte. Hace años yo no supe hacerlo, y creo que no me lo perdonaré nunca. Por eso, resiste aún unos segundos al cansancio, mi amor, y escúchame: no eres un ser insignificante, no eres una mota de polvo, eres uno de esos hombres que dejan un poco de ellos en la Tierra. Gracias, Ylian, gracias por haberme querido, me siento tan orgullosa. Duerme, descansa, mi adorado guitarrista. Te quiero. Te querré toda la vida.

Mis labios se posan en los suyos.

Después salgo de puntillas.

63

2019

Ylian

Cuando me he despertado, en la habitación 117, tumbado en la cama y lleno de goteros de la cabeza a los pies, enfrente de mí había instalada una pantalla gigante.

¡Una televisión dos veces más grande que la de antes!

Hay mucha gente delante, enfermeras, médicos, mi familia. Han traído sillas, se apretujan alrededor de mi cama. Son más de quince. Para un despertar, es bastante sorprendente.

Confieso que no sé muy bien si ya estoy muerto o si sigo vivo.

No puedo hacer ni el más mínimo gesto, ni siquiera girar la cabeza, o mover los ojos, simplemente puedo tenerlos abiertos y mirar fijamente la habitación que tengo delante.

Eso me basta.

Por primera vez en la vida, estoy rodeado por todos aquellos a los que quiero.

Por la televisión, Ed Sheeran canta *Perfect*.

Las hijas de Nathy están ahí, Margot y Laura, se han presentado. Son guapas, son educadas, me sonríen, una a cada lado de la cama, tengo la impresión de ser el abuelo al que se visita, una última visita, antes de que todo se acabe.

Parecen entenderse bien con Charlotte. Sobre todo Laura, aunque creo que será Margot la que se convierta en su hermanastra preferida, cuando la pequeña lo haya digerido. Tienen casi la misma edad. El mismo carácter. El de su madre. ¡Unas pavas! Ese gusto por la libertad que vuelve tan orgulloso y tan triste al que construye sus nidos.

Ed Sheeran ha terminado de cantar. Charlotte se gira hacia mí para comprobar si sigo respirando, luego retoma su conversación con Laura. ¿Así que consiste en esto, morir? Decirse que todo continuará sin vosotros. Que si todo está en orden, si todo el mundo se entiende, si las jóvenes generaciones florecen después de haberlas visto crecer, no hay razón para insistir, para entrometerse. Como cuando Charlotte invitaba a sus amigas en Halloween. Yo subía a verlas al desván, decorado con telarañas y sábanas agujereadas; luego, como todo estaba en orden, me iba de puntillas. Y es lo que voy a hacer ahora, irme de puntillas.

Algo es algo, si no has hecho daño a aquellos que te han querido, a aquellos a los que has querido. Si te han acompañado a lo largo de tu vida, y antes de marcharte les pagas el billete, el billete para la felicidad.

Adele ha sustituido a Ed Sheeran y entona las primeras palabras de *Someone Like You*, casi a capela, respaldada por millones, quizá miles de millones de voces.

También Nathalie mira fijamente la pantalla. Nathy, mi pequeña golondrina, me habría gustado tanto poder responder a tu avalancha de palabras cuando te has sentado a mi lado hace un rato, decirte que sí, que te oía, que he oído cada una de tus palabras, que las he estado esperando durante todos estos años, y que puedo irme en paz. Decirte también que te has pasado un poco con los cumplidos, que, en mi estado, es un poco tarde para que se cumpla mi sueño de ser una leyenda de la guitarra; y que al contrario, no me has hablado lo suficiente de tu sorpresa. ¿Qué sorpresa? ¿Qué sorpresa, Nathy?

Sobre todo, me habría gustado decirte que sigues siendo tan guapa. Te miro, guiñas un poco los ojos, como si tu visión no fuera muy nítida, y eso dibuja en sus comisuras unas deliciosas garras de golondrina. Para mí nunca serán patas de gallo.

Te veo. Con la punta de los dedos, te apartas tu mechón. ¡Cómo me gusta ese gesto! Cómo me gusta que no te lo hayas cortado, que simplemente hayas dejado que se vuelva gris.

También en eso consiste la vida. Amar amar amar.

Estás en buenas manos con tu carpintero. El hecho mismo de que no quiera hablar conmigo, y mucho menos perdonarme, que me haya dado con la puerta en las narices, demuestra hasta qué punto te quiere. Verterá en mí todo su rencor para acoger mejor a Charlotte. Quizá incluso Charlotte le pida que sierre y una los tablones de mi ataúd. ¡Y lo hará con mucho gusto, el muy cabrón! Es bueno. Hay que ser bueno para ser querido por ti, Nathy. Y que no se equivoque. Al final, fue a él a quien elegiste. ¡Fue él quien ganó! Siempre se piensa que los cornudos son unos perdedores, pero no, es por ellos por lo que los amantes aceptan mentir, sufrir, esconderse, abandonarse. Son ellos los señores, los vencedores, envueltos en su honor, frente a los patéticos mentirosos.

En el escenario, Madonna, con los brazos en cruz, las piernas en llamas, realiza su plegaria. Mi habitación es un no parar. De enfermeras, sobre todo, las que siguen levantadas. No sé qué hace aquí toda esta gente, nadie me lo ha explicado. Vale, lo pillo, estoy en el tren hacia el más allá, pero no esperaba que hubiera tanta gente en el andén. Sobre todo esos desconocidos, más ocupados en ver la tele que en velar por mí.

Tampoco termino de entender muy bien el resto. Lo que me han contado los policías. No he querido escuchar los detalles: Ulysse, el accidente, el coche que no frenó, esa historia de los derechos robados. Es demasiado tarde para que me vengan con todo eso. He sonreído a Ulysse, cuando los policías se lo han llevado. ¿Por solidaridad? No sé muy bien a qué nos ha hecho jugar la vida, pero creo que hemos perdido los dos.

Me sobresalto. Al menos, por dentro de mi cuerpo de momia,

una emoción me ha estremecido. Te has levantado de un salto, Nathy, al mismo tiempo que Charlotte. Unidas por la misma emoción, apuntáis las dos con el dedo hacia la pantalla. Esta simple escena es como una llamita que ilumina mi cerebro vacío. Qué milagro es observaros así, madre e hija. ¡Cómplices! ¡Tenéis mucho tiempo que recuperar! A la llamita de mi cerebro le gustaría alegrarse, hacer el payaso. Si todavía pudiera hablar, me encantaría bromear, decirte «menos mal, menos mal que he criado a Charlotte yo solo, porque si no me habrías robado a mi princesita. Jamás me habrías dejado peinarla, vestirla, invitar a sus amigas, escondernos en la cocina, todos esos preciosos momentos improvisados. Habría sido relegado al papel de guardián de la autoridad y a mimitos en el sofá, como el resto de los papás». ¡Me hubiera gustado tanto decirte, Nathy, que ahí he sido más listo!

Déjame un poco de ti.

Elthon John se sienta al piano, acerca el micro y enciende con voz ardiente su *Candle in the Wind.*

—¡Ahí están! —grita Charlotte.

Perfectamente coordinada con su madre, agita el brazo, como si a través de la tele, los espectadores del mundo entero pudieran verlas. Ellos también agitan el brazo. La cámara acoplada a una grúa sobrevuela la multitud en vuelo rasante. Lentamente. Las caras se iluminan y se emocionan al reconocerse en la pantalla gigante.

—¡Flo, Jean-Max, son ellos! —confirma Nathy dando brincos.

La cámara se ha vuelto a marchar. El concierto se está retrasmitiendo en la playa de Yakarta, como por todas partes en el mundo, según parece. Prácticamente en cada pantalla de televisión. Millones de espectadores, miles de millones de espectadores. El mayor concierto desde Live Aid, en 1985.

Como todo el mundo, he seguido las réplicas del tsunami en Indonesia. Me he sentido mal cuando he escuchado la primera vez el nombre de Yakarta en la radio. Prácticamente no he escuchado lo siguiente, la pasmosa cifra de muertos, de heridos, de refugiados; la única imagen que aparecía era la de una habitación de hotel en la planta veintiuno del Great Garuda. El único pensamiento que se imponía era que la desgracia de aquella gente en Yakarta pesaba menos que la que yo había vivido allí. Cuando uno se va a morir, puede decir esas cosas. Que el menor de los males de amores hace sufrir más que el peor de los cataclismos. Que el mundo puede dejar de girar, que puede estallar la Tercera Guerra Mundial, que la Tierra puede calentarse diez grados, pero que lo único que cuenta es la velocidad a la que late nuestro corazón. Y la hora en que se detiene, porque una mujer, una sola, decide abandonarnos.

Elthon John ha terminado de cantar, bajo aplausos. Un poco facilón, lo de la vela en el viento. Lo va cambiando según el acontecimiento... Y entonces cesan los aplausos. La televisión alterna entre Hyde Park, la playa de Copacabana, Trocadero, la avenida Omotesando, la *piazza* del Popolo, el Camp Nou, el Eden Park, Wembley. Por supuesto, Wembley, donde crece un largo silencio erizado por gritos de impaciencia.

En la habitación, todo el mundo se calla. No sé por qué. Poco a poco, todo el mundo se calla también en la tele. Millones de espectadores, y prácticamente ni un ruido.

Quizá esté muerto. Quizá estén hablando todos y yo ya no los oigo.

Quizá después de haber perdido el gusto, el tacto y el olfato, también se me haya ido el oído. Ya solo me queda la vista.

A él sí que lo veo.

Un tipo, bastante bajito, que se toma su tiempo para entrar en el escenario de Wembley.

¡Lo reconozco! Es Robert Smith. Y pensar que yo lo conocí. Incluso le llevé la guitarra, en otra vida. Se sienta delante del piano.

Luego Carlos Santana camina hacia la luz, con la guitarra en bandolera. Cuántas veces he podido tocar su música, desde San

Diego a Tijuana; luego se acerca Mark Knopfler, un dios, otro dios; luego Jeff Beck, Jimmy Page, David Gilmour, Keith Richards, luego vuelven Elton John y Ed Sheeran, mientras en la otra punta del escenario aparecen Stevie Wonder, Iggy Pop, Patti Smith, Brian May. ¡Me cago en diez, han reunido a todo el panteón! Se unen a ellos Sting, Bono, Tracy, Norah, DeeDee, y empiezo a entender lo que el planeta estaba esperando. Joder, están todos ahí, un buen centenar, Madonna ha vuelto a aparecer abrazando a Rihanna, no los reconozco a todos, se colocan en cuatro filas apretadas, tengo que haberme muerto, eso es, mi subconsciente ha convocado a todos mis ídolos, para la foto final antes de la gran oscuridad.

Sin embargo, el concierto parece muy real.

Margot ha apoyado la cabeza en el hombro de Laura. Charlotte y Nathy lloran, y no comprendo por qué. Creo que ya no comprendo demasiado.

Os habéis cambiado de sitio para sentaros en mi cama, una a cada lado. Robert Smith parece comprobar que todo el mundo se encuentre en su puesto, luego apoya los dedos en el piano.

Charlotte coge mi mano derecha, Nathy la izquierda.

Tres notas.

Luego su voz. Está cantando en inglés, pero mi cerebro, frenético, desorientado, traduce la letra simultáneamente.

Cuando se haga de día

Cuando se laven las sábanas

Ya no sé muy bien si sigo vivo o si ya me he muerto.

Los focos iluminan a Paul McCartney, su voz hace temblar las paredes, *Cuando los pájaros levanten el vuelo, del matorral en el que nos amamos,* antes de que la de Bruce Springsteen las resquebraje, *No quedará nada de nosotros.*

La primera fila se aparta. Bob Dylan parece sorprendido, no tanto como yo, Robert, no tanto como yo; mi cuerpo se estremece mientras tararea el estribillo como si se tratara de un clásico del folk americano, *Déjame un poco de ti.*

Los cien cantantes retoman a coro.
Una rebanada, una rama, un pétalo de tu flor

¿De verdad he escrito yo esa letra? ¿De verdad he tocado esas notas?
Charlotte y Nathy aprietan tan fuerte mi mano.
Quizá porque no estoy muerto.

Carlos, Keith, Mark, Brian, David y Jeff improvisan un riff con seis guitarras, exactamente el mismo que compuse en mi cabeza. Tantas veces. Miles de veces.

La multitud canta a voz en grito, en París, en Tokio, en Yakarta, en Los Ángeles, en Barcelona, en Montreal, como si todo el mundo, en cada rincón del planeta, millones de seres humanos se supieran de memoria la canción, como si hubiera entrado, para no volver a salir nunca más, en sus cabezas. Mi melodía. Mi poesía.
Cuando nuestras islas queden sumergidas
Cuando nuestras alas estén destruidas

Ya no sé si estoy vivo o si estoy muerto. Lo único que sé es que puedo irme en paz. Mi mirada se nubla con los ojos empañados de Charlotte y Nathy. Sé que estoy viviendo el día más hermoso de mi vida.

Una miguita, tres lentejuelas, un pedacito de tu corazón.

¿Y no será que he compuesto un éxito que tocan una y otra vez en el paraíso?

Olivier intenta cambiar a otra cadena. Sin éxito. Todas emiten las mismas imágenes.

Con calma, Olivier apaga la televisión, se levanta y apoya el mando a distancia en la mesa de centro. ¡Será el único ser humano que no esté viendo el concierto!

Hace una noche agradable.

Olivier baja al jardín, hasta el Sena. Se toma su tiempo para admirar la terraza de ipé, los escalones de padouk, la valla de palisandro, antes de caminar hasta la orilla. Se queda un buen rato mirando el río, observando a lo lejos cómo una cesta de mimbre se desliza por el agua para acabar en la otra orilla. Seguramente será un nido de gallinetas arrancado por la corriente. Gerónimo le pide unas migas de pan para sus polluelos, que Olivier le lanza distraídamente.

Hay un detalle, junto a la pared del dique, que le molesta. Las piedras blancas no están del todo alineadas. No lo soporta. No puede pasar por el jardín sin arrancar una hierba que le parece demasiado alta; sin recoger una hoja que ha acabado en el camino; o sin comprobar que las piedras están perfectamente colocadas, que no se haya colado una piedrecita gris que hubiera llegado hasta ahí rodando sola.

Olivier se agacha y rectifica con precisión el alineamiento de las piedras. Luego, satisfecho, se detiene para seguir con la mirada, por encima de la colina Deux-Amants, el vuelo de una golondrina que se aleja. Y luego vuelve.